die farbe des vergessens

INA RESCH

die farbe des vergessens

SPANNUNGSROMAN

emons:

Bibliografische Information der Deutschen Nationalbibliothek
Die Deutsche Nationalbibliothek verzeichnet diese Publikation
in der Deutschen Nationalbibliografie; detaillierte bibliografische
Daten sind im Internet über http://dnb.d-nb.de abrufbar.

© Emons Verlag GmbH
Alle Rechte vorbehalten
Umschlaggestaltung: Nina Schäfer, unter Verwendung von
Nikki Smith/Arcangel.com, shutterstock.com/Jet Cat Studio
Gestaltung Innenteil: DÜDE Satz und Grafik, Odenthal
Lektorat: Dr. Marion Heister
Druck und Bindung: CPI – Clausen & Bosse, Leck
Printed in Germany 2021
ISBN 978-3-7408-1145-7
Spannungsroman
Originalausgabe

Unser Newsletter informiert Sie
regelmäßig über Neues von emons:
Kostenlos bestellen unter
www.emons-verlag.de

Für Resi Resch und Helmut Janetzky

tag 1

weil juli-träume lila sind

Juli zupfte den Mundschutz zurecht und schob die Haube aus der Stirn. Es war heiß unter dem festen Stoff ihrer bordeauxroten Sektionsmontur. Ein feuchter Film überzog ihre Haut wie bei einem beschlagenen Fenster. Hinter der Tür zum Hörsaal spulte der Professor gerade sein übliches Programm ab.

»Stehen Sie nicht auf, wenn Ihnen schlecht wird, bleiben Sie schön in Ihrer Bank sitzen. Wir wollen nicht, dass Sie uns hier auf die Stufen knallen, zumal ich ein Mediziner ohne jegliche therapeutische Ambition bin.«

Gelächter war zu hören. Aufatmen. Erleichterung.

»In diesem Hörsaal haben wir es zwar mit Stufen aus Kuschellinoleum zu tun, aber im alten Hörsaal der Pathologie aus Kaisers Zeiten … Marmorstufen! Sehr stilvoll, aber Sie haben ja keine Vorstellung!«

Er machte eine dramaturgische Pause.

»Im Übrigen fallen Männer tatsächlich öfter aus der Bank als Frauen. Wollen Sie meine Theorie dazu hören?«

Wieder gab er seinem Publikum Zeit für Spekulationen.

»Komplizierte Systeme sind von Natur aus störanfälliger.«

Hahaha. Juli kannte jedes Wort, und es mochte für Neulinge durchaus Sinn machen, dem Grauen vorab etwas von seiner Härte zu nehmen, doch sie fand es überflüssig. Pure Augenwischerei. Da saßen vierhundert meist junge Leute, mehr Frauen als Männer, und gutes Zureden half überhaupt nicht. Man musste die ersten Minuten überstehen, wenn die Plane angehoben wurde und eine echte Leiche vor einem lag. Wenn ihr Geruch die Nase erreichte, wenn der Professor mit der Pinzette auf der Suche nach Einblutungen wenig behutsam durch die Bindehäute in den toten Augen stocherte und man über Kameras jedes Detail auf zwei Großleinwänden sehen konnte. Das Zerlegen und Ausweiden –

wenn man es mal drastisch formulieren wollte – kam ohnehin viel später. Bis dahin sollte man den ersten Schock überwunden und sein professionelles Interesse an der Sache wiedergefunden haben, sonst half das wohlige Einschunkeln mit dem Herrn Professor zu Anfang gar nichts.

Vorsichtig legte Juli ihre Stirn gegen das kühle Holz der Tür zum Sektionssaal, gönnte sich ein paar weitere Minuten.

Ömer Tok.

Konnte es wirklich sein, dass er hier war? Als Vertreter der Staatsanwaltschaft? Ausgerechnet. Nach so vielen Jahren. Tok war jedenfalls kein besonders häufiger Name. Nicht einmal in einer Multikultimetropole wie München, wo die Türken vor den Kroaten die stärkste Fraktion im Nationalitätenwettstreit mit den Deutschen stellten. Am liebsten hätte Juli mit einer Kollegin getauscht, obwohl sie sonst gern im Hörsaal assistierte.

Vorsichtshalber zog sie ihre Haube wieder tiefer in die Stirn. Etwas Tarnen und Täuschen konnte nicht schaden, auch wenn er sie ziemlich sicher nicht bemerken würde. Die Präparatoren machten ihren Job, aber der leitende Obduzent stand im Mittelpunkt der Aufmerksamkeit – niemand sonst. Und die Beamten saßen meist ohnehin auf ihrem Stuhl und verfolgten das Geschehen aus sicherer Entfernung. Mundschutz und Haube würden den Rest erledigen. Mit etwas Glück …

Sie drückte die Klinke hinunter und betrat den Hörsaal. Sofort durchlief das übliche Raunen die schräg nach oben angeordneten Sitzreihen. Alles nur wegen der Säge in ihrer Hand? Oder weil Studenten, Schüler, Feuerwehrmänner und Polizisten sich einen Präparator anders vorstellten? Größer, gröber, älter, männlicher? Keine junge, schlanke Frau, die den Schädel der Leiche öffnete?

Tja. Und genau deshalb war Juli mit vierunddreißig immer noch aufgeregt wie ein Schulmädchen, wenn vierhundert Augenpaare sie taxierten, und sie hoffte jedes Mal, dass der Schädel nicht schwer, sondern leicht zu sägen sei. Aber bis dahin war noch etwas Zeit.

Die Akte hatte Juli am Vormittag kurz überflogen. Allem Anschein nach Suizid durch Erhängen. Optimal für eine Hörsaalsektion. Keine Fäulnis, körperlich weitgehend intakt, der Fall relativ einfach gestrickt, nur etwas arg jung war die Frau auf dem Edelstahltisch für eine Obduktion vor Studenten und Schülern. Ähnliches Alter brachte stets unnötig viel Emotion mit sich, aber was anderes hatte der Kühlzellenraum nun mal nicht hergegeben, und die Termine für Hörsaalsektionen wurden drei Monate im Voraus angesetzt, da musste man nehmen, was gerade da war.

Als der Professor die Leiche in Seitenlage brachte, um den Rücken der Toten zu inspizieren, trat Juli an den Tisch und übernahm. Ihr Blick entwischte für einen kurzen Moment hinüber zum Ermittlungsbeamten der Staatsanwaltschaft. War das Ömer Tok, der da neben der zweiten Rechtsmedizinerin stand? Etwas abgewandt, sein Gesicht kaum zu sehen, aber …

Die Wucht des Wiedersehens überraschte Juli. Den ganzen Vormittag über hatte sie zwar überlegt, wie sie ihm aus dem Weg gehen könnte, sollte es sich tatsächlich um den Tok aus ihrer Kindheit handeln, aber dass sein Auftauchen hier in der Rechtsmedizin sie derart durcheinanderbrachte? Sie bekam unter dem Mundschutz kaum Luft, die Konturen im Hörsaal verschwammen, doch sie stand. Stand da wie sonst auch. Unsichtbar. Aufrecht. Stabil. Die Leiche in ihren Händen wackelte kein bisschen.

Er sieht mich nicht.

Es war fast zwanzig Jahre her! Eine Ewigkeit. Und Juli hatte sich verändert. Er würde sie gewiss nicht erkennen. Obwohl Ömer Tok wirklich nahe am Sektionstisch stand, war sein Blick stur auf die Leinwand gerichtet.

Ist es seine erste Sektion?

Neu war Tok auf jeden Fall beim K 12. Die anderen Kollegen kannte Juli alle. Es konnte also durchaus sein, und es machte schon einen Unterschied, ob man das Geschehen auf einer Leinwand verfolgte oder hautnah – ganz ohne Zwischenschaltung. Ömer war nie einer von den harten Jungs gewesen. Und jetzt? Todesermittler? Passte nicht zu ihm. Und vor allem passte er nicht in Julis Welt.

Sie schob die Leiche zurück in Position, legte sie auf den Rücken. Der Obduzent tastete den Kopf nach Verletzungen ab und fuhr nun tatsächlich mit der Pinzette in die Bindehäute, wo er natürlich die typischen Einblutungen fand. Die Studenten verfolgten alles auf der Großleinwand, sahen jedes Pünktchen.

Ömer auch.

»Knöchernes Nasenskelett intakt. Rötlich tingierter Schleim austretend, Gehörgangsöffnungen frei.«

Juli trat einen Schritt zurück, als der Professor die weiteren äußeren Merkmale für seine Zuhörer aufzählte, und ließ Ömer dabei nicht aus den Augen. Inzwischen versank er fast auf dem Stuhl in der Ecke neben dem Computer und spielte an seiner Uhr herum.

Das Weichei!

»Brustkorb seitengleich gewölbt, nicht abnorm beweglich. Weibliche Brustdrüsen mittelfettreich, breitbasig aufgesetzt.«

Bevor Juli in den Hörsaal gekommen war, hatte sie an der Tür gelauscht, wie Tok dem Professor und den versammelten Zuhörern die Vorgeschichte des Falls geschildert hatte. Nicht weil sie wissen wollte, was passiert war. Nein. Weil sie seine Stimme hören, weil sie sich auf das unwillkommene Wiedersehen vorbereiten wollte, wenn es sich schon nicht vermeiden ließ.

Aber natürlich hatte ein erwachsener Mann von einem nicht einmal volljährigen Mädchen berichtet, das sich in der elterlichen Villa in Bogenhausen aufgehängt hatte – nicht der schüchterne Junge von früher.

»Bauchdecke etwa in Höhe des Brustkorbniveaus vereinzelte Dehnungsstreifen der Haut. Keine Narbenbildungen. Äußeres Genitale weiblich …«

Juli holte ihr Werkzeug von der Ablage und legte es vor sich auf dem Sektionstisch ab.

»Die Fingernägel deutlich über die Fingerkuppen hinausragend, keine frischen Randabbrüche …«

Mit geübtem Griff hob sie den Oberkörper der Toten an, schob die Schulterrolle mit den Spikes unter ihren Rücken und fixierte den Kopf auf der dreibeinigen Stütze. Ein blassblauer Gummi hielt die dicken roten Haare der Toten im Nacken zusammen. Juli wollte ihn greifen, daran ziehen, doch ...

Rot. Feuerrot.

Der Gummi verhedderte sich, Juli musste mit beiden Händen nachfassen, einzelne Haare befreien. Fast hätte sie aus einem Impuls heraus die Handschuhe abgezogen, dabei hatte sie jeden dieser Handgriffe doch schon tausendmal getan.

Und dennoch war alles verkehrt.

Sie spürte Schweiß an den feinen Härchen zwischen Nasensteg und Oberlippe. Es machte sie schier wahnsinnig! Der Professor hörte auf zu sprechen, sah seine tüchtigste Präparatorin irritiert an. Juli schluckte, zerrte fester an den roten, toten Haaren und bemerkte aus den Augenwinkeln, dass nun auch Ömer Tok – der Todesermittler! – in ihre Richtung schielte. Doch all das spielte keine Rolle mehr. Der Gummi löste sich, und Julis Augen wanderten über den Haaransatz des toten Mädchens zur blassen Haut seiner Stirn, blieben an jeder einzelnen Sommersprosse hängen, bis Juli Senninger endlich verstand, wo der Fehler lag.

Vor ihr auf dem Tisch lag ... sie selbst.

»Sei leise!« Juli legt den Zeigefinger auf ihre aufgerissenen Lippen, der nagelneue Schulranzen hängt noch auf ihrem Rücken. »Wenn Papa uns erwischt, bringt er dich um.«

Ömer klappt den Mund zu. Eine Gänsehaut läuft ihm über die Arme, als die aufgefädelten Schweinehälften sacht zu schaukeln beginnen, weil Juli sie im Vorbeigehen mit ihrem Ranzen anschubst. Eine nach der anderen. Weil er außerdem das Blut riechen kann. Weil er die Wärme spürt, die sich vor der Kälte des Raumes im Fleisch versteckt.

Stellt sie ihre knallgelbe Schultasche allen Ernstes direkt über den Ablauf im Boden? In Ömers Kopf zerfließt sie mit dem Blut und Fett und Tod von der Schlachtung am Morgen und verschwindet durch das Gitter im Kanal. Er schlägt die Hand vor den Mund, ihm wird schlecht. Die Vorschriften aus Koran und Sunna, die ihm seine Mutter, kaum dass er laufen konnte, eingebläut hat, durchleuchten sein Hirn wie Blaulichter. Gerade hier in Deutschland müsse man ständig auf der Hut sein. Gerade hier!

»Jetzt komm endlich. Die Mittagspause ist gleich um.«

Sie winkt ihn herbei, reißt ihm den Ranzen vom Rücken, stellt ihn neben ihren, schreitet unbeirrt voran, nimmt das größte Messer vom Zerlegetisch, wischt es mit einem Lappen ab, den sie aus einem Eimer mit rosafarbenem Wasser fischt.

Ömer will davonlaufen. Er hat es sich anders überlegt. Sie hat vorher nicht gesagt, dass sie es ausgerechnet hier tun will. In der Metzgerei! Hätte er das gewusst, wäre er niemals freiwillig mitgekommen. Niemals!

Sie packt seine rechte Hand. Ihr Griff ist rabiat – so wie alles an ihr: ihr Wille, ihr Mundwerk, ihre dicken Waden, die oft in verschiedenfarbigen Strümpfen stecken. Ja sogar ihre roten, widerspenstigen Haare und die viel zu helle Haut. Das Mädchen ist auf Krawall gebürstet. Ömer hat das gleich an seinem ersten Tag in der neuen Nachbarschaft verstanden. Gleich am ersten Tag! Deshalb ist er ihr stets aus dem Weg gegangen, hat den Gehsteig gewechselt, sobald ihr Fuß auf seiner Straßenseite aufsetzte. Nur von Weitem haben sie einander beäugt. Zwischen ihnen die vielen Worte, die zu Hause achtlos aus den Mündern der Erwachsenen fielen. Pis gavur. Şerefsiz Nazi. Domuzkafa. Bei ihr war es genauso gewesen. Das weiß er inzwischen. Scheiß-Türken. Schmarotzer. Ungläubige.

»Hast du Schiss?«

Ömer schmeckt die Pause im Mund. Fladenbrot, Weichkäse, Gurken und Tomaten kommen ihm hoch. Tapfer schluckt er es weg. »Bist du blöd? Ich habe keinen Schiss.«

Sie hält ihm das Messer hin. »Dann fang du an!«

Er zögert. Genau wie am ersten Schultag, als nur noch ein Stuhl frei war. Nämlich der neben der Metzgerstochter. Neben Juli Senninger. Neben der Bleichen vom Done-Metzger, wo die Schweinefresser in Schwabing ihr Fleisch holen, wenn sie es sich leisten können. Neben der, die nicht einmal Geschwister hat, mit denen sie spielen kann. Die immer allein auf der Straße herumrennt, weil man es ihr eben ansieht, dass sie gefährlich ist. Doch die Lehrerin hat Ömers Not nicht erkannt, ihn bei der Hand genommen und zum letzten leeren Platz geführt. Basta.

Geschlagene zwei Stunden hat er nicht ein einziges Mal den Kopf gedreht, hat sich nur darauf konzentriert, größtmöglichen Abstand zur Bleichen zu halten, ohne gleich bei der Lehrerin anzuecken. Denn da muss man als Türkenjunge vorsichtig sein, das wusste er trotz seines jungen Alters schon sehr genau.

Aber weil die Metzgerstochter nicht aufhören konnte, ihn mit dem Ellbogen anzurempeln und ihm im Sekundentakt ins Ohr zu zischen, dass sie bereits lesen und schreiben könne, hat er sich ihr am Ende doch zugewandt. Allerdings sind seine schwarzen Augen dann in ihre hellgrünen gefallen, und anstatt ihr die Meinung zu geigen, hat er den Mund aufgerissen wie jemand, der nach Luft schnappt, und gestammelt: »Du hast ja sogar in den Augen Sommersprossen.« Und weil es sich wie eine Beleidigung anhörte, hat die Metzgerstochter die Faust geballt und dem Türkenjungen eine auf die Fresse gegeben, dass er sich auch eine halbe Stunde später noch das Blut abwischen musste, als sie beide in der Ecke standen und die Lehrerin sich bis Schulschluss echauffierte, dass sie so etwas in ihrer vierzigjährigen Laufbahn noch nicht erlebt habe.

Dass Ömer – genau wie Juli – zur Strafe mit dem Rücken zur Klasse vor dem Waschbecken stand, musste mit seinen türkischen Wurzeln zu tun haben. Zumindest hatten ihm das die Eltern zu Hause so erklärt.

»Nimmst du jetzt das Messer, oder kneifst du?«

Ömer nimmt es, denkt an das Schweinefleisch. Das Blut. Schon wieder kommt der Käse hoch. Ein Gurkenstück. Er drückt es mit der Zunge zurück.

Seltsamerweise musste er nach ungefähr fünfzehn Minuten in der Klassenzimmerecke kichern. Er konnte gar nicht mehr aufhören. Für die anderen sah es aus, als würde er flennen, nur Juli hat das Glitzern in seinen Augen gesehen und sich davon anstecken lassen.

Seitdem sind die Bleiche und der Türke unzertrennlich. Die Eltern sind nicht begeistert, dass ausgerechnet der Bub von der Dönerbudenkonkurrenz mit der Leberkässemmelprinzessin und umgekehrt, aber sie alle haben viel zu tun.

Ömer atmet tief durch, schließt kurz die Augen und zieht die Klinge über das feste Fleisch an seinem Daumen. Juli strahlt, als Blut aus der zu tief geratenen Wunde quillt, nimmt Ömer das Messer aus der Hand und macht das Gleiche.

»Blutsbrüder. Ewige Freundschaft. Nichts wird uns je trennen. Versprich es!«, sagt sie theatralisch.

Und Ömer Tok, der Türkenjunge, schwört.

Juli rieb Daumen und Zeigefinger fest gegeneinander, vermisste die hässliche Narbe, derentwegen sie Tok bis ins Teenageralter beneidet hatte. Er starrte sie an. Der Professor auch. Das Autopsiemesser entglitt ihr beinahe, das blanke Entsetzen drückte ihr die Kehle zu.

Die gleiche bleiche Haut.

Die gleichen Flecken in den hellgrünen Augen.

Nur die Haare waren einen Ton dunkler, vielleicht noch widerspenstiger. Auf jeden Fall sehr lang. Zu lang. Julis Finger strichen hindurch, konnten in den Handschuhen kaum etwas von der schweren Textur fühlen. Kalter Schweiß quoll ihr unter dem Kittel aus allen Poren. Da auf dem Tisch lag ein Ebenbild ihrer selbst. Jünger. Besser genährt. Ja. Aber dennoch ein Abbild ihrer selbst. Merkten das die anderen nicht? Fiel das niemandem auf?

»Der rote, zirkuläre Streifen lässt vermuten, dass sich die Tote das Seil zunächst eng um den Hals gelegt hat.«

Juli hörte nicht, wie der Professor die Bedeutung der beiden Strangmarken erläuterte, das Atmen fiel ihr unter dem Mundschutz entsetzlich schwer.

»Erst im Krampfstadium dürfte die Schlinge letztlich in die Endposition gerutscht sein. Die horizontale Marke führte – richtigerweise – zur Beiziehung eines Rechtsmediziners, um nach Bewertung der Umstände und Vorliegen aller Befunde ein Fremdeinwirken sicher auszuschließen. Wozu wir hiermit beitragen werden.«

Julis Finger umschlossen das Messer, ihre Hand zitterte. Sie musste sich zwingen, nicht den Mundschutz abzureißen. Professor Kammerlocher bemerkte ihr Unbehagen, stoppte mitten im Satz und streckte ihr die Hand entgegen, um zu übernehmen, erst da klappte Juli das Visier nach unten und machte endlich ihre Arbeit.

Etwas zaghafter als sonst zog sie das Messer von Ohr zu Ohr über den Kopf, scheitelte die Haare ober- und unterhalb des Schnittes und band sie mit einem Faden fest, damit sie später beim Zunähen nicht störten. Dann setzte sie die Klinge entlang der Schnittkante am Schädelknochen an und löste die Haut, bis sie diese ein Stück nach oben klappen und greifen konnte, um schließlich bis zur Stirn freizupräparieren.

Die Haut mit der Linken auf Spannung zu halten gelang nicht wie sonst, dennoch kehrte etwas Sicherheit und Kraft zurück, und wenig später konnte sie den vorderen Teil der Haut über das Gesicht klappen und mit dem hinteren fortfahren.

Wie zu erwarten gab es keine Einblutungen. Auch das knöcherne Schädeldach und die abpräparierten Schläfenmuskeln zeigten keine Auffälligkeiten. Jedes Wort, das der Professor von sich gab, zog an Juli vorbei wie dichter Nebel. Sie verstand nicht. Sie konnte nicht begreifen. Und dennoch setzten sich die Details in ihrem Hirn fest wie Zigarettenrauch in Vorhängen.

»Die Schwerathletik übernehmen hier bei uns in der Rechtsmedizin die Frauen.« Der Professor nickte Juli zu und drückte einen Schwamm auf die über die Stirn geklappte Haut, um den Kopf der Toten in Position zu halten. »Eine Oszillationssäge läuft heiß, und Sie wissen vermutlich, wie es riecht, wenn Fleisch und Knochen verbrennen? Um Ihnen den Geruch und uns eine höhere Ausfallquote zu ersparen, sägen wir deshalb per Hand. Bei einem osteoporotischen Schädel wäre das ein Leichtes, der Schädel dieser jungen, gesunden Frau hingegen wird uns etwas Arbeit machen.«

Juli setzte die Säge an, zögerte, atmete, schwitzte. Konnte es tatsächlich sein, dass die Tote auf dem Tisch …?

War das möglich?

Das Öffnen des Schädels wurde zur Schwerstarbeit – genau wie Kammerlocher vorausgesagt hatte. Juli fühlte sich schwach, ihre Hände konnten den Griff des Werkzeugs nicht fest genug packen. Sie rutschte ab. Immer wieder. So wie ihre Gedanken. Beinahe hätte sie die typische Tonänderung, wenn die Säge durch den Knochen war und die Dura Mater erreichte, überhört. Juli erschrak, stoppte, setzte an einer anderen Stelle an, achtete nun besser darauf, die äußere Hirnhaut nicht zu verletzen, wechselte dann die Seite und sägte weiter. Flecken tanzten vor ihren Augen, alles verschwamm. Irgendwann nahm sie den Schädelspalter, schob ihn einmal rechts und einmal links in den Sägespalt an der Stirn, schlug mit dem Handballen darauf und drehte ihn. Das gut hörbare Knacken schickte erneut Entsetzen durch die Sitzreihen, doch Juli bemerkte es nicht. Mit Zeigefingern und Daumen drückte sie das Schädeldach vom Kopf ab, packte mit der Linken das Hirn und hielt es fest, um das knöcherne Dach mit der anderen Hand endgültig abzuziehen und abzulegen, das Messer zu greifen, Nerven zu kappen, das Kleinhirnzelt zu eröffnen und das verlängerte Mark in der Tiefe zum Rückenmark zu durchtrennen. Alles Handgriffe, die sie schon viele Male als Präparatorin gemacht hatte, und doch war alles anders.

Heute. Hier. Jetzt.

Juli legte das Hirn für den Professor in die bereitgestellte Edelstahlschale auf der Waage. 1.478 Gramm. Für eine Frau dieses Alters absolut normal. Juli schloss die Augen, während Kammerlocher zum Präpariertisch wechselte und über das menschliche Gehirn im Allgemeinen und im vorliegenden Fall referierte, während er das Kleinhirn wie eine Semmel in zwei Hälften schnitt. Dann griff Juli nach der Durazange und zog die Hirnhaut von der Schädelbasis ab. Alles geschah wie in Trance, trotzdem machte jede Bewegung, jeder Handgriff mehr Mühe als sonst. Sie brachte den Kopf der Toten zurück in Tieflage und räumte Schulter- und Kopfstütze beiseite. Erst das Rauschen des Wassers vertrieb ein wenig die Beklemmung. Juli wusch Werkzeug, nahm Proben, drückte Schwämme aus, machte sauber, ordnete, verpackte in Beutel.

Dann setzte der Professor den Schnitt von der Schlüsselbeingrube bis zum Schambein. Heute sah Juli hin, wie das Messer über den viel zu jungen Körper glitt, heute hatte dieses erste Anritzen und wiederholte Zerteilen der Haut etwas Zerstörerisches, etwas Bedrohliches. Sie wollte nicht, dass Kammerlochers Hand im Bauch nach Darm und Zwerchfell tastete. Sie wollte nicht, dass er den Brustkorb öffnete und die Lungen anhob, um zu sehen, ob sich darunter Flüssigkeit angesammelt hatte. Und erst recht wollte sie nicht, dass er den Herzbeutel öffnete und die untere

Hohlader leerte. Am liebsten hätte sie ihm die Rippenschere aus der Hand geschlagen und die Kelle mit dem aufgefangenen Blut an den Kopf geworfen. Stattdessen füllte sie entnommene Körpersäfte in Röhrchen und hielt die Haut vom Hals ab, als der Professor den Schnitt bis zum Kinn verlängerte, um erst jeden Halsmuskel oberhalb des Schlüsselbeins zu durchtrennen und dann die Halsweichteile zusammen mit Lunge und Herz zu entnehmen.

Ist sie es?

Diese Ähnlichkeit konnte kein Zufall sein.

Oder doch?

Juli wollte das blasse Gesicht mit beiden Händen fassen, es wach rütteln. Ihre warme Wange an die kalte legen. Sie zum Leben erwecken.

Ist es wirklich passiert?

Das zu glauben, hatte Juli sich ein halbes Leben lang verboten, denn die Konsequenz daraus …

»Der innere Lokalbefund am Hals ist bei Erhängen oft diskret.« Kammerlocher setzte einen senkrechten Schnitt auf das Schlüsselbein, bis Knochenhaut und restliches Gewebe auseinanderklafften. »Erst hier, am Ursprung der Kopfwendermuskeln, sehen wir Einblutungen, welche von außen nicht …«

Die Worte des Professors störten Juli. Sie wollte nicht hier sein. Im Hörsaal. Bei einer Obduktion. Weil dieser Tod selbstredend kcin natürlicher war, weil etwas nicht stimmte. Ach was! Weil alles daran nicht stimmte. Dennoch griff sie nach dem bereitgelegten Zellstoff, füllte damit die lccrc Kopfhöhle und passte das abgesägte Schädeldach ein. Automatismen griffen in den unmöglichsten Situationen. Sie funktionierten. Juli funktionierte!

Trotz allem.

Behutsam zog sie die Kopfschwarte zurück über den Schädel, nahm die gebogene Nadel zur Hand und versuchte – obwohl ihr der Faden auf einmal paketschnurdick vorkam – die schönste Naht ihrer Präparatorenkarriere zu ziehen.

Für dich.

Wenigstens das wollte sie tun. Wenigstens das!

»Frau Senninger?«

Juli schreckte hoch, nahm die Schere, schnitt den Faden ab. Die Naht war gut geworden. Der Professor untersuchte inzwischen das Herz, die zweite Obduzentin wartete, mit Gedärm in beiden Händen, auf das Blech, das Juli normalerweise rechtzeitig anreichte. Wie aufs Stichwort kamen Julis Kolleginnen in den Hörsaal, übernahmen es, den Darminhalt zu untersuchen, einzutüten. Juli wunderte sich, dass sie die Ähnlichkeit nicht bemerkten, dass der Aufschrei ausblieb. Ihr Kopf fühlte sich an, als würde lauwarmes Wasser hindurchschwappen und alles mitnehmen. Jeden klaren Gedanken. Jede Gewissheit.

Bildete sie sich alles nur ein?

Sie ging zum Waschbecken und machte Werkzeug sauber, das nicht weiter gebraucht wurde. Minuten verstrichen, wurden zur Ewigkeit. Irgendwann legte Kammerlocher die Gebärmutter zur Präparation vor sich auf dem Tisch ab. »Muttermund quer gestellt ...« Er zögerte, wandte sich an den Ermittlungsbeamten der Staatsanwaltschaft. »Wie alt war die Tote genau?«

Tok sprang auf, salutierte fast. »Siebzehn Jahre. Am 19. August wäre sie achtzehn Jahre alt geworden.«

Juli erstarrte.

19. August?

Sie nahm die Finger zu Hilfe. Rechnete.

Kammerlocher runzelte die Stirn. »Gibt es ein Kind?«

»Ein Kind?« Ömer kratzte sich am Kopf. »Was meinen Sie?«

»Ist die Tote Mutter?«

Kommissar Tok schüttelte den Kopf. »Nicht dass ich wüsste. Ein Kind haben die Eltern nicht erwähnt.«

»Na schön.« Kammerlocher wandte sich wieder seinen Studenten zu. »Normalerweise ist der Muttermund einer Frau, die noch nicht geboren hat, grübchenförmig. Im vorliegenden Fall ist er quer gestellt, was ein Hinweis auf eine Geburt sein kann, aber nicht sein muss. Ein fraglicher Befund also, wie es in unserem Geschäft viele gibt.«

Durch Julis Ohren schwappte eine neue Welle. Heißer diesmal. Ihre Hände begannen zu zittern, sie schaffte es nicht, den Faden durch die Öse zu fädeln, mit dem sie später Bauch und Brust schließen würde.

Ein Kind?

Sie sah auf die Uhr an den Holzpaneelen über dem Medientisch. Beinahe vier. Ömer stand mit der Fallakte in der Hand direkt darunter, suchte etwas. Eine Weile blätterten Julis Augen mit, klebten fest, kehrten nur widerwillig zurück an den Sektionstisch und wanderten dort über die Organe zwischen den Beinen der Toten. Herz. Lunge. Nieren. Milz. Leber. Kammerlocher redete und redete, erwähnte Hämorrhoiden und Vernarbungen in der Gebärmutterschleimhaut. Julis Hände hoben das Herz der Toten wie eine Kostbarkeit zurück in die leere Brusthöhle. Die anderen Organe folgten, auch der Teil des Gehirns, der nicht asserviert wurde. Eine Notwendigkeit, da er sich nicht mehr in den Schädel einpassen ließ, nur heute kam es Juli falsch vor. Deplatziert. Wie alles hier im Hörsaal. Doch ihr blieb keine Zeit zu überlegen, eine Kollegin brachte das Blech mit dem Gedärm an den Tisch und füllte den Bauchraum, während Juli noch den Rippenausschnitt einpasste, um anschließend die klaffende Öffnung zu schließen.

Galant machte der Professor seinen Präparatorinnen Platz, verließ den Tisch, schäkerte mit den Studenten über dies und das, wollte nicht wahrhaben, dass sie allen Ernstes ihre Karrieren in eine solch morbide Richtung zu lenken gedachten, kam zum Ende. Beifall brandete auf, der Saal leerte sich, und Juli schüttete rosafarbenes Waschgel aus einem Kanister über der Toten und dem Edelstahltisch aus. Zu viel davon. Weil ihre Gedanken durcheinandergaloppierten. Panisch. Der Schwamm entglitt ihr, die Brause verfehlte ihr Ziel. Blut, Schmerz und Zerstörung klebten hartnäckig an der jungen Frau, ebenso wie der selbst gewählte Tod.

19. August.

Juli gab auf, auch Automatismen versagten irgendwann. Ihre Arme fielen, hingen wie Fremdkörper an den Seiten, bis sie mit letzter Kraft die langen Handschuhe abzog, um das Haar ihrer Tochter zu waschen.

Ein erstes Mal.

Die Bilder kamen ungebeten. Wie immer. Von den Eltern, von ihrer Kindheit und jetzt auch die von Ömer. Sie stürzten auf sie ein wie Flugzeugteile von einem blauen Himmel. Die von der Zeit danach kotzte Juli aus, bis nichts mehr übrig war.

Mein Kind.

Als ihre Kolleginnen den Körper der jungen Frau vom Sektionstisch auf die Bahre hoben, hatte Juli es nicht länger ausgehalten und war kopflos aus dem Hörsaal geflüchtet. Nur den Haargummi hatte sie vom Boden aufgelesen.

Bemerkte niemand außer ihr die Ähnlichkeit?

Sah niemand die Wahrheit?

Ihr eigener Verstand hatte es ihr wie mit schweren Faustschlägen ins Hirn gedroschen: Das ist dein verloren gegangenes Kind! Diese Augen, die Haut. Das Haar. Gerade rotes Haar vererbte sich selten. Und das Geburtsdatum. Natürlich dieser eine Tag.

19. August.

Juli war sich sicher gewesen. So sicher wie selten in ihrem Leben. Und jetzt?

Ihre Oberarme hingen schlaff über der Schranke zum Hofbereich des Rechtsmedizinischen Institutes, sie starrte auf die roten Haare in ihrer Hand, die sich im Gummi verfangen hatten. Unter ihr lagen die Handschuhe. Die hatte sie doch schon im Hörsaal ausgezogen? Sie bückte sich, spürte plötzlich eine raue Zunge im Gesicht und schreckte hoch.

Ein Hund?

Juli sah sich um, hoffte, ein Herrchen würde das Vieh zu sich rufen, stattdessen leckte es die halb verdaute Milch weg, die auf ihren schwarzen Galoschen gelandet war. Juli verjagte den Köter, schluckte, schmeckte das Saure, schluckte und schluckte und machte alles nur schlimmer. Tränen platzten in ihre Augen, sie konnte sie nicht aufhalten. Wann hatte sie zuletzt geweint? Vor einer halben Ewigkeit. In einer anderen Zeit. In einem anderen Leben. Oh ja, es war verdammt lange her.

Mit dem Unterarm wischte sie Nässe und Erbrochenes fort. Sie musste schleunigst zurück. Die anderen wunderten sich bestimmt schon. Sowieso hatte sie sich vorhin im Hörsaal ziemlich danebenbenommen. Ganz sicher würde Kammerlocher morgen früh ein paar markige Sprüche diesbezüglich in die Runde spucken, obwohl sie sich im Gegensatz zu den Kollegen in den letzten zehn Jahren keinen einzigen Ausrutscher geleistet hatte. Juli war im Institut als Pedantin bekannt und gefürchtet, aber gerade deshalb fiel ihr heutiges Versagen vermutlich besonders auf.

Sie straffte die Schultern, schob die Unterlippe vor und blies warme Atemluft übers Gesicht, um die tränenfeuchte Haut zu trocknen. Am Eingang zum Kühlraum standen die Chauffeure der Bestatter, die darauf warteten, ihre Kundschaft wieder mit retour zu nehmen. Sie tranken Kaffee, unterhielten sich. Über Fußball. Juli drehte ihnen den Rücken zu und tat, als mache sie sich an der frisch angelieferten Bahnleiche zu schaffen. Sie hob die Plane hoch, sah die verrenkten Gliedmaßen, die zersplitterten Knochen, das halbe Gesicht. So jung! So verdammt jung und dennoch nichts Außergewöhnliches. Überhaupt keine Seltenheit. Leider.

Doch Juli hatte wenig Platz für Mitleid, für Empathie. Das dafür zuständige Areal in ihrem Gehirn kümmerte seit Jahren vor sich hin, aber in diesem Moment erreichte nicht ein einziger schwacher Impuls das limbische System. Juli sah nur das rote Haar. Ihr eigenes rotes Haar. Und die Flecken auf der Nase, die gleichen Kleckse in den Augen, die gleiche blasse Haut. Als die FC-Bayern-Debatte sich euphorisierte, huschte sie an den Fahrern vorbei auf den Gang, eilte über die Waage am Boden und lief direkt in seine Arme.

»Oh, Verzeihung. Ich dachte …«

Julis Herz detonierte. Schon wieder. Einschläge im Minutentakt. Krisengebiet. Definitiv. Tränen kippten über die Lidränder. Sie hasste es.

»Also, das tut mir wirklich leid, aber Sie haben überhaupt nicht aufgepasst, wo Sie hingehen, ich hatte keine Chance, Ihnen –«

»Kein Ding! Alles gut.« Juli bückte sich, griff nach ihren Handschuhen, die schon wieder zu Boden gefallen waren, und wischte das verräterische Nass der Wangen an ihren Schultern ab.

»Alles in Ordnung?«

Wieso war er hier? Ausgerechnet heute. Ausgerechnet jetzt.

»Alles bestens.«

»Wirklich?«

Julis Knie gaben nach, sie musste sich mit den Händen auf dem Boden abstützen.

Stinkender Türke.

Eine alte Erinnerung verdrängte kurz das rote Haar und die zu üppigen Sommersprossen.

Hau ab, du stinkender Türke!

»Juli?« Ömer Tok, der Neue vom Dezernat für Ablebensfälle, das andauernd Beamte zu den Sektionen schickte, ging ebenfalls in die Hocke, packte Julis Oberarm und versuchte sie anzusehen.

»Juli Senninger? Das bist doch du?«

Stinkender Türke.

Sie kamen gleichzeitig hoch. Julis vermied es, ihn anzusehen, stattdessen blieben ihre Augen an den dicken Adern seiner Hände kleben, und sie war überrascht, dass er noch dieselbe Karamellhaut hatte, auf die sie schon als Sechsjährige so neidisch gewesen war.

»Geht es dir gut?«

»Natürlich. Alles in Ordnung. Nur die Hitze.« Sie winkte ab. Es war kein bisschen heiß, nicht hier draußen auf dem Gang.

»Du bist dünn geworden. Ich hätte –«

»Und du ganz schön pfundig!«

Die Worte ließen sich nicht aufhalten, doch Ömer lachte nur, griff sich an den Bauch, schien sich überhaupt nicht zu ärgern. Kurz sah Juli den pickligen Teenager mit den allzeit fettigen Haaren vor sich. Damals war er zu dünn, geradezu spindeldürr gewesen, obwohl sein Nachname doch »satt« bedeutete. Jetzt war er nicht mehr zu dünn, jetzt sah er satt aus. Allzeit satt sogar. Nur seine Augen schickten noch dasselbe gütige Strahlen in die Welt, das sie gleich am ersten Tag bemerkt hatte, als er mit seinen Eltern in die Nachbarschaft gezogen war. Vielleicht machte er aber nur gute Miene zum bösen Spiel? Juli hatte keine Ahnung. Das Gespür dafür, was in ihren Mitmenschen vor sich ging, war ihr vor vielen Jahren abhandengekommen.

»Du findest, ich bin zu dick?«

»Du hast angefangen.« Fast fühlte es sich an wie früher. Vertraut. Unschuldig. Als wäre kaum Zeit vergangen, als wäre nie etwas passiert. Sie hatten einander ständig geärgert. Es war eines ihrer Spiele gewesen.

»Na ja, du bist aber auch wirklich viel schlanker als früher, sofern man das unter diesem Kittel beurteilen …« Er biss sich auf die Lippe, merkte selbst, dass er auf dünnes Eis geriet. »Es steht dir bestimmt, nur …«

»Nur was?«

»Nur hätte ich dich fast nicht erkannt.« Toks Augen baten Juli um Verzeihung. »Du warst das also bei der Sektion? Etwas kam mir im Hörsaal die ganze Zeit seltsam bekannt vor, aber ich …« Er begann zu grinsen, als hätte er gerade ein echt schwieriges Rätsel gelöst. »Passt irgendwie. Wie geht es dir?«

»Bestens.«

Er sah auf die Akte, die unter seinem Arm klemmte. »Ich muss leider dringend einen Anruf erledigen, aber –«

»Ich sollte auch besser zurück in den Hörsaal, die anderen werden sich schon wundern, wo ich bleibe.«

»Schade. Aber vielleicht können wir demnächst mal einen Kaffee trinken und über alte Zeiten reden?«

Juli versteifte sich, sah ihm zum ersten Mal in die Augen und ging ohne ein weiteres Wort davon.

Auf dem Friedhof ließ sich Juli ins Gras fallen, schob die Linke unter ihren Kopf und legte die Rechte an den rauen Sandstein, wo sie ganz automatisch nach der flachen Kuhle tastete, die sie über die Jahre mit dem Daumen eingeschliffen hatte. Ihr Herz raste, Bauch und Brust hoben und senkten sich flach und hektisch. Wie ein Reh vor dem Scheinwerferlicht war sie nach der Begegnung mit Ömer aus der Rechtsmedizin geflüchtet. Hatte alles stehen und liegen lassen und niemandem Bescheid gesagt. Sie musste sich beruhigen, sie musste tiefer atmen. Nachdenken. Vernünftig sein. Gedanken kontrollieren. Falsche Bilder identifizieren und aussortieren. Sie brauchte Präzision, nicht Emotion. Gewissheit, nicht Bauchgefühl. Sie wollte die Kontrolle zurück.

Das vor allem anderen.

Denn damals hatte sie die Kontrolle verloren.

DANACH.

Wut und Schmerz hatten sie aufgefressen. Wut auf alles und jeden. Dabei war es allein ihre Schuld gewesen.

Nur allmählich nahm ihre olfaktorische Wahrnehmung die Arbeit wieder auf, verjagte das sinnlose Hätte, Wenn und Aber, erfüllte endlich ihren Zweck. Juli roch die Feuchtigkeit, das sprießende Grün. Den Frühling. Nur auf dem Friedhof erlaubte sie sich, aus der Reihe der Unsichtbaren zu treten, aufzufallen. Weil sich unter den Blätterkronen der Ahornbäume ihr Kiefer entspannte, weil sie wenigstens für kurze Zeit loslassen konnte, wenn sie zwischen den Gräbern lag, ihr die Sonne über das Gesicht spazierte und die Vögel zwitscherten. Weil sich neben Blumen, schwarzer Erde und dem verzweifelten Festhalten und Erinnern niemand an Leuten wie Juli störte, weil man hier am ehesten verstand. Deshalb war sie als Teenager beinahe jeden Tag zum Nordfriedhof gekommen, genau wie die Frau, die kurz vor Torschluss am Grab ihres Kindes Schlaflieder sang.

Heute allerdings war Juli schon im Hörsaal aus der Reihe gefallen. Alles war durcheinandergeraten. Erst das Wiedersehen mit Ömer und dann die Begegnung mit ihrem Ebenbild am Sektionstisch. Juli sah die roten Haare vor sich. Sie tanzten vor ihren Augen wie Wäsche auf einer Leine im Wind.

Hatte sie sich am Ende alles nur eingebildet? Seit diesem …

ja, Kollaps vor so vielen Jahren konnte sie sich nicht mehr zu hundert Prozent auf ihre Sinne verlassen. Manchmal vermischte sich die Wirklichkeit mit Bildern, von denen sie nicht wusste, ob es Erinnerungen oder Einbildungen waren. Ganz besonders, wenn sie es nicht wie sonst schaffte, Emotionen kategorisch aus ihrem Leben herauszuhalten.

Sie setzte sich auf und zog die Beine in den Schneidersitz. Konnte es wirklich sein, dass die Tote ihre Tochter war? In schwachen Momenten und dunklen Nächten hatte etwas in ihrem Inneren sich dieses Wiedersehen ungefragt in allen Farben ausgemalt. Es gab zig Versionen davon, aber keine im Hörsaal der Rechtsmedizin. Keine mit einem Autopsiemesser in Julis zitternder Hand. Keine mit einem viel zu frühen, noch dazu selbst gewählten Tod.

Bislang hatte Juli ohnehin angenommen, dass die Bilder von dem schmierigen Neugeborenen zur Sorte Einbildung gehörten, nicht Erinnerung. Hartnäckig hatte sie sie in diese Kategorie verschoben, sobald sie drohten sich im realen Leben zu manifestieren. Besonders in den Nächten, nach den schlimmen Träumen.

Stinkender Türke.

Und ausgerechnet am selben Tag tauchte er auf? War das Zufall?

Trotzig wie ein Kind wischte sie die aufsteigenden Tränen fort, klopfte Gras von ihrer Hose und bemerkte den Hund, der auf frisch angehäufter Erde am Grab gegenüber lag. Wie versteinert, der Kopf zwischen den langen Beinen, scheinbar völlig desinteressiert. Und doch folgten die Bernsteinaugen jeder von Julis Bewegungen.

War das derselbe Hund, der ihr im Hof der Rechtsmedizin das Erbrochene von den Galoschen geleckt hatte? Hatte sie ihn nicht gestern Abend am Grablichterautomaten das Bein heben sehen? Egal. Juli stand auf. Es gab eine recht pragmatische Lösung für ihr Problem. Sie konnte einfach so tun, als wäre nichts passiert.

Zwanzig Minuten später schnürte sie die Laufschuhe. Sie hatte nichts gegessen, nur Wasser getrunken. Viel davon. Um den Kopf von Unrat freizuschwemmen. Die große Laufrunde würde den Rest erledigen. Totale Erschöpfung löschte Gedankenstrudel, gebar klare Gedanken und noch wichtiger: Sie killte Schmerz. Das hatte Juli schon einmal das Leben gerettet.

Danach.

Von den alten Betonstufen vor dem Haus in der Osterwaldstraße, das Juli bereits als Dreijährige von ihrer zu früh verstorbenen Oma geerbt hatte, konnte sie das auffällige Protestbanner deutlich sehen: *Rettet das Allianz Sportgelände!* Anstelle des größten Breitensportvereins direkt am Englischen Garten sollte ein Premium-Fitnessclub entstehen. Weil sich die anfallenden Betriebskosten von siebenhundertfünfzigtausend Euro mit einem Jahresgewinn von elf Komma eins Milliarden nicht länger stemmen ließen! Sogar Juli regte sich darüber auf, obwohl sie sonst nie an öffentlichen Diskussionen teilnahm.

Wie meistens lief sie zwischen Schwabinger Bach und Oberstjägermeisterbach auf der Westseite am Kleinhesseloher See vorbei bis zur Eisbachwelle unterhalb der Prinzregentenstraße. Auf den glitschigen Planken am Flussufer standen die Neoprenanzüge Schlange, um endlich die berühmte stehende Welle zu surfen. Vor ein paar Jahren hatte Juli es auch ausprobiert, erst an der Floßlände wie alle Anfänger, doch das Drumherum war ihr zu redselig, die Leute zu kontaktfreudig gewesen. Beim Joggen fragte niemand nach deinem Namen, woher du kommst und was du so machst – vor allem, wenn man schnell genug unterwegs war.

An Tagen, da Juli die große Runde nötig hatte, lief sie von hier weiter bis zu den Stromschnellen kurz vor der A 99. Doch heute konnte sie die Menschen, die entlang des Eisbaches in der Abendsonne ihre Decken ausbreiteten, nicht ertragen. Eindeutig zu viel nackte Haut für Anfang April. Deshalb verließ sie ihre übliche Route und überquerte auf der Max-Joseph-Brücke die Isar, um auf den schmalen Wegen des anderen Ufers etwas mehr Abgeschiedenheit zu suchen.

Herzogpark!

Wie aus dem Nichts tauchte die Adresszeile in Julis Hirn auf.

Sie hatte die Fallakte vor der Hörsaalsektion nur kurz durchgeblättert, aber am prominenten Wohnort der Toten war sie dennoch hängen geblieben. Sie stoppte, verlor auf dem leicht abschüssigen sandigen Untergrund beinahe den Halt.

Poschingerstraße, Bogenhausen.

Ganz in der Nähe der teuersten Immobilie Münchens – zumindest war sie es 2015 gewesen. Damals hatte ein Investor aus dem Harz die aufwendig rekonstruierte Villa des Schriftstellers und Nobelpreisträgers Thomas Mann gekauft. Juli erinnerte sich nur deshalb daran, weil der neue Eigentümer ausgerechnet Thomas Manns hieß und diese Kuriosität natürlich in allen Medien aufgetaucht war: *Manns Villa wird Manns' Villa*. Juli sah die Schlagzeile vor sich. Sicherlich musste auch dessen Nachbar, ein gewisser Hanno Hallbach, wie Juli seit heute wusste, für die Immobilie direkt an der Isarpromenade ein Vermögen hingeblättert haben, und doch hatte sich dessen Tochter Eva gestern in ihrem Zimmer erhängt.

Herzogpark!

Die Ironie darin hatte Juli bislang übersehen. Das Haus lag Luftlinie keine drei Kilometer von ihrem Zuhause entfernt. Bestimmt einmal im Monat joggte sie dort die Straße entlang. Vielleicht waren sie einander über den Weg gelaufen? Vielleicht hatten sie einander in die Augen geblickt? Vor ihrer Haustür. Im Englischen Garten. An einem Zebrastreifen. Auf der Max-Joseph-Brücke? Vielleicht hatte Juli deshalb all die Jahre nach einem bekannten Gesicht Ausschau gehalten. Und jetzt? Diese räumliche Nähe brannte ihr wie Säure in den Augen. Auf der Haut. Überall.

So nah und doch Welten entfernt.

Juli verließ den Uferpfad, rannte die steile Böschung hoch, rutschte aus, schlug sich die Knie auf und wunderte sich über die Wohnanhänger entlang der Straße. Ein Stück weiter in nördliche Richtung musste es sein. Beim Queren des Weges übersah sie einen Radfahrer, kurze Zeit später kamen der markante, bauchige Erker und das Walmdach der Thomas-Mann-Villa zum Vorschein. Vom Nachbaranwesen waren hingegen nur die oberen hohen Fenster zu sehen, ein fast lückenloser Sichtschutz hielt allzu neugierige Blicke fern. Juli musste sich mit den Armen erst durch Äste und Zweige der dichten Hecke kämpfen, ehe sie einen Blick auf den Rest des Hauses erhaschen konnte. Wie hypnotisiert starrte sie zu den Balkonen hinauf, suchte nach Hinweisen, wollte wissen, hinter welcher Glastür oder welchem Fenster sich die Tochter des Hauses umgebracht, wo das Drama seinen Lauf genommen hatte.

Plötzlich spiegelte sich die Abendsonne in der Verglasung, und eine Frau trat auf den oberen Balkon. Juli konnte sie einigermaßen gut erkennen. Klein, rundlich, gut gekleidet, sehr gepflegt. Man sah ihr sogar aus der Entfernung an, dass sie ihr Leben in Wohlstand verbracht hatte. Jede Bewegung, jede Geste zeugte davon, auch wenn ihre Augen vom Weinen gerötet und die Haare durcheinander sein mochten. Natürlich! Da oben stand eine Mutter, die um ihr Kind trauerte.

Als der Blick der Frau in Richtung Juli schwenkte, ließ diese die Zweige los, duckte sich weg wie jemand, der Böses im Schilde führte, und kam sich auf einmal schäbig vor. Was machte sie hier? Belästigte sie gerade Menschen, die ihr Kind verloren hatten?

Stopp!

Mein Kind!

Meine Tochter?

Vielleicht.

Aber wie war sie hierhergekommen? Was war geschehen, sollten sich Julis Ahnungen bestätigen? Vorhin auf dem Friedhof war ihr die Gewissheit, die sie am Sektionstisch gespürt hatte, sehr schnell abhandengekommen. Zu schnell? Und jetzt? War es Zufall, dass sie hier entlanggelaufen war, oder …

Juli klatschte sich die flache Hand gegen die Stirn, ging zurück auf den Gehweg und überquerte die Straße. Sie musste die Kontrolle behalten. Unbedingt. Auf keinen Fall durfte –

»Hallo?«

Sie blieb stehen.

»Kann ich Ihnen helfen?«

Die Wut zwischen den freundlichen Worten war nicht zu überhören. Aus den Augenwinkeln sah Juli einen Mann, der aus der Einfahrt des Grundstückes auf sie zukam. Langsam drehte sie den Kopf und erschrak, weil er … auch erschrak? Lange Sekunden starrten sie einander an, bis Hanno Hallbach sich räusperte und die Augen niederschlug.

»Wenn Sie von der Presse sind, dann –«

Juli winkte ab. »Presse? Nein. Ich wollte nur sehen, ob die Poschi wirklich tot ist.«

Ob die Poschi tot ist? Hatte sie das wirklich gesagt? Wie dämlich konnte man sein! Juli lag auf dem Sofa. Der Fernseher lief. Das tat er immer, der Stille wegen, auch wenn sie nie hinsah. Juli las. Sehr viel sogar. Dauernd nur laufen, im Boxclub schwitzen oder das baufällige Haus instand setzen ging nicht, und sie musste ihr Hirn und ihren Körper beschäftigen, sonst drifteten ihre Gedanken ab. In verbotene Zonen. Deshalb wusste Juli, dass die Mann-Villa von der Mann-Sippe liebevoll Poschi genannt worden war, weil die Adresse einst Poschingerstraße 1 lautete, nicht Thomas-Mann-Allee 10. Sie wusste auch, dass die Thomas-Mann-Verehrer dieser Welt gut beraten waren, nicht zur – dem alten Grundriss nachempfundenen – Rekonstruktion der einstigen Mann-Villa zu pilgern, weil der Zauber vergangener Zeiten verloren gegangen war und praktisch nichts daran erinnerte, dass Thomas Mann – glühender Gegner der Nazis – nach seinem Appell an die Vernunft im Berliner Beethoven-Saal nicht nur ins Exil fliehen musste, sondern ihm auch sein Haus enteignet wurde und es in den Jahren 1937 bis 1939 für Hitlers Rasseorganisation Lebensborn als Stätte zur Zeugung arischen Nachwuchses herhalten musste.

Juli war das egal. Es juckte sie nicht im Geringsten. Schlimme Dinge passierten. Überall auf der Welt. Dass die neue Poschi nun eine seelenlose Villa in Privatbesitz war – who cares? Jedenfalls strahlte das schmucke Eigenheim Wohlstand und Reichtum aus, ebenso wie das Nachbarhaus, das sogar noch einen Hauch exklusiver daherkam und sich den Namen Hallbach-Villa wie einen für Mut und Tapferkeit verliehenen Orden ans Revers heftete, obwohl allein der schnöde Mammon zur elitären Anrainerschaft verhalf.

Sollte die Tote wirklich Julis Tochter gewesen sein, hatte sie ein privilegiertes Leben geführt und war mit der Wärme einer Mutter aufgewachsen. Bestimmt hatte Eva Hallbach es gut gehabt, war geliebt und verwöhnt worden. Etwas, das ihr eine minderjährige Vollwaise mit Drogenproblem garantiert nie hätte geben können.

Eva Hallbach.

So hieß sie also?

Juli stand auf und machte den Fernseher aus. Im Kühlschrank fand sie nur eine abgelaufene Packung Milch. Auch in Schubläden und hinter Schranktüren entdeckte sie nichts als einen alten Müsliriegel. Sie zog die Verpackung ab und biss hinein. Irgendetwas musste sie essen, und ihre Gedanken waren ohnehin zu sehr mit Hanno Hallbach beschäftigt, als dass sie sich am faden Geschmack gestört hätte.

War er bei ihrem Anblick erschrocken? Weil er die Ähnlichkeit sah? Um sicherzugehen, hatte Juli ihn gegoogelt. Es gab keinen Zweifel, der Mann, der Juli vor der Hallbach-Villa angesprochen hatte, war der Vater der Toten.

Draußen auf dem Gang erinnerten Juli Bohrmaschine, Eimer und die Säcke mit Verputzmörtel daran, dass sie heute eigentlich mit den Wänden im Treppenhaus hatte anfangen wollen; alles lag bereit, der Untergrund war vorbereitet. Der Auftakt zur Schlussetappe sozusagen, denn vor über zehn Jahren war Juli in eine Ruine eingezogen, hatte seither Zimmer für Zimmer selbst renoviert. Nur Elektro- und Sanitärinstallationen und das Dach hatte sie machen lassen. Doch anstatt Wasser zu holen, stieg sie die Stufen hoch und blieb vor der Tür zum Dachboden stehen.

Seit Juli München den Rücken gekehrt hatte, um an der Präparatorenschule in Bochum anzuheuern, war sie nicht hier oben gewesen. Seitdem hatte sie diese Tür nicht geöffnet. Ihr altes

Leben steckte dahinter, in einer Kiste und einem abgefuckten Rucksack.

Juli legte die Hand auf die Klinke und atmete tief. Der Mief des Vergangenen, der unter dem Türspalt hindurch bis in ihre Nase kroch, fühlte sich an wie ein Tritt gegen das Schienbein: Willst du das wirklich tun?

Durfte Juli erlauben, dass ihr mühsam auf Normalität getrimmtes Leben wegen einer irren Ahnung durcheinandergeriet? Dass das fragile Gleichgewicht ihres Daseins verloren ging und sie dort endete, wo sie vor sechzehn Jahren schon gewesen war und nie mehr landen wollte? Es wäre so leicht, alles von sich zu schieben – weit, weit weg. Darin war Juli gut. Doch eine Kleinigkeit sauste seit ihrer Begegnung mit Hallbach wie eine im Glas gefangene Fliege durch ihr Hirn: Privilegiert aufgewachsen und doch am Strick gelandet? Sosehr Juli es sich wünschte, das Bild von der heilen Welt funktionierte nicht.

Meine Tochter hat sich umgebracht.

Die Tür quietschte. An normalen Tagen hätte Juli kehrtgemacht, doch heute packte sie den Handlauf und stieg die steile Treppe bis zum Dach hoch. Direkt unter dem Giebel konnte sie gerade so aufrecht stehen. Von draußen fiel milchiges Mondlicht durch das Gaubenfenster. Juli entdeckte den Rucksack sofort zwischen der alten Kommode und den bemalten Milchkannen. An ihn heranzukommen war schwerer. Die Dachschräge zwang sie auf die Knie, und die Box mit den Fotoalben versperrte den Weg. Manche von den Bildern hingen wie Gemälde an den Wänden im Inneren ihres Kopfes. Um sie zu sehen, musste Juli kein Album aufschlagen, aber es gab andere, Erinnerungen, die sie verloren hatte. Auf ihrem Weg. Von dem sie annahm, dass es sich nicht lohnte, ihn zu gehen. Dennoch tat sie es. Jeden Tag. Weil die Eltern es so gewollt hätten. Aber das hatte Juli erst spät verstanden. Fast zu spät.

Mit dem Unterarm wischte sie den Staub fort, legte beide Hände an die dicke Pappe und schob die Kiste beiseite. Irgendwann würde sie die Bilder von der Zeit davor ansehen können, doch noch fehlte ihr die Kraft dazu. Sie wollte nicht darüber nachdenken, was hätte sein können, griff stattdessen nach dem Rucksack und zerrte ihn unter das Gaubenfenster. Fast hätte sie ihn vergessen.

Bis heute Nachmittag im Hörsaal.

Sie öffnete den Clipverschluss und zog die Kordel auseinander. Ganz oben lagen die alte Lederjacke mit den Aufnähern und die gebleichte Jeans. Darunter eine leere Bierdose, ein T-Shirt, eine Rolle Alufolie …

Juli wurde der Mund trocken, das Schlucken fiel ihr auf einmal schwer. Zu Hause benutzte sie längst keine Alufolie mehr. Schnell kramte sie weiter, krallte sich an abgerissenen Zigarettenfiltern, Kaugummipapier und all dem anderen Zeug fest, das sie an jenem Tag mit sich herumgetragen hatte. Völlig weggetreten. Absolut orientierungslos. Ohne Kontrolle.

Am Boden des Rucksacks spürte Juli Sand, mehr Müll, einen fetten Textmarker, Kulis, Münzen. Auch Bonbons. Ein kleiner Beutel wanderte durch ihre Finger, darin hatte sie immer das Kleingeld und den Tabak aufbewahrt. Für die Scheine und den Stoff dagegen war das von einem Abnäher verdeckte Reißverschlussfach an der Rückseite reserviert gewesen. Auf der Straße musste man aufpassen, das hatte Juli damals schnell kapiert.

Als sie die Stelle fand, begann ihr Herz wie eine Faust hart von innen gegen ihren Brustkorb zu donnern. Ein Zwanziger hatte sich im Schlitten eingeklemmt, Juli rutschte etliche Male ab, ehe der Schein zerriss und sie den Reißverschluss öffnen konnte. Ein Zehner und eine Plombe kamen zum Vorschein. Sie ließ sie in dem Moment fallen, da sie erkannte, was es war, doch noch bevor das in Plastikfolie eingedrehte Pulver den Boden berührte, erwachte der Nucleus accumbens in ihrem Gehirn. Juli kannte die Begrifflichkeit, hatte sich damit auseinandergesetzt – beruflich wie privat. Sie wusste, dass nicht nur bei aktuell Drogenabhängigen, sondern auch bei Leuten, die ewig nichts genommen hatten, dieses Areal im Hirnscanner zu leuchten begann wie eine Flutlichtanlage, wenn die Droge nur angeboten wurde. Die Abhängigen selbst nannten dieses Phänomen schlicht Suchtdruck. Deshalb machte Juli bis zur völligen Erschöpfung Sport, um ihr körpereigenes Belohnungssystem umzupolen.

Sie schloss die Augen, atmete tief, dachte an die Runden im Englischen Garten, an die Stunden im Boxclub. An die Kämpfe. An Schweiß und Anstrengung. Sie war nicht wegen des Stoffs den Dachboden hochgestiegen, sie suchte etwas anderes. Dabei wusste sie nicht mit Sicherheit, ob sie das Ding wirklich monatelang mit sich herumgetragen und wie ihren Augapfel gehütet hatte.

Juli steckte das Heroin und die Scheine in ihren Sport-BH und schob die Finger zurück in das Reißverschlussfach. Beinahe sofort spürte sie das Papier. Kein Geld, nicht von einem Kaugummi, ganz sicher nicht das Plastik einer Tüte. Sie zog daran, brachte das vielleicht einzige Indiz, dass es den schmierigen kleinen Säugling zwischen ihren Beinen wirklich gegeben hatte, endlich ans Licht und legte es auf ihre flache Hand.

Die Buchstaben und Ziffern verschwammen vor ihren Augen, viel zu langsam kamen Farben und Kontraste zurück. *Hauptbahnhof*, stand da. *HIER ENTWERTEN*, las sie. Juli war immer schwarzgefahren. Schon aus Prinzip. Nur an diesem einen Tag hatte sie ein Ticket gezogen, sie erinnerte sich genau. Weil ihr Bauch so wehtat, weil sie kaum noch gehen konnte, weil ihr Zuhause längst keines mehr war. Weil sie einfach in der U-Bahn sitzen wollte, ohne Angst haben zu müssen, erwischt zu werden. Weil sie keine Kraft gehabt hätte, die Abteile im Auge zu behalten und sich davonzumachen, sollte ein Fahrkartenkontrolleur auftauchen. Juli hatte sich ein MVV-Tagesticket gekauft. Am 19. August um fünfzehn Uhr eins.

Die Folie verschließt alle Poren, hindert Juli am Atmen. Sie zerrt daran, pult, fingert wie wild und wird panisch. Menschen fliegen an ihr vorbei wie in diesen Mysteryserien. Gerade Vergangenes mischt sich mit Neuem, fließt ineinander, zerfällt, nur um von anderen Farben und Formen abgelöst zu werden. Schnell. Immer schneller. Juli zupft und zerrt, kratzt seit einer Ewigkeit und richtet rein gar nichts aus. Das Rauschen in ihren Ohren frisst alles auf. Doch sie weiß natürlich, dass die Räder der einfahrenden Züge die Worte der Manager in ihren Anzügen zerquetschen, dass die Lüftungen arbeiten, dass die Kinder an den Händen ihrer Mütter quengeln. Juli sieht die Absätze so vieler Schuhe auf den Boden klacken, nur hören kann sie sie nicht. Die Scheiß-Folie klebt zu fest an Hals und Kopf und Körper. Die warme glitschige Haut in ihren Händen spürt sie trotzdem.

Ein Baby.

Die Luftblase platzt. Der Lärm kommt zurück. Feuchtigkeit kriecht durch die Unterhose ihre Beine hinab. Sie atmet und beugt sich nach vorn, tastet. Die Jeans ist fleckig, immer schon. Juli kann nichts Verdächtiges entdecken. Jemand rempelt sie an, hebt ihretwegen genervt die Hände und reißt die Augen auf. Eigentlich meiden die Blicke der Vorübereilenden den abgefuckten Teenager, und wenn sie sich doch verirren, hasten sie über ihn hinweg, als wären sie in Hundescheiße geraten. Juli kennt das. Es ist ihr egal.

Meistens.

Ist es wirklich passiert?

Sie hätte es doch bemerkt. Wenn sie an die Fotos von ihrer Mama denkt und den riesigen Bauch … Sie legt die Hände auf ihren eigenen.

»Was ist?«

Juli erschrickt, dreht sich um. Ein finsterer Kerl steht vor ihr, die Fäuste in den Jackentaschen.

»Hast du Problem?«

Sie schüttelt den Kopf. Kennt sie ihn? Als hätte er jedes Recht dazu, quetscht er sich in ihre Augen, forscht, tastet sogar mit beiden Händen über ihre schäbige Lederjacke und das zerschlissene T-Shirt bis zu ihrem Hosenbund. Juli steht stocksteif da, meint sich zu erinnern. Ihr läuft eine Gänsehaut den Rücken hinunter.

Ist er ein Bulle? In Zivil?

Sie denkt an den Rucksack, der auf ihrem Rücken hängt, an das Gras, das sie gestern gekauft hat. An das entsorgte Baby.

»Hast du Problem, ey?«, fragen die grauen Augen drängender, Lippen bewegen sich. »Brauchst du was?«

Juli reagiert nicht, lässt zu, dass er ihre Linke greift, etwas hineindrückt. Dann verschwindet er. Sie ist froh, er macht ihr Angst. Es dauert eine Ewigkeit, bis sich ihre Finger entspannen, sie die Hand öffnet und die Plombe ansieht.

Heroin? Kokain?

Wieso? Sie raucht nur Gras. Zu viel davon. Egal. Sie hat andere Sorgen.

Ein Baby? Ein Baby!

Von einer Sekunde auf die nächste löst sich die Starre auf, Juli dreht sich im Kreis, stopft die kleine Plastikkugel in ihre Jeans und läuft los. Das Stechen hinter ihrem Schambein lässt sie aufschreien, sie bremst, holt Luft, geht weiter. Langsamer diesmal. Sie muss zurück. Sie kann das winzige Mädchen nicht auf der Toilette zurücklassen wie Müll. Sie muss es holen. Es wärmen. Es füttern. Vielleicht ist sie dann weniger allein.

Ihre kleinen Brüste kribbeln, Juli denkt an die Drogen. An den Schnaps. Die möglichen Folgen. Ihr wird schlecht, sie stolpert, stützt sich einen Moment mit den Händen auf ihren Knien ab.

Verdammt! Ein Baby.

In welche Richtung muss sie überhaupt? Hier entlang? Oder doch da drüben? In ihrer Panik hat sie nicht darauf geachtet, wo sie hingelaufen ist. Juli lugt um Ecken, fährt mit der Rolltreppe nach unten, nur um gleich wieder hochzufahren. Dann endlich! Da muss es sein. Sie beißt die Zähne zusammen, rennt wieder, packt den runden Edelstahlknopf, drückt erst, zieht dann. Der Geruch nach Pisse steigt ihr in die Nase. Alles ist still. Kein Wimmern. Kein mühsames Atmen wie vorhin. Juli sucht den Lichtschalter. Die Neonröhren flackern träge und leuchten dennoch jede Ecke aus.

Nichts.

Kein Neugeborenes. Kein Blut. Kein verschmiertes Toilettenpapier. Damit hat Juli sich abgewischt. Darauf hat sie das Kind gelegt. Sie dreht sich im Kreis. Wieder und wieder. Gut, der Boden ist schmutzig, alles ist versifft, die Fliesen an der Wand sind klebrig, sie glänzen kaum. Bestimmt ist jemand hier gewesen. Bestimmt kümmern sich gerade Leute. Leute, die etwas davon verstehen.

Wenigstens das.

Juli ist erleichtert. Und entsetzt. Sie fällt in die Hocke, presst die Hände auf den Bauch, spürt etwas herausgleiten. Schnell schleppt sie sich zur Kloschüssel, zieht die Hose hinunter. Ein Klumpen platscht ins Wasser, sie sieht Blut an den Fingern. Keins, das aus Adern fließt. Nichts, was sie kennt. Sie hat noch nie geblutet. Nicht zwischen den Beinen.

Ist es das?

Ihre Gedanken hetzen zurück zu jenem Tag, da sie zum ersten Mal Bong geraucht hat. Sie denkt an das Herzrasen, an die Todesangst, das Verfolgtwerden, an die Zeitlupe, bevor die Autos auf sie zurasten und sie plattmachten. Es war genauso real gewesen wie …

Ist alles nur Einbildung? Halluzination?

Juli tastet nach der Rolle, sie muss sich abwischen, doch das Papier ist alle. Nichts mehr da. Sie geht zum Waschbecken, ihre Jeans hängt zwischen den Knien, ihr Magen krampft, sie übergibt sich. Draußen klopft jemand. »Beeil dich gefälligst!«, dringt es durch die schwere Tür. Der Wasserhahn quietscht, Juli hält das Gesicht unter den Strahl, spült den Mund aus, sucht gleichzeitig ihre Taschen nach einem Tempo ab, das sie als Einlage in ihre Unterhose legen kann, und findet stattdessen …

… das Ticket!

Hitze flutet ihren Kopf, sie schnellt hoch, blickt in ihr Spiegelbild, das sich im gebürsteten Stahl verzerrt. Das Innenraum-Tagesticket lag direkt neben dem Baby auf dem Boden. In Blut und Wasser. Juli weiß es genau, sie hat es nur deshalb aufgehoben, weil sie einfach die Tür hinter sich zumachen und zurück in die U- und S-Bahnen der Stadt fliehen wollte. Um alles ungeschehen zu machen.

Um zu schlafen.

Um zu vergessen.

Wie Feuer brennt das kleine Stück Papier nun zwischen ihren Fingern, sie lässt los, sieht zu, wie es den Waschbeckenrand streift und auf den Boden fällt. Und während Juli die Hose hochzieht, Reißverschluss und Knopf schließt, starrt sie auf die fast unsichtbare rote Spur, die auf dem Stahl zurückgeblieben ist.

Sonst nichts.

Julis Hände zitterten, als sie den Lichtschalter drückte und darauf wartete, dass sich die kaltweiße Helligkeit im Raum verteilte. Niemand aus der Nachbarschaft würde sich wundern, dass so spät nachts in der Rechtsmedizin Licht brannte. Ein Bereitschaftsarzt war außerhalb der Dienstzeiten ohnehin immer da, die Kameras an den Eingängen zeichneten rund um die Uhr auf, fast alle Lichter reagierten auf Bewegung, und an jeder Tür konnte man auslesen, wer sie wann geöffnet hatte. Deshalb war Juli drei Mal vor dem Eingang zum Hof umgekehrt, ehe das Licht anging. Deshalb hatte sie die Schlüssel wieder im Rucksack verstaut und war entschlossen auf ihr Rad gesprungen. Weil sie nicht wollte, dass ihr jemand Fragen stellte.

Und doch stand sie nun hier.

Das Licht knisterte in der Stille, rührte nicht an der Kälte und kümmerte den Tod nicht, die zusammen einträchtig den Raum beherrschten. Rotes Haar flatterte durch Julis Gedanken, blasse

Haut blendete sie. Vielleicht kam sie zu spät. Normalerweise wurden die Leichen nach Freigabe sofort abgeholt oder wieder mitgenommen. Erst recht die aus München. Oder würden ab morgen Kühlfachgebühren fällig werden?

Mit dem Handrücken holte sie eisige Nässe von ihrer Stirn, überflog die Namen neben den großen schwarzen Ziffern an den Kühlzellen zu ihrer Rechten. Hier lagen die Leichen, die bereits obduziert oder ohne Obduktion freigegangen waren.

Hallbach. F 11.04.

Neben der Eins.

Sie war also noch da.

Meine Tochter.

Wenigstens hatte sie die Kühlzelle für sich allein, die drei anderen Ebenen waren leer. Ein kleiner Trost. Auf Zehenspitzen tastete Juli sich voran, holte ihren Schlüssel aus dem Rucksack, steckte ihn ins Schloss, tippte mit der Rechten den hellgrauen Plastikgriff an, der sofort nach unten fiel, als sie den Schlüssel drehte. Es brauchte kaum Kraft, um die schwere Tür zu öffnen. Ein etwas größerer Kühlschrank. Ein leises Ploppen der Dichtung. Mehr nicht.

Juli starrte auf den Bergesack. So viele Nächte hatte sie geträumt. Lila Träume. Aber es war kein duftiges, leichtes Lila, kein Pastell, überhaupt nichts Poetisches. Ihr Lila war wie Atemnot. Und das ausgerechnet jetzt.

Weil Juli-Träume lila sind. Deshalb.

Noch hatte sie die Wahl. Noch konnte sie umkehren. Alles beiseiteschieben. Fernhalten. So tun, als wäre nie etwas passiert. Darin war sie gut. Doch Juli hatte den Stopper vergessen. Die Tür fiel zu, erwischte sie an der Schulter. Es tat nicht weh, trotzdem machte sie die Augen auf, funktionierte wieder, packte einen von den Hubwagen, die in der Mitte des Kühlzellenraumes standen, und zog ihn vor die offene Tür. Ab da lief alles automatisch, sie musste nicht mehr nachdenken: Bremse rein. Hochpumpen. Die Wanne mit der Leiche in einem Ruck auf den Wagen ziehen. Bremse raus. Etwas wegschieben, absenken.

Behutsam öffnete Juli den Reißverschluss des Bergesacks. Die Strangmarken sprangen ihr ins Auge, durchbohrten ihr Herz, genau wie das rote Haar und die blasse Haut. Erst nach einer Ewigkeit berührte sie mit den Fingerspitzen die Sommersprossen auf der Nase, strich dem Mädchen über das Haar und holte es vorsichtig aus dem Nacken, drapierte es um das fast unversehrte junge Gesicht und über die Nacktheit, die auf einmal schmerzte.

»Lila.«

War sie es wirklich?

Den Namen hatte sie nie zuvor ausgesprochen, in ihrem Kopf war er immer gewesen.

Weil Juli-Träume Lila sind.

Weil über allen Bildern, von denen sie angenommen hatte, dass sie nicht real sein konnten, immer dieser lilafarbene Schleier gelegen hatte. Auch auf dem alten U-Bahn-Ticket.

Lila.

Wieder stiegen Juli Tränen in die Augen. Sie spürte noch die wulstige Naht am Kopf, die sie gerade berührt und vor wenigen Stunden selbst gezogen hatte, obwohl ihre Finger längst in die Hosentaschen zurückgeflüchtet waren. Ihre Augen sahen den versehrten Brustkorb. Die Nähte. Das Verderben.

Warum wolltest du sterben?

Juli trat auf den Hebel, senkte den Hubwagen weiter ab, setzte sich zu der Toten auf die Wanne, beugte sich über sie und hob sie in ihre Arme. Die Haut war kalt, viel zu kalt, sie duftete nicht nach Leben, wie es hätte sein sollen, sein müssen. Alles war falsch. So falsch. Und doch wusste Juli, dass sie das Richtige tat, dass sie die Chance nicht verpassen durfte, ihr Kind wenigstens ein Mal an sich zu drücken und zu spüren. Ein einziges Mal.

Die Zweifel, die Juli den ganzen Tag über begleitet hatten, waren fort. Sie brauchte keine Beweise.

Weil Juli-Träume Lila sind.

Eine Stunde später wurde die Kälte unerträglich. Juli trug noch die knielangen Shorts und das dünne Funktionsoberteil. Also holte sie die gebleichten Jeans und das T-Shirt aus dem Rucksack und schlüpfte hinein. Sie passten wie angegossen, dabei war Juli immer pummelig gewesen, bis ihr die Drogen den Appetit verdorben hatten.

Bei dem Gedanken daran, zog sich ihr Bauch zusammen, sie legte eine Hand auf Lilas Arm. Welchen Schaden hatten Drogen und Alkohol angerichtet? Hatte ihre Tochter sich deshalb umgebracht?

Julis Augen wanderten die Narbe über Brust und Bauch entlang und an den Beinen weiter bis zu den Füßen. Dort lag das Seil, das sich Lila um den Hals gelegt hatte, bevor sie vom Stuhl ins Leere getreten war. Juli sah die Szenerie vor sich, hatte sie selbst zigmal im Kopf durchgespielt. Direkt danach. Als alles keinen Sinn mehr gemacht hatte.

Sie stand auf, ging näher heran und ließ die Finger über die unterschiedlich dicken Leinen gleiten, die mit einem Knoten verbunden waren. Der Opa hatte Juli am Starnberger See oft auf seinem Ruderboot zum Fischen mit hinausgenommen, wenn sie fleißig genug beim Knüpfen der Netze behilflich gewesen war. Mit dem Schotstek oder Jamknoten, wie ihn die Angler nannten, machte sie heute noch ihre Hängematte im Garten fest. Aber wer hatte ihn Lila beigebracht? Und wozu? War Hanno Hallbach Segler?

Das Ende der dünneren Leine lag unter einem kleinen Berg Kleidungsstücke begraben. Juli zog, bis der Henkersknoten zum Vorschein kam. Sie schnappte nach Luft, obwohl es natürlich keine Überraschung war. Hatte Lila ihn per YouTube-Tutorial geknüpft? Ohne Anleitung brachte man einen solchen Knoten jedenfalls nicht zustande.

In lockeren Schlaufen wickelte Juli das Seil über Hand und Ellbogen. Zwei relativ kurze Leinen, mit denen man zu Hause Knoten üben konnte? Aneinandergeknüpft und zweckentfremdet vermutlich perfekt geeignet für die hohe Stuckdecke im Kinderzimmer der väterlichen Villa. Woran hatte Lila es befestigt? Am Lampenschirm?

Juli legte das Strangwerkzeug, wie sie es unter Kollegen genannt hätte, auf einem leeren Hubwagen ab. Dass es mit der Leiche ins Institut transportiert worden war, hieß, dass die Polizei nicht von einem Tötungsdelikt ausging, denn sonst hätten es die Spurensicherer am Fundort DNA-sicher verpackt und mitgenommen. Gleiches galt für die Kleidungsstücke der Toten. All das, was Lila am Leib getragen hatte, als sie die Leinen verknotete, um sich umzubringen, würde nicht hier zwischen ihren Beinen liegen, wenn auch nur der Hauch eines Verdachtes auf Fremdeinwirkung bestand.

Juli griff mit Daumen und Zeigefinger nach dem erstbesten Stoffzipfel, holte einen beigefarbenen Pulli aus dem Stapel und drückte ihr Gesicht hinein.

So riecht meine Tochter.

Normalerweise inspizierten die Sektionsassistenten schon zu Beginn einer Obduktion alles, was mit der Leiche in der Rechtsmedizin angeliefert wurde, doch heute Nachmittag im Hörsaal hatte Juli das schlichtweg vergessen. Sie begann Unterhose, BH und Socken zu kontrollieren, packte die Jeanshose, tastete die Taschen ab, wiederholte die Prozedur zwei-, dreimal und legte die Kleidungsstücke der Reihe nach auf den Hubwagen.

Klack.

Es kam wirklich sehr selten vor, dass die Polizei Gegenstände übersah, die an oder in den Kleidern von Toten steckten. Hatte jemand geschlampt? Ömer vielleicht sogar? Und würde Juli deshalb tatsächlich einen persönlichen Gegenstand bei der Leiche finden, so wie sie es sich auf der wilden Fahrt ins Institut gewünscht hatte?

Vorsichtig schob sie beide Hände in den Kleiderberg, schüttelte, suchte, bis sie den Verursacher des Klackens fand. Ein Schlüssel! Ohne Anhänger, ohne irgendetwas sonst. Nur ein einfacher Haustürschlüssel? Juli war enttäuscht. Sie hatte auf eine Uhr, auf ein Armband, auf ein Kettchen gehofft. Etwas, das sie bei sich tragen konnte, über das sie streichen konnte, so wie sie es mit der nicht vorhandenen Narbe an ihrem Daumen machte. Aber ein Schlüssel?

Sie setzte sich zurück auf den Rand des Hubwagens, nahm eine rote Strähne zwischen die Finger und sah auf die Uhr. In ein paar Stunden hieß es aufstehen, zur Arbeit gehen. Sie sollte heimfahren und schlafen. Wenn das denn möglich war.

Lila.

Die Nacktheit machte Juli das Atmen zunehmend schwerer, wurde schier unerträglich. Dabei war es nichts Besonderes, nein, denn angezogen waren die Leichen nach einer Sektion nie. Erst im Bestattungsinstitut oder direkt am Friedhof würde sich vor dem Einsargen jemand darum kümmern. Keine Mutter, kein Vater, weder Ehefrau noch Tochter, wie es früher üblich war, sondern irgendjemand.

Ein Fremder.

Langsam begann Juli ihr Kind anzukleiden. Unterhose. Socken. Hose. Als sie den Pulli über den Kopf ziehen wollte, verheddterte sich ein eingerissener Fingernagel in den zerzausten Haaren, sie entwirrte, glättete mit bloßen Händen und strich zwischendurch immer wieder über die kalten Wangen. War sie selbst nicht in genau dem gleichen Alter gewesen, als sie den Tiefpunkt ihres Lebens erreicht hatte? Nicht einmal volljährig und schon am Ende. So heruntergekommen wie Juli damals sah Lila zwar nicht aus, im Gegenteil, man merkte ihr das privilegierte Leben an, aber umgebracht hatte sie sich doch.

Warum?

Auf einmal sprangen Juli die Worte auf Lilas Pulli ins Auge. Das Weiß hob sich nicht besonders gut vom hellen Beige ab. Sie zog den Stoff auseinander.

YOU KNOW MY NAME. NOT MY STORY.

Ein kehliges Lachen entwischte ihr, gleichzeitig stiegen Tränen in Julis Augen, tropften bald ohne Unterlass auf die weiche Baumwolle und machten die Worte sichtbarer.

Du kennst meinen Namen. Nicht meine Geschichte.

Noch eine Botschaft. Auch eine deutliche. Juli verstand. Und der Pulli ihres Kindes würde sie daran erinnern.

tag 2

juli klein ging allein

*Sie kann nicht atmen. Überall ist Schnee. Im Mund, in der Nase,
in den Ohren. Ihre Arme rudern, suchen Halt, tasten Holz und
Beton, finden keinen Ausgang, erahnen weder oben noch unten.
Ein Tuch spannt sich über ihr Gesicht, fest und nass und unbarm-
herzig.*
    Mama? Papa!
    *Sie hat das Donnern gehört. Ein Gewitter mitten im Winter?
Ein Erdbeben? Die Angst schickt ihre Helfer in die Peripherie.
Arme und Beine zittern. Sie kribbeln. Oder ist es die Atemnot?
Sind es die Vorboten des nahenden Todes? Doch inmitten der
eisigen Kälte fühlt sie auch Wärme, spürt sie feuchte Haut an ihren
Fingern. Das Weiß des Schnees zerfließt darauf in ein lilafarbenes
Meer, das durch einen weißen Ring in den Abgrund stürzt …*

… unwiederbringlich. Juli riss die Arme auseinander, ruderte,
schlug ihre Finger in Wände und Kissen, schnappte nach Luft,
atmete, endlich, und fürchtete den Aufprall.
    Der Wecker klingelte, ließ mit jedem Piep die Bilder des immer
gleichen Traums wie Seifenblasen platzen, bis Juli wusste, dass
nichts davon real war, dass sie wieder nur geträumt hatte.
    Scheiß-Träume!
    Benommen stellte sie den Alarm des Weckers ab und wühlte
sich aus der Decke. Vier Uhr vierundvierzig. Vereinzelt drang
Vogelgezwitscher durchs offene Fenster. Ein kühler Lufthauch
streifte Julis verschwitzten Hals und rüttelte sie endgültig wach.
Sie schlüpfte in die Schlappen, stolperte die Treppe hinunter und
ging zum Kühlschrank. Natürlich dieselbe abgelaufene Milch
wie gestern. Mit zitternden Händen schraubte sie den Deckel ab.
Es roch okay. Minimal sauer vielleicht. Sie checkte das Datum.
Zwei Tage drüber. Das ging noch. Sie trank.

Nach diesen Träumen plagte sie oft die Lust auf mehr. Eine Zigarette. Einen Schnaps. Einen Joint. Früher hatte sie nicht immer widerstehen können, doch das war mit den Jahren besser geworden. Heute allerdings spürte sie den Suchtdruck, als wäre kaum Zeit vergangen, und mehr noch als die beschissenen Träume und das Bild ihrer toten Tochter plagte Juli das Wissen, dass auf der alten Kommode im Bad die Plombe lag. Dabei hatte sie nie Heroin genommen, bis …

Im Bad stellte sie die Dusche an, schlüpfte aus dem verschwitzten Schlafshirt, warf es in die Wäschetonne und trat unter den eiskalten Strahl. Gelegentlich versetzte sie der Wasservorhang über dem Gesicht noch in Panik, aber an normalen Tagen hatte Juli das im Griff. Sie kam klar, genau wie mit ihrem Leben. Dank harter Arbeit und eiserner Disziplin.

Als Arme und Beine von der Kälte taub wurden und der Gehirnfrost die letzten Erinnerungen an den Traum auf Eis legte, drehte Juli das Wasser ab, griff nach einem Handtuch und rubbelte sich warm. Im Spiegel sah sie eine ältere Version des Gesichtes der Toten. Ihrer Tochter.

Lila.

Oder Eva Hallbach, wie sie zeit ihres Lebens genannt worden war. Lila würde nie ihren vierunddreißigsten Geburtstag feiern. Das hatte Juli im Februar zwar auch nicht getan, aber wenigstens hätte sie es tun können, wenn sie gewollt hätte. Allein die Möglichkeit zählte.

Oder?

Der cremefarbene Pulli lag neben Julis alter Jeans und der Lederjacke auf der Waschmaschine. Mutter und Tochter. Hätten sie voneinander Klamotten geborgt? Schuhe getauscht? Sich die Haare gebürstet? Wären sie Freundinnen gewesen, wenn sie Zeit miteinander verbracht hätten? Wenn Juli Lila eine Mutter gewesen wäre?

Hätte. Wäre. Wenn.

Eine zu dicke Wurst Zahncreme landete auf der Bürste. Dass Lila tatsächlich existierte, beruhigte Juli einerseits, bedeutete es doch, dass sie nicht völlig verrückt war. Andererseits setzte Lilas Auftauchen – auch oder gerade weil sie tot war – eine ganze Palette von Schuldgefühlen frei, die Juli in den vergangenen Jahren mit der Begründung von sich hatte fernhalten können, dass das alles nicht wirklich passiert war: Wie konnte sie nicht merken, dass sie schwanger war? Wie konnte sie weiter Drogen nehmen und Alkohol trinken? Wie sehr hat sie Lila damit geschadet? Wieso hat sie das Baby auf der Toilette zurückgelassen? Wie lange war sie weg? Wohin ist das Kind in der Zwischenzeit verschwunden? Was ist im Leben ihrer Tochter geschehen, dass diese keinen anderen Ausweg sah, als sich das Leben zu nehmen?

Ohne ihr Spiegelbild aus den Augen zu lassen, spuckte Juli den Schaum in das Waschbecken, strich mit dem Handrücken über den Mund und schob mit den Mittelfingern die Lider in die Falte hoch. Die Sommersprossen in ihren blassgrünen Augen schienen zu wandern wie Bakterien im Nährgelee einer Petrischale. So jedenfalls kam es Juli manchmal vor, wenn sie Fieber hatte oder psychisch angeschlagen war. Ihr wurde schwindelig davon, und sie musste auf der Hut sein, denn um eine Frage schlich ihr Geist herum wie die Hyäne um die Beute des Löwen. Wie war sie überhaupt schwanger geworden? Es gab daran keine Erinnerung. Nichts. Die unbefleckte Empfängnis? Oder ein derart traumatisches Erlebnis, dass Julis Rettungssysteme es tief in ihrem Inneren vergraben mussten, um überleben zu können?

Ihr eigenes Spiegelbild machte Juli Angst. Sie durfte nicht abgleiten, denn von dem schmalen Grat, auf dem sie sich schon so lange bewegte, ging es auf beiden Seiten steil in die Tiefe.

Die Bürste verhedderte sich in den Haaren.

Fuck!

Bedeutete Lilas Auftauchen das Ende ihres mühsam auf Normalität getrimmten Lebens? Würde sie – nachdem sie bereits im Sektionssaal die Fassung verloren hatte – auch die Kontrolle über den Rest verlieren?

Ihr Kopf fiel nach vorn, die Bürste krachte ins Waschbecken, Juli musste sich mit beiden Armen abstützen. Bei der kleinsten

Gelegenheit stellten Depressionen und seelische Tiefs Leuten wie ihr fast schadenfroh ein Bein, brachten sie hämisch grinsend zu Fall – wieder und wieder. Das war kein Geheimnis. Nicht für Juli. Und eine Tochter am Sektionstisch wiederzufinden war keine Kleinigkeit – auch wenn es vorher kein gemeinsames Leben gegeben hatte.

Sie hob den Blick. Die ältere Version ihrer selbst starrte ihr ängstlich entgegen, doch die Flecken in den Augen der jüngeren brannten vor Ungeduld. Juli griff hinter sich, tastete, fand den Pulli und schlüpfte hinein.

YOU KNOW MY NAME. NOT MY STORY.

Im Spiegel wandelte sich die Bedeutung der Worte. Mehr denn je fühlte es sich an, als hätte Lila eine geheime Botschaft hinterlassen. Zwar hatte Juli das Offensichtliche bereits spätnachts im Kühlzellenraum verstanden, doch der Subtext erschloss sich ihr erst jetzt. Sie musste sich nicht nur auf die Suche nach den verwischten Spuren des Lebens ihrer Tochter machen und die Gründe für den Suizid herausfinden, sondern auch die Risse in ihrer eigenen Seele kitten, wenn sie weiterleben wollte. Sie musste sich ihren Ängsten stellen. Sie musste ihre eigene Geschichte aus den Schatten ans Licht zerren, ganz egal, wie sehr sie sich vor den hässlichen Wahrheiten fürchten mochte. Sie hatte auf einer Toilette am Hauptbahnhof ein Baby geboren. Und es zurückgelassen.

Verdammt noch mal!

Juli zog eine frische Unterhose und Socken aus dem Wäschekorb an und stieg in ihre Jeans aus Teenagertagen. Nach all den Jahren auf dem Dachboden roch sie nicht besonders, doch das war egal. Ehe sie das Bad verließ, streifte ihre Hand über die Kommode und umschloss die kleine Kugel.

***

Der Pulli brannte Juli auf der Haut. Genauso gut hätte sie mit Edding *Seht, was ich getan habe!* auf ihre Stirn schreiben können.

Nervös sah sie auf die Uhr an ihrem Handgelenk. Sieben Uhr sieben. Wo hatte sie all die Zeit vertrödelt? Im Bad? Auf dem Weg zur Arbeit jedenfalls nicht. Mit dem Rad durch den Englischen Garten, an Hofgarten, Odeonsplatz mit Feldherrnhalle und Residenz vorbei, bis zum Marienplatz und von dort weiter über Rindermarkt und Sendlinger Tor brauchte sie keine zwanzig Minuten bis zur Nußbaumstraße. Per Auto oder mit der U6 ab Alte Heide dauerte das länger. Deshalb fuhr Juli immer mit dem Rad. Winter wie Sommer. Auch heute.

Schnell öffnete sie die Kühlzellentür und zog die Wanne heraus, auf der Lila lag. Das Eppendorfgefäß steckte schon in ihrer Kitteltasche, sie hatte es vorhin aus Sektionssaal 2 geholt. Das war ihr Saal, dort assistierte sie jeden Nachmittag bei Obduktionen, da kannte sie den Inhalt jeder Schublade auswendig.

Obwohl Juli bei Lilas Anblick die Knie weich wurden, hielt sie sich nicht mit Sentimentalitäten auf, sondern spreizte mit den Fingern den Kiefer auseinander und fuhr mit dem Wattestieltupfer durch die Mundhöhle. Jeden Moment konnte jemand auftauchen, denn offizieller Arbeitsbeginn war sieben Uhr fünfzehn und es gab keine Gleitzeit. Das hieß, alle Kolleginnen und Kollegen trudelten zwischen sieben und halb acht ein, und die Präparatoren kamen ohne Ausnahme über den Hof und durch den Kühlzellenraum ins Souterrain der Rechtsmedizin, wo sie ihren Tag verbringen würden.

Als Juli in der Rechtsmedizin angefangen hatte, war sie die erste ausgebildete Präparatorin unter sonst angelernten älteren Herren gewesen. Inzwischen sah das anders aus. Bei den Sektionen assistierten insgesamt vier Frauen. Ein Kollege machte Außen- oder Telefondienst, kümmerte sich um die Bestatter, schrieb Rechnungen, fuhr Leichen raus und rein und entsorgte den Abfall. Zudem schnupperten meist noch ein oder zwei Praktikanten in den Job hinein.

Normalerweise kam Juli als Teamleiterin der Abteilung Sektion schon um kurz vor sieben – also vor allen anderen. Dass sie ausgerechnet heute später dran war, wo sie doch dringend etwas Zeit für Heimlichkeiten brauchte, trieb ihr den Schweiß aus allen Poren. Doch bis nach der Morgenbesprechung zu warten, wollte sie nicht riskieren, sollte Lilas Bestatter ausgerechnet Punkt acht hier aufkreuzen, um sie abzuholen. Zwar wären da noch jede Menge genommene Proben von gestern, aber das Blut einer Toten konnte Juli schlecht an eins von den Labors schicken, die im Internet Abstammungsgutachten für wenig Geld anboten.

Sie steckte das Wattestäbchen in das durchsichtige Plastikrohr und drückte den Deckel zu. Gestern Nacht, schon im Halbschlaf, hatte sie überhaupt erst an die Möglichkeit eines DNA-Tests gedacht. Als das starke Band, das Juli mit ihrer verloren gegangenen Tochter im Arm so intensiv gespürt hatte, bereits anfing, an Kraft zu verlieren. Was, wenn ihr Kind erst begraben war? Wenn Tage, Wochen und Jahre vergingen? Konnte Juli dann noch sicher sein? Und überhaupt! Wer wusste schon, was sie in Erfahrung bringen würde? Vielleicht brauchte sie einen Beweis. Irgendwann. Die Staatsanwaltschaft hatte in der Sache Eva Hallbach jedenfalls keinen DNA-Test veranlasst, da die Identität der Toten für Polizei und Behörden zweifelsfrei feststand.

Was für ein Witz!

Hier in der Rechtsmedizin dauerte ein DNA-Test mit höchster Priorität lediglich ein paar Stunden. Sich heimlich nachts in die dafür eingerichteten Räume zu schleichen, hätte Juli durchaus riskiert, doch leider konnte sie weder mit den Gerätschaften umgehen noch den Befund lesen. Ohne einen kollegialen Komplizen ging es nicht, und einen solchen zu rekrutieren kam nicht in Frage. Zwar bot selbiges Labor – ähnlich wie die diversen Anbieter im Internet – Abstammungsgutachten für Leute an, die ihre Verwandtschaftsverhältnisse klären wollten, doch verlangte es dafür nicht nur das vierfache Honorar, sondern es ließ den Mundhöhlenabstrich bei den zu testenden Personen auch vom hauseigenen Personal durchführen, um Verunreinigungen und daraus resultierende Fehler von vornherein auszuschließen.

Eine Kollegin müsste demnach Juli und Lila den Tupfer in den Mund stecken, was definitiv keine Option war, es blieb also nur ein Internetlabor. Sich wie branchenüblich ein Entnahmeset zuschicken zu lassen, dafür reichte die Zeit nicht, und mit einem Ergebnis konnte Juli, je nach Auftragslage, frühestens in ein bis zwei Wochen rechnen. Unterschriften und Namen musste sie sowieso fälschen, denn ohne Einwilligung aller Testpersonen machten sich die Anbieter strafbar, und Hanno Hallbach würde wohl kaum für seine minderjährige tote Tochter …

»Juten Morjen.«

Juli traf fast der Schlag. Sie steckte ihre Faust in die Kitteltasche und ließ die Probe hineinfallen. »Morgen.«

Ada, Dienstälteste unter den Präparatorinnen nach Juli, war noch keine dreißig und hatte ihr Handwerk an der Charité in ihrer Geburtsstadt Berlin erlernt. Manchmal wünschte sich Juli, sie wäre dortgeblieben, denn Ada war die Einzige von den Kolleginnen, die bislang nicht die Segel gestrichen hatte, wenn es darum ging, mit Teamleiterin Senninger – über die professionellen Belange der Arbeit hinaus – ein Verhältnis aufzubauen.

»Wat machstn da?«

»Nichts!« Der Reißverschluss des Bergesacks verheddert sich.

»Haste wieda wat ausjefressen, wa?« Ada kam näher.

Ausgefressen? Wieder? Juli klappte die Seiten des Bergesacks über Lilas Oberkörper und versuchte vergeblich, den Schlitten des Reißverschlusses freizubekommen.

»Chic, die Hose.« Ada schnalzte mit der Zunge, hielt sich aber mit Julis Stilbruch, was Kleidung anging, nicht weiter auf. »Bist spät dran heute.«

»Viel Verkehr.«

»Im Englischen Garten?«

Juli hob die Schultern, registrierte, dass Ada hinter ihr auf die Zehenspitzen ging, um besser zu sehen. Garantiert war sie die Einzige in der Rechtsmedizin, die wusste, wo Juli wohnte und dass sie ausnahmslos mit dem Rad zur Arbeit fuhr.

»Wieso isn die anjezogen?«

Verdammt! Juli wünschte, die Kollegin wäre vorbeigegangen, ohne ungebeten draufloszuberlinern, wie immer, wenn sie die Umstellung vom rein berlinerisch geprägten häuslichen Umfeld zum Jobmikrokosmos in der Rechtsmedizin München noch nicht vollzogen hatte.

»Komisch.« Ada schlüpfte an ihrer Teamleiterin vorbei und peilte mit dem Zeigefinger das abgefuckte alte T-Shirt aus dem Dachbodenrucksack an, das Juli Lila anstelle des Pullis übergezogen hatte. »Det is doch de Hörsaalsektion?«

Sie nickte steif.

»Mächtig Knete det Jör und so 'ne Klamotte?« Ada schnalzte wieder mit der Zunge. »Da würd ick wat Schickeres anziehen, wenn …« Sie schlang mit der Rechten ein imaginäres Seil um ihren Hals und zog es hoch.

Vorsichtshalber verschränkte Juli die Arme vor dem Schriftzug auf ihrer Brust. Hätte sie Lilas Pulli nur nicht angezogen! Aber in einer Sache hatte Ada recht, Suizidenten wählten ihre Kleidung meist sorgfältig, da hatte ihre Tochter wohl keine Ausnahme gemacht.

»Nu mach ma dalli!« Ada sah auf die Uhr und drängte ihre Vorgesetzte endgültig zur Seite, um für sie den eingeklemmten Stoff aus dem Reißverschluss zu zerren. »Wer die wohl anjezogen hat?«

Juli zuckte nur lahm mit den Schultern. Adas resolute, fast schon penetrante Art schüchterte sie manchmal ein, dabei war sie früher genauso gewesen. Davor.

»Ick hätte ja uff dich jetippt, wenn de jestern nich so schnell vaschwunden jewesen wärst.«

»Auf mich?« Juli verschluckte sich beinahe an den Worten. »Wieso das denn?«

»Nu, weil Emma und Katrin meinten, du hättest dich …«, sie räusperte sich, »… unprofessionell verhalten?«

Die Kolleginnen hatten es also tatsächlich mitbekommen, dass Juli im Hörsaal nicht wie sonst einwandfrei funktioniert hatte. Es machte bereits die Runde. Wie peinlich!

»Sie meinten auch, das hätte am Neuen gelegen.«

»Am Neuen?«

»Die sagen, du kennst ihn.«

»Wen?«

»Det Schnucki vom K zwöhölf!« Ada lachte. »Sie sagen, er wollte mit dir ein Date klarmachen. Draußen auf dem Gaahang!«

»Wie bitte?«

»Ick würde mich an deiner Stelle nicht zieren.«

Juli spürte Hitze ihre Wangen hochsteigen. »So ein Quatsch! Den Tok kenne ich seit einer Ewigkeit, wir waren früher wie Bruder und Schwester.«

»Und deshalb haste bei der Sektion och voll verkackt?«

Das ging zu weit. Juli ärgerte sich. Vielleicht musste sie in Zukunft deutlicher die Chefin raushängen lassen.

Anscheinend merkte Ada, dass sie über das Ziel hinausgeschossen war. Sie ruderte zurück und sprach endlich anständiges Deutsch. »Fällt halt auf, weil man das von dir nicht gewohnt ist. Eigentlich kann ich mich nicht an eine einzige Gelegenheit –«

»Mir war übel, das ist alles. Ich muss etwas Schlechtes gegessen –«

Doch Ada interessierte sich nicht für Rechtfertigungen, ihr Blick begann wie bei einer Tennisrally zwischen Juli und Lila hin- und herzufliegen. »Auwacka, det isn Ding!« Noch ein langer Ballwechsel. »Die sieht aus wie du!«

Juli schnappte nach Luft.

»Jetzt verstehe ich. Das hätte mich och wuschig gemacht. Die könnte glatt deine Schwester sein!«

Schwester? Nicht ganz.

»Richtig gruselig.« Ada bekam den Reißverschluss frei und zog ihn zu, als könnte sie damit den Schrecken aussperren. »Bist du mit den Hallbachs verwandt? Jemand hätte dich ablösen sollen.«

Juli lachte gequält. »Nein. Nicht verwandt. Jedenfalls ist mir nichts bekannt.«

Ada öffnete noch einmal den Verschluss, lugte in den Bergesack hinein und schlug die Hand vor den Mund. »Trotzdem.

Hat sich bestimmt angefühlt, als würdest du dich selbst da liegen sehen.« Mitfühlend drückte sie Julis Arm. »Dass den anderen das nicht aufgefallen ist. Schon komisch.«

Juli starrte auf Adas Finger, spürte die ungewohnte Berührung schockierend intensiv. Im Vergleich zu Lila glühte Adas Haut, pulsierte schier – aufreizend lebendig.

Der Schlüssel!

Den hätte Juli beinahe vergessen. Sie schob die Linke in ihre Hosentasche und fischte ihn heraus. »Könntest du im K 12 anrufen? Die haben eine Kleinigkeit übersehen.«

Ada legte den Kopf schief und grinste. »Det Schnucki ruf ma schön selber an.«

✳✳✳

»Zuerst hatten wir eine fünfunddreißigjährige Frau nach Verkehrsunfall. Tod führend durch Schädel-Hirn-Trauma nach Kollision mit einem Lkw.«

Die Tische im Casino standen im Quadrat angeordnet. Alle Ärzte, Professor Kammerlocher selbst und die jeweiligen Leiter oder Stellvertreter der Abteilungen Toxikologie, DNA, Biomechanik, Sektion und Histologie saßen einander gegenüber. Ausnahmsweise war die Dame von der Ein-Frau-Abteilung Isotopen ebenfalls anwesend, obwohl sie eigentlich nur donnerstags an der Morgenrunde teilnahm. Juli kannte den Grund dafür nicht. Hatte es jemand erwähnt? Alle Infos rauschten heute wie Föhnwind an ihr vorbei und hinterließen ein fieses Pochen in den Schläfen. Sie hatte weder die Begrüßung durch den Chef und seinen meist unterhaltsamen Abriss über die Themen des Tages mitbekommen noch die Quizfragen der alten Hasen an ihre Assistenzärzte gehört, dabei suhlte sie sich sonst gern darin, dass sie besser Bescheid wusste als die meisten angehenden Herren Mediziner. Allein die humorig verpackte Anspielung auf ihr untypisches Versagen bei der gestrigen Hörsaalsektion ließ sie vor Scham im Boden versinken.

»Dann ein Neunundfünfzigjähriger, tot in der Wohnung, der starb kardial bei Herzbeuteltamponade nach Herzinfarkt. Als Drittes ein Achtzigjähriger, ebenfalls tot in der Wohnung, fortgeschrittene Fäulnis mit Madenbefall. Tod bleibt unklar.«

Gab es natürlich. Gerade bei fäulnisveränderten Leichen fand man oft keine Todesursache mehr. Julis Finger galoppierten über die rosafarbenen Durchschläge der Todesbescheinigungen, die sie vorhin noch schnell aus der Schublade im Kühlzellenraum geholt hatte.

»Besonders tragisch: das tote Baby aus dem Altkleidercontainer. Weiblich, fortgeschrittene Verwesung, mehrere Generationen Maden. Die Polizei nimmt eine Liegezeit von etwa drei Monaten an, da der Container zuletzt Mitte Januar geleert wurde und das Kind ganz unten lag. Lebensfähig ja oder nein? Fremdeinwirkung?« Dr. Seiffert drehte den Kopf, bis ein Wirbel knackte. »Kein Schädelbruch oder andere äußere Gewalteinwirkung. Auch keine Missbildungen am Herzen. Der Rest bleibt Spekulation.«

Juli hörte nur mit halbem Ohr hin, sie hoffte, dass Ada in ihrer Abwesenheit mit der Anzieh- und Ähnlichkeitsgeschichte nicht hausieren ging.

»Und schließlich eine siebzehnjährige Frau. Suizid durch Erhängen. Befund eindeutig.« Dr. Seiffert blätterte in der Akte, als suche er etwas Bestimmtes, kam dann aber zum Ende.

Das war's?

Juli wäre am liebsten aufgesprungen und hätte nachgehakt, doch alles, was sie im Angesicht der vielen Augenpaare, die erwartungsvoll auf sie gerichtet waren, zustande brachte, war: »Neun zu vier.«

Die versammelte Runde stöhnte auf. Neun zu vier hieß, dass bereits neun Sektionen fest terminiert waren und vier weitere Leichen in der Kühlung lagen, bei denen die Kripo noch bis Mittag Zeit hatte, um der Staatsanwaltschaft ausreichend Entscheidungshilfen für oder gegen die Anordnung einer Sektion zu liefern. Entsprechend kamen zu den neun fixen Leichenöffnungen am Nachmittag noch ein, zwei, drei oder vier dazu. Jede Menge Arbeit wartete.

Eine Viertelstunde später landeten die besprochenen Akten mit einem Wumms auf Julis Schreibtisch, eine übervolle Tasse direkt daneben. Durch das Sichtfenster zur Teeküche war niemand zu sehen. Gut so. Bis es mit den Sektionen am Nachmittag losging, holten die Kolleginnen und Kollegen alte Asservate aus den Lagern. Der Keller platzte aus allen Nähten, und die meisten Proben hätten rein rechtlich schon vor Jahren entsorgt werden können.

An normalen Tagen kam Julis Team vor der Morgenbesprechung kurz in der Küche zusammen, um gemeinsam die To-dos des Tages durchzugehen und dabei eine Tasse Tee oder Kaffee zu trinken. Bislang hatte Juli diesen Fixtermin kein einziges Mal versäumt. Und jetzt? Das Universum existierte fort, nur Julis kleine Welt stand still – aber nicht, weil sie den Tee versäumt hatte.

Sie setzte sich, flippte mit dem Daumen durch die Aktendeckel der Staatsanwaltschaft, bis sie den fand, hinter dem sie alle Informationen zu Eva Hallbachs Suizid finden würde. Jede Akte musste mit den Daten der Sektion im System verglichen werden, es fiel also nicht weiter auf, wenn Juli sich mit einer ganz bestimmten vor dem Rechner einigelte.

Die ersten Seiten überflog sie nur.

Keine Ankündigung des Suizides … kein Abschiedsbrief … keine Anhaltspunkte für Fremdverschulden. Personalien: Eva Emilia Hallbach, deutsch, ledig, Schülerin. Identifizierung durch die Eltern.

Juli schloss kurz die Augen.

Neunzehn Uhr sechsundvierzig Eintreffen des Notarztes … Reanimation erfolglos … anwesende Personen: Emmi und Hanno Hallbach, Eltern … Leichenflecken ausschließlich hinter den Ohren und im Nacken …

Das Geburtsdatum passte, aber von Adoptiveltern war nirgends die Rede. Juli nippte an ihrem Tee, verbrannte sich die

Lippen. Sie hatten also versucht, Lila wiederzubeleben. Zuerst der Vater, dann die Sanitäter und der Notarzt. Im Bericht stand außerdem, dass Hanno Hallbach ab achtzehn Uhr zu Hause gewesen war, und da Lilas Leiche um neunzehn Uhr sechsundvierzig lediglich Totenflecken hinter den Ohren und im Nacken aufwies, hieß das, dass Hallbach im Haus gewesen war, als seine Tochter sich das Leben genommen hatte. Die Mutter kam laut Akte um neunzehn Uhr zwanzig von einem Treffen mit Freunden, kurze Zeit später fanden die Eltern gemeinsam ihre Tochter. Mit einem Küchenmesser durchtrennte die Mutter das Seil, während der Vater auf dem panisch herangerückten Schreibtisch stehend seine Tochter hielt, die anstatt des geliebten Hängesessels an einem Seil vom Deckenhaken baumelte.

Im Bericht hieß es nirgends *panisch herangerückten* oder *geliebten Hängesessel*, diese Details malte Julis Geist ungebeten dazu. Wie in den alten Stummfilmen sah sie die Szenerie vor sich. Fehlte nur die stets überdramatische Klaviermusik.

Lila muss noch warm gewesen sein, als …

Juli fuhr sich mit beiden Händen durch die Haare, sortierte ihren Pferdeschwanz, spürte Tränen in die Augen steigen, scannte mit dem Handy die Akten ein. Es konnte nicht schaden, eine Kopie zu haben, auch wenn sie als Präparatorin ohnehin darauf zugreifen konnte.

Die Tür in der Teeküche quietschte, durch das Sichtfenster sah Juli Ada hereinkommen. Mit einem schnellen Schritt in die Ecke rettete sie sich vor neugierigen Blicken. Auf keinen Fall durfte jemand sehen, wie sie hier flennend im …

»Manchmal denke ich, die tickt nicht ganz richtig. Hat die doch glatt die Hörsaalsektion angezogen.«

»Angezogen? Das ist mal richtig strange.«

Die Mühle des Kaffeeautomaten verschluckte jede weitere Lästerei, aber Juli hatte genug gehört. Die zerrissen sich das Maul. Kein Wunder. Genauso wenig wie Präparatoren die Leichen nach Sektionen ankleideten, saßen sie wie Angehörige an den Wannen der Kühlfächer, als wären es Krankenbetten.

»Wo ist die überhaupt?«

Einen Moment später hörte Juli Ada, Emma und Katrin auf dem Gang flüstern. Fast fürchtete sie, die vorlaute Berlinerin würde bei ihr klopfen, um das Fortschreiten des Wahnsinns der Chefin abzuchecken, aber alles blieb ruhig, und nach einigen bangen Minuten wagte sich Juli zurück zu den Akten auf ihrem Schreibtisch.

Natürlich stand genau aufgelistet, was Eva Hallbach am Leib getragen hatte, als die Polizei eintraf. Jeans, Unterhose, BH, Socken und ein beigefarbener Pulli mit auffälligem Print. Sogar der genaue Wortlaut war notiert.

Juli blätterte bis zur Lichtbildtafel, sah sich die Fotos an, die ein gewisser Kriminaloberkommissar Borch gemacht hatte. Lila lag auf dem Boden. Fischgrätparkett. Der Hängesessel direkt neben ihr, der umgekippte Bürostuhl außer Reichweite. Das Bett zerwühlt, der Schreibtisch deplatziert. Alles war verkehrt, Juli fühlte Panik aufsteigen, schlug die Akte zu. Atmete. Musste sich beruhigen. Ihre Rechte wanderte zur Maus, holte den Sektionsbericht auf den Bildschirm. Die Buchstaben darauf schwammen in einem lilafarbenen Meer. Juli hatte Mühe, die Worte zu entziffern. Der Bericht bestätigte, was in der Akte stand. Es gab keinen Zweifel, nicht den kleinsten Anhaltspunkt für Fremdverschulden. Warum auch? Dennoch suchten Julis Augen weiter, scannten die Seiten und blieben an ebenjenen Worten hängen, die bereits gestern im Hörsaal etwas in ihr zum Klingen gebracht hatten: *Rechtsseitig an der Gebärmutterwand ein mit Durchmesser 0,7 mm hellgrauer Bezirk, wie vernarbt, quer gestellter Muttermund, Hämorrhoiden in der Afterregion, fragliche Schwangerschaft vor längerer Zeit?*

Sofort sprangen Julis Gedanken zu der Babyleiche aus dem Altkleidercontainer, die gestern von den Kollegen in Saal 1 obduziert worden war.

Stopp!

Sie verrannte sich. Hätte Lila ein Kind geboren, hätten das die Eltern gegenüber der Polizei erwähnt.

Punkt.

Energisch zog sie ein weiteres Mal den Pferdeschwanz im Nacken fest, stopfte die Fäuste in die Hosentaschen und spürte das …

Sie musste es endlich loswerden. Fast hätte sie das Heroin im Englischen Garten in einen Abfalleimer geworfen. Aber was, wenn ein Kind die Kugel fand und für Brausepulver hielt? Unwahrscheinlich. Trotzdem. Konnte sie das Zeug in einen der schwarzen Behälter für die Entsorgung werfen, die überall auf den Gängen standen? Damit es zusammen mit den Asservaten verbrannte? Aber wenn doch noch mal jemand den Inhalt prüfte? Im Klo versenken? Das Pulver durch die Spülung jagen? Genau. Aber zuerst musste sie im K 12 anrufen.

Der Schlüssel wanderte durch ihre schweißigen Finger. Sie drückte die Kurzwahltaste. Wenn nur nicht ausgerechnet …

»K 12, Tok am Apparat, was kann ich für Sie tun?«

Juli blieb das Herz stehen, die zurechtgelegten Worte kamen durcheinander.

»Hallo? Juli? Bist du das?«

Der Kerzenschimmer brennt Juli die Augen aus den Höhlen. Sie kann den Duft nach Wachs, nach Zimt und Vanille, nach Behaglichkeit nicht ertragen, sieht nur die Kerben, die ihre Fingernägel in die Haut ihrer Unterarme schlagen, während die Tante ihre mächtige Oberweite zur Melodie von »Lasst uns froh und munter sein« rhythmisch an des Onkels Arm drückt. Sie will nicht hier sein. Sie braucht Weihnachten nicht mehr. Nie mehr. Sie ist fast sechzehn Jahre alt. Erwachsen genug, um für sich selbst zu sorgen.

Und dennoch sitzt sie auf demselben grünen Samtbezug, auf dem sie jeden verdammten Heiligen Abend ihres jungen Lebens gesessen hat. Weil die Tante gedroht hat, sie rauszuschmeißen, wenn sie nicht wenigstens an diesem besonderen Tag bei ihrer Heile-Welt-Schmierenkomödie mitspielt. Doch anstatt brav Geschenke auszupacken, jagen Julis Augen den Lichtern hinterher, die auf den Ästen der Tanne Fangen spielen. Keinen Bissen hat sie von den Wollwürsten runtergebracht und den riesigen Klecks Kartoffelpüree jungfräulich unberührt kalt werden lassen. Und als es Zeit war, den Tisch abzuräumen, hat sie es natürlich gehört. Wie immer. Vielleicht hasst Juli die Tante deshalb. Weil sie sich immerzu verhält, als wäre Juli nicht anwesend. Als wäre sie Luft. Oder taub. »Da hat uns dein Bruder eine schöne Erbschaft hinterlassen. So dermaßen undankbar, das Kind! Jedes Jahr haben sie Wollwürste mit Kartoffelbrei an Heiligabend gegessen, und auf einmal schmeckt's der Madam nicht mehr?«

Juli hat nicht hinsehen müssen, um zu wissen, wie die Tante am Tisch dem Onkel ihr Gift wieder und wieder in die Ohren spritzt. Immerhin hat der seiner Frau gesagt, sie solle endlich still sein und mal ihr Hirn einschalten. Schließlich sei es erst das zweite Weihnachten, seit …

Juli will nicht daran denken, sie lässt ihre Hände über die kratzige Decke gleiten, die auf ihrem Schoß liegt. Das Geschenk von der Tante. Dabei weiß Juli genau, dass dieselbe Decke seit Jahren im Schrank gelegen hat. Aber egal.

Vollkommen egal.

Fast erschrickt sie, als der Onkel das olle Ding wegzieht und stattdessen eine Schachtel auf ihre Knie stellt. »Für dich.« Juli sieht den Onkel an, erkennt in den lustigen Falten um die Augen ihren Papa wieder und spürt Tränen an den Wimpern. Eine schwere Hand landet auf ihrem Kopf, ganz kurz nur, dann fällt sie wieder neben sein Bein. Er seufzt. Vielleicht hätte eine Umarmung etwas geändert. Vielleicht hätte eine solche geholfen, die Wut zu bändigen. Juli weiß es nicht, sie hebt den Deckel des Schuhkartons an. Keine Schleife. Kein Papier.

Die Tante drängt ihren Mann zur Seite. »Was gibst du ihr da?« Sie dreht den Kopf mit den altmodisch gelockten Haaren hin und her wie eine Eule. »Davon weiß ich ja gar nichts.«

»Musst nicht immer alles wissen.«

Es ist die Kuckucksuhr, die Juli so geliebt hat. Vom Opa. Aus seinem kleinen Haus am Starnberger See. Das inzwischen verkauft ist. Ihre Finger streichen zärtlich darüber. An dieser Uhr hängen viele glückliche Erinnerungen. Ein kleines Lächeln stiehlt sich in Julis Mundwinkel. Und in die des Onkels. Sie sehen sich an, bis das falsche Lachen der Tante dazwischenfährt. »Damit kann doch ein Mädchen in ihrem Alter nichts anfangen.« Sie nimmt die Schachtel. »Das Mädel bekommt von mir eine moderne Uhr.«

Doch der Onkel stellt die Schachtel zurück auf Julis Knie. Die Tante zieht ihn mit sich in die Küche. Juli versteht jedes Wort, aber nur ein paar davon wiederholen sich ständig: »Zu wertvoll … ein paar tausend Mark … Schulden … verkaufen … draufzahlen.«

Erst das Läuten der Türglocke bringt die Tante zum Schweigen. Sie stöckelt schimpfend in den Flur. »Halb zehn am Heiligen Abend? Wer zum Teufel …?«

»Guten Abend, Frau Senninger, entschuldigen Sie bitte, dass ich ausgerechnet heute so spät noch störe, aber ich wollte Juli mein Geschenk vorbeibringen.«

Juli springt vom Sofa auf, fast rutscht die Schachtel samt Kuckucksuhr auf den Boden. Ömer spricht inzwischen so gut Deutsch, dass man keinen Unterschied mehr hört. Die Tante lässt ihn trotzdem vor der Tür stehen, bittet ihn nicht herein, ihre Stimme ist zuckersüß, bis sie sicher ist, dass er sie nicht mehr hören kann. »Dein Türkenfreund«, ist alles, was sie Juli vor die Füße speit. »Bring ihn bloß nicht mit herein. Eine Frechheit ist das! Am Heiligen Abend. Typisch für das Gesocks.«

Juli hört nicht hin. Das Herz klopft ihr bis zum Hals. Seit es passiert ist, hat sie ihn ferngehalten. Sie sei zu alt für seine kindischen Spiele, hat sie ihm gesagt. Dabei sehnt sie sich nach den langen Nachmittagen an der Isar. Nach der Unbeschwertheit. Nach seiner Karamellhaut und den warmen Augen, denen sie vertraut. Ömer hat sie nie bemitleidet. Alle anderen schon. Eigentlich müsste sie dankbar nach der Hand greifen, die er ihr hartnäckig wieder und wieder entgegenstreckt, egal, wie oft sie diese wegschlägt.

Aber sie kann nicht. Zu präsent sind die Worte des Vaters, auch wenn sie bestimmt nicht ganz ernst gemeint waren. »Was willst du denn mit einem Türken? Gibt es keine anderen Kinder, mit denen du spielen kannst?«

Nein. Gibt es nicht. Seit dem ersten Schultag hat es für Juli nur Ömer Tok gegeben. Die Eltern haben ihr den Umgang mit ihm zwar nicht verboten, aber recht ist es ihnen nie gewesen, dass die einzige Tochter sich ausgerechnet einen Ausländer zum allerallerbesten Freund wählen musste.

»Frohe Weihnachten.« Ömer streckt Juli ein hübsch verpacktes rundliches Ding entgegen. Er lächelt scheu.

Sie schwankt, fällt beinahe hinein in seine lieben braunen Augen, möchte zu gern für eine Weile darin versinken. Bis in alle Ewigkeit.

»Nur eine Kleinigkeit.«

Doch wenigstens diesen einen Wunsch muss Juli ihren Eltern

erfüllen. Sie wird sich andere Freunde suchen. Unter ihresgleichen. Trotzdem entwischt ein stummes »Oh!« ihren Lippen, ehe sie es einsperren kann, ihre Hände greifen wie von selbst nach dem Päckchen.

»Hoffentlich machen sie dir ein bisschen Freude. Ich glaube, das brauchst du jetzt.« Ömer wagt kaum, Juli anzusehen. Er beißt fest auf seine Unterlippe, das Grübchen bohrt sich dabei wie immer tief in sein Kinn.

Sind das etwa Bartstoppeln? Juli vergisst für Sekunden alles andere. Ihr fällt auf, wie groß Ömer geworden ist, wie breit seine Schultern sind. Und er ist nicht mehr so dürr wie früher. Er ist richtig erwachsen geworden.

Genau wie sie.

»War nicht einfach, etwas Passendes zu finden.«

Etwas Passendes?

Sie erschrecken beide.

Ömer beißt noch fester zu, als er langsam den Blick hebt. Gleich wird seine Lippe bluten. Juli sieht das Flehen in seinen Augen, sie weiß, es war nicht so gemeint. Und eigentlich hat er ja recht. Es ist schwer geworden, ihr eine Freude zu machen. Sehr schwer. Ohnehin gibt es nur eine einzige Sache in ihrem Leben, die Juli sich wünscht. Aber diesen Wunsch kann ihr niemand erfüllen.

Sie sieht von den Bartstoppeln des fast erwachsenen Türkenjungen auf das runde Geschenk in ihren Händen und wirft es ihm vor die Füße.

Er hebt es auf, als wäre ihr nur ein Missgeschick passiert, wischt es an seinen Hosenbeinen ab. Ernst streckt er es ihr entgegen. »Bitte, sieh doch wenigstens hin –«

Doch Juli kann nicht mehr klar denken. Ihre Gedanken drehen sich um einen Punkt, der wie ein schwarzes Loch alles verschlingt. »Ich will dein Geschenk nicht!« Sie schlägt ihm die Tür ins Gesicht, reißt sie eine Sekunde später wieder auf und schreit: »Und lass dich gefälligst nie mehr hier blicken, du stinkender Türke!«

Hatte sie wirklich aufgelegt? Hitze stieg Juli in die Wangen, am liebsten hätte sie sich in einem Erdloch verkrochen.

Sie ging zum Fenster, riss es auf, begaffte die Mauer. Der Geruch nach Zimt, Vanille und Tannenharz klebte ihr im Hals. Seit Jahren hatte sie nicht an diesen Heiligen Abend gedacht. Da musste erst Ömer aus dem Nichts auftauchen.

Und Lila.

Vor dem Teambüro nahm sie ihren Laborschutzkittel vom Haken und beschloss, im Kühlzellenraum vorbeizuschauen. Doch schon von Weitem sah sie, dass Lilas Wanne leer war. Abgeholt.

So früh?

Wenigstens hatte Juli gleich am Morgen die DNA-Probe genommen. Sie atmete tief durch und nickte, als ein Bestatter an seine Kappe tippte, während sie an ihm vorbei zum Leichenbuch ging. In der Zeile mit Eva Hallbachs Namen stand nun auch der Verbringungsort.

Nordfriedhof!

Juli spürte ein Flattern im Bauch. Natürlich! Zwar beerdigte die Münchner Schickeria ihre Toten gern exklusiv – und was könnte elitärer sein, als zwischen Liesl Karlstadt, Monaco Franze, Erich Kästner oder Walter Sedlmayr auf dem begehrtesten Gottesacker der Stadt zu ruhen? –, aber es gab eben nur knapp über zweihundert Grabplätze auf dem Friedhof Bogenhausen und man musste zum Todeszeitpunkt mindestens dreißig Jahre in Herzogpark oder Altbogenhausen gewohnt haben, um dort ein Plätzchen zu ergattern. Und wenigstens in manchen Lebensbereichen konnte Geld nicht alles richten.

Dann also Nordfriedhof. Hier gab es über dreißigtausend Plätze, ein marginaler Unterschied also. Sowieso empfand Juli, wie sie so auf den Namen *ihres* Friedhofs starrte, eine Art Genugtuung. Es fühlte sich gut und richtig an, dass Lila auf demselben Friedhof liegen würde wie Julis Eltern.

Sie klappte das Buch zu und machte sich auf den Weg zum Mazerationsraum. Mit etwas Glück war sie dort bis Mittag ungestört, konnte überlegen, was sie wegen Lila unternehmen wollte, und trotzdem Arbeit erledigen.

Als sie über die Bodenwaage ging, musste sie an den Zusammenstoß mit Ömer denken. Einfach stehen lassen hatte sie ihn gestern und ihm heute gleich noch den Hörer aufgelegt. Nicht einmal er konnte sich das irgendwie schönreden.

Stinkender Türke.

Die Erinnerung an diesen Heiligen Abend drohte ihr schon wieder die Kehle zuzuschnüren, doch der üble Geruch im Mazerationsraum überlagerte die trüben Gedanken schnell. Juli band eine Plastikschürze über ihren weißen Kittel, schlüpfte in ein Paar Einweghandschuhe, öffnete den Tiefkühlschrank und legte der Reihe nach die in Beutel verpackten Körperteile heraus, die, für die Asservierung oder um ein genaueres Verletzungsbild darstellen zu können, entfleischt und entfettet werden mussten. Auch ein ärztlicher Kunstfehler war dabei, den es vor Gericht erst noch zu beweisen galt.

Die Töpfe für die Mazeration erinnerten Juli schändlicherweise an ihren Wasserkocher zu Hause – völlig verkalkt. Und eigentlich könnte man die verschiedenen Knochenteile einfach in den Mazerationsapparat hängen, aber die Gefahr, dass etwas durcheinanderkam, war groß, und gerade in der Rechtsmedizin durfte das natürlich nicht passieren. Deshalb bekam jeder Knochen seinen eigenen Topf: das Schulterblatt mit der Stichverletzung, der Oberschenkelknochen eines Verkehrsunfalles, bei dem die Anstoßrichtung des Autos dokumentiert werden musste, und die per Draht fixierten Halswirbel des Kunstfehlers. Juli drehte das Wasser auf und klappte die Haube des Beckens hinunter. Es würde eine Weile dauern, bis die nötigen sechzig Grad erreicht waren, in der Zwischenzeit …

Sie holte ihr Handy aus der Hosentasche und tippte *Cannabis und Schwangerschaft* ins Suchfenster des Webbrowsers. Private Handynutzung während der Arbeitszeit war eigentlich nicht ihr Stil, aber die Frage, wie sehr sie ihrem Kind mit den Drogen geschadet hatte, ließ Juli keine Ruhe.

Auf einem Wissensportal sprang ihr sofort ein recht aktueller Beitrag ins Auge, sie klickte auf den Link. Die Wirkungen auf Fruchtbarkeit und Geburt übersprang Juli, erst bei der Überschrift *Was bewirkt Cannabiskonsum der Mutter beim Baby?* begann sie zu lesen. *Die körperliche Entwicklung des Fetus scheint durch Cannabiskonsum, im Gegensatz zu anderen Substanzen (Alkohol) und illegalen Drogen, nicht beeinträchtigt zu sein. Es gibt allerdings Hinweise darauf, dass die Entwicklung des Gehirns und die kognitiven Fähigkeiten bei Kindern von cannabiskonsumierenden Müttern leicht beeinträchtigt sind.*

Juli atmete auf. *Leicht beeinträchtigt* hörte sich nicht so schlimm an. Vielleicht war der Schaden, den sie angerichtet hatte, wirklich nicht allzu groß gewesen. Aber hatte sie nicht auch Alkohol getrunken und anderes Zeug eingeschmissen? Bevor sie das Baby auf der Bahnhofstoilette …? Nein, die schlimmste Zeit hatte erst nach der Geburt begonnen.

Oder?

Mit Daumen und Zeigefinger vergrößerte Juli das Bild auf dem Display und zog den Seitennamen näher heran. Ein Portal für Cannabis als Medizin. Eine Pro-Seite also.

Zwei Klicks später landete Juli bei einem Artikel der FAZ. *Cannabis macht verwundbar*, lautete hier die Überschrift. *Als gesichert sehen die Forscher es an, dass Cannabiskonsum mit einem verringerten Wachstum des Fötus in der mittleren und späten Schwangerschaft und einem unterdurchschnittlichen Gewicht bei der Geburt in Verbindung steht.*

In Julis Träumen war ihr Kind immer winzig klein gewesen. Viel zu klein, um real, viel zu klein, um lebendig zu sein. *Wie eine schmierige, lilafarbene, schlappe Puppe liegt es in ihren Händen, bevor …*

Juli las weiter, scannte die Zeilen. *Bisherige Studien fanden im Vorschulalter kaum Unterschiede zwischen exponierten und nicht exponierten Kindern. Ab dem Schulalter ändert sich das Bild: Waren Kinder im Mutterleib Cannabis ausgesetzt, zeigen sie im Vergleich zu anderen Gleichaltrigen größere Schwierig-*

keiten, visuelle Aufgaben zu lösen, auch die verbalen Fähigkeiten sind herabgesetzt. Zudem finden sich aggressive Verhaltensweisen und Aufmerksamkeitsstörungen häufiger, insbesondere bei Mädchen.

Aggressives Verhalten und Aufmerksamkeitsstörungen? Juli dachte an die Zeit direkt danach. Hatte nicht ihre damalige Schule mehrfach Mitteilungen mit genau dem gleichen Inhalt an Tante und Onkel geschickt? Aber Julis Mum hatte garantiert kein Gras ...

Selbst wenn Tetrahydrocannabinol nur zu kleinen Veränderungen führt, kann seine Wirkung ausreichen, um das Gehirn für Stressoren oder Krankheiten zu sensibilisieren, die bei den Betroffenen später neuropsychiatrische Störungen hervorrufen.

Verursachten neuropsychiatrische Störungen Depressionen? Führten Depressionen zu Suizid? War sie schuld, dass Lila sich das Leben genommen hatte?

Juli atmete tief ein. Tatsächlich war aber Alkohol während der Schwangerschaft das weitaus größere Übel. Der Begriff FASD – Fetal Alcohol Spectrum Disorder – spazierte präpotent durch ihre Gedanken und spülte zu klein geratene Kinderköpfe, vorgewölbte Stirnen, kurze Nasenrücken und hängende Augenlider in ihr Bewusstsein. Sie sah verkürzte Lidspalten, die fehlende Rinne zwischen Nase und Oberlippe, ein fliehendes Kinn und zu schmale Oberlippen. Und sie dachte an geistige Behinderungen, hirnorganische Beeinträchtigungen, Entwicklungsstörungen und extreme Verhaltensauffälligkeiten.

Juli wusste schon von Berufs wegen, dass bereits ein Glas Wein pro Tag ausreichte, um beim ungeborenen Kind erkennbare Schäden zu verursachen.

Wie viel Alkohol hatte sie getrunken?

Die Bilder in ihrem Kopf und der Geruch nach gekochtem Fleisch und Knochen ließen Juli die Kehle eng werden. Sie legte ihr Handy auf die Arbeitsfläche und öffnete den Deckel einer blauen Tonne. Damit die Präparate nicht zu ranzen anfingen, musste ihnen nach der Mazeration auch das Fett entzogen werden. Deshalb wurden sie nach dem Auskochen in Kaltaceton gelegt. Juli nahm den Eisenstab zur Hand, drückte die Netze mit den Präparaten nach unten und rührte vorsichtig um. Alles musste mit Flüssigkeit bedeckt sein, sonst trockneten die Knochenteile aus.

Ein Bier pro Tag? Oder zwei? Und Schnaps?

Schon vor der Schwangerschaft? Oder erst danach?

Um sich abzulenken, nahm Juli das Mazerationsbuch aus der Schublade, sie verglich Bestände, kontrollierte, und doch mäanderten ihre Gedanken immer wieder durch die vergangenen Stunden, blieben bei der Frau auf dem Balkon hängen. Eva Hallbachs Mutter. Würde sie einer völlig Fremden sagen, was mit ihrer Tochter los gewesen war? Warum sich Eva das Leben genommen hatte? Brächte ein solches Gespräch Klarheit? Ein Gespräch von Mutter zu Mutter?

Der Küchenblock vibrierte. Unbekannte Nummer. Juli drückte den Anrufer weg und öffnete stattdessen erneut den Webbrowser. Über Emmi Hallbach stand nicht allzu viel im Netz. Sie stammte über ein paar Ecken aus einer von den wenigen bedeutenden adeligen Familien, die es in Bayern noch gab, und hatte weit unter Stand geheiratet.

Die Hallbach'sche Immobilienfirma lief gut. München gehörte zu den Städten weltweit mit dem teuersten Wohnraum, und anscheinend war Hanno Hallbach nicht nur als Geschäftsmann erfolgreich, sondern auch als privater Investor. Ein Magazin drückte es so aus: *Hallbach ist in der Stadt das Alphamännchen, was die Jagd nach brauchbaren Immobilien in den Szenebezirken von morgen angeht. Er scheint einen Riecher dafür zu haben, wo mit gigantischen Wertsteigerungen zu rechnen ist.* Irgendwo mussten die Millionen für die Villa an der Isarpromenade schließlich herkommen.

Juli wechselte zur Facebook-App. Sie rechnete nicht damit, dass sich einer wie Hallbach in den sozialen Netzwerken herumtrieb, dafür war er zu alt, zu reich, zu beschäftigt, doch sie wurde überrascht.

Hallbachs Account existierte seit 2015. Es gab zwar keine Posts, dafür wurden unzählige fremdenfeindliche Beiträge gelikt. Zuletzt hatte es ihm besonders eine Politikerin am äußeren rechten Rand angetan, die einer Partei vorstand, die sich traditionelle Familienwerte auf die Fahnen schrieb und sich für den Erhalt des eigenen Staatsvolkes starkmachte, aber selbst in einer eingetragenen Partnerschaft mit einer Frau aus Sri Lanka lebte, mit der sie zwei Söhne großzog. In der Schweiz wohlgemerkt! Wohin sie aus Sicherheitsgründen ihren Lebensmittelpunkt verlegen musste.

Juli wunderte sich, dass einer wie Hallbach so offen mit seiner rechten Gesinnung hausieren ging. Aber natürlich hatte Evas Daddy – Juli wechselte schnell zu Wikipedia – mit fast fünfundsechzig seine Schäfchen im Trockenen und musste sich nicht darum scheren, ob ihm Kunden wegen ein paar Likes für die falsche Partei absprangen. Trotzdem. Es passte irgendwie nicht.

Fünfundsechzig?

Juli rechnete. Bei Lilas Geburt war Hallbach demnach siebenundvierzig Jahre alt gewesen, seine Frau Emmi vierundvierzig. Durfte man in Deutschland in diesem Alter überhaupt noch Kinder adoptieren? Das Netz kannte die Antwort: *Die Bundesarbeitsgemeinschaft der Landesjugendämter empfiehlt einen Altersabstand von maximal vierzig Jahren zwischen Adoptiveltern und Adoptivkind.*

Zu alt also. Sofort kamen die schwelenden Zweifel wieder hoch. Bildete Juli sich alles nur ein? War die Tote von gestern gar nicht ihre verloren gegangene Tochter? Ein verlassenes Baby auf einer Toilette? Eine Adoption? Welche andere plausible Erklärung gäbe es, wie Lila bei den Hallbachs gelandet sein könnte?

Juli zwang sich, pragmatisch zu denken. Der DNA-Test würde eine Mutterschaft beweisen – oder eben nicht. Darauf zu warten, bis das Ergebnis durch den Briefschlitz ihrer Haustür segelte, war allerdings keine echte Option. Alles passierte jetzt. Morgen. Vielleicht noch nächste Woche. Danach war Eva Hallbach endgültig Geschichte.

Und Lila erst recht.

Da ihre Leiche zum Nordfriedhof und nicht zum städtischen Krematorium am Ostfriedhof gebracht wurde, musste eine Erdbestattung vorgesehen sein. Oder hatten sich die Hallbachs für eine andere Variante entschieden, nämlich eine Trauerfeier mit Sarg, und ließen die Tochter erst im Anschluss daran zur Einäscherung fahren? Dementsprechend fände die Beisetzung frühestens in drei Tagen statt.

Juli holte sich die Traueranzeigen der Süddeutschen Zeitung auf das Display. Fast sofort wurde sie fündig.

Lila.

Lebendig. Lachend. Lebensfroh. Eine junge Frau, die eine strahlende Zukunft vor sich hatte.

Wenn Liebe einen Weg zum Himmel fände und Erinnerungen zu Stufen würden, dann würden wir hinaufsteigen und Dich zurückholen. In inniger Liebe und unendlichem Schmerz nehmen wir Abschied von …

Deine Mama Emmi. Dein Papa Hanno. Sonst niemand. Keine Großeltern, keine Geschwister, keine Tanten oder Onkel. Kein Freund. Trauergottesdienst und Beerdigung fanden schon morgen Nachmittag statt. Die Aussegnung mit anschließendem Rosenkranz heute um neunzehn Uhr. Konnte Juli hingehen?

Sie drückte den Home-Button. Ihre Augen blieben an den Icons von Facebook und Instagram hängen. Tatsächlich hatte Juli längst in allen gängigen sozialen Netzwerken nach dem Namen ihrer Tochter gesucht, um sie auf diese Weise besser kennenzulernen. Alle Mädchen in dem Alter posteten doch heutzutage Bilder von sich und Freunden, dokumentierten so ihr geiles Leben. Lila nicht. Zumindest nicht unter ihrem Realnamen. Legte man eine Spur, wenn man unglücklich war? Wenn man sich das Leben nehmen wollte?

»Da bist du! Ich such dich schon überall.« Ada wedelte mit dem Mobilteil der Telefonanlage durch den Türspalt. »Dein

Freund vom K 12«, hauchte sie. »Hat schon dreimal angerufen, wollte aber nur mit dir sprechen. Sagte, du hättest bei ihm durchgeläutet?« Sie zwinkerte. »Wegen dem Schlüssel, nehme ich an.«

»Der Schlüssel. Genau.« Julis Hand verschwand unter dem Kittel in ihrer Hosentasche, ihr Verstand im Nirwana.

Stinkender. Türke. S t i n k e n d e r T ü r k e!

Dabei hatte sie immer gefunden, dass Ömers Haut genauso roch, wie sie aussah: nach Karamell. Sie musste sich entschuldigen. Irgendwann.

»Hallo.«

»Ich bin es. Ömer. Du hast angerufen?«

Schweigen.

Die Berliner Kollegin rührte sich nicht vom Fleck, ihre Lippen bewegten sich fast lautlos. »Ich hab ihm auch gleich deine private Nummer gegeben.«

Juli hätte Ada am liebsten erwürgt.

»Bist du noch dran?«

Was sollte sie sagen? Dass sie der Mut verlassen hatte, als sie seine Stimme hörte? Dass sie gut auf die vielen schmerzhaften Erinnerungen verzichten konnte, die sein plötzliches Auftauchen heraufbeschwor? Dass ihr ganzes Leben seinetwegen durcheinandergeriet? Und wegen Lila. Hauptsächlich wegen Lila, um fair zu sein, aber gerade deshalb konnte sie es überhaupt nicht gebrauchen, dass er –

»Unser Gespräch wurde unterbrochen. Vielleicht habe ich aus Versehen die Stopptaste gedrückt.« Ömer lachte. »Du weißt ja, dass ich ein Tollpatsch bin. Und gerade was Technik angeht, bin ich nicht der hellste Stern am Firmament. Die Telefonanlage hier hat entsetzlich viele Tasten …«

Ach du meine Güte! Nahm er immer noch die Schuld auf sich, wenn sie Blödsinn machte? Genau wie früher? Juli musste beinahe lächeln. Er machte es ihr so leicht. Sie legte den Schlüssel vor sich auf die Ablage und schob ihn mit dem kleinen Finger im Kreis herum.

»Es tut mir leid, was ich gestern gesagt habe. Ich bin ein Idiot!

Mir ist natürlich klar, dass es schmerzlich für dich sein muss, über alte Zeiten zu reden, aber –«

»Hast du noch mal nachgefragt, ob die Tote ein Baby hatte?« Stille.

»Du weißt schon, der fragliche Befund? Kammerlocher hat dich während der Sektion darauf angesprochen.« Etwas Ablenkung war dringend nötig.

Und Ömer vergaß auch prompt die alten Zeiten, brauchte ein paar Atemzüge. »Warum interessiert dich das?«

Weil sie meine Tochter ist!, hätte Juli am liebsten in den Hörer gebrüllt. »Wir hatten gestern ein Neugeborenes, das vor etwa drei Monaten –«

»Das ist mir bekannt. Ich arbeite im K 12, schon vergessen? Bis Vorsatz nicht nachgewiesen ist, liegt der Fall bei mir.«

Wie dämlich. Natürlich übersah Ömer so eine Verbindung nicht.

»Und?«

Er stöhnte. »Den DNA-Vergleich gibt die Staatsanwaltschaft wahrscheinlich genau in diesem Moment bei deinen Kollegen in Auftrag. Zufrieden?«

War er gestern nach der Sektion deshalb so in Eile gewesen? Um die Herren Staatsanwälte von der Notwendigkeit dieser Maßnahme zu überzeugen? »Und hast du auch bei den Eltern noch mal wegen einer Schwangerschaft nachgefragt?«

»Wozu? Sie hätten ganz gewiss ein Baby erwähnt, wenn es eines gäbe.«

»Und wenn die Tochter es verheimlicht hat und …«

»… ihr Kind allein in irgendeiner Toilette zur Welt gebracht hat?«

Juli erstarrte zu Eis. Toilette? Wusste Ömer …?

»Hör mal, Juli. Das geht mir jetzt wirklich zu weit. Ob du es glaubst oder nicht, ich bin ganz gut in meinem Job. Also lass mich meine Arbeit erledigen, und du machst deine. Okay?«

Heimlich auf einer Toilette.

»Wieso interessiert dich das überhaupt so brennend?«

»Stünde es in der Akte, wenn die Tochter adoptiert wäre? Ich habe da mal was in der Presse ge–«

»War's das?« Ömers Stimme hörte sich inzwischen wirklich angepisst an. »Hast du angerufen, um mich auszufragen und mir zu sagen, was ich tun soll? So wie früher?«

Juli lachte bitter. Fast hätte sie vergessen, dass immer sie die Anführerin in ihrer Freundschaft gewesen war. Nix Augenhöhe. Keine Gewaltenteilung. Reine Diktatur. Juli hatte bestimmt, wo es langging. Und sie hatte immer alles ganz genau wissen wollen. Über die Nachbarn. Über die Lehrer. Über andere Schüler. Sogar über wildfremde Leute. Jetzt nicht mehr. »Eigentlich habe ich angerufen, weil …« Sie nahm den Schlüssel von der Ablage und drückte ihn gegen ihre Stirn.

»Weil?«

»Egal. War nicht so wichtig.«

✻✻✻

Die Gegensprechanlage knisterte. »Ja bitte?«

Frauenstimme. Eindeutig. War das Emmi Hallbach? Hoffentlich! Juli musste unbedingt mit ihr reden.

Der Nachmittag im Sektionssaal war elendig lang gewesen, aus neun zu vier waren tatsächlich dreizehn Obduktionen geworden, vier davon in ihrem Saal. Sie hatte sich nicht richtig konzentrieren können, ihre Gedanken waren irgendwo gewesen, nur nicht bei den Leichen. Der Obduzent hatte es gemerkt, die Assistenzärzte und Praktikanten auch. Scheele Blicke. Kopfschütteln. Stirnrunzeln. Ein absolut beschissener Tag. Dazu die penetrante Ada, das Telefonat mit Ömer und das emotionale Chaos wegen Lila. Julis Nerven lagen blank.

»Hallo? Wie kann ich Ihnen helfen, bitte?«

»Ein Paket für Sie.« Nicht ganz zwar, aber … Juli zog den Schlüssel aus ihrer Hosentasche. Ein besserer Vorwand fiel ihr auf die Schnelle nicht ein. Ihre wahren Beweggründe hier an der Tür kundzutun wäre kontraproduktiv gewesen. Sie wollte ein paar Fragen stellen. Es musste sein. Sie ließ den Lenker ihres Mountainbikes los.

»Wir haben nichts bestellt!«

Mist!

Juli räusperte sich, ihre Hände strichen über den Print des beigefarbenen Pullis. »Die Lieferung ist für Eva Hallbach.«

Stille.

Der Schmerz im Schweigen der Frau machte ihr die Kehle eng. Das konnte nur Emmi sein. Juli spürte Tränen. Schlafentzug machte mürbe, dabei hatte sie doch Übung darin und außerdem …! Die Empathie-Hotspots in ihrem Gehirn scherten sich doch sonst nicht um die Befindlichkeiten anderer.

»Einen Moment.«

Juli straffte die Schultern, blinzelte. Hanno Hallbach hatte gestern die Ähnlichkeit mit seiner vermeintlichen Tochter bemerkt, davon war Juli inzwischen felsenfest überzeugt, und Emmi würde es auch sehen. Vielleicht zerriss es ihr das Herz, vielleicht wäre es kaum zu ertragen, so kurz nach dem Tod der einzigen Tochter, aber es würde bestimmt auch ihre Zunge lösen. Gut möglich, dass Juli ihre Fragen gar nicht stellen musste, sondern Emmi dies nach dem ersten Schreck über das Erkennen selbst tat. *Wer sind Sie? Diese Ähnlichkeit? Sie müssen Evas Mutter sein? Wir haben immer nach Ihnen gesucht?* Et cetera. Et cetera.

Das kleine Tor schwang auf. »Sie haben ein Paket für …?«

Juli fuhr herum. Hanno Hallbach. Verdammt!

Er zog die Tür hinter sich zu. Sein Blick huschte zu den oberen Fenstern, ehe er Juli ins Visier nahm. »Ihr Presseleute habt wirklich keinen Funken Anstand im Leib. Haben Sie eine Vorstellung davon, wie es mir und meiner Frau geht, so kurz nachdem unsere –«

»Ich bin nicht von der Presse!«, platzte Juli dazwischen. Sie spürte Wut im Bauch. »Und das wissen Sie genau.«

Hallbach musterte sie von oben bis unten, mit jeder Sekunde, die verstrich, wurde sein Blick düsterer. »Wer zum Teufel sind Sie?«

»Ist die Frage nicht überflüssig?« Juli fing ein paar Strähnen ein, die sich aus dem Pferdeschwanz gelöst hatten, und strich sie hinter die Ohren.

»Wollen Sie Geld?«

Geld?

»Wieso sollte ich Geld von Ihnen wollen?«

»Weil es im Leben immer nur um Geld geht, und die Hyänen am schnellsten dann aus ihren Löchern kriechen, wenn man am Boden liegt.«

Hyänen? Aus Löchern? Am Boden liegen? Verlor hier jemand den Verstand? Besonders mitgenommen sah Evas Vater zwar nicht aus, aber Trauer hatte viele Gesichter. Wer wusste das besser als sie?

»Ich möchte mit Ihrer Frau sprechen.«

»Sind Sie von der Polizei?«

»Nein.«

»Wer schickt Sie dann?«

»Niemand.«

Hallbach packte den Lenker des Mountainbikes, das vor seinen Füßen lag, zog es hoch und schleuderte es Juli entgegen. »Dann verschwinden Sie! Meine Tochter hat … Sie hat … und Sie kommen hierher und …«

Er war wie ein angeschossenes Tier. Fast tat er Juli leid. Sie hob ihr Rad auf und schob es zurück auf den Gehweg, wollte gerade aufsteigen, blieb dann aber doch auf Höhe der Balkone stehen.

»Frau Hallbach? Frau Hallbach!« Und noch etwas lauter: »Sind Sie da?«

Binnen Sekunden war Hallbach bei ihr, riss sie an ihrem Rucksack zurück. Fußgänger und Radfahrer reckten die Hälse, gingen kaum einen Lidschlag später in bester None-of-my-business-Manier weiter.

»Was soll das verdammt?« Seine Finger schlossen sich um Julis Oberarm. »Mach noch ein Mal den Mund auf, und ich rufe die Polizei!«

»Frau Hallbach!« Fast hüpfte Juli ein Lachen in den Mund. Seit einer halben Ewigkeit wandelte sie unsichtbar und lautlos durch ihr tristes Leben, und von jetzt auf gleich führte sie sich auf wie eine Irre? »Frau Hallbach, kommen Sie raus!«

Sie drehte durch. Definitiv.

Hallbach auch. Seine Rechte verschloss Juli Mund und Nase, und er drückte sie trotz seines Alters mit einer Kraft und Körperlichkeit an sich, die ihr Angst einjagten. Seine Lippen touchierten Julis linkes Ohr, als er das Rad mit einem Fuß auf den Boden trat.

»Schrei noch ein Mal nach meiner Frau, und du wirst es bereuen«, flüsterte er und stieß sie von sich. »Leg dich nicht mit mir an!«

Keuchend stolperte Juli rückwärts, griff in die Felge des Mountainbikes und schleifte es mit sich. »Hat sie ein Kind zur Welt gebracht?« Wissen musste sie es dennoch.

Anscheinend überraschte Hallbach die Frage, sein Blick blieb am Print des beigefarbenen Pullis hängen. »Ein Kind?«

»Die Obduktion hat Hinweise auf eine Geburt ergeben.« Juli holte Luft, versuchte, ihre Stimme fest klingen zu lassen, auch wenn es nur ein fraglicher Befund war, der sie die Frage stellen ließ. »Hat Eva ein Kind geboren?«

Er begann zu lachen. Immer lauter. »Ein Kind? Ich bitte Sie! Eva war siebzehn.«

Es gab massenhaft minderjährige Mütter auf der Welt, hätte Juli dagegenhalten können – sich selbst eingeschlossen –, doch sie ließ es bleiben. »Ist Eva adoptiert?«

»Adoptiert?«

»Sie sind nicht der leibliche Vater. Und Ihre Frau ist nicht die Mutter. Also?«

Sehr langsam zog Hallbach sein Handy aus der Tasche, wischte. »Sie sind ja vollkommen verrückt. Ich rufe jetzt die Polizei.«

Seit dem Morgen durchstöbert Juli die Kioske der Stadt, blättert sich durch alle Tageszeitungen. Nichts. Kein Wort von einem zurückgelassenen Neugeborenen auf einer Toilette. Wie kann das sein? Es wäre doch das gefundene Fressen! Zwar interessiert die Leute das Elend der anderen nicht, wenn sie auf der Straße daran vorbeilaufen, aber sobald davon in der Zeitung steht oder darüber im Fernsehen berichtet wird? Wie die Geier würden sich doch die Presseleute darauf stürzen. Oder hält die Polizei Details zurück, bis die Mutter des Kindes ermittelt ist?

Juli spürt Schwäche in den Beinen, der Schweiß bricht ihr aus. Seit das lilablassblau verfärbte U-Bahn-Ticket in dem geheimen Fach in ihrem Rucksack steckt, fühlt sie sich krank. Sie tastet ihre Stirn ab. Ist sie heiß? Gestern und vorgestern jedenfalls hat sie den ganzen Tag im Englischen Garten unter einem Baum gelegen. Wie tot. Unfähig, zu denken. Unfähig, die echten Bilder von all den falschen zu unterscheiden.

Ist es wirklich passiert?

Ohne das Ticket, ohne die roten Schlieren in ihrer Unterhose und ohne die Schmerzen in ihrem Busen hätte Juli alles längst vergessen. Um die Bilder aus dem Kopf zu bekommen, hat sie fast ihren ganzen Dopevorrat durchgezogen. Alles auf einmal. Trotzdem hat sie heute Morgen der enttäuschte Blick aus den Augen ihrer Mutter geweckt. »Was machst du bloß, Kind?«

Was machst du bloß?

Juli ballt die Fäuste, überquert die Straße. Einfach reinge-hen. Alles erzählen. Nachfragen. Eine Hupe bremst sie aus. Am Hauptbahnhof haben es die Leute eilig. Immer. Sie geht weiter, ihr Blick klettert die Fassade hoch, entziffert: *POLIZEI*, wandert über den blauen Parkhinweis weiter zu den Zeigern der Uhr. Es ist kurz vor Mittag. Was soll sie den Bullen sagen? Dass sie ihr

Kind auf dem Klo hat liegen lassen? Am Hauptbahnhof? Weil sie nämlich keinen blassen Schimmer hatte, dass sie überhaupt schwanger war? Und es dann nicht mehr da war, als sie endlich kam, um es zu holen?

Ihr Mut sinkt, sie bleibt stehen.

Die werden sie einliefern. Oder verhaften. Sie wird später wiederkommen. An einem anderen Tag. Morgen. Oder in einer Woche. Wenn sie klar denken kann. Jetzt muss sie erst runterkommen. Hätte sie nur gestern nicht das ganze Piece auf einmal weggeraucht. Juli steckt ihre Finger in die Hosentaschen und findet das H.

Langsam öffnete Juli die Faust. Ihre Knöchel schmerzten, so fest hatte sie die Finger um die Plombe mit der Shore geschlossen.

»Nächster Halt Hauptbahnhof.«

Sie sprang auf, warf sich die Kapuze der alten Lederjacke über den Kopf und drängelte zum Ausgang. Die warme Luft des Untergeschosses machte das Atmen schwer, brachte Panik mit. Leute rempelten Juli an, beschwerten sich, sahen von ihren Smartphones auf, um über das lästige Hindernis den Kopf zu schütteln. Zur Stoßzeit im Münchner Nahverkehr tummelten sich am Hauptbahnhof Leute jedweder Couleur. Pendler, die nach getaner Arbeit in Züge stiegen, Yuppies in teuren Anzügen, Touristen mit riesigen Koffern oder junge Leute, die sich zu zeitig in die Nacht aufmachten. Wer den Blick hob, sah auch die anderen. Alkoholiker, Drogenabhängige und Obdachlose.

Juli zog die Ärmel des Pullis über die Hände und machte einen zaghaften Schritt. Dann noch einen. Und den nächsten. Sie ging los, ohne genau zu wissen, wohin – zumindest redete sie sich das ein.

Nur mal schauen.

Der Menschenstrom spülte sie zur Rolltreppe, trug sie ins Zwischengeschoss hoch. Dahinten in der Ecke hatte sie damals oft ihr erstes Bier gefrühstückt. Auf der Bank weiter vorn hatte sie geschlafen. Manchmal. Wenn sie nicht nach Hause gehen wollte, weil es kein Zuhause mehr gab. Und obwohl sich über die Jahre viel verändert hatte, erhaschte Juli zwischen den teils aufgemotzten Fassaden ab und zu einen Blick auf ihr altes Leben.

Die Drogenszene hatte sich in den letzten Jahren wegen des stark erhöhten Kontrolldrucks im Bahnhofsviertel verlagert. Hin zum Sendlinger Tor, in den Nußbaumpark und in die umliegenden Straßen, zum Stachus und zum alten Botanischen Garten. Am Königsplatz hingen eher die Alkohollleute und das Feiervolk rum. Allerdings musste man nur genauer hinsehen. In jeder Großstadt gab es am Bahnhof Drogen, weil es dort niemanden störte, wenn man rumstand, es gab sanitäre Anlagen, Schließfächer, rund um die Uhr Essen und Trinken, außerdem kaum Wohnpopulation, dafür sehr viele Hotels. Hier fielen Gruppen von Marginalisierten weit weniger auf als in Wohngebieten wie dem Lehel. Wenn man wollte, konnte man also am Hauptbahnhof immer noch alles kaufen und mehr. Heroin, Fentanyl, Kokain, Benzos, Badesalz.

Wollte sie?

Die Plombe jedenfalls brannte wie Feuer in ihrer Faust. Oder war es ein wohliges Glimmen? Juli hatte den ganzen Tag über zu wenig getrunken, war im Institut nur zweimal zur Toilette gegangen. Den Inhalt des Tütchens hatte sie dabei nicht entsorgt.

Vergessen? Eher nicht.

Bei den Geschäften überfielen Juli die Bilder von diesem einen trüben Tag, als sie nach der Schule zum ersten Mal Gras geraucht hatte. Ungefähr ein Jahr danach. Weil sie endlich Schmerz und Trauer loswerden wollte. Wenigstens für ein paar Stunden.

Sie mochte es auf Anhieb, gab bald eine Menge Geld dafür aus, aber sie hatte ja geerbt. Geld war nicht das Problem. Schon eher, dass Leute wie sie, die Drogen nahmen, um Trauer und Schmerz zu verdrängen, besonders anfällig waren, auch von Cannabis abhängig zu werden. Zu ihren besten Zeiten hatte Juli den ganzen Tag durchgeraucht. Sie ging nicht mehr zur Schule, alles in ihrem Leben drehte sich nur noch ums Kiffen.

Wie hirnrissig sie sich damals verhalten hatte! Einerseits

wünschte sie sich jeden Tag den Tod, ließ aber von den härteren Drogen die Finger, aus Angst, dass Heroin, Kokain oder das ganze synthetische Zeug ihr Leben ruinieren könnten. Weil sie wusste, wie sehr ihre Eltern es gehasst hätten. Aber hätten Mama und Papa sich gewünscht, dass ihr Kind sich die Pulsadern aufschnitt?

Mit zittrigen Fingern schob Juli den Ärmel hoch. Die breite, quer gestellte Narbe auf der Innenseite des linken Handgelenks schimmerte blass. Hätte sie damals gewusst, wie man es richtig machte, wäre sie heute nicht hier. Juli seufzte. Ihre Haut vernarbte recht schön. Keine Wülste. Kaum Rötungen. Sie war froh darüber, nicht weil sie eitel war, nein, weil es einem scheele Blicke und dumme Kommentare zumeist ersparte.

Sie zog Lilas Pulli noch ein Stück weiter hoch. Auch die Überbleibsel vom Ritzen fielen kaum auf. Wenn doch einmal jemand fragte, zuckte Juli mit den Schultern und erzählte von ihrer Kindheit in der Metzgerei, den vielen scharfen Messern und zu kurzen Kettenhandschuhen.

Langsam drehte sie sich im Kreis. Genau hier musste es gewesen sein. An derselben Stelle hatte dieser Typ sie angesprochen. Direkt nach dem Baby. Das wie Abfall auf dem versifften Boden liegen geblieben war. Hier hatte der Kerl Juli die Plombe in die Hand gedrückt. Und dann war sie losgerannt. Zurück. Um ihr Kind zu holen. Um es an sich zu drücken. Um es zu beschützen und zu lieben.

Oder?

Juli wurde schwindelig. Sie war doch zurück zum Klo …? Hundertprozentig. Das Ticket! Die lilablassblaue Erinnerung! Oder hatte sie auf der falschen Toilette gesucht?

Ihr Herz begann zu rasen, kalter Schweiß überzog ihre Haut, als würde jemand Frischhaltefolie um sie wickeln. Überall. Sie erstickte fast daran. Und sie fror, obwohl das Zeug sie doch eigentlich warm halten müsste.

Juli zwang sich runterzukommen, hörte auf zu kreiseln, atmete tiefer und konnte es dennoch nicht lassen, ihre Haut aufzukratzen. Wie eine Irre. Vielleicht war ihr Kind noch da? Mit einer dicken Lage Klopapier zwischen der warmen, feuchten Haut und dem eiskalten Boden. Sie wollte nachsehen! Ein letztes Mal. So wie sie anfangs mehrmals täglich und über Wochen, Monate und Jahre immer seltener nachgesehen hatte. Bis die Sanitärreform der Stadt dem Wahnsinn ein Ende bereitet hatte, weil *ihr* Klo am Hauptbahnhof eins von denen gewesen war, die nicht saniert, sondern geschlossen wurden. Aber es gab andere Rückzugsorte. Stille Ecken. Hier am Hauptbahnhof und anderswo.

Bis Juli auch das letzte Stück Folie von ihrer Haut gepult hatte, verging eine kleine Ewigkeit. Wie damals.

Sie war eine schlechte Mutter.

Die Bullen können sie kreuzweise. Wer in der Szene zu Hause ist, geht nicht freiwillig in den Laden. Aber sie kann es sich ja noch überlegen. Wenn sie will.

Juli sieht ein Pärchen an der Haltestelle sitzen. Mit einer Tüte. Am helllichten Tag. Dass die Tram kommt, interessiert beide nicht. Ihre Augen sind rot, der Blick leer. Wie Julis.

Zu Hause oder in der billigen Pension mit den anderen raucht sie fast nur noch Bong. Die gleiche Menge Gras haut schneller und vor allem heftiger rein als im Joint. Es spart Geld. Außerdem findet sie das Inhalieren mit wenig Tabak unheimlich angenehm. Aber auf der Straße ist eine Bong natürlich zu auffällig.

Sie bleibt stehen. Vielleicht teilen die zwei mit ihr. Sie könnte fragen. Oder was kaufen. Aber in ihrem Rucksack ist kein Geld mehr. Kein Schein. Keine Münzen. Gar nichts. Sie braucht eine Unterschrift, aber das dauert ein paar Tage. So lange kann sie nicht warten. Sie beschließt, noch mal hinzugehen, um sich abzulenken. Ein letztes Mal. Vielleicht hat sie etwas übersehen.

Den Weg kennt sie inzwischen auswendig. Drinnen empfängt sie wie gewohnt die Potenz aus Pisse und abgestandener Luft aus alten Telefonzellen. Ihr kleiner Finger schubst den Deckel an, der Po fällt hinterher, weil die Beine keine Kraft mehr haben.

Sie sieht sich um. Kein Kreißsaal. Nur ein Klo. Ein versifftes Scheißhaus am Hauptbahnhof.

Juli schließt die Augen. Ihre Hände wackeln wie die von Marionetten, sie können die Kordel ihres Rucksacks kaum auseinanderziehen. Als sie es endlich schafft, kriechen ihre Finger gierig in das geheime Reißverschlussfach, suchen nach irgendwas, das sie noch rauchen kann, obwohl sie weiß, dass alles weg ist. Ein paar Brösel wenigstens.

Bitte.

Und dann landet sie ganz unverhofft in diesem Märchen, in dem sich das arme Aschenputtel inmitten des Ungemachs, das es erleiden muss, daran erinnert, dass es seine drei Zaubernüsse retten werden.

Juli hat auch eine Zaubernuss.

Ihre Hand umschließt die Plombe, bringt sie nach oben und presst sie gegen ihre Brust wie einen Schatz. Sie hat gesehen, wie man es macht. Tausendmal. In der Pension. In ihrem Zimmer. In Hauseingängen. Hinter Autos in Hoteltiefgaragen. Auch in den Katakomben. Und sie weiß, dass die anderen das Zeug vergöttern, weil es das beste High von allen ist. Wie eine warme Decke, die sich über einen breitet und alle Sorgen auslöscht.

Juli will auch eine Löschdecke.

Im zerknüllten Dönerrest findet sie, was sie braucht. Vorsichtig streicht sie die Alufolie auf ihrem Oberschenkel aus, zupft Kraut ab und wischt Soße mit dem Ärmel weg. Der Bleistift, den sie aus den Tiefen des Rucksacks kramt, hilft, die Folie in zwei handgroße Rechtecke zu reißen. Alles andere als exakt, aber es wird funktionieren.

Bestimmt.

Das eine Stück faltet Juli jeweils von den kurzen Seiten bis zur Mitte und dann noch mal zusammen, um es danach mit dem Stift einzurollen. Das fertige Röhrchen legt sie erst mal ins Waschbecken. Das andere Rechteck faltet sie nur einmal in der Mitte und schüttet in den Knick ungefähr die Hälfte des Heroins. Sie will endlich das Lila loswerden. Die Hitze, den Schmerz in ihrem Busen. Und die warme Haut an ihren Fingern. Auch das leise Wimmern. Die Ungewissheit.

Wo ist das verfickte Feuerzeug? Irgendwo muss es sein! Ah. Endlich. Juli atmet auf, fummelt es aus ihrer Hosentasche.

Was machst du, Kind?

Mitten in der Bewegung erstarrt Juli zu Eis. Stimmen dringen durch die schwere Tür. Oder bildet sie sich das nur ein? Einen Moment hofft sie, dass die tote Mutter wirklich auftaucht, um ihr die Leviten zu lesen, um sie an den Haaren aus diesem Loch zu zerren und davon abzuhalten, endgültig die Kontrolle zu verlieren.

Doch es ist eine andere Mutter. Mit eigenen Kindern. Also schnippt Juli das Feuerzeug an, steckt das Röhrchen zwischen die Lippen, nimmt mit der Linken die Folie und bewegt die kleine Flamme darunter sacht hin und her. Sie weiß, dass man vorsichtig sein muss, weil das Zeug leicht verbrennt. Sie passt auf. Eine Sekunde später verflüssigt sich das Pulver und fließt in der leicht schrägen Rinne nach unten. Juli folgt mit dem Röhrchen im Mund dem Dampf, der daraus aufsteigt, und jagt den ersten Drachen ihres Lebens.

Sie inhalierte tief, hielt die Luft an, nahm die Flamme weg und sah zu, wie die ölige Flüssigkeit fast augenblicklich zu einer braunen, harzähnlichen Substanz erstarrte, die aussah wie ein kleiner abgeschlagener Glassplitter einer Bierflasche.

Zittern. Grelle Punkte. Sie tanzten in ihren Augen. Blendeten. Sogar die Wände kamen näher. Juli erinnerte sich genau an ihr erstes Mal. Ein Blech rauchen. Shore auf Folie. Den Drachen jagen. Ihre Zehen wurden warm, die Beine, der Bauch, die Ohren. Ihre Körperhülle füllte sich langsam mit Badewasser, alles war okay, nichts konnte sie mehr belasten, nichts tat mehr weh. Es war das Geilste, was sie bis dahin jemals gefühlt hatte. Wie Befreiung. Vom Alltag. Von allen Sorgen. Den schlechten Gedanken. Vom Schmerz. Den Erinnerungen. Der Einsamkeit.

Befreiung.

Und gleichzeitig war es wie Ankommen. Oder Rückkehr. In den Mutterschoß. Wärme kroch in jeden Winkel ihres Körpers, überall begann es wohlig zu kribbeln. Zum ersten Mal seit dem Tod der Eltern fühlte Juli Glück und Zufriedenheit. Die Zaubernuss erfüllte Wünsche.

Wie im Märchen.

Juli schnippte das Feuerzeug an, das Würgen schluckte sie weg. Vorsichtig nahm sie das Aluröhrchen zwischen die Lippen und inhalierte erneut. Es schmeckte nach Lakritze und Essig und verbrannter Folie. Wunderbar vertraut, so als wäre kein einziger Tag vergangen.

Nach ihrem ersten Mal hatte sich Juli angenehm breit gefühlt, sie war happy gewesen wie lange nicht, und das Hochgefühl hielt bis zum nächsten Morgen. Sie vergaß die Toilette. Das Baby. Die Ungewissheit. Zumindest solange sie drauf war.

Von da an rauchte sie jeden Tag, blieb direkt auf Shore hängen. Sobald das schlechte Gefühl und die schmerzvollen Erinnerungen zurückkehrten, legte sie nach.

Nach ihrem ersten richtigen Affen sorgte sie dafür, dass der Stoff nie mehr ausging, dass immer genügend in ihrem Zimmer lagerte. Geld hatte sie genug. Ein Stammdealer war schnell gefunden.

Juli war voll drauf.

Anderthalb Jahre lang.

Vor zwei Jahren ungefähr hatte sie das an einem von den endlos einsamen Abenden nachgerechnet. Fast ihr ganzes Bar-Erbe hatte sie in Heroin und Gras investiert. Eigentlich hätten Tante und Onkel das Geld für sie verwalten sollen, aber gegen die Abtretung einer nicht unbeträchtlichen Summe hatte Hilde jeden Zettel unterschrieben, den die vollwaise minderjährige Nichte ihr vorlegte.

Na ja. War das Geld eben weg. Juli vermisste es nicht, und damals hatte es sie immerhin davor bewahrt, sich die Kohle für ihre Sucht auf andere Weise beschaffen zu müssen. Ihre Leute aus der Szene rauchten, klauten, rauchten, rotzten, dealten, schafften an, klauten. Immer im Wechsel. Dazwischen wurden sie verhaftet. Wieder freigelassen. Machten Entzug. Und Therapie. Rauchten. Ballerten. Rauchten. Ballerten wieder. Probierten Fentanyl. Und anderes Zeug.

Anfangs half Juli aus. Mit Geld. Aber sie merkte schnell, dass der Schlund zu groß und gierig war, als dass man ihn auf Dauer hätte stopfen können. Erst zum Ende hin, als auch ihr das Geld ausging, steckte sie in Läden Zeug unter ihre Jacke, aber sie wurde nie erwischt, brach nie irgendwo ein, lutschte nie irgendeinem

Typen im Anzug auf einer schmuddeligen Toilette den Schwanz und vertickte auch kein Heroin am Hauptbahnhof.

Insofern war das Geld der Eltern gut investiert gewesen, sonst wäre sie früher oder später auf der Inspektion gelandet und hätte demnach weder die Ausbildung zur Präparatorin machen können noch den Job in der Rechtsmedizin bekommen. Dafür brauchte man nämlich ein tadelloses Führungszeugnis.

Dass man sie nie mit Drogen erwischt hatte, war pures Glück gewesen. Im Grunde musste sie froh sein, dass alles so gekommen war. Die Zahl derer, die nach so einer Phase ihr Leben auf die Reihe bekamen, war überschaubar. Juli hatte nach kleineren Rückschlägen ihr Erfolgsrezept gefunden. Sie sperrte jede Art von Gefühl aus ihrem Leben aus. Sie strebte nach Stabilität, nicht nach Höhen und Tiefen, sie suchte Kontrolle, nicht Chaos, denn das machte sie verletzlich und letztendlich anfällig für …

Und jetzt setzte sie all das aufs Spiel? Nur weil sie ihrer vielleicht eingebildeten Toiletten-Tochter vor etwas mehr als vierundzwanzig Stunden das Schädeldach absägen musste? Weil die sich nämlich aufgehängt hatte vor lauter Glück?

Julis Hände krochen unter den Pulli und drückten gegen ihren Bauch. Das Schicksal war ein mieser Verräter. Definitiv. Diese paar Worte ergaben nicht nur einen grandiosen Buchtitel, sondern beschrieben ihr Dasein grausam präzise, wenn auch in einem völlig anderen Zusammenhang.

Dann kam sie endlich. Die warme Welle. Die ersehnte flauschige Decke, die ihren Körper umhüllte und Erlösung brachte. Wie damals. Ihre Muskeln entspannten sich, die Lider wurden schwer. Juli zwang sich, nicht auch den Rest vom Blech noch wegzurauchen, sie faltete die Folie mit der erstarrten Flüssigkeit und steckte sie in den Rucksack.

Vielleicht für später.

Kurz nickte sie ein, raffte sich nach einem Weilchen auf, verließ die Toilette und machte sich auf den Weg. In der Bahnhofshalle blieb sie vor der Uhr, die wie ein überdimensionaler Lolli vor ihr aufragte, stehen.

Halb sieben.
Juli wusste längst, wohin sie gehen musste.

Die Paulanerdose knackte, als sie den Verschluss abzog. Leute wichen ihr aus, ärgerten sich. Feierabend. Menschen joggten, walkten, radelten, nutzten ihre knapp bemessene Freizeit, um sich gesund zu halten.

Juli trank.

Hoppla!

Um ein Haar hätte sie die Fahrbahneinfassung zu Fall gebracht, ein Guss Bier, von dem sie vorhin an einer Bude zwei Dosen gekauft hatte, platschte auf den Asphalt. Sie kicherte, fühlte sich vollkommen entspannt. Trotzdem durchzuckte sie kurz der Gedanke daran, wie ihr Kreislauf nach drei Folien Hero und vier Bier schlappgemacht hatte. Keine schöne Erfahrung. Auch davon gab es viele, aber die ließen sich leicht verdrängen, wenn das Verlangen jede Vernunft killte.

Juli versenkte die Rechte in der Hosentasche und stand drei Schritte später vor dem schmalen Türchen neben dem monumentalen Rolltor. Beim dritten Anlauf bekam sie den Schlüssel ins Schloss. Und er ließ sich drehen.

So einfach?

Hinter dem Zaun ragten zwei Überwachungskameras aus der Hainbuchenhecke, doch Juli hielt das nicht auf. Sie fühlte sich mutig und stark, und die Haube aus Glas, die das Heroin über sie gestülpt hatte, war dick. Trotzdem zog sie die Kapuze tiefer ins Gesicht, ehe sie zur Haustür rannte. Diesmal rutschte der Schlüssel auf Anhieb in den Zylinder, und einen Wimpernschlag später stand Juli im Haus.

Lilas Zuhause.

Mit jedem Atemzug ebbte die drogeninduzierte Coolness ab. Julis Herz begann zu flattern. Nicht weil sie Angst hatte, erwischt zu werden. Nein. Weil sie wusste, dass Lila viele Male genau hier gestanden hatte. Dass ihre Tochter in diesem Haus noch vor wenigen Tagen wie selbstverständlich ein und aus gegangen war.

Es war der Ort, wo sie ihr ganzes Leben verbracht hatte und wo sie sich schlussendlich auch um…

Juli setzte die Bierdose an und schüttete Helles in sich hinein. Sie brauchte dringend die Gelassenheit zurück, musste das Gefühlschaos in ihrem Inneren runterfahren. Die Idee, sich Zugang zur Villa zu verschaffen, war ihr erst am Hauptbahnhof gekommen, aber dass der unscheinbare Schlüssel, den sie bei Lila gefunden hatte, tatsächlich zum beeindruckenden Portal der Hallbach-Villa passen könnte, damit hatte sie nicht wirklich gerechnet.

Und nun?

In dieses Heim einzudringen fühlte sich falsch an. Dabei hatte Juli doch das gleiche – wenn nicht sogar mehr – Recht, im Zimmer ihrer Tochter zu stehen und zu trauern, wie diese andere Frau. Vielleicht lag noch ein Hauch von Lilas Existenz in der Luft. Juli glaubte zwar sonst nicht an derlei esoterischen Quatsch, aber sie verpasste womöglich die einmalige Chance, mehr über ihre Tochter zu erfahren, wenn sie jetzt kniff.

Juli drehte das Handgelenk und sah auf die Uhr. Aussegnung und Rosenkranz dauerten mindestens eine halbe Stunde, und danach hatten die Eltern bestimmt einiges mit dem Pfarrer zu bereden.

Oh Gott!

Neunzehn Uhr vier!

Vor zwei Tagen, ziemlich genau um diese Zeit, hatte Lila in ihrem Zimmer mit dem Tod gerungen. Juli sackte an der massiven Haustür in die Knie. Der Notarzt hatte auf der Bescheinigung *Totenflecke* als sicheres Zeichen des Todes angekreuzt. Darüber hinaus hinterließ er eine Notiz, für die das Formular eigentlich keinen Platz vorsah: *Totenflecke nur im Nacken und hinter den Ohren!* Weil es besonders wichtig war, weil der Tod weniger als eine halbe Stunde zurückliegen musste und Lila nicht lange genug am Strick gebaumelt hatte, dass sich Blut in Beinen oder Unterarmen hätte sammeln können. Und wenn man die Dauer der Herz-Lungen-Wiederbelebung mit einrechnete – weil dadurch das Blut im toten Körper zwar nicht zirkulierte wie bei einem schlagenden Herzen, aber sich doch bewegte und erst mit etwas zeitlicher Verzögerung an den tiefsten Stellen zusammenlief und verdickte –, landete man bei neunzehn Uhr.

Mehr oder weniger.

Hätte Juli ihr Kind davon abhalten können, sich das Leben zu nehmen? Wenn sie einander nur früher gefunden hätten? Wenn sie schon vorgestern hierhergekommen wäre?

Hätte. Wäre. Wenn.

Immer das gleiche sinnlose Spiel. Juli drückte sich hoch und nahm zum ersten Mal den Reichtum wahr, der sie umgab. Weder das noch die Anwesenheit des Vaters hatten etwas an Lilas fataler Entscheidung geändert. Hatte es Streit gegeben? Zwischen Vater und Tochter? Eine Auseinandersetzung? Von Hanno Hallbach würde Juli nichts erfahren, das wusste sie, aber wie stand es mit Emmi? Juli musste mit ihr reden.

Möglichst bald.

Sie nahm einen weiteren Schluck aus der Dose und warf reihum einen Blick in die unteren Räume. Offene Küche mit Wohnbereich. Bad. Toilette. Garderobenraum inklusive Durchgang zur Garage. Alles vom Feinsten. Edel, aber nicht protzig. Helle Böden und Wände, mit dunklen Holzelementen abgesetzt. Nussbaum? Gebürstete Kerneiche? Juli gefiel, was sie sah. Allerdings huschte alsbald der Gedanke an die Lebensborn-Heime durch ihren Kopf und warf Schatten. Dass Hallbachs fragwürdige politische Gesinnung ausgerechnet in direkter Nachbarschaft zur Mann-Villa eine Heimat fand, hatte einen faden Beigeschmack. Schnell spülte Juli ihn mit ein paar großen Schlucken aus der Paulanerdose fort.

Dann stieg sie die Treppe hoch, sah auch im ersten Stock hinter jede Tür und fand ihre Vermutung bestätigt. Hier gab es kein Zimmer für eine fast volljährige Tochter. Lilas Reich musste der zweite Stock gewesen sein, dort, wo Juli gestern Emmi Hallbach auf dem Balkon gesichtet hatte.

Eine geschwungene Treppe trug sie vor eine zweiflügelige Tür, ein paar letzte Tropfen Paulaner benetzten zwar die Zunge, doch die erhoffte Dumpfheit blieb aus. Um ein Haar hätte Juli an Ort und Stelle ein Blech klargemacht. Sie fühlte sich nicht annähernd so breit, wie sie es sich gewünscht hätte, aber vielleicht war es besser so, immerhin würde sie gleich in die Welt ihrer Tochter, in Lilas Welt eintauchen.

Juli drückte die Klinke hinunter und knallte gegen eine Wand aus Licht. Weiches, wunderbares Licht. Abendsonne. Sie blinzelte. Von allen Seiten kam die Helligkeit, fast überall war Glas, und es dauerte eine Weile, ehe sich Details abzeichneten.

Der Hängesessel.

Ein Schreibtisch mitten im Raum.

Der umgekippte Bürostuhl.

Am liebsten wäre Juli hingegangen und hätte ihn aufgestellt. Am liebsten hätte sie den Tisch zurück an seinen Platz am Fenster gerückt und vorher den Sessel an den Haken an der hohen Decke gehängt. Wie im Film, wenn man Szenen zurückspulte und so Dinge ungeschehen machte.

Neunzehn Uhr elf.

War Lila schon tot? Oder kämpfte sie noch? Überlegte man es sich anders, wenn man keine Luft mehr bekam? Wenn man den Stuhl, von dem man getreten war, nicht mehr erreichen konnte? Genau jetzt vor achtundvierzig Stunden?

Julis Mageninhalt schwappte hoch, sie schlug die Hand vor den Mund, fühlte Flüssigkeit zwischen ihren Fingern. Panisch sah sie sich um, stellte die Bierdose auf einem Sideboard ab, entdeckte den Abfalleimer, erreichte ihn gerade rechtzeitig.

Im Bad wusch sie sich das Gesicht. Benutzte eine unberührte Seife, die auf einer angeschlagenen weißen Schale lag. Shabby Chic. Dekoration. Egal. Juli öffnete ein Schiebetürchen neben dem riesigen Spiegel. Cremes. Puder. Pinsel. Schwämmchen. Highlighter. Kajal. Pinzette. Schere. Wimpernzange. Alles und noch viel mehr, was eine junge Frau brauchte, um sich schön zu fühlen.

War Lila schön gewesen?

Juli selbst hatte sich nie schön gefühlt. Auch nicht hässlich, irgendetwas dazwischen. Sie beneidete andere um ihre dunklen Augen, die dunklen Haare und die dunkle Haut. Lila jedoch war hell gewesen – leuchtend wie Juli und dieses Zimmer.

Ein sachter Schubs und die Tür des Badschrankes glitt zu. Bis auf ein Glas mit Zahnbürste, eine Flasche Parfüm und abgebrannte Kerzen auf dem Badewannenrand stand nichts herum. Alles aufgeräumt. Geradezu penibel. Juli nahm den Flakon in die Hand, roch am Zerstäuber, ehe sie einen Stoß in die Luft sprühte und die Tröpfchen mit ihrem Körper einfing. *Hippie Rose*, stand über einer Art silbernen Sonne auf dem Etikett. *Heeley, Paris* darunter. Es sah teuer aus. Es roch gut. Und die Flüssigkeit war eine verdünnte Variante vom Rot ihrer Haare.

Ihrer beider Haare.

Hippie Rose? Hatte Lila den Hippie-Look gemocht? War sie im Festival-Style durchs Leben geflattert? Hatte sie Drogen genommen? Auf Partys? Um gut drauf zu sein?

Juli behielt den Flakon in der Hand. Über dem Bett hing ein großformatiges Bild. Ein kleines rothaariges Mädchen stand flankiert von einem Mann und einer Frau am Steuerrad eines Segelbootes. Hannos rechte Hand lag auf der linken Schulter des Kindes, Emmis Linke ruhte auf der rechten. Mutter und Vater lachten ausgelassen, als hätte ihnen jemand gerade einen wirklich guten Witz erzählt. Der Wind zerzauste allen das Haar, nur Lilas Züge waren ernst und aufgeräumt. Hoch konzentriert. Absolut fokussiert auf die verantwortungsvolle Aufgabe, die man ihr übertragen hatte. Sie mochte sieben oder acht Jahre alt sein.

Das große Bett sah gemacht aus. Eine Tagesdecke spannte sich über die Matratze. Jemand musste sie glatt gestrichen haben, nachdem … Auch das einsame Kissen war ordentlich aufgeschüttelt worden. Kein männlicher Dauergast also, der ein eigenes für sich beansprucht hätte, wie Juli annahm. Dafür lag ein Baby-Schmusetuch mit großen Ohren im Knick eingebettet. Ein Elefant. Juli stellte das Parfüm ab und holte das Kuschelmonster aus der Versenkung, drückte es gegen ihr Gesicht.

Lilas Geruch.

Juli sog ihn tief in ihre Lungen, wollte alle Nuancen unbedingt in ihrer Erinnerung konservieren, wie Jean-Baptiste Grenouille es auf andere Art in Süßkinds »Das Parfum« versucht hatte. Das Schmusetuch roch anders als der cremefarbene Pulli, den Juli immer noch anhatte. Intensiver. Nach Kindheit. Nach Vertrauen. Nach Sonne und Wind. Nach Geborgenheit.

Auf einmal fühlte Juli sich schäbig, weil sie den Duft der Tochter einsog wie Heroin. Wie eine Droge. Die Verderben brachte.

Zwei Bücher lagen auf dem Nachttisch. »Der Aufstand der Massen« von José Ortega y Gasset und Kästners »Über das Verbrennen von Büchern«. Schullektüre vermutlich. Juli schlug beide auf, fand Anmerkungen und Hervorhebungen, außerdem Eselsohren in den oberen Ecken. Sehr viele. Anscheinend hatte das Lesen Mühe gemacht. Sie lächelte, bis ihr einfiel, was Alkohol und Drogen in der Schwangerschaft anrichteten.

Hinter der Tür des Nachtkästchens gab es mehr Bücher. Über Kunst. Zeichentechniken. Außerdem Werksverzeichnisse und einen Laptop. So ein hauchzartes goldenes Teil. Vorsichtig legte Juli es auf das Bett und klappte den Deckel auf. Der Bildschirm blieb schwarz. Sie drückte den Startknopf, wartete. Nichts passierte. Akku leer. Vermutlich. Weder in Schubladen noch sonst wo fand sie ein Ladekabel, auch nach einem Handy hielt sie vergeblich Ausschau. Das Smartphone einer jungen Frau konnte einen Schnelldurchlauf ihres Lebens geben – vorausgesetzt, man kannte die PIN.

Ein kaum hörbares Klacken schreckte Juli auf. Der Minutenzeiger des Weckers rückte stetig voran.

Neunzehn Uhr vierundzwanzig.

Tot.

Die Mutter kommt heim.

Entdeckt mit dem Vater das erhängte Kind.

Julis Beine wurden taub. Sie stemmte sich aus der Hocke hoch, fühlte sich schwindelig. Schwankend ging sie zu einem Sideboard, das neben dem Durchgang zum begehbaren Kleiderschrank stand. Wie auf Samtschienen glitten die Schubladen heraus. Socken. Strümpfe. Unterwäsche. Nichts Aufreizendes, dafür edel und schlicht, noch eher kindlich. Auch ein ganzer Stapel großer weißer T-Shirts. Für die Nacht vermutlich. Juli steckte eines davon in ihren Rucksack.

Lilas private Dinge zu betrachten war, als würde Juli ihrer Tochter auf der Straße begegnen. Nur ein flüchtiger Blick, ein vager Eindruck. Nicht mehr.

Aber auch nicht weniger.

In den Schränken hingen Unmengen von Klamotten. Das meiste leger, praktisch, sportlich. Dazwischen tatsächlich Festival-Style. Viel Weiß und Durchscheinendes, dazu Kordeln, bunte Perlen, Fransen, Batik. Doch Julis Finger strichen auch über ein paar ausgefallene Designerstücke. Kleider und Hosenanzüge für besondere Anlässe, repräsentativ genug, damit Daddy so richtig stolz sein konnte, wenn er seine Ladys links und rechts an seinen Armen hängend ausführte. So jedenfalls stellte Juli es sich vor.

Selbstredend gab es Schmuck. In einem mit Samt ausgelegten Schubladenfach. Perlen. Gold. Silber. Zwei Diamantringe. Alles achtlos übereinandergeworfen. Juli entwirrte ein Prinzessinnendiadem von einem Goldkettchen, setzte es in ihr Haar und betrachtete sich im Spiegel.

Ballkönigin.

War sie nie gewesen. Lila schon?

Ein Schmuckstück lag separat, so als wäre es der wertvollste Schatz. Dabei sah es überhaupt nicht teuer aus, eher nach etwas, in das man sich auf dem Flohmarkt verliebte. Juli hob die Kette vorsichtig hoch. Der Anhänger war aus Metall. Ziemlich sicher handgefertigt. Ein Unikat? Das Abbild einer Monstranz? Genauso rund, aber doch anders. Eine Art Kreuz? Heidnisch? Juli hatte keine Ahnung, sie interessierte sich nicht für Religionen. An Gott zu glauben, hatte ihr das Schicksal abgewöhnt. Vielleicht war das kleinlich, aber wer scherte sich darum?

Der Verschluss machte Mühe. Die ungewohnte Menge Heroin und das Bier, das Juli inzwischen intus hatte, nahm ihre Feinmotorik anscheinend übel. Doch nach mehreren Anläufen hing die Kette um ihren Hals.

Wieder betrachtete sie sich im Spiegel. Sie mochte den Anhänger, strich mit der Hand darüber. Es fühlte sich vertraut an, obwohl sie sonst nie Schmuck trug. Das Diadem hingegen störte. Juli legte es zurück in die Schublade und ging weiter zum letzten Schrankabteil. Hinter der Schiebetür lagerten die Schuhe. Wie die Auslage eines exklusiven Geschäftes hätte es aussehen können, doch mindestens die Hälfte der beleuchteten Fächer war leer. In den anderen standen Sneaker, Nike Free in unterschiedlichen Farben, drei Paar Ballerinas, einige Sandalen und zwei Paar High Heels. Eins davon mit roten Sohlen. Alles im Rahmen. Einen Schuhfetisch hatte Lila definitiv nicht gepflegt, obwohl sie das nötige Kleingeld dafür gehabt hätte.

Neben dem Schuhabteil stapelten sich die dazugehörigen Schachteln. Die meisten waren leer, in anderen fand Juli Krimskrams. Kerzen über Kerzen. Flohmarktzeug. Kuscheltiere. Kindheitserinnerungen vielleicht. Alles Sachen, die nicht oder nicht mehr in den durchgestylten Wohn- und Schlafbereich einer fast erwachsenen Frau passten. Dennoch rührte nichts davon Julis Herz, bis sie eine A0-Zeichenmappe hinter den Kartons entdeckte. Sie war rot und schwer und brachte die Schachteltürme zum Einsturz, als Juli sie auf Knien hervorzog und vor sich auf den Boden legte.

Lila war talentiert gewesen. Akte. Stillleben. Porträts in so vielen Grauschattierungen, dass manche wie Schwarz-Weiß-Fotografien daherkamen. Eines von Hanno. Ein anderes von Emmi. Auch ein Selbstporträt war darunter, datiert vor ungefähr einem Jahr. Genau wie auf dem Segelfoto lachte ihre Tochter nicht, aber sie blickte dem Betrachter offen entgegen. Wie jemand, der das Leben mochte.

In Lilas Zimmer stand nirgends eine Staffelei. Es gab keine Pinsel oder Farben, auch kein Zeichenpapier, nur ein paar Bleistifte lagen auf dem Boden.

Juli schluckte, versuchte sich auf die Bilder zu konzentrieren, blätterte weiter. Die Malerin probierte sich aus. Schraffierte. Verrieb. Skizzierte. Experimentierte mit Perspektiven. Einen eigenen Stil hatte sie noch nicht gefunden, dafür beschäftigte sie sich zu sehr mit der Technik, und deshalb gab es bis auf ein paar Buntstiftzeichnungen auch keine Farben. Lila wollte lernen, nicht blenden. Genau wie Juli damals. Doch sie hatte ihre Malsachen nicht mehr angerührt, seit …

Die Zeichnungen waren chronologisch geordnet. Menschen traten zunehmend in den Vordergrund. Eine Asiatin an einem Tisch in einem Café. Ein Kind im Sandkasten. Ein neugeborenes Baby in den Händen seiner Mutter und ein junger Kerl mit einem strahlenden Lächeln im Gesicht.

Mit der App auf ihrem Handy scannte Juli jede Zeichnung ein. Als sie zum letzten Bild der Mappe kam, blieb ihr das Herz stehen. Sie sah Lilas Zimmer. Den Strick. Den Bürostuhl. Mit wenigen Strichen skizziert. Jemand legte sich gerade die Schlinge um den Hals. Zaghaft? Unschlüssig? So, als wäre noch nichts entschieden?

Tu es nicht!

Am liebsten hätte Juli die Worte hinausgeschrien, denn obwohl die Umrisse eher auf einen Mann hindeuteten, war die Ähnlichkeit der Szenerie unübersehbar. Sie hob das Blatt näher an die Augen. Stand da etwas? Flüchtig unter das Motiv gekritzelt?

Sie knipste das Licht an.

***

Hauptkommissar Tok wischte gerade die Theke ab, als sein Handy klingelte.

»Ich bin es.«

Er musste nicht nachfragen. Ihre Stimme hätte er immer und überall erkannt. Sie schnitt in sein Fleisch wie das Metzgermesser damals in den Daumen.

»Sie müssen gestritten haben.«

Serdar Ortaçs größter Hit dudelte aus den Lautsprechern,

Fleisch brutzelte an Spießen, Mutter und Vater nahmen Bestellungen entgegen, kassierten ab. Eine Schwester füllte den Behälter mit den Tomatenscheiben auf, eine andere schüttete Pommes in die Fritteuse, der jüngste Bruder Eyüp legte einen Fladen zum Aufwärmen in den Grill, während Fatih, der zweitjüngste, mit der Zange in der Hand über das geschnittene Grünzeug kurvte: »Mit allem?«

Ömer konnte jetzt nicht weg. Die Leute standen bis auf den Gehsteig hinaus Schlange. Stoßzeit. Dennoch hob er Baba und Anne entschuldigend die Hände entgegen, zeigte auf sein Telefon und verschwand in den Nebenraum.

»Wieso hat sie sich aufgehängt?«

Fing sie tatsächlich wieder damit an? Ömer hievte sich auf den Barhocker in der Familienküche und klemmte die linke Hand unter seine rechte Achsel. Was war das denn für eine Frage bitte?

»Hörst du mich?«

»Klar höre ich dich. Du schreist mir ins Ohr, dass es wehtut.« Juli klang völlig hysterisch. Das passte nicht zu dem, was er jüngst von ihr gesehen und gehört hatte. Die Kollegen nannten sie abwechselnd Kühles Blondes oder Rote Festung. Wegen der hellen Haut und der roten Haare, aber am Ende lief es auf dasselbe hinaus.

»HABEN DIE ELTERN GESAGT, WESHALB? Gab es Streit?«

Ömer ärgerte sich. Erst ließ sie ihn stehen wie einen Idioten, legte dann einfach den Hörer auf und rief nun auch noch hier an und stellte in einer Art und Weise Fragen, die er absolut befremdlich, wenn nicht gar unverschämt fand. Ohne Gruß. Ohne Grund. Was interessierte sie als Präparatorin der Fall so brennend? War sie etwa …?

»Hast du Eva Hallbach gekannt?«

Anstelle einer Antwort schwappte ein verzerrtes Lachen aus dem Lautsprecher in Ömers Ohr. Etwas knackte, zischte, dazwischen Schlucken. Fast augenblicklich konnte er die Geräusche zuordnen. Eine Dose.

Alkohol!

Er schloss die Augen, begann mit dem Zeigefinger entlang der Narbe an seinem linken Daumen auf und ab zu gleiten – so wie immer, wenn er durcheinander war.

»Bist du betrunken?«

Natürlich wusste er, dass Juli nach dem Tod der Eltern abgestürzt war. Alkohol. Drogen. Schulabbruch. Die ganze Palette. Über Monate hatte es in der Nachbarschaft kein anderes Thema gegeben: *Hastas schon ghört, die Senningertochter! Weißt schon, die kleine Rote vom Done-Metzger. Die is auf Entzug. Hängt an der Nadel. Jessas Maria! Schlimm, sag ich dir. Schlimm! Aber die war ja immer schon komisch. Die Eltern täten sich im Grab umdrehen.*

Julis Tante kam Ömer in den Sinn. Wie mitgenommen sie aussah, nachdem publik geworden war, dass man Juli halb tot von der Straße aufgelesen hatte. Sie war am Boden zerstört gewesen und hatte sich schlimme Vorwürfe gemacht. Dabei hatte sie sich sehr um ihre Nichte bemüht und alles versucht, um ihr die Mutter zu ersetzen.

Zwei Wochen nach Julis Einlieferung – wie die Leute es nannten – fragte Ömer in der Metzgerei nach der Adresse der Klinik. Er wollte Juli besuchen, ihr zur Seite stehen. Sie sollte wissen, dass er immer für sie da sein würde, auch wenn sie ihn beleidigt und weggeschickt hatte. Doch Hilde sagte, Juli dürfe in der Entzugsklinik keinen Besuch haben. Kontaktverbot. Nicht einmal sie selbst sei erwünscht. Auch nicht der Onkel. Sowieso sei es besser, das arme Kind würde ganz neu anfangen und nach der Therapie erst gar nicht in ihr altes Umfeld zurückkehren. Sie sprach von alten Mustern, die aufgebrochen werden mussten, von Rückfallquoten, von neuen Perspektiven, die nötig waren. Von Wohngruppen. Für Ömer klang das plausibel. Er verstand. Juli musste mit der Vergangenheit abschließen, sie musste alte Verbindungen kappen, um eine Zukunft zu haben. Trotzdem machte es ihn traurig. Wenigstens hatte die Tante versprochen, seine Grüße auszurichten und seinen Brief weiterzugeben.

Danach hatte Ömer nie mehr versucht, mit Juli Kontakt aufzunehmen, aber noch Jahre später manchmal gehofft, wenn das Telefon klingelte, dass sie endlich anrief.

»Bist du betrunken?«, wiederholte er leise.

Juli weinte. Sie versuchte, es zu unterdrücken, aber er hörte es trotzdem. Oder war es der schwere Atem einer Besoffenen? Das Wort *Suchtverlagerung* sprang in Ömers Hirn. Alkoholismus war damals nicht Julis Problem gewesen, soviel er wusste. Allerdings gingen Drogen und Alkohol oft Hand in Hand, und nicht wenige Abhängige, die die Ursachen ihrer Sucht nicht im Rahmen einer Psychotherapie auflösen konnten, konsumierten irgendwann andere Substanzen oder übten Tätigkeiten derart exzessiv aus, dass sie an die Stelle der Ursprungssucht traten. Medikamente statt Alkohol. Kaufsucht statt Nikotin. Schnaps statt Fentanyl. Sport statt Koks. Alkohol statt Drogen.

War Juli deshalb so dünn?

Seit Ömer bei der Polizei arbeitete, kämpfte er gegen den Drang an, Juli durchs System zu jagen. Eine Abfrage ohne dienstlichen Bezug war illegal und kostete – wenn man sich erwischen ließ – nicht nur dreihundert Euro Strafe, sondern, und das hatte Ömer letztlich immer davon abgehalten, auch seine Integrität als Polizist. Dabei hätte er zu gern gewusst, wo sie wohnte, was sie machte, aber vor allem wollte er sich vergewissern, dass sie nicht – wie die meisten Abhängigen – mit Delikten rund um Beschaffungs-, Rauschgift- oder Drogenkriminalität auffällig geworden war.

Jetzt hatte er endlich Gewissheit. Juli musste sich nach dem Zusammenbruch gefangen haben, sonst wäre sie früher oder später im polizeilichen System gelandet und hätte den Job in der Rechtsmedizin niemals bekommen. Vielleicht hatte er sich gestern bei ihrem unverhofften Aufeinandertreffen darüber am meisten gefreut. Sie musste einigermaßen heil aus allem herausgekommen sein, wenn sie jetzt Präparatorin und Teamleiterin war. Er seufzte. Leider gab es Menschen, die zwar im Job funktionierten und nach außen hin ein völlig normales Leben führten, aber dennoch am Abgrund standen.

»Wo bist du?«, fragte er. Ihr stockender Atem schnürte ihm die Kehle zu. »Ich kann vorbeikommen, wenn du willst.«

Erneut abgehacktes Luftholen, auch die Dose knackte wieder, aber Antwort bekam Ömer keine.

»Hast du die Tote gekannt? Möchtest du deshalb wissen –«

»Leider nicht.«

Leider nicht?

»Ich war schwanger.«

Wie bitte!

»Damals … an Heiligabend … als ich dich … beschimpft habe.«

Stinkender Türke!

Ömer wusste, wovon sie sprach. Welches Jahr war das noch gewesen? Damals war sie doch viel zu jung, um … Eine schreckliche Ahnung kroch Ömer Tok ins Herz.

»Ich wusste es gar nicht.«

»Von wem?«

Sie lachte kalt. »Du fragst, von wem?«

Wenn man wie Ömer bei der Polizei arbeitete, blickte man zu oft in Abgründe, vor denen man lieber die Augen verschlossen hätte. Missbrauch und Gewalt gegen Kinder gingen ihm besonders nahe.

»Hat dich dein –«

»Sie ist meine Tochter.«

»Wer?«

»Die Tote von gestern.«

»Oha, amına koyayım!« Er schloss die Augen. *Verfluchte Scheiße!* Was redete Juli da?

»Eva Hallbach ist das Kind, mit dem ich schwanger war, als du mir dein Weihnachtsge…«

Ömer hörte Glas splittern. Baba steckte seinen Kopf in die Küche, sah ihn vorwurfsvoll an, verschwand sofort wieder, ließ nur den Lärm zu vieler Kunden zurück, der durch den Türspalt drang.

»Wovon sprichst du?«

»Sie war meine Tochter, und ich habe sie nie kennengelernt, obwohl sie die ganze Zeit direkt vor meiner Nase saß.«

Fieberhaft versuchte sich Ömer daran zu erinnern, was genau in der Akte stand. Wäre es erwähnt worden, wenn Eva Hallbach adoptiert war? Hatte Juli ihr Kind zur Welt gebracht und weggegeben? Möglich! Aber in der Nachbarschaft hatte diesbezüglich nie Gerede kursiert. Kein Wort von einem schwangeren Teenager. Komisch.

Hatte sie deshalb heute Vormittag am Telefon nach Adoption gefragt? Und fast im selben Atemzug nach einer möglichen Mutterschaft der Toten?

»Ich muss wissen, warum sie sich umgebracht hat.«

»Hör mal, Juli, wir sollten reden.« Ömer räusperte sich. Wenn man seinem Gegenüber nicht in die Augen sehen konnte, war es schwer, Zwischentöne auszuloten. Juli mit fünfzehn schwanger? Die Tote Eva Hallbach kürzlich Mutter geworden? Obwohl nicht einmal die Eltern etwas davon wussten? Und dann sollte sie auch noch plötzlich das Kind einer anderen sein? Nämlich das von Juli! Allmählich machte Ömer sich um Julis geistige Gesundheit Sorgen. Exzessiver Drogenkonsum richtete Schaden an. Gerade im Gehirn. Traumatische Erlebnisse auch. »Wo bist du? Ich komme zu dir.«

»Emmi oder Hanno müssen doch eine Ahnung haben, wieso sich ihre Tochter um…«

Sie nannte die Hallbachs beim Vornamen?

»Scheiße, Ömer, wenn du etwas weißt, dann sag es mir bitte!«

Er fasste sich an die Stirn, fuhr mit der Hand durch die schwarzen Haare. »Meine Güte, Juli, du musst dich beruhigen. Gib mir deine Adresse, und ich –«

»Sie hat es skizziert.«

»Was hat sie skizziert?«

»Ihren Tod.«

***

Juli legte auf. Ihre Fingerspitzen glitten über die Konturen der Zeichnung und die kaum sichtbaren Buchstaben darunter.

Eva klein hing allein.

Die mit Bleistift wie hingehauchten Worte schnitten schärfer ins Fleisch als die Scherben, die überall herumlagen. Juli merkte gar nicht, wie sie sich an den Resten der umgestoßenen Nachttischlampe die Haut aufritzte, wie Blut auf das teure Fischgrätparkett tropfte. Was kleine Kinder nach etwas Übung im Schlaf schafften, machte ihr unsägliche Mühe. Sie konnte die Glassplitter partout nicht greifen, ihre Augen-Hand-Koordination ließ sie im Stich, der Zangengriff schnappte unentwegt ins Leere. Irgendwann gab sie auf, wischte die Tränen fort und blieb für den Moment einfach unter dem Bett liegen. Wenn sie nur für immer hierbleiben könnte.

Bei Lila.

Ömer glaubte ihr kein Wort. Wie auch? Sie selbst zweifelte schließlich nicht nur in schwachen Momenten daran, dass es wahr, dass Lila wirklich ihre Tochter sein könnte. Sie wusste, wie haarsträubend sich die Geschichte – gerade für einen Polizisten – anhören musste.

Zu erraten, dass die fremde Nummer auf ihrem Handy zu ihm gehörte, war kein Kunststück gewesen. Mal abgesehen von den Leuten vom Boxwerk bekam Juli nie private Anrufe, und nach Adas Beichte von der Weitergabe ihrer Telefonnummer hatte sie nach dem Fund der Zeichnung nur eins und eins zusammenzählen müssen und war im Schwabinger Döner-Grill gelandet – mitten in Ömers Familie.

Julis Herz zog sich zusammen, wenn sie an die vertrauten Geräusche dachte, die aus dem Lautsprecher in ihr Ohr geflossen waren. Das Stimmengewirr. Der Zusammenhalt. Babas dunkler Bass und Annes helles Lachen. Die ewige Betriebsamkeit. Genau wie in der Metzgerei der Eltern und doch ganz anders. Darauf war sie nicht gefasst gewesen, und die Erinnerung daran, was sie verloren hatte, brannte in ihrer Brust wie Feuer.

Eva klein hing allein.

Hatte sich Lila einsam gefühlt? Obwohl Hanno und Emmi bei ihr waren? Zusammen und doch allein?

Tiefer unter dem Bett, direkt neben einer besonders großen Scherbe, lag eine Schachtel. Mit Stoffbezug in Paisley-Muster. Juli packte sie und robbte unter dem Bett hervor. Wäre Lila ein siebzehnjähriger Junge gewesen, hätte sie eventuell mit Pornoheften gerechnet, doch was Juli fand, waren ... *Tagebücher!*

»Mein Gott!« Willkürlich schlug sie eines auf. Ihr Herz detonierte im Halbsekundentakt.

... ist die allerbeste Mama der Welt! Heute hat sie gleich nach der Schule mit mir einen Kuchen gebaken und wir haben fiel gelacht. Als Papa nach Hause kahm hat er mich geschimft weil ich ja eine vier in Mathe (Mathe ist doof!) bekommen habe und ich doch auf das Gymnasium gehen soll. Aber nach ein paar Minuten war der Ärger vergessen und Papa hat mich erst gekitzelt bis ich keine Luft mehr bekam und dann hat er mir versprochen das wir am Wochenende zum Segeln rausfahren. Vieleicht darf ich Amanda mitnehmen, sie wollte sowieso ...

Juli blätterte.

... das Kätzchen schläft in meinem Bett sein Fell ist gaaaanz weich und kuschlig ...

... Papa hatte heute schlechte Laune und Mama hat geweint, aber als ich im Nachthemd zu ihnen ins Wohnzimmer gegangen bin, haben sie mich in die Mitte genommen und mir über den Kopf gestreichelt und gesagt alles ist gut, ich wäre das größte Glück in ihrem Leben und dann durfte ich bei Papa ...

Auf keiner Seite hielt es Juli lange aus. Die Kinderschrift, die einfache Sprache, die Fehler, all das bohrte sich durch ihre Existenz und hinterließ Löcher von all den Dingen im Leben ihrer Tochter, die sie versäumt hatte. Und doch blätterte sie wie unter Zwang weiter, las bruchstückhaft von Urlauben in Luxusresorts, missglückten Reit- und öden Ballettstunden, Nachhilfeunterricht, dem tragischen Tod der Katze, Lilas erstem Schultag auf dem Gymnasium, einem Jungen, den sie in der fünften Klasse toll fand, und einer blöden Kuh, die ihr deshalb das Leben schwermachte, den durchschnittlichen Noten, die den Familienfrieden so empfindlich störten, und, und, und, bis sich Julis Verstand irgendwann aus der ungewohnten Gefühlsgemengelage zurückkämpfte und ihr eine Frage vor die Füße warf, die man genau wie einen Fehdehandschuh kaum ignorieren konnte: Wo beginnt die Wende? Ab wann verkehrt sich das Leben dieses Mädchens ins Schlechte, wenn trotz all der Indizien einer glücklichen Kindheit am Ende der Strick wartet?

Juli ging die Luft aus, ihr Brustkorb fühlte sich viel enger an als sonst. Zu eng. In einem Zug leerte sie die zweite Paulanerdose, tastete nach der angebrochenen Plombe, wollte mehr, stemmte sich hoch, ging zum Sideboard, schüttelte die letzten Tropfen Bier auf ihre Zunge, legte das Heroin ab, suchte nach der Folie mit dem erstarrten Rest, ging zurück zum Bett, wo ihr Rucksack lag, und schlug wie in Trance nunmehr nur die letzten Seiten der noch unberührten halben Dutzend Tagebücher auf. Das jüngste endete vor zwei Jahren.

Danach nichts mehr? Hatte Lila aufgehört, Freud und Leid ihres Lebens zu notieren?

Es ist Zeit. Ich bin zu alt dafür. Es war schön, aber es endet hier.

Juli flippte durch die letzten Einträge, fand endlich das Feuerzeug und das Röhrchen. Nichts kündete dieses jähe Ende an, tags davor hatte Lila noch von all den Geschenken berichtet, die für sie unterm Baum gelegen hatten, und dass sie mit den Eltern über Silvester zum Skilaufen nach Kitzbühel fahren und sich sehr darauf freuen würde. Besonders, weil Amanda mitdurfte.

Skifahren mit den Eltern.

Juli wurde flau im Magen. Das Bier kam hoch. Diesmal erreichte sie den Abfalleimer nicht rechtzeitig, sie würgte Seelenmüll und Schmerz auf das Parkett wie verdorbenes Essen, das rausmusste, und erst als der Brechreiz nachließ, kehrte etwas Klarheit in ihren Kopf zurück. Sie sah auf die Uhr.

Zwanzig Uhr sechsundvierzig.

Die Zeit rann wie Sand durch ihre Finger. Draußen war es bereits dunkel, es wurde höchste Zeit zu verschwinden. Trotzdem schnippte Juli das Feuerzeug an, die Folie raschelte verheißungsvoll, doch die Flamme erlosch immer wieder, während sich zwischen ihren Füßen das Erbrochene zu einer Lache auswuchs.

Scheiße!

Wenigstens musste sie ihre Spuren beseitigen, wenn nie jemand von diesem Besuch in Lilas Zimmer erfahren sollte. Also holte Juli ein Handtuch, wischte auf, stopfte es samt der leeren Dose in den Abfallbeutel, drehte ihn zu. Wegen der Nachttischlampe konnte sie nicht viel mehr tun, als die Balkontür weit aufzureißen. Es einem Windstoß in die Schuhe schieben. Genau.

Von allen Bildern an den Wänden machte Juli Fotos. Gab es irgendwo Alben? Nicht hier oben wahrscheinlich, aber im Wohnzimmer. Im Büro? Juli hätte zu gern die Verwandlung vom Baby zur fast erwachsenen Frau miterlebt – wenigstens auf Glanzpapier. Doch die Zeit reichte nicht, sie hätte längst verschwinden müssen.

Und wenn sie wiederkam? Morgen. Oder übermorgen?

Lilas Tagebücher lagen noch auf dem Boden verteilt, der Laptop und die verstörende Zeichnung auf dem Bett.

Plötzlich drangen Stimmen an Julis Ohr. Schlüssel klirrten.

Fuck!

Panisch packte Juli Bücher, Zeichnung und Laptop weg, kickte die Paisley-Schachtel unter das Bett und vergewisserte sich, dass sie die Mappe und die Schuhschachteln zurück in den Schrank geräumt hatte. Dann rannte sie nach draußen und sah über die Brüstung. Es war hoch, aber wenn sie über das Geländer stieg und sich von dort auf den unteren Balkon fallen ließ, blieben ihre Knochen ziemlich sicher heil. Oder landete sie direkt vor Hannos oder Emmis Augen, die möglicherweise genau in diesem Moment die Treppe hochstiegen, um sich im Elternschlafzimmer aus Anzug und Kostüm zu schälen?

Neuer Plan.

Im Badezimmer gab es zwei fast bodentiefe Gaubenfenster, vielleicht konnte Juli über das Dach verschwinden. Hektisch drehte sie am Griff und schlüpfte mit beiden Armen in die Träger ihres Rucksacks, ehe sie auf das Walmdach hinausstieg. Sie konnte gut stehen, das Dach lief fast eben aus, und die Schneefänger gaben ihren Füßen Halt. Vorsichtig schielte sie über die Dachkante nach unten.

Noch ein Balkon? Eher eine Dachterrasse! Schnell ging Juli ihre Optionen im Kopf durch. Sie konnte hier oben bleiben, bis alle schliefen, und dann versuchen, unbemerkt über die Treppe durch Haus und Tor zu verschwinden. Oder sie sprang auf die Terrasse. Wenn sie sich recht erinnerte, hatte sie im Elternschlafzimmer, das direkt unter Lilas Wohnbereich lag, keine Fenster auf dieser Seite gesehen. Vielleicht ein angrenzendes Gästezimmer? Ein begehbarer Schrank? Sie musste es riskieren.

Vorsichtig legte sich Juli auf den Bauch, schob ihren Körper mit den Füßen voran über die Dachkante und hielt sich am Schneefänger fest. Hoffentlich brach er nicht ab, aber Juli wog nicht viel, definitiv nicht mehr als ein Kubikmeter nasser Schnee, und das sollte so eine Vorrichtung wohl aushalten, wenn sie schon dafür gemacht …

Das Gitter löste sich an mehreren Stellen gleichzeitig aus der Verankerung, Juli verlor den Halt und fiel halb auf eine der Sonnenliegen, die durch ihren Aufprall hochschnellte und über die nur kniehohe gemauerte Umrandung in die Tiefe kippte.

Es dauerte eine halbe Ewigkeit, ehe Juli es schaffte, sich hochzurappeln. Ein dumpfer Schmerz pochte in ihrem Knie. Hatten die Hallbachs das Scheppern gehört? Liege und Schneefänger lagen ungefähr zwei Meter tiefer auf einer dichten, rappelkurz getrimmten Buchsbaumhecke.

Juli humpelte in Richtung Grundstückszufahrt der Hallbach-Villa. Hier kam ein Sprung auf keinen Fall in Frage, blieb also nur die Flucht nach vorne, über die Südwestseite, doch auch hier wartete eine Schikane: überdachter Freisitz mit Blick auf den Pool. Wohl die Verlängerung des Anbaus, auf dem sie gerade stand. Eine Art Poolhaus mit Outdoorküche. Dort hatte Lila gemeinsam mit den Eltern laue Abende verbracht.

Jetzt nicht mehr.

Einen kurzen Moment schloss Juli die Augen, sie musste sich zusammenreißen, nachdenken. Ob das Glas ihrem Gewicht standhalten würde? Eher nicht. Also doch die Buchshecke. Immerhin lag die Sonnenliege richtig herum auf dem Geäst, wenn sich Juli hineinfallen ließ, dann …

Den Rucksack warf sie zuerst hinunter. Irrwitzigerweise tauchten ausgerechnet jetzt die Bilder jenes Sommers auf, als sie sich zusammen mit Ömer im Wettstreit um die coolste Arschbombe vom Dreimeterbrett im Ungererbad geworfen hatte.

Eins, zwei und …

Die Lehne bohrte sich in ihre Rippen, raubte ihr den Atem. Trotzdem ließ sich Juli sofort mitsamt der Liege zur Seite kippen und landete weitestgehend unversehrt auf dem schmalen Kiesweg zwischen Hallbach-Villa und Hecke.

Ab hier war es ein Kinderspiel. Sie befreite den Rucksack aus dem Geäst, warf ihn sich auf den Rücken, rannte im Schutz der Bäume, so schnell es mit dem Knie ging, an Liegen, Sonnenschirmen und Pool vorbei bis zur Grundstücksgrenze.

Ehe sie Anlauf nahm, um sich am Zaun hochzuhangeln, warf sie einen Blick über die Schulter. Hanno Hallbach stand auf Lilas hell erleuchtetem Balkon. Mit der einen Hand drückte er sein Handy ans Ohr, in der anderen hielt er eine Paulanerdose und prostete ihr zu.

tag 3

in die böse welt hinein

Ömer zog die Tür hinter sich zu, stopfte die Pausenbox in seine
Umhängetasche und zupfte das Hemd aus der Hose. Seine Anne
Seher war einfach unbelehrbar. Obwohl er sie schon tausendmal
darum gebeten hatte, ihn nicht schon am Morgen mit Sucuk,
Börek oder Menemen und einem riesigen Berg Fladenbrot zu
mästen, kapitulierte er Tag für Tag im Angesicht der braunen
Mutteraugen, die ihm nach dem üppigen Frühstück auch noch
eine Batterie Bogca aufdrängten.

»Cok ye oglum, güclü olursun!« Iss viel, mein Junge, dann
wirst du stark. »Hadi oglum, hepsini sünnetle, bak agliyor yeme-
gin!« Iss alles auf, mein Sohn, sieh, dein Essen weint schon! Und
das Schlimmste: »Ceketini giyi oglum, üsürsün ve hasta olursun!«
Zieh deine Jacke an, mein Sohn, sonst wirst du frieren und krank
werden.

Folglich ging Hauptkommissar Tok nie ohne Jacke aus dem
Haus und verspeiste nicht nur brav das Frühstück, sondern aß
mittags auch seine gefüllten türkischen Brötchen restlos auf –
genau wie zu Grundschulzeiten.

Bis auf seinen Body-Mass-Index hatte sich seither ohnehin
nicht viel verändert. Er schlief im selben Bett, im selben Zimmer,
im selben Haus. Er teilte sich dasselbe, immerhin frisch reno-
vierte Bad nur noch mit seinen Brüdern, weil es die Schwestern
Aysenur und Ilknur jüngst zu einer eigenen Wohnung und im
Fall von Aysenur sogar zu einer eigenen Familie gebracht hatten.
Ömer packte wie eh und je im Döner-Grill an, wenn er es von
Berufs wegen einrichten konnte, er unterstützte die Eltern finan-
ziell, schließlich hatten sie den Laden mit den darüberliegenden
Wohnungen in der Hohenzollernstraße erst vor ein paar Jahren
gekauft, und er ließ es über sich ergehen, dass seine Anne Seher
ihn wie ein Kind verwöhnte und sein Baba Selahattin ihm gefühlt

täglich damit in den Ohren lag, dass er endlich heiraten und eine eigene Familie gründen müsse.

Unzählige geeignete Kandidatinnen waren ihm zu diesem Zweck in den vergangenen Jahren präsentiert worden, und einmal hatte Ömer sich tatsächlich Hals über Kopf verliebt, aber die kecke Hürrem überlegte es sich in letzter Sekunde anders, weil sie anscheinend gerade rechtzeitig zu dem Schluss gekommen war, dass er ihr nicht das bieten konnte, was sie sich wünschte: Geld. Ruhm. Abenteuer.

Na ja. Diese Abfuhr hatte Ömers Ehre als Mann empfindlich angekratzt, das musste er zugeben, und wenn er Aysenurs kleine Tochter auf dem Arm hielt, befiel ihn nach einer unerklärlichen, überschwänglichen Zärtlichkeit meist tiefe Traurigkeit. Würde er je selbst Kinder haben? Ömer war fünfunddreißig! Für türkische Verhältnisse steinalt, wenn es um Familiengründung ging, und das Machogehabe, das die ganze Welt den türkischen Männern nachsagte und in Sachen »Schnapp dir endlich die richtige Frau!« eventuell hilfreich gewesen wäre, suchte man in seinem Genpool vergeblich.

Schräg gegenüber kam eine korpulente Frau aus der Metzgerei. Über der Tür prangte der Name des neuen Eigentümers: *VINZENZMURR.*

Statt Senninger.

Obwohl das Schild schon vor über zehn Jahren ausgetauscht worden war, störte sich Ömer immer noch daran, und dass dieselbe Glocke, mit deren Gebimmel er viele schöne Kindheitserinnerungen verband, wie eh und je die Kundschaft begrüßte, als wäre alles in bester Ordnung, machte es nur schlimmer.

Drei Verkäuferinnen bedienten bereits Kundschaft, als Ömer durch die Glasfront in die Metzgerei spähte. Soweit er wusste, hatte der neue Eigentümer Julis Tante Hilde nach der Geschäftsübernahme kulanterweise als Filialleiterin hier in Schwabing und ihren Onkel Bert als Metzgermeister in der Produktion in Sendling weiterbeschäftigt. Ein unerwartetes Entgegenkommen, nachdem die Übernahme nicht ganz in beiderseitigem Einvernehmen vonstattengegangen war. Genau wusste es natürlich niemand, aber die Filialeröffnungen der Metzgerei Senninger in ganz München, die Julis Eltern wohl noch kurz vor ihrem Tod initiiert hatten, brachen dem Bruder und der Schwägerin, die sich nach dem Unfall nicht nur um Juli kümmerten, sondern auch die Metzgerei weiterführten, das Genick. Schulden häuften sich an, Kosten explodierten, der erhoffte Umsatzzuwachs reichte nicht aus; alles musste verkauft werden.

Das Ende der ältesten und traditionsreichsten Metzgerei in Schwabing und ganz München folgte, und in der Nachbarschaft wussten die Leute ganz genau, warum: Der Größenwahn ihrer Eltern habe die Senninger-Tochter das schöne Erbe gekostet, sagten sie. Aber als Drogensüchtige hätte sie selbst es sowieso noch schneller durchgebracht, sagten sie auch.

Drogensüchtig?

Ömer konnte sich das nicht vorstellen. Er trank aus religiösen Gründen keinen Alkohol, er rauchte nicht – außer Shisha –, und er hatte nie einen Joint angerührt, obwohl es ihm manchmal so vorkam, als täte das heutzutage jeder.

Natürlich war Juli nicht mehr das draufgängerische, furchtlose Mädchen von damals. Ein Schicksalsschlag, wie sie ihn erleben musste, löschte kindliche Unbeschwertheit aus wie ein Atomschlag, zerstörte das Urvertrauen, das jeder Mensch nur so lange in sich trug, bis etwas Schlimmes passierte.

Und dann die Drogen. Vielleicht hatte sich nicht nur Julis Wesen verändert, sondern auch ihre psychische Gesundheit gelitten. So sehr, dass sie …?

Ömer ging vor dem Laden auf und ab. War sie wirklich schwanger gewesen? Weder seine Anne Seher noch sonst jemand in der Familie hatte davon gehört, dass die Senninger-Tochter ein Kind zur Welt gebracht hätte, und sie konnte es kaum abgetrieben haben, wenn sie jetzt glaubte, die Tote vom Hörsaal sei ihre Tochter.

Oder?

War sie deshalb an diesem hässlichen Heiligen Abend, der

das Ende ihrer Freundschaft markiert hatte, so neben der Spur gewesen? Von der Schwangerschaft hatte sie zwar noch nichts gewusst, wenn sich Ömer recht an Julis Worte erinnerte, aber es mussten Dinge geschehen sein, die zur Schwangerschaft geführt …

Er legte eine Hand auf den Türdrücker und lugte durch das Glas. Ein Mann kam gerade in den Verkaufsraum und stellte eine Schüssel mit Hackfleisch in die Auslage. Seine Lippen bewegten sich schnell. Bald lachten die Verkäuferinnen, nur wenig später auch die Kundinnen, und erst als er wieder im Durchgang zur Metzgerei verschwand, ging das übliche »Was hätten S' denn gern?«, Abwiegen und Einpacken weiter.

»Entschuldigen Sie! Wird's heute noch?«

Ömer zuckte zusammen.

»Rein oder raus?«

Wie ein ertappter Schuljunge presste er sich gegen die Wand und spürte entsetzt, wie die Spitzen der hochgeschnallten Pyramiden seinen Bauch touchierten, als die Frau sich an ihm vorbeiquetschte. Ein herablassender Blick schmierte über Gesicht und Haare.

»Sie wissen schon, dass wir hier keine hal-Dings produzierten Wurst- und Fleischwaren führen?«

Hal-Dings? Sprach die Frau von den Regeln des Propheten Mohammed, nach denen im muslimischen Glauben Tiere geschlachtet werden mussten, damit ihr Fleisch als Halal-Ware, also als erlaubt galt?

»Nix Schächten, verstehngan S'!«

Die Worte lang gezogen wie ein ausgelutschter Kaugummi. Ömer hasste das. Wieso gingen die Deutschen nur immer davon aus, dass Menschen mit dunklerer Hautfarbe als ihrer eigenen sie nicht verstehen konnten? Und dann die Sache mit dem Halbwissen. Auch typisch. Für sehr strenggläubige Muslime galt zwar ein betäubtes Tier als tot, und sein Verzehr verstieß somit gegen das Aasverbot im Koran, aber den Gemäßigteren reichte es, wenn das Tier während der Schlachtung nach den muslimischen

Regeln noch einen Puls hatte und erst dann ausblutete. In Ömers Familie zum Beispiel kaufte Baba ein lebendes Tier, brachte es zu einem befreundeten Metzger, der Moslem war und es – wie von deutschen Behörden vorgeschrieben – mit Strom betäubte und dann mit Blickrichtung nach Mekka und unter Anrufung Allahs schlachtete. Er wusste nicht, wo das Problem lag, und die herablassende Art dieser Frau ärgerte ihn allmählich. Am liebsten hätte er ihr ein paar Takte in seinem besten Bayerisch serviert, dass sein Name nämlich Xaver wäre und er jetzt so einen richtigen Gluster auf eine Wurstsemmel hätt, weil er gestern im Hofbräuhaus einen mordsdrum Rausch in der Fotzn ghabt hätt, und … Aber gerade als er den Mund aufmachen wollte, durchzuckte ihn das Erkennen wie ein Blitz.

Hilde!

Es war Hilde, die in den Laden rauschte und hinter der Theke verschwand. Erschreckend korpulent, mit grauen Haaren, aber dennoch Hilde. Ömer würde seine pikanten Fragen also tatsächlich loswerden. Er nahm all seinen Mut zusammen und ging hinterher.

✲✲✲

Es geht mir gut, Mama. Sie lieben mich. Du musst dir keine Sorgen machen.

Juli öffnete den Spind, warf eine Münze ein und legte Handy und Geldbeutel auf das weiß lackierte Blech. Von der Rückwand blickte ihr der kleine Junge mit dem Mega-Afro und den zu großen Boxhandschuhen direkt in die Seele.

FIGHT FOR YOUR RIGHT

Nur eine Werbung für Bambini-Boxtraining? Oder eine Mahnung? Musste sie darum kämpfen, Lilas Mutter zu sein?

Vielleicht. Aber welchen Sinn machte das? Lila war tot. Ihr makabres Auftauchen im Sektionssaal hatte Julis Leben durcheinandergebracht. Nicht von ungefähr hatte sie gestern …

Sie drehte den Hahn auf, warf Wasser in ihr Gesicht, drehte

zu. Das Quietschen setzte sich in ihren Zahnwurzeln fest, sie verzog den Mund. Eigentlich mochte sie das ewig Schäbige, das Angelaufene, den oldschool Style in allen Winkeln und Ecken des Boxwerks, das sich prima als Kulisse für ein Remake der alten »Rocky«-Filme geeignet hätte. Nur heute gab ihr all das ein mieses Gefühl, denn hier im Gym in der Schwindstraße hatte Juli – direkt nach der Therapie – den Fight ihres Lebens ausgetragen. Gegen die Gewohnheit. Gegen die Lust. Gegen den Suchtdruck. Gegen die Ohnmacht. Gegen sich selbst. Boxen statt Heroin. Boxen statt Erinnern. Und normalerweise holte die Hinterhof-Schrägstrich-Kelleratmosphäre Juli sofort ab, wenn sie nur die Treppe hinunterlief und durch die rosa Tür stürmte. *Superillegal*, stand unter dem Emailleschild, das die Damenumkleide auswies.

Superillegal.

Genau wie ihr Leben einmal gewesen war.

Und jetzt hatte sie wieder ein Blech geraucht. Wie früher. Ohne vorher ihr Hirn hochzufahren. Ohne eine Sekunde nachzudenken.

Mann! Mann! Mann!

Keine von den antrainierten Strategien hatte gegriffen. Sie hatte es einfach getan. Um den Schmerz loszuwerden. Für ein bisschen Wärme und Entspannung. Dem Suchtdruck nachgegeben.

Bumm.

Ein Blech geraucht. Shore weglöten. Für ein gutes Gefühl.

Wie absolut dämlich!

Kündigten sich bereits erste Entzugserscheinungen an? Wurde sie nach einem Mal schon affig? Das konnte eigentlich nicht sein, aber Juli zitterte, spürte Übelkeit, hektierte rum.

Und wollte mehr.

Deshalb hatte sie Nick Trachte angerufen. Um kurz vor sechs. Obwohl ihr Knie immer noch geschwollen war. Ihn angefleht und erklärt, warum sie das Mannschaftstraining gestern Abend versäumt hatte, obwohl am Samstag der *wichtigste* Kampf ihres Lebens stattfand. Doch den hatte sie längst hinter sich. Oder stand er ihr erneut bevor? Nachdem sie die Finger nicht von dem Scheiß-H hatte lassen können und dann all night long in den Tagebüchern gelesen und sich zwischendurch im Internet abgelenkt hatte, nur um nicht die nächste Folie in Rechtecke zu reißen.

Im Netz war sie zu Glumm geflüchtet. Wie früher manchmal. Glumm schrieb Heroinpoesie. Seine Worte waren echt, weil er wusste, wovon er sprach:

Man begibt sich freiwillig in den härtesten Knast der Welt, um dem Leben draußen zu entkommen.
Menschen, die Drogen nehmen, wollen nichts anderes als sich eine Weile vom eigenen Selbst verabschieden.
Heroinsüchtige sind Gläubige, die von früh bis spät einem Gift hinterherjagen, von dem sie sich nichts als Entspannung und WÄRME versprechen.
MENSCHLICHE WÄRME.
SUPERTURBOWÄRME.
Das Blut, ausstaffiert mit frischem Stoff, rauscht lauter als jeder Einwand. Und dass Heroin unecht ist, dass Heroin bloß gestohlener Mut ist, das geht einem erst später auf.

Juli schnürte die Boxstiefel zu.

Gestohlener Mut!

Echten könnte sie gerade gut gebrauchen, denn sonst versäumte sie nie ein Training. Schon gar nicht vor Kämpfen. Aber im Leben ist es wie im Ring: Die Schläge, die man nicht kommen sieht, tun am meisten weh. Dass es diesen lilablassblauen Säugling tatsächlich gegeben hatte, damit hatte Juli nicht gerechnet und mit dem Heroin auf dem Dachboden auch nicht. Sie hatte einen Treffer kassiert und war zu Boden gegangen. Jetzt musste sie aufstehen, sonst ging der Kampf verloren.

Langsam zog sie das Handtuch aus dem Nacken und stopfte es unter ihr *Faustschmiede*-Shirt. Auf Zehenspitzen drehte sie sich hin und her, beäugte durch den kleinen Spiegel, wie ihre Hände das Knäuel über ihrem Bauch zu einer Rundung zusammenschoben.

Es gab Frauen, die eine Schwangerschaft nicht nur verleugneten, sondern tatsächlich nicht bemerkten. Heute früh nach dem Glumm-Bad im Netz hatte sie es gegoogelt. Die einen wollten es nicht wahrhaben beziehungsweise versteckten es, und die anderen ahnten wirklich nichts. Weil sie sich in Notsituationen befanden. Weil sie Traumatisches erlebt hatten. Weil sie mental und emotional überfordert waren. Weil sie zwar in einem Körper steckten, diesen aber nicht mehr wahrnahmen. Weil sich das letzte bisschen Selbst vom Rest abspalten musste wie die Rettungskapsel eines Raumschiffes in einem Worst-Case-Szenario. Um überleben zu können.

War das ihre Geschichte?

Überleben? Nicht leben.

Der Blechschrank schepperte. Das Handy im Spind vibrierte. Juli kümmerte es nicht. Sie dachte an die unsichtbaren Babys, die klein blieben, weil ihre Mütter nicht wie andere Schwangere auf sich achteten. Weil sie rauchten und soffen. Und Drogen nahmen. Nicht alle. Aber manche. Und wenn diese Babys dann ohne Vorwarnung zur Welt kamen, standen die Mütter unter Schock und wollten alles ungeschehen machen.

Sie töteten.

Sie flüchteten.

Sie verdrängten erneut.

Und sie vergaßen.

Lila war Julis Farbe des Vergessens.

»Kommst du?«

Sie riss das Handtuch unter ihrem T-Shirt hervor, warf es sich zurück in den Nacken und griff nach der Wasserflasche. Fast hätte sie Nicks Rufen überhört, so sehr steckte sie fest in der Vergangenheit. Ja, sie war panisch davongelaufen. Damals. Aber sie erinnerte sich auch an ein anderes Gefühl. Es hatte sich in dem Moment in ihrem Inneren ausgebreitet, als sie umgekehrt war, um ihr Kind zu holen.

Hoffnung.

Zuversicht.

Alles wird gut.

Das hatte sie gespürt. Eine Last fiel von ihr ab. Die Pflicht zur Selbstzerstörung war mit dem Säugling aus ihr herausgerutscht, das glitschige Kind eine Art Pfand für einen Neubeginn.

Bildete sie sich jedenfalls ein.

»Hey, Juli! Beweg deinen Arsch hier raus, sonst sperre ich ab und fahre nach Hause!«

Nick Trachte, der Chef vom Boxwerk, hasste es, wenn jemand unentschuldigt das Training versäumte. Disziplin gehörte zum Geschäft. Gerade beim Boxen. Aber er hatte ein Herz für Leute, die im Abseits standen. Flüchtlinge. Schwierige Schüler. Auch Drogenleute. Er kannte Julis Vergangenheit. Er wusste, aus welcher Scheiße sie einst in sein Gym gekrochen gekommen war, und er hatte heute früh am Telefon sofort verstanden, worum es ging.

Dass sie um Hilfe schrie.

Wie das mutterlose Kätzchen.

Das sie immer noch war.

»Come on!«

Juli schnappte Handschuhe und Baumwollbandagen und trabte in Richtung Trainingsfläche, duckte sich lahmer als sonst durch Schlagwerk, alte Bergboxsäcke, Maisbirnen und was sonst das Boxerherz begehrte, um schließlich auf die Bank vor den Kinositzen zu fallen und ihre Hände zu wickeln. Das Knie tat nach dem Sturz gestern immer noch weh, aber es musste gehen.

Nick thronte über ihr in seiner Kanzel, von dort hatte er das gesamte Gym im Blick. Er telefonierte hinter der großen Glasscheibe, strich über seinen Bart, und obwohl es nicht danach aussah, wusste Juli, dass seine Antennen voll auf Empfang standen, dass er jede Nuance ihres Verhaltens registrierte.

Natürlich waren sie allein. Das Boxwerk öffnete erst in einer Stunde. Sie fuhr kurz über die verblassten Narben an Oberschenkeln und Schienbeinen, warf die erste Bandage aus, legte die Schlaufe über ihren linken Daumen und wickelte sie dreimal um ihr Handgelenk.

Es geht mir gut, Mama. Sie lieben mich. Du musst dir keine Sorgen machen.

Das war die Quintessenz aus den Tagebucheinträgen, die Juli die ganze Nacht durch gelesen hatte. Eine fast schon kitschig unbeschwerte Kindheit. Weit und breit keine Wolken am Himmel. Hätte Juli es damals rechtzeitig zurück in die Toilette geschafft, hätte sie ihr Kind erst gar nicht verlassen, niemals hätte sie Lila ein Leben wie in diesen Tagebüchern bieten können.

Nicht mal annähernd.

Dann stand Nick plötzlich vor ihr, sein Zeigefinger schob sich unter die Schlaufe an ihrem Daumen.

»Das schlabbert aber ziemlich«, sagte er und nahm ihre Hände in seine. »Ich mach das neu.«

Jetzt sah Juli es auch, die Bandage saß zu locker, überall waren Falten. Sie zitterte, Nick presste ihre Handflächen für eine kleine Weile wie zum Beten aneinander. Dabei summte er. Nicht so tief und brummig wie Crash-Test-Dummies-Sänger Brad Roberts, aber mindestens genauso seelentröstend. Das tat Trachte manchmal sogar in der Ecke, wenn ein Kampf drohte den Bach runterzugehen. Oder ein Leben. Wie heute. Übersetzt hieß es: »Was ist los? Hab keine Angst. Du schaffst das.« Aber Juli hatte Angst.

Mmm, Mmm, Mmmm, Mmm.

»Ich habe Shore geraucht.«

Mmm, Mmm, Mmmm, Mmm.

»Gestern.«

Langsam wickelte Nick die Bandage ab, begann von vorne. Daumenschlaufe. Handgelenke umwickeln. Der Reihe nach jeden Finger.

»Deshalb war ich nicht im Training.«

Mmm, Mmm, Mmmm, Mmm.

»Ich muss zurück in die Spur. Ich brauche den Kampf am Wochenende. Bitte.« Sie gehörte zu den starken Kämpferinnen in ihrer Gewichtsklasse, war nach der Rückkehr in ihre Heimatstadt recht schnell in die A-Klasse aufgestiegen. Einundzwanzig Siege, fünf Niederlagen. Eine wirklich gute Bilanz. Am Samstag stand die Bayerische Meisterschaft in Straubing an. Es ging ihr nicht um Ruhm. Oder Titel. Das war egal. Sie wollte das Geschehen im Ring kontrollieren, jede Bewegung der Gegnerin vorausahnen, die Deckung rechtzeitig hochnehmen, denn wenn es auf den Planken klappte, konnte sie es auf ihr Leben draußen übertragen. Immer nach einem Fight – vorausgesetzt, sie gewann – kam sie einige Wochen besser klar als zuvor.

Nick wickelte das Ende der Bandage um Julis Grundgelenk und machte es mit dem Klettverschluss fest.

»In eine Villa bin ich auch eingestiegen. Der Eigentümer hat mich gesehen. Vielleicht schnappen sie mich vor Samstag, aber wenn nicht …«

Ich brauche den Kampf!

»Waage.«

Juli sprang auf und erklomm das altmodische Ding, das Nick eines Tages aus irgendeinem Stahlwerk angeschleppt hatte. Sie hielt die Luft an.

»Achtundvierzig Komma acht Kilogramm.« Nick griff sich in den Bart. »Drei Kilo leichter?«

Selbst Juli konnte sich das nicht erklären. Zwar hatte sie seit dem Wiedersehen im Sektionssaal keinen Appetit gehabt, aber drei Kilo?

»Du musst essen, viel trinken, Speicher auffüllen. Klar?«

Hieß das …?

»Fünfzig Liegestütze, danach zwei Runden Seilspringen und drei Runden Schattenboxen.«

Juli schloss die Augen, sprang vom Podest, biss die Zähne zusammen und ging im nächsten Moment runter auf den Boden, um die lächerlich kleine, im Grunde nur symbolische Strafe, die ihr Nick auferlegt hatte, wegzupumpen. Sie würde ihren Kampf bekommen. Sie konnte es schaffen. Aber sie musste am Samstag mindestens einundfünfzig Kilo auf die Waage bringen, sonst …

Das Zittern hielt nicht lange an, ihre Muskeln erinnerten sich bald daran, wofür sie seit Jahren trainierten. Konditionierung war ebenso genial wie teuflisch.

Beim Seilspringen und Schattenboxen fühlten sich ihre Beine beinahe schon an wie immer, und als Nick nach dem Anschwitzen zu ihr in den Ring stieg, war sie fast die Alte, auch das Knie tat kaum noch weh.

Während der Pratzenarbeit stellte Trachte sie auf ihre möglichen Gegnerinnen ein, sagte zwischendurch Kombinationen an. Eins. Zwei. Links. Rechts. Gerade.

Bäm. Bäm. Bäm.

Kill the body and the head will fall. Das war Fraziers Strategie beim »Thrilla in Manila« gegen Muhammad Ali gewesen. Und genauso hielt es Juli beim Boxen, weil sie in der Regel kleiner war als ihre Gegnerinnen. Sie musste sich über den Körper ranarbeiten, die Nahdistanz suchen und möglichst einen linken Haken zur Leber anbringen. Dann ging die Kontrahentin vielleicht zu Boden oder bekam wenigstens ein paar Probleme. Und irgendwie funktionierte ihr Leben nach dem gleichen Prinzip. Nur killte sie ihren eigenen Körper, damit der Kopf Ruhe gab. Erst mit Drogen. Dann mit Sport.

Und jetzt?

Nach anderthalb Stunden härteren Trainings, als es für die Wettkampfvorbereitung ideal gewesen wäre, entließ Nick Juli in die Welt.

»Bis Samstag«, sagte er. Sonst nichts.

Wenn sie das hinbekam, ging vielleicht alles gut. Er verstand das. Und sie auch. Ein Schritt nach dem anderen.

Kill the body and the head will fall.

***

»Nein, keine Sorge! Ich bin nicht dienstlich hier.«

»Dann ist es ja gut.« Hilde band sich eine Schürze vor den Bauch und bot dem Herrn Hauptkommissar von der Todesermittlung, wie sie gerade erfahren hatte, einen Stuhl in der Personalküche an. »Dass so was überhaupt geht!«

Obwohl ihre Stimme zuckersüß flötete, hörte es sich für Ömer wie ein *Das wird ja immer schöner!* an, und ihm kam der Rektor des Gymnasiums in den Sinn, der seine Anmeldung beim Übertritt mit den Worten *Du hast hier nichts verloren, ihr seid zum Arbeiten hergekommen, nicht zum Studieren!* blockiert hatte.

»Und was genau wollen Sie von mir?«

Ömer wusste nicht, wie er es anfangen sollte. Mit der Tür ins Haus fallen, nach einer Schwangerschaft Julis fragen und ob der werte Gatte möglicherweise dazu beigetragen hatte? Miese Erfolgsaussichten inklusive. Da puffte er lieber ein paar Ähs und Ehms in die Luft – vorerst wenigstens.

Hilde tippte allerdings sogleich mit dem Fingernagel auf das Zifferblatt ihrer Armbanduhr. »In fünf Minuten fängt meine Schicht an. Also?«

Er gab sich einen Ruck. »Wie geht es Juli?«

»Wie bitte?«

»Wie geht es Ihrer Nichte?« Ömer hob die Schultern. »Wir waren früher eng befreundet, ich habe sie lange nicht gesehen, ich wollte einfach wissen, was aus ihr geworden ist nach allem, was sie durchgemacht hat.« So ungefähr jedenfalls.

»Gut, soweit ich weiß.«

»Was macht sie denn?« Schön vage bleiben.

»Die schneidet Leichen auf. In der Rechtsmedizin.« Hilde räusperte sich. »Das ist ja kein Beruf für eine Frau, wenn Sie mich fragen, aber das Kind war schon immer …«

Ömer legte den Kopf schief, wie ein Hund, der geduldig auf sein Leckerli wartete.

»… anders als alle anderen. Immer aus der Reihe tanzen.«

»Wie meinen Sie das?«

»Rebellisch. Undankbar.« Hilde trennte ein Papiertuch von einer Rolle ab und tupfte damit in ihre Augenwinkel. »Davor schon, aber danach wurde es noch viel schlimmer, dabei habe ich mich so um sie bemüht, und wir hätten sie sogar an Kindes statt angenommen, wenn nicht …«

Sie sprach vom Tod der Eltern. Von der Zeit danach. Klar. Aber was Ömer in seiner Jugend immer für echte Bestürzung gehalten hatte, kam ihm hier und heute wie ein Schauspiel vor. Sprachlos sah er zu, wie Tränen über Wangen rollten, wie theatralische Schluchzer den Michelinkörper der Tante erschütterten.

»Dann die Drogen. Der Entzug. Die Schande!« Hilde holte hörbar Luft. »Und *neuerdings* gibt sie uns die Schuld, dass der Laden … Dabei haben ihre Eltern …«

Neuerdings? Der waidwunde Blick aus den Augen der Tante ließ Ömer tief in seinem Stuhl versinken und vergessen, warum er sich an dem Wort *neuerdings* störte. »Wo wohnt sie denn?«, flüchtete er sich in seichtere Gewässer.

»In der Osterwaldstraße, am Englischen Garten.«

Aha. Hätte er sich auch denken können. Er war mit Juli ein paarmal da gewesen, und sie hatte ihm stolz erzählt, dass sie hier wohnen wollte. Irgendwann. Vielleicht mit ihm.

»Sie hat nun wirklich keinen Grund, sich zu beschweren! Wenigstens das Haus hätte mein Bert erben müssen, wo doch sein Bruder Anton schon die Metzgerei …« Hilde winkte ab. »Ist zwar eine Bruchbude, aber bei der Lage trotzdem ein Vermögen wert. Das Mädchen ist versorgt, das dürfen S' glauben.«

Glaubte er gern, interessierte ihn aber nicht. »Was ist mit Julis Baby passiert?«

»Welches Baby?« Hilde hörte auf, an ihrer Bluse zu zupfen, und steckte das Papiertuch in die Schürzentasche. »Wovon reden Sie?«

Wenn Ömer nicht alles täuschte, fiel gerade alles Unechte von Hilde ab. Sie schien ehrlich überrascht.

»Wir haben seit Jahren keinen Kontakt zu Juli, und sie hat uns keine Karte zukommen lassen, die das freudige Ereignis bekundet hätte, wenn Sie das meinen. Ihr Anwalt schickt Briefe. Ja. Das ist der Dank dafür, dass wir unser Leben für sie geopfert haben.«

Geopfert? Tante und Onkel waren nach dem Tod von Julis

Eltern von Freising nach München gezogen. Das ja. Aber geopfert? Bert wollte anstelle seines Bruders den Familienbetrieb weiterführen, bis Juli alt genug war, um das Geschäft selbst zu übernehmen. Ömer hatten die von Gericht und Notar getroffenen Arrangements nicht sonderlich interessiert, Details kannte er keine, er hatte damals nur gewollt, dass Juli wieder mit ihm lachte, so wie davor, aber das tat sie nicht. Nie mehr.

»Durch einen dummen Zufall haben wir überhaupt erst erfahren, dass sie zurück in München ist und in der Rechtsmedizin arbeitet, weil ein Bekannter vom Neffen vom Bruder meiner Schwägerin bei der –«

»Juli muss schwanger gewesen sein, als sie in Ihrer Obhut war. Keine zwei Jahre nach dem Tod der Eltern«, unterbrach Ömer sie lieber gleich. »Ist Ihnen nichts aufgefallen?«

»Da war sie doch noch ein Kind!«

»Ein halbes zumindest.«

Hilde zog einen Stuhl unter dem Küchentisch hervor und setzte sich. »Wundern tät mich das nicht, wenn ich ehrlich bin. Die schlampigen Klamotten, und außerdem … das Mädel war nie daheim! Ständig zog sie mit diesen Grattlern um die Häuser. Ich habe ihr den Umgang verboten, aber auf mich wollte sie nicht hören. Dass sie in der Zehnten nicht von der Schule geflogen und auch nicht sitzen geblieben ist, hat sie allein mir zu verdanken. Wie musste ich mich für das Kind bei den Lehrern anbiedern.«

»Ab und zu muss sie zu Hause gewesen sein.«

Sonst hätte doch das Jugendamt etwas unternommen. Oder? Aber der Platz in der letzten Reihe war in der zehnten Klasse wirklich oft leer gewesen, nur wo kein Kläger, da kein Richter, und sicher hatte Hilde nirgends kundgetan, dass sie ihrer Aufsichtspflicht gegenüber der ihr anvertrauten Nichte nicht nachkam. Wenn man zudem die eklatant hohe Anzahl von Fehltagen mit der Trauer nach dem Verlust beider Elternteile begründete, fragte vermutlich auch niemand mehr nach, weil es nur allzu plausibel klang. Und eine mündliche Note, die das arme Waisenkind vor dem Sitzenbleiben rettete, ließ sich damit in neunundneunzig von hundert Fällen auch herausschinden.

Hilde verschränkte die Arme vor der Brust. »Von einer Schwangerschaft weiß ich trotzdem nichts. Wer sagt überhaupt, dass Juli schwanger war?«

Ömer zuckte mit den Schultern. »Ein Bekannter.«

Ein paar Sekunden nur schaute Hilde ihm in die Augen, dann wusste sie Bescheid. »Juli behauptet das, richtig?«

Ertappt. Er senkte den Blick.

»Sie kommen hierher und machen mir weis, dass Sie sich nach meiner Nichte erkundigen wollen, die Sie ewig nicht gesehen haben, dabei –«

»Verstehen Sie doch …« Ömer rang nach Worten. Was konnte er sagen? Dass Juli glaubte, bei einer Sektion ihre Tochter wiedererkannt zu haben und er ihre Glaubwürdigkeit überprüfen wollte, ehe er mit ihr selbst sprach? Weil sie auf ihn den Eindruck machte, als hätte sie nicht mehr alle Tassen im Schrank?

»Sie glauben ihr nicht, stimmt's?« Hilde lachte. »Und Sie tun gut daran. Das Gör war immer ein allzu phantasiebegabtes Kind. Genau wie seine Mutter.«

»Wo bleibst du denn?« Ein Mann kam zur Tür herein.

Hilde sprang auf und nickte in Ömers Richtung. »Der Herr Tok von der Dönerbude gegenüber hat uns spontan einen Besuch abgestattet und fragt mich wegen Juli aus«, sagte sie zuckersüß, »weil die behauptet, dass sie damals schwanger war und wir davon nichts bemerkt hätten!« Das klang schon schärfer.

»Schwanger?« Der Mann schüttelte Ömer die Hand und sah Hilde an. »Hat damals nicht jemand bei uns angerufen und genau das Gleiche gefragt?«

Ömer fiel aus allen Wolken. Das war Onkel Bert? Derselbe Kerl, der vorhin die Damen im Verkaufsraum zum Lachen gebracht hatte und der sich nun bei näherem Hinsehen als der Stammkunde entpuppte, der seinen Döner immer sofort im Laden vertilgte, während er mit Baba ein Bierchen zischte, weil ihn der Feldwebel daheim nicht erwischen durfte? Die ganze Familie

Tok amüsierte sich seit Jahren über ihn, aber dass es sich dabei um Onkel Bert handelte, hatte sich Ömer nie erschlossen, obwohl er ihn durchaus einige Male gesehen hatte, ehe es mit Juli ganz schlimm geworden war und der Kontakt abbrach.

Im alten Jahrtausend.

Viel Zeit war vergangen, definitiv, außerdem sahen die deutschen Männer alle gleich aus, und Ömer arbeitete schließlich im K 12 und nicht im Döner-Grill. Trotzdem ergab nichts von dem, was seit dem gestrigen Telefonat mit Juli in seinem Kopf herumschwadete, wirklich Sinn. Würde ein netter Kerl wie Bert sich an der minderjährigen Tochter seines verstorbenen Bruders vergreifen? Sie schwängern?

»… Hallo! Hörst du mich? Ich darf doch Du sagen, immerhin sind wir Nachbarn.«

Ömer spürte Berts Hand warm und trocken in der seinen – genau wie er es mochte. »Was haben Sie … ähm, hast du gerade gesagt?«

»Dass jemand angerufen hat, als es Juli so schlecht ging, und wissen wollte, ob sie schwanger war.«

Hilde rammte ihrem Mann den Ellbogen in die Seite. »Das ist doch ewig her, und außerdem, der feine Herr Kommissar hat mich angelogen.«

»Es tut mir leid, dass ich die Fakten ein wenig verdreht habe«, beeilte sich Ömer, Hilde zu beschwichtigen, »aber Juli hat mir Dinge erzählt, die ich nicht so ohne Weiteres –«

»Sie lügt wie gedruckt!«, keifte Hilde dazwischen. »Und ein Flittchen war sie auch. Insofern wäre es also nicht verwunderlich … Aber mitbekommen haben wir trotzdem nichts.«

Ömer wusste freilich, dass Juli damals tatsächlich mit – Anführungszeichen unten – häufig wechselnden Partnern – Anführungszeichen oben – in der Nachbarschaft rumgezogen war. Es hatte ihm fast das Herz gebrochen. Aber war das nicht erst gewesen, nachdem sie von der Schule gegangen war? Also nach der vermeintlichen Geburt?

»Sie hat Schlimmes durchgemacht, Hilde, es steht uns nicht

zu, zu urteilen.« Bert ließ den Blick von seinen Fingernägeln zu Boden fallen.

Die Tante schnappte empört nach Luft. »So schlimm, dass man die Nächte durchfeiert, sich bis zur Bewusstlosigkeit betrinkt und alles mögliche Gesocks zum Übernachten einlädt?«

»Trauer hat viele Gesichter«, wagte Ömer einzuwerfen. »Vielleicht war das Verhalten ein Hilferuf?«

Er hatte ja von Berufs wegen damit zu tun. Die Nachricht vom Tod eines geliebten Menschen rief die unterschiedlichsten Emotionen hervor, nur konnte das weniger betroffene Umfeld mit Wut als Gegenkraft zur totalen Ohnmacht nichts anfangen. Tränen, verweinte Gesichter, Hilflosigkeit, Rückzug und Verlust der Sprache passten weitaus besser ins Bild als ein feiernder, kiffender, krawallmachender, herumhurender Teenager.

»Bestohlen hat sie uns auch.«

»Hör auf!« Bert packte Hilde am Handgelenk.

»Ist doch wahr! Sie hat Geld aus dem Tresor genommen. Mehr als einmal.«

»Es war ihr Geld, Hilde! Ihres!« Bert ließ sich auf die Eckbank fallen und ignorierte das wütende Schnauben seiner Frau. »Das Leben hat dem Mädchen übel mitgespielt, und wir konnten ihr nicht helfen.«

Hilde schlug mit der flachen Hand auf den Tisch. »Wir haben genug getan! Sie wollte unsere Hilfe nicht. Und überhaupt …« Sie holte tief Luft und wandte sich dem Herrn von der Polizei zu. »Das Mädchen hat die labile Psyche ihrer Mutter geerbt, was kann man da schon machen? Die Selma, Gott hab sie selig, war nicht für das echte Leben gemacht, und bei Juli ist das genauso. Deshalb lief die Metzgerei schon zu Lebzeiten von Schwager und Schwägerin schlecht, und nur deshalb hat Juli mit den Drogen angefangen.«

Selma Senninger psychisch labil? Ömer kannte Julis Mutter als resolute, lustige Frau, die richtig zupacken konnte. Auch das Geschäft lief doch prima damals? Zumindest soweit er das als kleiner Pimpf beurteilen konnte. Aber einmal, es musste kurz nach seinem und Julis Übertritt aufs Gymnasium gewesen sein, war Selma wirklich mehrere Wochen lang fort. In einer Klinik. Die Leute in der Nachbarschaft hatten mit den Händen vor ihren Gesichtern hin- und hergewischt, wenn die Sprache darauf kam, aber Juli hatte zu Ömer nur gesagt, dass die Mutter manchmal traurig sei und deshalb Hilfe bekomme.

»Du machst es dir zu leicht, Hilde.« Berts Stimme klang gequält. »Die Drogen und alles ... das war auch unsere Schuld. Wir haben ihr nicht die Liebe gegeben, die sie gebraucht hätte.«

Oder zu viel davon? Ömer erinnerte sich wieder, weshalb er hergekommen war, aber es kostete ihn zunehmend Mühe, Julis Onkel nicht wenigstens etwas sympathisch zu finden.

»Wenn wir nur die Zeit zurückdrehen könnten«, sagte Bert und sah dabei seine Frau an. »Wir würden es besser machen. Juli hätte für uns das Kind sein können, das wir uns immer gewünscht haben.«

Ömer schaute von seiner Uhr ins Gesicht des Onkels. Berts Blick wirkte müde, wie der eines verletzten Tieres, das sich nach langem Wehren gegen den unvermeidlichen Tod seinem Schicksal ergab. Doch mit Erlösung konnte Ömer nicht dienen, auch wenn er es sich in diesem Moment – zumindest für den Onkel – wünschte.

Haben Sie Juli missbraucht?

Ömer hatte nichts zu verlieren außer einem Stammkunden im Döner-Grill seiner Eltern. So ein Schuss ins Blaue ließ dem Gegner keine Zeit, die Deckung hochzunehmen, da erhaschte man mit etwas Glück einen Blick auf die wahren Dinge. Trotzdem brachte er es nicht fertig, die Frage in den Äther zu schicken. Bert tat Ömer leid. Irgendwie jedenfalls, und jemandem eine solche Tat zu unterstellen, obwohl es dafür allerhöchstens Indizien gab, passte nicht zu ihm und seinem Beruf.

Also verabschiedete er sich mit Verweis auf die theoretisch zwar mögliche, in der Praxis aber nicht gelebte Gleitzeit in seinem Kommissariat und ließ einen am Boden zerstörten Mann bei seiner wutschnaubenden Frau zurück.

Draußen auf der Straße wählte er die Nummer der Abteilung Sektion des Rechtsmedizinischen Institutes. »Kommissar Tok am Apparat, kann ich bitte mit Frau Senninger sprechen?«

Eine Wortlawine überrollte ihn.

»Aha. – Ja. – Werde ich. – Danke.«

Perplex starrte er auf das Display, als Ada Bischof auflegte. Juli hatte sich überraschend die ganze Woche freigenommen? Und welcher Schlüssel?

✳✳✳

Kaum saß Juli auf dem Rad, fiel das bisschen Zuversicht, das sie sich mit der körperlichen Anstrengung übergestülpt hatte, von ihr ab wie die dicke Kruste einer hässlichen Wunde. Was übrig blieb, war dünne Haut.

Verdammt dünn!

Das Auspowern im Gym hatte gutgetan, keine Frage, das ausgeschüttete Dopamin und die Aussicht auf den Kampf halfen, und trotzdem kroch die Ohnmacht der Nacht unaufhaltsam in ihren ausgelaugten Körper zurück. Boxen reichte heute nicht, Julis Gedanken entwischten viel zu oft, hin zu anderen Möglichkeiten, höheren Dosen Dopamins, warmen Decken … Sie hätte die Shore bei Nick lassen sollen. Im Abfalleimer. In der Toilettenspülung. Im Spind. Egal. Aber das Heroin steckte nach wie vor in ihrem Rucksack.

Jederzeit verfügbar!

Zwei fatale Entscheidungen innerhalb von vierundzwanzig Stunden. Ein Blech geraucht und eingebrochen! Wie dumm. Hallbach hatte sie gesehen, sicher wusste die Polizei längst Bescheid und Beamte warteten mit Handschellen und Waffen im Anschlag in der Rechtsmedizin oder zu Hause auf sie.

Wusste Hallbach, wer sie war?

Juli sah sich um. Folgte ihr das Auto? Unschlüssig schob sie zwei Finger unter ihren Helm und kratzte. Die Haut juckte überall. Immer an Stellen, die sie nicht erreichen konnte. Wenigstens hatte Ada sich vorhin am Telefon nicht wie eine von Polizei umringte, eingeschüchterte Frau angehört, sondern munter von Kommissar Tok geplappert, der ständig anrufe, und dass es überhaupt nicht nötig sei, dass sie kurz reinkäme, schließlich hätten sie schon des Öfteren Arbeitstage und -wochen ohne Teamleiterin überstanden. Das war Juli auch klar, aber sie hatte dummerweise Lilas Mundhöhlenabstrich in der Kitteltasche vergessen, musste also wohl oder übel ins Institut, und wenn sie bei der Gelegenheit ihren Urlaubsschein ausfüllte, der sowieso aus versicherungstechnischen Gründen eigentlich vor Antritt in der Verwaltung zu sein hatte, bemerkte vielleicht nicht einmal die neugierige Ada etwas.

Die Ampel sprang auf Rot. Juli bremste, wandte unauffällig den Kopf. Schon wieder der silberne Audi? Zivile Bullen? Außerdem klebte ein Hund an ihrem Hinterrad. War das etwa der große graue vom Nordfriedhof? Als sie auf ihn hinabsah, fiel sein Hinterteil auf den Boden, und er drehte den Kopf weg, nur sein Schwanz klopfte aufgeregt über den Asphalt.

Grün.

Juli fuhr los, rutschte vom Pedal, die Zacken ratterten über ihr Schienbein, es tat höllisch weh. Schwarze Flecken tanzten durch ihr Sichtfeld, die Hände zitterten, und ihre Nase lief.

Als Nächstes kam der Hauptbahnhof in Sicht. Sie musste essen. Schlafen. Oder nachlegen. Mut einsaugen. Und Wärme. Sie schloss die Augen, touchierte den Randstein, Radler klingelten sie von hinten an. Der Weg vom Boxwerk zur Rechtsmedizin in der Nußbaumstraße war für Juli immer ein Spießrutenlauf gewesen. Erst Königsplatz, dann Schwammerl-Vordach Hauptbahnhof und Bayerstraße. Die Trambahnhaltestelle am Stachus, wenn man einen winzigen Umweg in Kauf nähme. Schiller-, Goethe- und Landwehrstraße. Wie tückisch das Leben sein konnte! Wie hinterhältig. Natürlich kannte Juli die Spots in München, wo User ohne Kontakte im Vorbeilaufen ihr Zeug kauften. Als Ex-Junkie behielt man die Quellen trotz aller guten Vorsätze im Blick. Ohne es zu wollen quasi.

Und die Krönung kam zum Schluss: Nußbaumpark. Inzwischen eine gängige Adresse für spontane Straßengeschäfte. Im spitzen Winkel von Sendlinger-Tor-Platz, Lindwurm- und Nußbaumstraße gelegen. Zweihundert Meter vom Rechtsmedizinischen Institut entfernt. Direkt vor Julis Haustür.

Die immerwährende Versuchung.

Natürlich gab es auf der Banane, wie die Partymeile zwischen Sendlinger Tor und Maximiliansplatz genannt wurde, an den Wochenenden ebenfalls jede Art von Drogen zu kaufen, aber das hatte nichts mit der eigentlichen Szene zu tun. Dort auf dem Disco-Strip ging es in Clubs und Bars um Gut-drauf-Sein, Tanzen, Feiern, Kennenlernen, Spaß und Sex. Klar wechselten einige von dort manchmal die Straßenseite, aber die Glücklicheren kamen ungeschoren davon.

Juli hatte von Leuten gehört, die nur am Wochenende ballerten, den Rest der Woche aber kein Heroin spritzten, sondern zur Arbeit gingen und Zeit mit der Familie verbrachten. Einer von tausend? Einer von zehntausend? Alle anderen zog die Shore früher oder später in den Abgrund, denn irgendwann war alles weg: Familie, Freunde, Geld, Wohnung. Bei Juli waren Familie und Freunde schon vorher weg gewesen.

Sie blieb stehen. Ihre Finger umschlossen die Lenkerhörnchen, hielten sich krampfhaft daran fest. Wie Schatten wischten die Autos vorbei. Von allen Seiten spürte sie Hitze, durch ihre Ohren rauschte ein Schwarm Heuschrecken. Das Knistern und Rascheln fraß sich satt an ihr, raubte jede Kraft, machte alle Sinne taub. Eine gnädige Dunkelheit verschluckte Juli, spuckte sie allerdings überraschend schnell wieder aus, doch was folgte, war tausendfach schlimmer.

Stille.

Sie öffnet die Augen. Überall ist Wasser. So still und ruhig, als wäre es zu Eis erstarrt. Aber das stimmt nicht. Es fühlt sich an wie Gelee. Juli kann die Lider bewegen, ihre Wimpern streifen mühsam durch die glibberige Masse und berühren von unten die glatte Oberfläche.

Fast.

Der Rest ihres Körpers ist gefangen. Sie kann nicht atmen, sich nicht bewegen, treibt dennoch Millimeter um Millimeter höher. Juli braucht Luft. Bald. Oder auch nicht. Egal.

Vollkommen egal.

Und dann kommt der Sauerstoff doch. Jäh. Mit dem Blut in ihren Adern. Wie aus Feuerwehrschläuchen. Es tut weh. Furchtbar weh! Licht stürzt in Julis Pupillen, um sie herum sind Menschen, starren auf sie herab, als stünden sie auf einem hohen Turm und wollten sich jeden Moment ebenfalls von dort auf sie fallen lassen. In ihre winzigen Sehlöcher eintauchen. Lippen, Köpfe, Hände, Körper bewegen sich, doch hören kann Juli …

… nichts.

Sie sind zu weit weg. Kein Ton dringt an ihr Ohr, obwohl Wasser, Gelee, whatever verschwunden sind, vielleicht nie da gewesen sind. Sie blinzelt, erkennt den Vorwurf in den Gesichtern, als diese auf sie stürzen. Weiß nicht, wo sie ist, hat Angst. Juli fühlt sich schwach. So schwach. Sie sollen weggehen! Verschwinden. Alle. Juli in Ruhe lassen. Wieso ziehen ihr diese Leute die Decke weg?

Ihre warme, weiche, schöne Decke.

Juli will fort von hier. Raus aus dem Scheinwerferlicht. So schnell wie möglich. Panisch wehrt sie Hände ab, die nach ihr greifen wollen.

Schreit. Schreit. Schreit.

Ihr Mund bewegt sich, die Haut in ihrem Gesicht auch. Muskeln. Sehnen. Alles funktioniert. Wie immer. Juli spürt die Anstrengung, fühlt Worte aus ihrem Mund strömen, aber hören kann sie nichts.

Stille.

»Ist Ruben da?«

»Wir öffnen eigentlich erst mittags, aber ja, er ist da, also komm meinetwegen kurz rein.«

Juli las die Worte mühsam von den Lippen des jungen Mannes ab und schlüpfte an ihm vorbei ins Café Kosmos, ehe er es sich anders überlegte.

»Ich schick ihn dir hoch, okay?«

Sein Arm schwenkte zur eisernen Wendeltreppe am anderen Ende der Bar und von dort zurück über das Chaos im Rest des Raumes. Schrubber, Eimer, alle Hocker hochgestellt. Die Spuren des gestrigen Tages mussten beseitigt werden, ehe ein neuer beginnen konnte. Juli verstand ihn – auch ohne Ton.

Mit letzter Kraft hatte sie sich hergeschleppt, nachdem sie auf der Schillerstraße beinahe umgekippt war. Mitten im Stadtverkehr.

Die steile Treppe machte Mühe, doch die dicken Teppiche oben fühlten sich an wie Heimat. Hier hatte Juli ihre Tage verbracht, nachdem …

Sie setzte sich an das große Panoramafenster, sah auf die Kreuzung hinunter und spürte, wie sich ihr Herzschlag allmählich beruhigte. Die Ampel sprang von Rot auf Grün, wieder zurück, und Juli öffnete den Mund, hielt sich mit den Fingern die Nase zu und pustete so fest sie konnte dagegen. Es knackte, ein leises Ploppen folgte. Und noch eins. Das Scheppern eines Eimers. Wasser. Angepisste Stimmen. Dann das metallene »Dong-dong« der Stufen.

Gott sei Dank!

Die Stille hatte ihr nach der Überdosis am meisten zu schaffen gemacht. Denn die Stille kannte Juli viel zu gut. Sie markierte den Anfang ihrer DANACH-Zeit, von ihr hatte sie genug. Für ein, zwei oder mehr Leben. Vielleicht war sie der Grund dafür gewesen, dass Juli nach der Überdosis Schluss machen wollte mit den Drogen, obwohl die meisten Heroinjunkies nur selten aus einer solchen Nahtoderfahrung lernten. Weil man selbst nämlich gar nicht viel mitbekam. Die anderen schon. Die, die einen nicht wach bekamen, die den Notarzt verständigten. Für die war es die Hölle. Nicht aber für diejenigen, die zu viel Heroin in ihre Adern jagten. Absichtlich oder weil sie ausnahmsweise mal reineren Stoff als sonst erwischten? Egal. In Julis Fall waren die Bullen schuld gewesen. Eine Kontrolle. Kein Ausweg. Sie schluckte die Plomben, die sie dabeihatte, nur leider musste wohl bei einer oder mehreren mit der Folie etwas schiefgegangen sein. Ein sachtes Hinabgleiten in den Tod. Zu viel Heroin kommt gleichzeitig im Gehirn an, die Lungenfunktion verlangsamt, der Körper vergisst zu atmen. Koma. Tod.

Ende.

Fast.

»Juli?«

Sie schreckte hoch, statt eines Lächelns traten Tränen in ihre Augen. Wie selbstverständlich stolperte sie in die offenen Arme des Mannes.

»Geht es dir gut?«

Sie nickte, schüttelte den Kopf, wischte die Tränen fort, weil sie sein T-Shirt einnässte. Sie hatte jahrelang keine Träne vergossen, und jetzt konnte sie gar nicht mehr aufhören? Und Umarmungen hatte es genauso lange nicht gegeben, aber damit konnte sie aufhören. Juli machte sich frei, fuhr mit beiden Händen über ihr Gesicht. Ging es ihr gut? Definitiv besser als bei ihrem ersten Besuch im Kosmos vor all den Jahren.

Der Barkeeper ließ ihr Zeit, sank wie sein Gast auf einen der Samtsessel, wartete. Das Grau an den Schläfen und am Kinn war neu. Es stand ihm. Er sah kaum älter aus, obwohl er inzwischen auf die vierzig zugehen musste. In jener eiskalten Münchner Januarnacht hatte er die Herz-Lungen-Wiederbelebung gemacht, nachdem späte Gäste sich über eine Betrunkene vor dem Lokal amüsiert hatten. Ruben lachte nicht, er ging hinaus, verständigte den Notarzt, rettete ein Leben.

Julis Leben.

Langsam verschränkte er die Finger über dem Kopf und lehnte sich zurück. Sein T-Shirt rutschte hoch, legte krauses Haar unter einem blassen, ausgestülpten Bauchnabel frei, während seine Augen wissend über die frischen Kratzer tasteten.

Prompt schnellten Julis Hände hoch, legten sich um den Hals. Diesen Zwang, sich eine imaginäre Folie abzukratzen, hatte sie zum ersten Mal nach der Toilettengeburt gespürt.

»Was ist los?«

»Ich habe ein Blech geraucht. Gestern.« Sie schämte sich. Ihre Finger krochen in das geheime Rucksackfach, umschlossen die Plombe und platzierten sie auf dem Nierentisch vor ihren Knien. Sie musste das Heroin loswerden, unbedingt, aber die Tatsache, jederzeit nachlegen zu können, wenn sie es brauchte, hatte sie die Nacht über und auch heute Vormittag aufrecht gehalten. Nur im Gym hatte sie eine Weile nicht daran gedacht.

Ruben steckte die Kugel ohne Kommentar ein. »Erzähl.«

Und Juli erzählte. Alles. Vom tragischen Wiedersehen mit ihrer Tochter. Vom Dachbodenfund. Von Hallbach. Vom Blech. Von Lilas Zimmer. Sogar von Ömer. Sie zog ihr Handy aus der Hosentasche und zeigte ihm Fotos von Lila. »Das muss sie sein! Sie sieht mir doch zum Verwechseln ähnlich.«

Ruben klopfte mit dem rechten Daumen auf seinen Kopf wie ein Bassist auf Saiten. »Du hast tatsächlich oft von einem Kind gesprochen.«

Juli atmete erleichtert auf.

»Überhaupt hast du viel wirres Zeug von dir gegeben.« Er zog die Brauen hoch und lächelte schief. Ein Goldzahn blitzte im Nikotingelb der restlichen Zähne.

Aus dem Krankenhaus war Juli bereits einen Tag nach der Überdosis entlassen worden und hatte danach täglich im Kosmos vorbeigeschaut. Erst, um sich zu bedanken, später, weil es sich dort irgendwie wie Zuflucht anfühlte. Vielleicht weil Ruben nicht viel redete, aber immer wenn er es tat, die richtigen Worte fand. Vielleicht auch, weil er seine kleine Schwester an das weiße Gift verloren hatte. Von ihm hatte Juli die Telefonnummer der Villa bekommen, wie die Entgiftungsstation des Schwabinger Krankenhauses genannt wurde. Er half ihr mit den Formalitäten, und knapp drei Wochen später – zwei Tage nach Julis achtzehntem Geburtstag – fing der warme Entzug an. Weil Leute, die vor ihr auf der Warteliste standen, ihren Entgiftungswunsch nicht regelmäßig telefonisch erneuert hatten. Weil sie der Mut verließ oder der Wille oder sonst was und sie deshalb rausflogen. Ohne Ruben und seine tote Schwester wäre Juli auch rausgeflogen.

»Du hast manchmal von einer Toilette gesprochen. Dass du dahin zurückmüsstest, um etwas zu holen.«

Juli nickte.

»Und einmal hast du wildfremde Leute in der Bar angeschrien: *Ich hab es nicht verkauft! Ich hab sie doch nicht verkauft! Das habe ich doch nicht getan! Niemals.*«

Der Typ, der ihr am Hauptbahnhof das Heroin in die Hand gedrückt hatte, schlenderte durch Julis Hirn. Sie fasste sich an den Kopf, vertrieb ihn.

»Ständig hast du dieses Datum wiederholt.« Ruben stand auf und drehte sich zum Fenster. »Ich weiß es heute noch. 19. August.« Seine Stirn dockte sacht am Glas an. »Es war klar, dass du von einem Baby sprachst – von *deinem* Baby! –, aber ich habe nachgefragt. Ein Freund arbeitet bei der Polizei. Es gab zu dieser Zeit kein verlassenes Baby in einer Toilette am Hauptbahnhof. Definitiv nicht. Und deine Tante und dein Onkel wussten auch nichts. Nicht mal von einer Schwangerschaft. Ich habe sie angerufen.«

Juli starrte den Barmann an. Davon hatte er ihr nie erzählt. Ein warmes Gefühl rieselte in ihre Magengrube, und Tränen liefen über die Wangen.

Scheiß-Tränen!

»Du sprachst in der einen Minute von Geburt und in der nächsten davon, dass du noch nie Sex hattest.«

Tattaa! Da war es wieder. Das Rätsel der unbefleckten Empfängnis. Deshalb hatte Juli sich nie erlaubt zu glauben, dass es dieses Baby zwischen ihren Beinen wirklich gegeben hatte, und solange man konsumierte, träumte man kaum. Die Bilder von dem hilflosen winzigen Säugling auf der Toilette waren erst in den Nächten während der Therapie in Gräfelfing klarer geworden. Nach unzähligen Gruppen- und Einzelgesprächen. Nach Sporttherapie. Perspektivensuche. Als es anfing, Juli besser zu gehen. Aber dann hatte sie herausgefunden, dass extreme körperliche Anstrengung solche Träume killte.

Meistens.

Ruben drehte sich zu Juli um, legte den Kopf schief und verschwand einen Augenblick später über die Wendeltreppe nach unten. Juli sah ihm nach, hörte die alte Siebträgermaschine zischen, und wenig später donnerten die Schritte auch schon zurück nach oben. Zwei Cappuccino auf einem kleinen Tablett und eine gerahmte Zeichnung landeten auf dem Tischchen.

»Das ist von dir.«

Juli griff nach dem Bild, konnte sich nicht erinnern, einen Bleistift in der Hand gehabt zu haben, seit ihre Eltern tot waren.

»Du saßt stundenlang hier oben und hast gezeichnet. Auf Servietten, auf Karten, auf Bierfilzen. Sogar auf den Tischen. Du warst anhänglich wie ein zugelaufenes Kätzchen.« Ruben lachte. »Am dritten oder vierten Tag habe ich Papier mitgebracht.«

Wie aus dem Nichts flimmerte ein Bild durch Julis Kopf. *Jede Menge leere Flaschen Astra. Aschenbecher. Feuerzeug. Paper. Tabak. Alles beiseitegeschoben. Stattdessen Bleistift und Papier. Sie kann nicht still sitzen, ihr Rücken schmerzt, die Beine kribbeln. Sie zieht ständig den Rotz hoch, kratzt sich. Jeder Muskel tut weh, und dennoch kann sie nicht aufhören. Blatt um Blatt kritzelt sie voll.*

In jedem anderen Lokal wäre sie hochkant rausgeflogen. Julis Augen tasteten über die Grauschattierungen des Bildes, sahen den winzigen Säugling. Und die Kloschüssel.

»Immer das gleiche Motiv.« Rubens Zeigefinger tippte auf

den schlichten dunkelgrauen Rahmen, der die Bleistiftzeichnung einfasste. »Bis der Entzug anfing, warst du jeden Tag hier. Von mittags bis spätnachts. Mit kleinen Unterbrechungen.«

Sie wussten beide, was sie in der Zwischenzeit getan hatte. Die Kneipe lag mitten im Bahnhofsviertel. Die Wege waren kurz, die Gier groß.

»Das hier fand ich am besten, aber die anderen sind auch gut, sie lagern in einer Mappe in meiner Bude. Ich habe alles aufgehoben.« Er lächelte. »Du bist gut, weißt du?«

Lila war es auch. Julis Gedanken rannten davon. Sie musste noch einmal in die Hallbach-Villa, um nach Fotoalben zu suchen. Sie könnte diese Zeichnung mit Babyfotos vergleichen, vielleicht …?

»Nimm es mit. Es gehört dir.«

»Danke.« Umständlich verstaute sie das Bild in ihrem Rucksack.

»Denk an die alternativen Bewältigungsstrategien, die man euch in der Therapie eingebläut hat. Über den Umgang mit Rückfallereignissen. Über das Cleanbleiben danach.«

Es klang wie ein Flehen. Juli sah es in Rubens Augen, die viel dunkler glänzten als zuvor. Hatte er sich manchmal gewünscht, sie wäre anstelle seiner kleinen Schwester an den Drogen krepiert? Wünschte er, sie säße statt ihrer hier vor ihm?

»Hör mal, Juli, du bist damals mit einem blauen Auge davongekommen. Kein Hepatitis C, kein HIV, nicht der klitzekleinste polizeiliche Eintrag. Außerdem eine absolut untypisch kurze Suchtkarriere. Entgiftung und Therapie auf Anhieb erfolgreich, auch die Eingliederung ins Berufsleben klappte reibungslos, genau wie der Aufbau eines suchtfreien sozialen Umfeldes.«

Juli lachte laut auf. Suchtfrei ja, aber »soziales Umfeld« traf es nicht ganz. Es gab den Boxclub. Das konnte man als soziales Umfeld bezeichnen, klar. Die Arbeit eventuell auch. Aber sonst?

»Nicht einmal Schuldenregulierung war bei dir ein Thema. Du hast dich mit Sport aus der Scheiße gezogen.« Ruben klopfte auf das Nierentischchen, wollte Julis ganze Aufmerksamkeit. »Das hast du alles selbst geschafft. Die Jahre in Bochum waren natürlich hilfreich. Von heute auf morgen ein neues Umfeld. Direkt nach der Therapie. Geradezu ideal. Du bist eine wirklich lange Zeit sehr gut klargekommen. Hättest du nicht das eigentliche Problem immer nur verdrängt, anstatt es aufzuarbeiten, wärst du mit Sicherheit das Paradebeispiel dafür, wie ein Leben nach den Drogen funktionieren kann.«

Nur jemand, der sich intensiv mit dem Suchtwahnsinn auseinandergesetzt hatte, konnte so reden. Im Leben von Rubens kleiner Schwester hatte es nach Entgiftung und Therapie nur ein kurzes Leben ohne Drogen gegeben. Und dann gar keines mehr. Gab er sich die Schuld daran?

»Jetzt hat dich die Vergangenheit eingeholt, auf andere Weise zwar, aber sie hat dich eingeholt. Dein fragiles Kartenhaus stürzt ein.« Ruben beugte sich vor, ließ Juli nicht aus den Augen. »Du brauchst Gewissheit, das verstehe ich, aber warte doch einfach das Ergebnis des DNA-Tests ab. Wenn die Tote deine Tochter ist, musst du erfahren, was passiert ist, keine Frage. Und wenn nicht …« Er hob die Hände, ließ sie fallen.

Juli wusste, was er sagen wollte. Ruben war die einzige Person, mit der sie nach der Therapie über ihr Leben gesprochen hatte. Wenn sie Gefahr lief, rückfällig zu werden. Wenn alles zu viel wurde. Dann hatte sie die erste Zeit im Kosmos vorbeigeschaut oder später von Bochum aus angerufen. Und deshalb wusste der Mann vor ihr auf dem Samtsessel, dass Julis Leben DANACH nichts anderes war als Bestrafung. Erst mit Drogen. Dann indem sie sich jedes Glück verbot. Für den Rest ihres Lebens.

»Wenn der DNA-Test negativ ist, findest du dich besser damit ab, dass es dieses Kind nie gegeben hat. So oder so musst du aber endlich den letzten Schritt zurück ins Leben wagen und dir selbst verzeihen.«

Die Predigt vom Vergeben hatte Juli schon oft von ihm gehört.

»Dieses Wiedersehen im Sektionssaal, die Ungewissheit, der Rückfall …«, Ruben schickte ein Lächeln in Julis Augen, »sie zwingen dich aus deiner Starre, alles kommt durcheinander, das ist natürlich gefährlich, aber womöglich hilft es auch. Bring Klarheit in deine Angelegenheiten, vielleicht kannst du dann wieder du selbst sein. Irgendwann.«

Juli wusste schon lange nicht mehr, wer sie war. Wie hatte sie ihr Kind zurücklassen können? Und wenn es dieses Neugeborene gar nicht gab, was war dann mit ihr los? Hatte ihr das Heroin die Birne hohl gemacht? Gut möglich.

Sie stand auf, kippte den letzten Rest Milchschaum in ihren Mund. Wie durch ein Wunder fühlte sie sich besser. Trotz allem.

»Einmaliger Konsum heißt nicht automatisch, dass alles von vorne beginnen muss.«

Aber die Gefahr bestand. Deshalb war der Kampf am Samstag so wichtig. Wenn sie es bis dahin schaffte, wurde vielleicht alles gut.

»Lass es nicht zu. Bitte.«

Juli wusste, dass Ruben immer auch an seine kleine Schwester dachte, wenn er sie ansah. Vielleicht war sie deshalb nach der Ausbildung in Bochum nie mehr ins Kosmos gekommen, um mit ihm zu reden, weil sie ihm den Schmerz ersparen wollte.

Als Juli die Treppe hinunterstieg, wurde ihr ein bisschen schwindelig. Sie musste sich festhalten, hinsetzen, Pause machen, durchatmen. Ruben wollte erst ihren Arm nehmen, fischte dann aber zwei Eurostücke aus seiner Hosentasche und warf eines davon in den Münzschlitz unter einem Glaskasten, in dem eine Barbie mit Astronautenhelm posierte. Ein kleiner Plastikbecher vom Regal wanderte zwischen ihre Beine, und ein Knopf wurde gedrückt.

»Das wird dir guttun.«

Fasziniert beobachtete Juli, wie die Vodkarella in den Becher pinkelte. Sie hatte im Stadtmagazin Prinz darüber gelesen. Manche Gäste kamen nur ihretwegen ins Café Kosmos, andere wegen der humanen Preise oder wegen des Gins, der Enge, des Fünfziger-, Sechziger-Jahre-Wohnzimmerflairs. Damals hatte es keine pissende Barbie gegeben.

Als Vodkarella ein zweites Mal mit Pinkeln fertig war, drückte

Ruben Juli den Schnaps in die Hand und prostete ihr zu. Schlussendlich war er immer noch ein Barmann und kein Drogenbera-
ter.

»Du schaffst das.«

Sie nickte, kippte, schluckte. »Klar. Ich pack das.«

»Woher hattest du die Shore eigentlich?«

»Lag die ganze Zeit bei mir auf dem Dachboden.« Hitze breitete sich in ihrem Magen aus. Sie musste los. Um die Mittagszeit
war es in der Rechtsmedizin am ruhigsten, die Gefahr, Ada über
den Weg zu laufen, am geringsten, und ein Ladekabel für Lilas
Laptop musste sie auch noch besorgen.

»Auf dem Dachboden? Wirklich?«

»Oh, glaub mir, ich hatte keine Ahnung.« Und wäre die
Plombe nicht ausgerechnet am Tag des Wiedersehens mit ihrer
verloren gegangenen Tochter auf dem Sektionstisch aufgetaucht,
hätte sie vermutlich prompt den Weg durch die Klospülung genommen.

»Wie lange?«

Wie lange? Wollte er wissen, wie fett das erste Blech nach all
den Jahren ausgefallen war? »Was meinst du?«

»Wie lange lag das Heroin auf dem Dachboden?«

»Sechzehn Jahre ungefähr.« Sie musste nicht lange rechnen.

»Du weißt schon, dass derart alte Shore vermutlich überhaupt
keine Wirkung mehr hat.«

»Das kann nicht –«

»Ich habe erst vor Kurzem einen Artikel über die Haltbarkeit
von Drogen im Internet gelesen. Heroin basiert auf Pflanzen-
stoffen und –«

»Aber«, Juli strich eine Strähne hinter ihr Ohr, »es hat sich
echt angefühlt.«

»In der Psychologie nennt man dieses Phänomen Set und Set-
ting. *Du hast das bekommen, was du erwartet hast.*«

✳✳✳

Juli blinzelte, schloss den Mund, schluckte, bis die Trockenheit verschwand, kam hoch und ließ sich gähnend in ihren Bürostuhl zurückfallen. Auf dem Schreibtisch glänzte der Rest eines Speichelsees, sie tunkte ihn mit dem Ärmel auf, ehe ihre Finger über den Abdruck auf der rechten Wange tasteten, der offensichtlich von dem Seil stammte, das sie nach ihrer Rückkehr aus dem Schuppen geholt hatte.

Neunzehn Uhr achtunddreißig.

Sie musste eingeschlafen sein. Ärgerlich griff sie nach der Wasserflasche, trank.

Du hast das bekommen, was du erwartet hast.

Wollte Ruben ihr damit helfen? Ein psychologischer Trick? Um aus ihrem Rückfall einen Pseudorückfall, eine Lappalie zu machen? Oder stimmte es wirklich? Aber der Suchtdruck fühlte sich echt an. Absolut real.

Schnell klappte sie den Laptop auf. Hundert Prozent geladen. Gut.

Gleich nach ihrem Besuch im Café Kosmos hatte Juli die DNA-Probe aus dem Institut geholt, das Röhrchen verpackt und im nächsten Briefkasten versendet. Weit und breit keine Polizei, die nach ihr Ausschau hielt, nirgends Waffen im Anschlag oder griffbereite Handschellen, nur wieder der silberne Audi, aber es gab sicher Tausende solcher Autos in München.

Also war Juli von der Nußbaumstraße direkt zu Lilas Schule geradelt, traf dort nur eine Sekretärin und einen Hausmeister an, die ihr beide keine Auskunft über eine gewisse Amanda aus Eva Hallbachs ehemaliger Klasse geben wollten, im Gegenteil, man jagte sie vom Schulhof, ihre Versicherung, dass sie nicht von der Presse sei, interessierte niemanden.

Lustlos nahm Juli das große Weckglas in die Hand, rührte durch die inzwischen zähe Haferflocken-Quark-Ei-O-Saft-Chiasamen-Kokosöl-Mansche, die sie sich vor Stunden angerührt hatte, und schob einen Löffel in den Mund.

Einundfünfzig Kilo bis Samstag!

Der Rest des Einkaufs lag noch in Jute verpackt auf der Küchenanrichte. Dabei hatte sie überhaupt keinen Hunger. Höchstens Lust auf …

In einer Formation mit dem Laptop standen die anderen Sachen aus Lilas Zimmer wie Trophäen aufgereiht: der Flakon Hippie Rose, das weiße Schlafshirt, Lilas Kuschelelefant, sämtliche Tagebücher und die letzte Zeichnung aus der roten Mappe.

War sie eine Diebin? Eine Mutter durfte doch aus dem Zimmer der Tochter … Wenigstens ein paar persönliche Dinge als Andenken?

Juli legte den blassblauen Haargummi, den sie seit dem Wiedersehen im Sektionssaal bei sich trug, auf Lilas Tagebücher, von dort wanderten ihre Finger zum Hals hoch, streiften über die frischen Kratzer, versicherten sich dann, dass das Amulett noch da war, und landeten schließlich auf der Tastatur.

Passwort.

Konnte man ein Passwort umgehen? Sie schickte die entsprechende Suchanfrage durch ihren eigenen Rechner. Bei macOS High Sierra gab es angeblich eine Sicherheitslücke, Juli versuchte, wie im Tutorial gezeigt, sich als *ROOT* einzuloggen, aber es klappte nicht. Sämtliche Geburtsdaten und -namen der Familie Hallbach – auch kombiniert – brachten ebenfalls nicht den ersehnten Erfolg, genauso wenig wie irgendwelche anderen Wörter, die Juli in den Sinn kamen.

Liebe. Lila. Digga. Shore. Hass. Suizid. Strick. Hallbach. Heroin. Passwort. Blöde Kuh. Findelkind. Fick dich doch!

Juli schlug den Deckel des Laptops zu, lud einen monumentalen Löffel Mastbrei auf der Zunge ab und überlegte. Die Polizei interessierte sich durchaus für das Motiv eines Suizids, jedoch ließ sich ein solches nicht in jedem Fall ausermitteln. Viel wichtiger war, dass ein Suizid wirklich ein Suizid war. Deshalb hatten sich Ömers Leute – nicht das K 92 – im Zimmer der Toten umgesehen, hatten zwar vermutlich die letzten Einträge in den Tagebüchern gelesen, den Laptop aber nicht angerührt, wie die Spurensicherung es getan hätte, wäre von einem Tötungsdelikt auszugehen. Und da sich niemand ohne Gegenwehr hängen ließ, außer er oder sie war sediert, was eine toxikologische Untersuchung mit hoher Wahrscheinlichkeit ans Licht brachte, mussten schon Abwehrverletzungen an der Leiche auffallen, um die Maschinerie in Gang zu setzen.

Juli hingegen wollte unbedingt wissen, was ihre Tochter in den Tod getrieben hatte. Sie brauchte das Passwort. Nur leider gab es verdammt viele Möglichkeiten, und Juli wusste so gut wie nichts über Lila, aus dem man ein Passwort hätte ableiten oder erraten können.

Kauen.

Schlucken.

Nachspülen.

Mit dem Handrücken wischte Juli über ihren klebrigen Mund. Früher hatte sie ständig Essen in sich hineingestopft, war eine Viel-, Schnell-, Alles(fr)esserin gewesen. Heute war sie klein und eckig statt klein und speckig.

Haha. Was sich reimt, ist …

Der aktuelle Slogan des Boxwerks quetschte sich durch ihre Hirnwindungen. *Tired of being fat and ugly? Just be ugly!* Dahinter die Telefonnummer. Nie hatten sich mehr Leute bei Nick zum Schnuppern angemeldet.

Juli dagegen wäre lieber dick geblieben, dick und glücklich, dennoch lautete ihr Passwort für alle wichtigen Dinge im Leben neuerdings genau so: Tobfau?Jbu!125096543. Onlinebanking. PayPal. Aktiendepot. Man nehme einen einprägsamen Satz, verwende nur die Anfangsbuchstaben und voilà, schon hatte man ein Spitzenpasswort, das man sich prima merken konnte. Juli übertrieb es mit der Sicherheit, deshalb die Telefonnummer.

Ihre Finger klopften erneut über die Tastatur. *Mein Name ist Eva Hallbach und ich werde mich umbringen!* Natürlich knackte das nicht den Safe. Entmutigt griff sie nach der Zeichnung. Ihre Gedanken füllten die Umrisse der Person am Strick abwechselnd mit den Bildern aus dem Sektionssaal und denen aus Lilas Zimmer.

Leben. Und. Tod.

Lagen nah beieinander.

Eva klein hing allein.

Quasi als Fingerübung gab sie die Worte ein, dann die Anfangsbuchstaben. Das Log-in-Fenster schüttelte immer heftiger den Kopf. Neuer Versuch: *Hänschenkleingingallein!* Auch falsch. Also *HkgaidwWh!*

Das Fenster öffnete sich. Sie war drin. Bäm! Die sogenannte Nadel im Heuhaufen und trotzdem stiegen Juli Tränen in die Augen, weil sie wusste, wie das Kinderlied weiterging: *Aber Mutter weinet sehr, hat ja nun kein Hänschen mehr! Da besinnt sich das Kind, läuft nach Haus geschwind.*

Eva hatte sich nicht besonnen. Nein.

Juli wischte die Nässe aus den Augen und starrte auf den Desktophintergrund. Das Segelfoto aus Lilas Zimmer. Darauf kein einziger Dateiordner, alles sehr aufgeräumt. Julis Schreibtisch auf ihrem Mac quoll über mit allen möglichen Dateireitern, weil sie es mochte, nach dem Hochfahren direkt auf alles zugreifen zu können. Juli war ein Listenfreak. Geworden. Danach. Es beruhigte sie, und es verschlang viel Zeit.

In der Menüleiste unten klickte sie zuerst auf Fotos. Die Mediathek ließ sich etwas Zeit, und Julis Hände wurden schwitzig vor Aufregung, doch ein Leben in Bildern offenbarte sich ihr nach der bangen Wartezeit nicht. Im Gegenteil. Es gab zwar Fotos von Familienfeiern, aber wenige. Außerdem hauptsächlich von Hanno und Emmi Hallbach, so als hätte die Tochter diese Bilder nur hochgeladen, um ein Album für die Eltern zu basteln. Vielleicht zu Weihnachten. Oder zu einem runden Geburtstag. Ein Ehejubiläum? Schnappschüsse mit Lila, Selfies von der Schule, mit Freunden, auf Partys, für Storys auf Instagram oder Massenchats? Fehlanzeige. Wahrscheinlich hatte sich Lila nie die Mühe gemacht, sie von ihrem Handy zu übertragen oder eine Cloud einzurichten, um sich vor Datenverlust zu schützen.

Apropos. Gab es ein Back-up des Handys hier auf dem Laptop? Juli öffnete iTunes, fand aber weder eine Datensicherung noch irgendwelche Playlists. Sie hätte gern wenigstens den Musikgeschmack ihrer Tochter kennengelernt, aber das lief bei den jungen Leuten heutzutage anscheinend ausschließlich über das unentbehrliche Handy, mit Spotify oder anderen Streamingdiensten. Generation Z eben.

Die Enttäuschung machte Juli die Kehle eng. Sie öffnete sämtliche Programme und holte die zuletzt bearbeiteten Dateien auf den Bildschirm. Eine Präsentation zum Thema Radikalisierung in Deutschland, eine unfertige, wohl fremde Seminararbeit, eine Auflistung, wie viel Geld ein Zwei-Personen-Haushalt zum Leben brauchte.

Hatte es einen Freund gegeben, mit dem Juli zusammenziehen wollte? Weil sie schwanger war? Quatsch! Keine Schwangerschaft. Aber ein Freund? Vielleicht hatte die Partnerwahl der Tochter nicht den Geschmack der Eltern getroffen. Ein durchaus gängiger Grund, warum Kinder früh aus dem Nest flohen.

Juli klickte und klickte, fand nur Schulzeugs, nichts Privates. Ärgerlicherweise ließ sich das Mailprogramm nicht ohne Passwort öffnen, genau wie die Kontakte, und diesmal hatte Juli kein so unverschämtes Glück. Nach über einer Stunde gab sie auf, ging ins Treppenhaus, klopfte mit den Knöcheln gegen die mit Tiefgrund behandelten Wandbereiche – schön hart – und drehte dann den Minutenzeiger der Kuckucksuhr nach oben, um den Vogel aus seinem Häuschen zu locken. Im Angesicht seines Geplärrs holte sie den Zettel mit der Ziffernkombination für den Tresor aus dem Geheimfach hinter dem Hirschkopf und drückte ihn fest in ihre Handfläche.

An den Tresor hatte sie lange Zeit gar nicht mehr gedacht, hatte sich erst wieder daran erinnert, als sie die alte Uhr vor ein paar Jahren aus einer Kiste im Schuppen geholt hatte und den Zettel wiederfand.

Juli fuhr sich mit beiden Händen über das Gesicht. Ursprünglich waren die Ziffern in der Schublade in Papas Schreibtisch eingeritzt gewesen, aber als Hilde noch am Tag der Beerdigung begann, wie eine Wahnsinnige überall nach der Kombination für den Geldschrank zu suchen, hatte Juli sie als Telefonnummer getarnt abgeschrieben, mit einem Messer aus Papas Schublade gekratzt und den Zettel erst in ihrem Zimmer und später in der Kuckucksuhr versteckt.

Versteckt! Gut geschützt vor unerwünschtem Zugriff. Hatte Lila womöglich auch ...?

Eine Sendung sprang Juli ins Hirn, die sie zwar nicht wirklich angesehen hatte, von der aber immerhin so viel hängen geblieben war, um zu wissen, dass es Möglichkeiten gab, Dateien auf Rechnern für andere unsichtbar zu machen, sie zu verstecken.

Juli rannte zurück an den Schreibtisch, tippte eine entsprechende Suche in den Browser ihres Rechners ein und landete nur wenige Klicks später auf einer Seite mit der Überschrift: *So blenden Sie versteckte Dateien und Ordner am Mac ein.*

Juli befolgte die beschriebenen Schritte, öffnete Dienstprogramme, schrieb Befehle ab, startete neu ... *killall finder* ... tataa!

Apple versteckte zugunsten der Übersicht haufenweise Dateien und Elemente vor den Anwendern. Lila auch. Vor den Eltern? Aber warum sollte dafür nicht der übliche Passwortschutz reichen?

Juli kippte einen halben Liter Rhabarberschorle in sich hinein, nippte vom Karamalz, scrollte wieder durch Dateien, fand nichts Persönliches, nur Systemzeug, mit dem sie null anfangen konnte, verlor die Hoffnung – und dann doch. Fast hätten ihre müden Augen das Wort übersehen.

Tagebuch.

Tagebuch!

Juli sprang auf, drückte Lilas Elefanten in ihr Gesicht. Wenn sich hinter dem Dateinamen wirklich die Fortsetzung von Lilas Tagebüchern verbarg, dann drang Juli in intimste Bereiche ein. Warum sonst hätte sich Lila die Mühe machen sollen, ihre Worte auf diese Weise zu verbergen?

Ganz langsam streckte Juli den Arm aus, streifte mit dem Zeigefinger das Trackpad und zuckte zurück, als hätte sie sich verbrannt. Vielleicht wollte Lila nicht, dass Emmi oder Hanno ihre intimsten Gedanken lasen? Aber womöglich hätte sie gewollt, dass ihre fremde, leibliche Mutter erfuhr, was in ihr vorgegangen war, bevor …

Juli verschränkte die Arme vor der Brust, drehte dem Monitor den Rücken zu. Was, wenn Lila nach dem Ende ihrer analogen Tagebuchzeit zwar ein digitales angelegt hatte, aber kaum jemals darin geschrieben hatte? Oder sie hatte ein paar Monate, vielleicht sogar Jahre fleißig alles notiert und irgendwann die Lust verloren. Und wenn nicht, wer wusste schon, ob sie Weltbewegendes festgehalten hatte oder nur seichte Abhandlungen über neue Nagellackfarben und den Kampf um eine kleinere Konfektionsgröße.

killall finder

Für Belanglosigkeiten machte man sich bestimmt nicht diese Mühe, oder? Julis Zeigefinger näherte sich erneut an, tippte zweimal und flog zurück unter die Achsel.

Meine Einträge werden digital. Ich bin fast erwachsen, es wird privat, und Mama ist SEHR neugierig. Sie gibt es nicht zu, aber sie hat alle meine Kindertagebücher gelesen. Was mir nichts ausmacht, wirklich nicht, ich werde die Tagebücher meiner Kinder auch lesen, sollte ich sie je in die Finger …

Juli schluckte schwer. Sie stand immer noch ein gutes Stück hinter dem Bürostuhl, musste die Augen zusammenkneifen. Lila würde nie Gelegenheit bekommen, die Tagebücher ihrer Kinder zu lesen. Nie.

… Mama und ich haben unsere Probleme. Manchmal sieht sie mich von der Seite an, und dann habe ich das Gefühl, dass ich für sie nie die Tochter sein kann, die sie sich gewünscht hat. Trotzdem ist Mama gar nicht das Problem. Ihretwegen habe ich mir nicht von einem Kumpel zeigen lassen, wie man Dateien vor unerwünschtem Zugriff schützt, sondern wegen meines über alles geliebten Paps! Mein Paps, dem ich nie die Schuld gab, wenn meine Eltern

Streit hatten. Mein Papa, um dessen Gunst ich ein Leben lang mit meiner Mama gebuhlt habe. Und natürlich habe ich gewonnen. Ich bin sein Ein und Alles. Sein Augenstern. Sein ganzer Stolz. Er hat mich nie angesehen, als würde ich ihm nicht genügen. Meine Mama verlangt von mir Disziplin, Respekt und ein Mindestmaß an Anstand, Stolz und Arroganz, die ich ihren Ahnen schuldig sei, wie sie sagt. Adel verpflichtet. So ein Quatsch. Ich fühle mich kein bisschen verbunden, nicht mit ihr und ihrem Stammbaum, sondern mit Paps, und der kommt aus der Gosse, wie Mama gern betont, wenn sie wieder einmal streiten und sie glaubt, ich könne es nicht hören.

Ein Leben lang habe ich nur meinem Vater nachgeeifert, fand ihn und alles, was er tat, toll. Ja, ich habe sogar seine rechten Parolen nachgeskandiert, lauter, überzeugter als er selbst, weil ich von klein auf von ihm mit rechten Klischees gefüttert worden bin. Jetzt weiß ich es besser. Ich war dumm, und ich schäme mich, wenn ich mich an die hochgezogenen Augenbrauen meiner Klassenkameraden und Freunde erinnere, nachdem ich wieder mal einen Spruch loslassen musste. Oh mein Gott, wie konnte ich nur so blind sein?

Was für ein Glück, dass sich Paps Anfang des neuen Schuljahres ausnahmsweise nicht durchsetzen konnte, als er versucht hat, meine Teilnahme am Schulprojekt im Flüchtlingsheim zu verhindern.

Das seien doch alles potenzielle Vergewaltiger. Junge Männer, die sich davor drücken würden, in ihrer Heimat für Recht und Ordnung zu sorgen. Die meisten seien sowieso nur Wirtschaftsflüchtlinge, hätten vom Krieg noch nie etwas gesehen.

So ungefähr hat es Paps der neuen Schulleiterin ins Gesicht gesagt. Da mache er nicht mit.

Und sie darauf: Aber ihre Tochter schon. Ausnahmen für einzelne Schüler können wir leider nicht machen. – Dann *sagen Sie das Schulprojekt eben ab. – Wir sind zwar eine Traditionsschule, aber ohne Rassismus, dafür mit umso mehr Courage. – Wahrscheinlich hatten Sie in der kurzen Zeit, da Sie hier tätig sind, noch keine Gelegenheit, die Konten durchzusehen, sonst wüssten Sie, dass ich der größte Förderer dieser Schule bin. – Doch. Dieser Umstand ist mir bekannt. – Und? – Ich bin sehr dankbar. – Dankbar genug, um mir einen Gefallen zu tun? – Natürlich. Gern. – Also kann ich davon ausgehen, dass es ein anderes Projekt geben wird? – Nein. – Wie bitte? – Ihr Besuch heute zeigt mir, wie wichtig das Projekt im Flüchtlingsheim ist, gerade für Ihre Tochter.*

Juli machte zwei Schritte und plumpste auf den Stuhl. Im Zimmer brannte immer noch kein Licht, umso mehr stach ihr die Helligkeit des Monitors in den Augen. War das ein erster Hinweis? Lilas Gefühle zum geliebten Vater hatten auf dem Prüfstand gestanden? Der Anfang eines ernsthaften Streites? Vor über zwei Jahren? Ein schwaches Motiv für einen Selbstmord. Trotzdem scrollte Juli gespannt zur nächsten Seite, wollte mehr erfahren – so schnell wie möglich.

Das Integrationsprojekt im Flüchtlingsheim startete wie geplant. Paps hat mich beim ersten Mal krankgemeldet, doch der zweite Termin wurde kurzfristig angesetzt, Mama und Papa waren im Ausland, und mit der Zeitverschiebung ... Sie haben meine Nachricht erst am Nachmittag gelesen und konnten nicht mehr eingreifen. Ich war stinksauer und weiß gar nicht, warum ich nichts davon je in meine alten Tagebücher geschrieben habe, obwohl es die bislang aufregendste Zeit in meinem Leben war, doch das hole ich jetzt –

Drrrrrrrrrr. Drrrrrrrrrrrrrrrrrr.

Juli schoss von ihrem Sitz hoch. Wer konnte das sein? Sie bekam nie Besuch. Schon gar nicht um diese Zeit. Drei Schritte zum Fenster, sacht schob sie den Vorhang zurück.

»Scheiße!«

Polizei.

»Juli Senninger. Ich kann dich sehen. Mach auf!«

Das Fenster war gekippt, Juli hörte Ömer laut und deutlich.

»Du hast etwas, das nicht dir gehört.«

Sie duckte sich unter dem Fenster durch, lief zurück zum Schreibtisch, packte die Tagebücher und warf sie hinter einen Stapel Pullis in ihrem Schrank. Aus der Schublade kramte sie einen USB-Stick, wollte ihn in die entsprechende Buchse am Laptop stecken, fand keine. Also verschwand das Notebook vorerst zwischen Matratze und Lattenrost, das Parfüm wanderte auf ein Regal, das Schlafshirt zog sie an. Wenn Ömer einen Durchsuchungsbeschluss dabeihatte, würde die Polizei natürlich trotzdem alles finden. Wenn nicht, dann war Juli fest entschlossen, Hallbachs Anschuldigungen einfach abzustreiten, denn sie musste die Tagebuchdateien lesen, bevor man ihr den Laptop wegnahm.

Um jeden Preis.

»Wir sollten reden. Bitte mach auf!«

Hektisch tauschte sie die alte Jeans gegen eine Schlafanzughose, zog die dicken Socken von ihren Füßen, wuschelte durch ihre Haare. Sollte er ruhig denken, dass sie schon geschlafen hatte. Ein schlechtes Gewissen machte unentschlossen.

»Ich gehe nicht weg, bis du …«

Seine Stimme klang kein bisschen unentschlossen. Trotzdem konnte Juli immer noch so tun, als wäre sie nicht da. Einfach zurück an den Laptop gehen und weiterlesen, sein Läuten ignorieren. Doch sie lief die Treppe hinunter, öffnete, streckte die Arme in die Luft, wischte durch ihre Augen und gähnte einen Tick zu laut.

»Du warst schon im Bett?« Er sah auf die Uhr. »Sorry, aber es ist erst kurz nach neun. Wenn ich gewusst hätte, dass du –«

»Was willst du?«

»Ähm …«

Ähm? Sie hatte erwartet, dass er mit dem Beschluss der Staatsanwaltschaft vor ihrer Nase wedeln würde, und jetzt druckste er herum? Juli machte einen Schritt nach vorne, wollte sehen, wo sich die Kollegen versteckten, doch weit und breit wartete niemand auf das Startzeichen für eine nächtliche Hausdurchsuchung. Vielleicht wollte er die Sache allein regeln.

»Er liegt dahinten.«

Julis Augen folgten dem ausgestreckten Arm, der in Richtung Garage schwenkte. Was meinte er?

»Gleich da drüben unter dem Vordach. Fast hätte ich mich nicht an ihm vorbeigetraut.«

»An wem?«

»An deinem Hund? An wem sonst?«

»Ich habe keinen Hund.«

Er fiel in die Hocke und spähte in die Dunkelheit. »Aber da liegt einer. Ein Riesenvieh.«

Juli zog die viel zu langen Beine ihres Schlafanzugs hoch und tippelte die Stufen hinunter. Tatsächlich. Der große Graue vom Friedhof! Tat wieder so, als wäre er nicht da.

»Weißt du, wem er gehört?«

Anstelle einer Antwort klatschte sie in die Hände. »Hau ab! Gschaaaahhh! Gschaaaahhh! Verpiss dich!«

Ömer zog die Brauen hoch. »Ich dachte, du magst Hunde.«

Es stimmte. Juli hatte Hunde früher geliebt. Hatte jahraus, jahrein ihre Eltern bekniet, ihr endlich, endlich zu erlauben, einen aus dem Tierheim zu holen. Und Ömer hatte sich vor jedem noch so kleinen Kläffer gefürchtet, weil so ein Vierbeiner fast immer die Haltung seines Herrchens widerspiegelte und gegenüber Ausländern selten Freundlichkeit dabei herauskam.

»Gehört er jemandem aus der Nachbarschaft?«

»Keine Ahnung.«

»Wenn das ein Streuner ist, müssen wir irgendwo anrufen.«

Ganz langsam stemmte sich der Graue hoch, erst hinten, dann vorne, setzte sehr vorsichtig ein Bein vor das andere und schlich mit eingezogenem Schwanz aus der Einfahrt.

»Der gehört sicher jemandem vom Friedhofspersonal.«

»Wie kommst du darauf?«

»Weil ich ihn dort schon öfter gesehen habe.«

»Und wieso ist er dann hier?«

»Keine Ahnung, aber ich kann es auf den Tod nicht leiden, wenn man ungefragt vor meiner Tür auftaucht.«

Kommissar Tok zog die Brauen hoch.

»Und jetzt spuck es aus! Was willst du?« Juli tippte auf ihre Armbanduhr. »Es ist spät, und ich muss morgen früh raus.«

»Warum?«

»Arbeit?«

»Ist das so?«

»Ja. Was dagegen?«

»Im Prinzip nicht. Nur weiß ich zufällig, dass du dir den Rest der Woche freigenommen hast.«

»Du spionierst mir nach?«

»Na ja … nach diesem Telefonat gestern wollte ich einfach wissen, ob es dir gut geht.«

Sie verschränkte die Arme vor der Brust.

»Sollten wir nicht besser reingehen?«

Jetzt, da ihre kleine Lüge bezüglich der Arbeit aufgeflogen war, hatte sie gleich noch viel weniger Lust auf dieses Gespräch. Trotzdem dirigierte sie Ömer in die Küche und setzte Teewasser auf.

Er lehnte sich an den Kühlschrank. »Warum hast du dir freigenommen?«

»Roibusch oder Kräuter?«

»Roibusch, bitte.«

Sie wickelte die Fäden der Beutel zigmal um die Henkel der Tassen.

»Was war los?«

Ehe seine Hand auf ihrem Unterarm landen konnte, drehte Juli sich weg. Machte es ihm Spaß, sie zappeln zu lassen? Wieso fragte er nicht freiheraus nach den gestohlenen Sachen? Nach dem Einbruch? Hallbach hatte bestimmt auch ihre dreisten Besuche erwähnt, die Paulanerdose und den geschrotteten Schneefang. Wenn Ömer eins und eins zusammenzählte, wusste er, dass sie während ihres gestrigen Telefonats in der Villa gewesen war.

»Du hast ziemlich wirres Zeug von dir gegeben.«

Juli wühlte in ihren Einkäufen nach der Milch, kippte einen Schuss zum Tee, verstaute Müsli, Nutella und Mehl, packte Wurst und Käse, schob Ömer zur Seite und legte alles in den Kühlschrank.

Was hatte sie ihm eigentlich genau erzählt? Die ungewohnte Menge Alkohol, die Shore und das Wiedersehen am Sektionstisch hatten ein paar Lücken gerissen.

»Warst du wirklich schwanger damals?«

Oha! Das volle Programm also. Doch auf keinen Fall wollte sie jetzt mit ihm darüber sprechen. Die drei Tausend-Gramm-Nudelpackungen krachten in den Schrank.

Bäm! Bäm! Bäm!

Ohne die Drogen, ohne den Alk fühlte Juli sich nämlich weit weniger mutig, als sie es anscheinend gestern am Telefon gewesen war.

Überraschend löste sich das Problem aber von ganz allein, denn Ömer hatte wohl seine ursprüngliche Frage vergessen, trat an den Küchentisch und griff nach dem …

Fuck! Der Pulli? Lilas Pulli!

Juli kam ihm zuvor, warf sich das Corpus Delicti über die Schulter. Ömer hatte die Akte gelesen, wenn nicht sogar verfasst, er kannte die Passage mit der Erwähnung des auffälligen Drucks garantiert.

You know my name. Not my story.

»Für euch ist die Sache also klar?«

»Welche Sache meinst du?«

»Eva Hallbach.«

Er seufzte. »Ja. Die Fakten sprechen für sich. Der Hinweis auf eine mögliche Schwangerschaft war kein eindeutiger Befund, die Eltern der Toten wissen nichts von einem Kind, vor allem aber gibt es keine begründeten Zweifel am Suizid. Der Fall wird zügig geschlossen, wenn sich nichts anderes mehr ergibt.«

»Ihr macht es euch zu leicht.«

»Der DNA-Vergleich des Containerbabys mit Eva Hallbach war im Übrigen negativ.«

Keine Schwangerschaft, kein Kind. Wirklich geglaubt hatte Juli ohnehin nicht daran, aber gepasst hätte es, und sie hatten in der Rechtsmedizin oft genug mit den Grand Finals von verdrängten oder versteckten Schwangerschaften zu tun. Juli selbst hatte ja …

»Und Eva Hallbach wurde außerdem nicht adoptiert. Sie ist die leibliche Tochter von Hanno und Emmi Hallbach. Punkt.«

Punkt? Damit war für ihn also alles geklärt? Aber so einfach war es nicht. »Hallbach verbirgt etwas. Da bin ich mir sicher.«

Ömers Kopf ruckte zur Seite. »Wie kommst du auf so eine Idee? Kennst du ihn?«

Juli nippte am Tee, brauchte Zeit, um ihre Gedanken zu sortieren, entschied sich für die Wahrheit. »Ich habe geklingelt.«

»Aman Allahim! Olamaz! Spinnst du? Wieso?«

»Um zu sehen, wo sie aufgewachsen ist.« Und ein paar Stunden später hatte sie Lilas Zimmer durchwühlt, wie er sehr genau wusste.

Ömer ging zum Tisch, zog einen Stuhl heran und setzte sich. »Du glaubst wirklich, Eva Hallbach könnte deine Tochter sein? Hilde und Bert wissen nichts von einer Schwangerschaft. Ich war bei ihnen. Heute Morgen. Außerdem …«

In Julis Brust zerplatzte etwas. Einen Moment lang bekam sie keine Luft. Ömer glaubte der Tante mehr als ihr? »Ich hatte immer das Gefühl, sie könnte mir jeden Augenblick über den Weg laufen. Ich habe Ausschau gehalten. All die Jahre.«

»Aber niemandem in der Nachbarschaft ist etwas aufgefallen.«

»Ich habe es doch nicht einmal selbst bemerkt!«

Ömer entwischte ein grotesk unpassendes Lachen. »Tut mir leid, aber das hört sich ganz schön verrückt an.«

Die Tränen ließen sich nicht länger aufhalten, ärgerlich wischte Juli durch ihre Augen. »Ist dir nicht aufgefallen, wie ähnlich sie mir sieht? Sogar ein Blinder könnte die Wahrheit erkennen.«

»Ehrlich gesagt habe ich nicht so genau hingesehen. War meine erste Sektion, weißt du, und ich wollte nicht unbedingt zum Gespött der neuen Abteilung werden, indem ich vor vierhundert Leuten aus den Latschen kippe.«

Er machte sein dummes Gesicht, genau wie früher, und Juli huschte ein Lächeln in die Mundwinkel. Kurz nur. »Außerdem das Geburtsdatum! Genau derselbe Tag. Das kann kein Zufall sein.«

Er zog einen weiteren Stuhl unter dem Tisch hervor, klopfte darauf. »Erzähl es mir. Alles.«

Doch Juli dachte gar nicht daran, sich neben ihn zu setzen, bloß weil er einen auf Schönwetter machte. Der Scheißkerl glaubte ihr kein Wort, das spürte sie. Wie auch? Sie konnte sich ja nicht einmal selbst trauen.

»Na schön.« Ömer lehnte sich zurück. »Kein Elternteil hat offiziell eine Erklärung abgegeben, warum sich die Tochter aufgehängt haben könnte.«

Juli sah auf. Bot er ihr einen Deal an? Quid pro quo? Lief es darauf hinaus?

»Lediglich die Mutter erwähnte wohl einem Kollegen gegenüber in einem Nebensatz, ihr Kind wäre an gebrochenem Herzen gestorben.«

Ein gebrochenes Herz konnte Jahr um Jahr weiterschlagen, wenn man es zuließ. Daran starb man nicht.

»Sie wollte noch mehr erzählen, aber ihr Mann hat sie ziemlich unwirsch unterbrochen.«

»Und weiter?«

»Nichts weiter. Als Privatperson würde man nachhaken, klar, aber so funktioniert Polizeiarbeit nun mal nicht. Es gab keinen Grund für den Kollegen, tiefer nachzubohren. Emmi Hallbach stand unter Schock, ihr Kind war tot. Und Liebeskummer?« Er zuckte mit den Schultern. »Liebeskummer macht die Selbsttötung nur plausibler.«

In Juli stieg Wut hoch, obwohl sie in ihrem Beruf Emotionen genauso raushalten musste wie Ömer in seinem. »Hat sie einen Namen erwähnt? Von einem Freund? Einem Liebhaber?«

Ömer schüttelte den Kopf. »Und jetzt erzähl mir von deinem Kind.«

Sie brauchte mehrere Anläufe, vollbrachte aber schließlich das Kunststück, den Tag von Lilas Geburt und die Ungewissheit danach bis zur Überdosis in wenigen nüchternen Sätzen zu umreißen. Die ganze beschissene, ungeschönte Wahrheit. Bei Ruben hatte Juli noch versucht, ihr Verhalten zu rechtfertigen. Jetzt nicht mehr.

»Aber wie bist du schwanger geworden? Wer ist der Vater?« Ömer steckte den Daumennagel in den Mund, kaute.

Unbefleckte Empfängnis. Das hätte Juli gern geantwortet, doch dann hätte Ömer sie endgültig in die Klapse geschickt. Also zuckte sie nur lahm mit den Schultern. Sollte er sich selbst seinen Reim darauf machen.

Und der Groschen fiel. Juli konnte förmlich sehen, wie Ömer sich seine Freundin aus Kindertagen im Drogenrausch vorstellte – wahllos rumvögelnd.

Und obwohl er den ersten Brocken noch nicht verdaut hatte, warf sie ihm gleich noch einen zweiten hin. »Habt ihr an Missbrauch gedacht? Vielleicht hat Hallbach seine angebliche Tochter … und das Kind wurde fortgeschafft. Im Container oder sonst wo entsorgt wie dieses andere Baby. Das wäre doch ein Motiv für Suizid?«

Der Gedanke war brandneu, Juli atmete aufgeregt. Vielleicht war Lila schwanger gewesen, und natürlich würde der Vater, vielleicht sogar zusammen mit der bestimmt auf die Familienehre bedachten Mutter, die Existenz eines inzestuös gezeugten Kindes abstreiten, wenn …?

Sie starrte Ömer an, sah, wie ihm alle Farbe aus dem Gesicht wich. »Das wäre doch möglich. Es macht alles plausibel.« Im Kopf spielte sie mögliche Szenarien durch. Es passte zusammen. Der Obduktionsbericht. Der Suizid. Emmis komisches Verhalten. Wie Hallbach versuchte, seine Frau abzuschotten. Klar. So musste es gewesen sein! War in der Polizeiakte nicht sogar ein Hämatom an Emmis Schläfe erwähnt? Eine Verletzung, die sie sich angeblich im Durcheinander nach Auffinden der Leiche zugezogen hatte?

»Wo ist er?«

Hörte er nicht zu?

»Gib ihn mir.«

Julis Magen sackte nach unten. Sie konnte Ömer den Laptop nicht geben, nicht bevor sie die Einträge gelesen hatte. »Wann hat er angerufen?«

»Er?« Ömer runzelte die Stirn. »Kein er, es war eine gewisse Ada Bischof, und die hatte eine ganze Menge über dich zu erzählen.«

Ada?

Sprach Ömer etwa von Lilas Schlüssel? Natürlich. Wusste er am Ende noch gar nichts vom Einbruch?

»Sie meinte, du wolltest dich deshalb bei mir melden. Hast du aber nicht.«

»Muss ich in der ganzen Aufregung vergessen haben. Sorry.«

»Dann her damit.«

»Es gibt leider ein klitzekleines Problem.«

»Das da wäre?«

»Der Schlüssel steckt in meinem Kittel in der Rechtsmedizin.« Sie hatte keinen blassen Schimmer, wieso sie das sagte. »Ich bringe ihn dir morgen ins Büro. Hab sowieso in der Gegend zu tun. Einverstanden?«

Die ausgestreckte Hand verschwand in seiner Hosentasche.

»Und bitte denk darüber nach, was ich gesagt habe. Missbrauch passiert. Überall.«

Er nickte.

tag 4

aber mutter weinet sehr

*Die Menschen sind zusammengepfercht wie Tiere. Sieben
Quadratmeter pro Flüchtling. Sieben! Es gibt keine Privat-
sphäre, sie haben nichts zu tun, müssen mit Leuten Tür an
Tür oder gar in einem Raum wohnen, gegen die sie in der
Heimat in den Krieg gezogen sind. Junge Frauen, Mädchen,
kleine Kinder leben in ständiger Angst vor Übergriffen.
Mindestens ein Drittel der Flüchtlinge sind traumatisiert,
verhalten sich nicht wie normale Menschen, sind tickende
Zeitbomben. Und trotzdem ist es überraschend ruhig und
aufgeräumt und freundlich, als wir ankommen, aber natürlich geraten die verfeindeten Ethnien früher oder später
aneinander, vielleicht nur wegen dreckigem Geschirr, ihrer
Religion, einem Blick oder einer offen gelassenen Tür – weil
die Nerven eben blank liegen, fernab von daheim, zwischen
Leuten, die einen nicht haben wollen. Die man gehasst hat.
In der Heimat. Und wenn etwas passiert, verbreitet sich das
in den sozialen Netzwerken wie Feuer nach Trockenheit.
Ich selbst könnte es keine Woche lang hier aushalten, ohne
auszurasten.*
*Um all das zu erkennen, um es zu sehen und zu verste-
hen, brauche ich keine zwei Stunden im Flüchtlingsheim.
Samuel, ein Student, führt mich anstelle der Heimleitung
herum, weil ich beim großen Kennenlernen in der Woche
davor gefehlt habe. Er zeigt mir alles im Schnelldurchlauf,
erklärt kurz die Schwierigkeiten, die Missverständnisse,
denen viele Leute aufsitzen, die immer nur das Schlechte
sehen (wollen).*
*Sam öffnet mir die Augen, und er öffnet mein Herz. Seine ru-
hige Art, seine tiefe Stimme, die dichten Haare, die Art, wie
er sich bewegt, wie er spricht, nehmen mich von der ersten*

Sekunde an gefangen. Obwohl meine Arme vor der Brust verschränkt sind und ein feindseliger Schatten auf meinem Gesicht liegt, beginnt mein Herz wie verrückt zu flattern, röten sich meine Wangen jedes Mal, wenn er mich ansieht. Ich bin verliebt. Zum ersten Mal im Leben richtig verliebt! Den Rest des Tages weicht er nicht von meiner Seite. Er schafft es irgendwie, dass ich immer seiner Gruppe zugeteilt werde. Mein erster (eigentlich zweiter) Projekttag im Flüchtlingsheim geht viel zu schnell vorbei. Die kleinen Mädchen wollen endlos mit mir spielen, sie sind fasziniert von meinen roten Haaren, der blassen Haut, den Flecken im Gesicht und in den Augen. Ich mache mich nützlich, das fühlt sich gut an. Bevor wir gehen, frage ich Sam, ob ich auch außerhalb des Schulprojektes helfen kann, und er lächelt schief, während er sich meine Telefonnummer aufschreibt. Unsere Klassenlehrerin hat am Ende des zweiten Projekttages ein Foto gemacht. Das allererste von Sam und mir. Ich sehe es mir oft an, und obwohl ich inzwischen tausend andere Fotos von ihm habe, ist mir dieses immer noch das liebste, denn ich sehe mein Herz – und auch seines – vor Glückseligkeit über das Erkennen schier platzen. Wie in den »Harry Potter«-Filmen, wo sich Personen in Bildern bewegen, so schlagen unsere Herzen auf dem Foto.

Puh!

Juli atmete tief durch. Ein Buch mit so viel Schmalz hätte sie beiseitegelegt, in die Ecke gepfeffert, stante pede verbrannt. Gestern Nacht auf diese Weise die erste echte Verliebtheit ihrer Tochter mitzuerleben allerdings, war wie ein Geschenk gewesen. Seite um Seite hatte Lila detailreich mit kleinen Anekdoten gefüllt: das erste Telefonat, der erste Kuss, die erste Nacht, die Myriaden von Schmetterlingen im Bauch. Kleine und größere Schwierigkeiten und Konflikte, die selbstredend folgten. Der erste ernsthafte Streit. Die ersten Tränen. Et cetera, et cetera. Wie konnte das Leben schön sein.

Mit zwei Fingern schob Juli die Zweige auseinander. In und vor der Villa rührte sich nichts. Kein Licht. Kein Geräusch. Kein Garnichts. Wie es aussah, schliefen die Herrschaften aus, denn Juli hatte sich noch vor dem Morgengrauen auf den Weg gemacht, um auf keinen Fall zu versäumen, wenn Hallbach allein oder mit seiner Frau das Haus verließ. Entweder traf Juli Emmi endlich ohne Ehegatten an, oder sie würde – wenn beide wegfuhren – ein letztes Mal den Schlüssel benutzen, um nach Babyfotos, Lilas Handy oder wenigstens einer Adresse oder einer Telefonnummer von Sam zu suchen.

Sie ließ die Zweige los, sackte zurück in ihr Versteck. Mit Daumen und Zeigefinger zoomte sie in das Bild hinein. Lilas erste große Liebe sah auf dem Foto wirklich phänomenal gut aus. Blond, groß gewachsen, breitschultrig, braun gebrannt, mit einem abartig charmanten Lausbubenlächeln. Kein Wunder, dass sich ihre Tochter Hals über Kopf verliebt hatte. Sowieso sah es auf dem Bild so aus, als hätten sich alle Mädchen aus Lilas Klasse ebenfalls in den jungen Mann verknallt. Sam stand in der Mitte, direkt neben der Heimleiterin, sein Arm hing lässig um Lilas Schultern, die schüchtern und verschreckt in die Kamera lächelte, als könnte sie ihr Glück kaum fassen.

Eigenartigerweise hatte Lila, je enger das Verhältnis zu Sam wurde, immer weniger in ihr Tagebuch geschrieben. Manchmal hielt sie nur zwei, drei Sätze fest: *Ich bin so glücklich, ich platze gleich* oder *Sorry, echt keine Zeit zu schreiben, bin mit Sam unterwegs. Bald schreibe ich mehr.*

Lilas Leben veränderte sich grundlegend: *Das Tagebuchschreiben war in meinem bislang nutzlosen Dasein eigentlich nur ein Mittel, um Leere und Langeweile zu vertreiben. Jetzt lebe ich.*

Glückseligkeit pur. Doch das Bild von den unisono schlagenden Herzen, das Lila mit ihren Worten in Julis Kopf gemalt hatte, machte sie nicht mehr froh, so wie beim ersten Lesen gestern Nacht, denn nach Ömers Besuch hatte Juli im Schnelldurchlauf alle digitalen Tagebucheinträge gelesen, war zwischendurch zwar immer wieder eingenickt, wusste aber dennoch, dass sich das anfänglich scheinbar unbeschwert grenzenlose Glück alsbald ins Gegenteil verkehrt hatte. Und dass Hallbach log. Wie gedruckt.

Wieso lässt du mich im Stich?

Auch das hatte Lila in ihr Tagebuch notiert. Wieder und wieder, bis kurz vor ihrem Tod. Sie war an gebrochenem Herzen gestorben, genau wie Emmi gesagt hatte. Die erste große Liebe war Lilas beginnender Tod gewesen. Sam entpuppte sich nicht als der Goldjunge, der er zu sein schien. Überhaupt häuften sich die Ungereimtheiten in Lilas Aufzeichnungen, je näher ihr Todestag rückte, und leider nahm der Detailreichtum indirekt proportional dazu ab.

Die wichtigsten Dinge hielt sie dennoch fest, allerdings blieb – je dramatischer die Ereignisse wurden – von den einst blumigen Sätzen nicht viel mehr übrig als Stichpunkte. Oder waren es To-do-Listen?

Amanda endlich alles erzählen
Papa zur Rede stellen
Mama fragen, bis sie die Wahrheit sagt
in Nizza anrufen

Manchmal wiederholte sie die Worte über Seiten wie ein Mantra, als wollte sie sich selbst Mut zusprechen, sich anfeuern. Oder die Leere war zurückgekehrt, die sie nun erneut mit sinnlosen Wiederholungen füllte.

Juli legte das Handy in ihren Schoß, rieb die Hände aneinander und blies warme Atemluft in den Hohlraum. Von Missbrauch stand nichts im Tagebuch. Kein Wort. Das Ansehen des Vaters hatte aus diversen anderen Gründen gelitten, ja, aber es gab keine Hinweise darauf, dass er seine Tochter angerührt hätte. Juli war froh darüber.

Schon gestern Abend, direkt nach Ömers Aufbruch, hatte sie die Tagebuchdateien sicherheitshalber auf ihr Handy und den eigenen Rechner gezogen. Lilas Laptop würde sie heute zurücklegen, genau wie die handgeschriebenen Tagebücher. Mit ein bisschen Glück war ihr Fehlen noch nicht bemerkt worden, denn Hallbach hatte Juli zwar das Grundstück über den Zaun verlassen sehen, aber sie wegen der Kapuze in der Dunkelheit und auf die Entfernung bestimmt nicht als die aufdringliche Person mit den komischen Fragen identifiziert. Anzeige gegen unbekannt. Darauf lief es hoffentlich hinaus, und da Juli niemals erkennungsdienstlich behandelt worden war, nutzten ihre inflationär verteilten Fingerabdrücke in Lilas Zimmer wenig.

Sam ist nur drei Jahre älter als ich, aber manchmal kommt es mir so vor, als hätte er dreimal so viel erlebt wie ich. Er ist klug, witzig, und er arbeitet härter für seine Ziele als jeder, den ich kenne. Erst vor zwei Jahren ist er von Nürnberg nach München gezogen, hat das Abitur nachgeholt und studiert jetzt Soziale Arbeit. Studium und Praxis finden im wöchentlichen Wechsel statt. Sein Praxispartner ist die Flüchtlingshilfe München, er ist mutterseelenallein, seine Eltern sind tot, ein Bruder sitzt im Gefängnis, trotzdem lacht er viel und steckt mich damit an.

Aus den Augenwinkeln nahm Juli eine Bewegung wahr. Das Tor ging auf, eine mattbraune Limousine rollte aus der Einfahrt. Vorsichtig spähte sie durch die Zweige, sah Hallbach auf dem Fahrersitz und seine Frau daneben.

Mist.

Das heiß ersehnte Gespräch mit Emmi würde also nicht heute Vormittag über die Bühne gehen. Na ja, da Juli den Schlüssel ohnehin im Laufe des Tages bei Ömer abliefern musste, war es vielleicht sogar besser so. Sie beobachtete, wie der Wagen um die Ecke bog, klopfte Gras und Erde von ihrer Hose, ging zum Tor und steckte den Schlüssel ins Schloss.

Er passte nicht.

✳✳✳

Ich bin in der zwölften Woche. Papa bringt mich um. Ich weiß nicht, wie ich es ihm sagen soll. Er wird so enttäuscht von mir sein. Mama hingegen hat die Neuigkeit überraschend gut aufgenommen, sie flippt ja nie aus, trotzdem würde eine derart frühe Mutterschaft mein Leben verpfuschen, sagt sie.
Stimmt es?
Wenn ich nur Sam mit nach Hause bringen könnte! Aber Mama hat sicher recht. Die besonderen Umstände *würden Paps nicht gerade milde stimmen – im Gegenteil. Schlechtes Karma vorprogrammiert. Beim Thema Freund und Partnerwahl ist er entsetzlich altmodisch, was seine kleine Prinzessin angeht.*
Mama hofft garantiert, dass diese dumme Schwärmerei vorbeigeht, redet mir ein, Sam passe sowieso nicht zu mir, und drängt in Richtung Abtreibung. Sie spricht es nicht laut aus, aber ich bringe Schande über ihre Familie.
Doch das Schlimmste ist: Sam weiß es noch gar nicht. Wir sind jung, wollen noch so viel erleben, möchten ungezwungen sein, die Welt bereisen. Frei sein!
Um es in Deutschland wegmachen zu lassen, ist es zu spät. Wir müssen nach Holland, sagt Mami, da machen die solche Eingriffe bis zur zweiundzwanzigsten Woche, ihre Pläne sind erschreckend konkret. Paps bräuchte dann gar nichts von dem Malheur (O-Ton Mama!) erfahren, was auch für mich verlockend klingt, wenn ich ehrlich bin.
Aber Sam? Hat er nicht ein Recht darauf, sein Wort in die Waagschale zu werfen? Für oder gegen ein Leben? Oder tue ich ihm einen Gefallen? Erspare ich ihm dadurch das schlechte Gewissen?
Klar, Mama favorisiert stark die Abtreibungsvariante, aber bei allem, was sie gesagt hat, habe ich nie das Maß an Kälte und Herablassung gespürt, das ich eigentlich erwartet habe. Im Gegenteil, nach meiner Beichte fühlte ich mich ihr näher als je zuvor. Ist das nicht komisch?

*Amanda und ich wollten nach dem Abitur zum Work &
Travel nach Australien und Neuseeland und danach gemeinsam Medizin studieren (falls das bei unseren Noten
überhaupt klappt). Aber wenn ich das Baby bekomme,
dann …*
… wird alles anders.
*Gott, wenigstens ihr würde ich so gern alles erzählen, aber
eine Sache musste ich Mama unbedingt versprechen: Bis
nicht entschieden ist, wie es weitergeht, soll ich mit niemandem über mein kleines Geheimnis reden, und von einem
Arztbesuch hat sie mir auch abgeraten. Zwei, drei Wochen
mehr oder weniger spielen keine Rolle, und damit hat sie
wohl recht.*

Juli saß inzwischen auf dem abschüssigen Sandweg am Ufer der
Isar – nicht weit von der Villa entfernt. Vielleicht hatte Lila genau
an derselben Stelle gesessen, mit Tränen in den Augen auf das
Wasser hinausgeblickt und über das Zuviel an Drama in ihrem
Leben nachgedacht. Wie kurze Filmsequenzen schoben sich die
Tagebucheinträge in allen Details nacheinander durch Julis Hirn.
Nicht die glücklichen vom Anfang, sondern die verzweifelten,
die sorgenvollen – nur die. Nichts als Lügen hatten die Hallbachs
der Polizei über die Tochter erzählt. Haufenweise Lügen. Aber
die Missbrauchsversion war definitiv vom Tisch.
Wenigstens das.
Allmählich kroch die Feuchtigkeit des Morgens durch Julis
Jeans. Sie fror. Innerhalb eines Tages hatte Hallbach also das
Schloss auswechseln lassen? So schnell? Ganz bestimmt wusste
dann doch auch die Polizei über den Einbruch Bescheid. Und wie
lange konnte es dauern, bis die Info vom K 53 bis ins K 12 durch-
sickerte? Die Sache landete auf Ömers Schreibtisch, die Video-
sequenz aus der Überwachungskamera flimmerte über seinen
Bildschirm und – klack! – schon schlossen sich die Handschellen
um Julis Gelenke, denn er würde sie garantiert erkennen.
Nur musste Juli noch ein, zwei Dinge erledigen, ehe sie verhaf-

tet wurde. Zuallererst brauchte sie Sams Telefonnummer. Seinen Nachnamen hatte Lila im Tagebuch nie erwähnt, und ihn im Zimmer der Tochter aufzustöbern oder auf ihrem Handy zu suchen, das war nun, da Lilas Schlüssel nicht mehr ins Schloss ihres Elternhauses passte, Geschichte. Mit ganz viel Glück würden die Flüchtlingshilfe München, für die Sam gearbeitet hatte, oder die Uni, bei der er eingeschrieben war, Auskunft geben, auch wenn ganz Deutschland im Moment in Sachen Datenschutz am Rad drehte. Juli brauchte eine gute Geschichte. Eine sehr gute.

Amanda endlich alles erzählen
Papa zur Rede stellen
Mama fragen, bis sie die Wahrheit sagt
In Nizza anrufen

Moment!
Julis Herz setzte einen Schlag aus. An diese Möglichkeit hatte sie noch gar nicht gedacht. Vielleicht hatte Lila ihre To-do-Liste längst abgearbeitet und war nur nicht dazu gekommen, es im Tagebuch festzuhalten. Vielleicht wusste Amanda über die Schwangerschaft und alle anderen Ungereimtheiten Bescheid, obwohl die Einträge bis kurz vor dem selbst gewählten Tod das Gegenteil vermuten ließen?

***

»Hey, du da!« Juli zupfte eine schlaksige Brünette, die ungefähr in Lilas Alter war, am Parka. »Kennst du zufällig Amanda aus der Elften?«

Das Parkamädchen wies in Richtung Tischtennisplatten. »Die aus der Oberstufe hängen immer da drüben ab.«

Zwischen Ost- und Westtrakt befand sich der Pausenhof des Gymnasiums. Auf ein Vorsprechen im Sekretariat oder beim Hausmeister hatte Juli dieses Mal verzichtet, und sie trug die roten Haare unter einer Kappe verborgen, schließlich wollte sie keine Hysterie auslösen. Sicher steckte Lilas Mitschülern der Schock über die Todesnachricht noch in den Knochen.

Möglichst unauffällig näherte sich Juli der Gruppe. Sie holte die Bäckertüte aus ihrer Jackentasche und biss in das Plunderstück, das sie vorhin gekauft hatte. Zwei Jungs hockten im Schneidersitz auf der Platte, alle anderen standen oder lehnten um sie herum und redeten durcheinander – bestimmt über den Selbstmord.

»Hi, Leute.«

Niemand grüßte zurück.

Juli räusperte sich, trat noch einen Schritt näher und zwängte sich zwischen zwei Mädchen. »Ist eine von euch Amanda?«

Wieder keine Reaktion.

»Eva Hallbachs beste Freundin?« Sofort sprangen sie alle Augen an, Hände flogen gegen Lippen. Juli kam sich zwischen den jungen, trauernden Schülern vor wie eine Außerirdische. »Wer von euch ist Amanda?«

Einer von den Schneidersitzjungs rutschte zur Kante und baute sich vor Juli auf. »Sind Sie von der Presse?«

Er war riesig, doch ein mageres Mädchen schob ihn einfach zur Seite.

»Schau doch hin! Das muss ihre Schwester sein. Oder eine Tante.« Tränen kullerten über Wangen. »Sind Sie Evas Schwester? Sie hat nie erzählt, dass sie eine Schwester hat.«

Der Kreis schloss sich enger, Juli nickte. »So was Ähnliches.« In die Lehrer bei den Fahrradständern kam ebenfalls Bewegung, also hakte Juli das dünne Mädchen unter, zog sie ein paar Schritte mit sich. »Bist du Amanda?«

»Nein. Sophia. Parallelklasse. Letztes Jahr zumindest.« Sie blieb stehen, ließ sich kein Stück mehr vorwärtszerren. »Was wollen Sie von Amanda?«

»Ich bin … ich bin … so was wie das schwarze Schaf in der Familie, vor allem ihr Vater ist nicht gut auf mich zu sprechen.«

»Hanno Hallbach ist ein Idiot.«

»Oh ja!« Juli lachte auf. »Da bin ich ganz deiner Meinung.«

Sacht dirigierte sie die Schülerin weiter zur Straße, wo die Bäume Sichtschutz boten. »Hanno und Emmi wollen mir nicht sagen, warum sich Eva umgebracht hat, aber …«, Juli sah mit Besorgnis, dass einer der Lehrer auf die Tischtennisplatten zuging, »… aber ich muss es wissen. Vielleicht weiß Amanda etwas. Kann ich sie sprechen? Ist sie hier?«

Auch Sophia sah sich jetzt nach der Pausenaufsicht um, die ihren Freunden anscheinend Fragen stellte. »Ihre Eltern haben sie für den Rest der Woche aus der Schule genommen. Sie muss total ausgetickt sein, als sie erfahren hat, dass sich Eva …« Sie befreite sich aus Julis Griff. »Es war für uns alle schlimm, aber Eva und Amanda, die waren so.« Mittel- und Zeigefinger drehten sich ineinander.

»Hast du eine Ahnung, warum sich Eva umgebracht hat?«

Das Mädchen senkte den Kopf. »Nicht wirklich. Wir spekulieren seit Tagen darüber, aber eigentlich haben wir keine Ahnung. Wenn jemand etwas weiß, dann tatsächlich Amanda.«

»Wo ist sie?«

»Irgendwo in den Bergen. Mit ihren Eltern.«

In den Bergen.

Mit den Eltern.

Juli fühlte ihre Knie weich werden. »Wann kommt sie zurück?«

»Ab Montag soll sie wieder in der Schule sein, heißt es.«

»War Eva vielleicht schwanger? Hat sie ein Kind bekommen?« Hopp oder top. Für vertrauensbildendes Geplänkel blieb keine Zeit.

»Schwanger?« Sophia steckte die Hände in die Taschen ihrer Jeansjacke. »Da ist mir nichts bekannt. Könnte aber zu ihrem unerwarteten Auslandsaufenthalt passen.« Sie überlegte. »Es gab Gerüchte, sie wäre in einer privaten Entzugsklinik, andere mutmaßten, sie müsse wegen Magersucht oder Bulimie behandelt werden, aber schwanger?«

»Drogen? Bulimie? Wirklich?« Davon stand nichts in den Tagebüchern.

»Kam für uns auch überraschend. Und wenn Sie mich fragen, Eva ist nicht der Typ dafür. Weder für das eine noch das andere.«

»Aber niemand wusste es genau? Auch Amanda nicht?«

»Amanda hat zu den Gerüchten und Spekulationen überhaupt nichts gesagt. Mir kam es manchmal so vor, als würde sie sich an ein selbst auferlegtes Schweigegelübde halten, und das war wirklich strange, denn sie und Eva waren die Queens of Gossip an der Schule – zumindest früher einmal.«

»Und wie lautete die offizielle Version?«

»Einjähriger Auslandsaufenthalt, Politur der Sprachkenntnisse. Büschn elitär waren die Hallbachs schon immer unterwegs, aber so überstürzt? Kein Wunder, dass die Gerüchteküche brodelte.«

So genau hatte sich Lila in ihrem Tagebuch nicht über die der Schule präsentierten Gründe ausgelassen, nur dass sie ein Schuljahr verlieren würde.

»Und Sie glauben, Eva war schwanger und ist deshalb …?«

Juli sah die neuerlichen Spekulationen bereits die Runde machen. »War nur so eine Vermutung von mir. Ist wahrscheinlich nichts dran.«

Sophia schnalzte mit der Zunge, schüttelte gleichzeitig den Kopf. »Fuck, das wäre aber so richtig abgedreht! Heutzutage steht man doch dazu und fertig. Der liebe Gott freut sich über jedes Kind, wie schon Beckenbauer sagte. Hey, wir leben im 21. Jahrhundert, oder etwa nicht?«

»Warum meinst du, ist Eva früher zurückgekommen?«

»Ich habe keine Ahnung. Dass sie überhaupt schon wieder da war, sickerte erst nach und nach durch, und an der Schule hat sie sich nie blicken lassen.«

»Was weißt du über ihren Freund?«

»Timo?«

Timo? »Nein, Sam. Samuel?«

»Sorry, so eng waren Eva und ich auch wieder nicht, wir hatten seit ihrem Nizza-Trip kaum Kontakt. Der letzte Typ, von dem ich weiß, war Timo.«

Juli sah sich um. Ein empörter Lehrkörper näherte sich schnellen Schrittes. »Hast du Amandas Telefonnummer?«

»Yep.«

»Kannst du sie mir geben?«

Sophia zögerte. »Vielleicht. Schreiben Sie mir Ihre Nummer auf, dann schicke ich Ihnen den Kontakt, wenn Amanda einverstanden ist.«

***

Ich kann es spüren! Seit einer Woche boxen kleine Füßchen gegen meine Bauchdecke. Es lebt, es wächst, und ich gewöhne mich allmählich an den Gedanken, stelle mir vor, wie es sein wird, Sam und ich und ein Baby, für das wir sorgen müssen.

Es macht mir eine Scheiß-Angst, aber wir können das hinkriegen. Irgendwie. Holland ist keine Option mehr. Allein die Vorstellung bringt mich um den Verstand! Wie konnte ich so etwas Abscheuliches nur ernsthaft in Erwägung ziehen?

Mein kleiner Bauch lässt sich noch gut unter T-Shirts, Kleidern und Hemden verstecken, aber inzwischen ist es Juli (!) geworden, mir fallen keine Ausreden mehr ein, warum ich nicht mit an die Isar kann oder ins Cosimawellenbad oder sonst wohin. Amanda hat mich erst neulich mit dem Ellbogen in die Rippen geboxt und gesagt: Du wirst fett! Bist du schwanger? *Ich wäre fast gestorben, und gleichzeitig wollte ich ihr so gern alles erzählen.*

Sam ist nach wie vor ahnungslos, aber Mama weiß, dass ich das Baby bekommen werde, ich habe es ihr gestern gesagt. Sie ist nicht glücklich darüber, aber sie hält Wort, sie unterstützt mich.

Heute steht das Gespräch mit Paps an, er muss jeden Moment nach Hause kommen, und gleich morgen kann ich es dann Sam sagen.

Ich will mich nicht drücken, wirklich nicht, aber Mama will zuerst allein mit Paps reden. Er wird toben, so viel ist klar, aber er wird sich auch wieder beruhigen. Er hat ja gar keine andere Wahl.

Gerade klackern Papas Schlüssel in der Schale auf dem Sideboard. Er ist da! Mein Herz dreht durch, ich bekomme kaum Luft. Die Zimmertür steht weit offen, damit ich hören kann, wie er die Neuigkeit aufnimmt, aber Mama lockt ihn in die Küche, wo eine wahre Armada an Köstlichkeiten, die wir extra für den Anlass zubereitet haben, auf ihn wartet. Er liebt es, fein zu speisen, wenn er von der Arbeit kommt, und Mama und ich haben uns heute besondere Mühe gegeben.

Juli warf ihre Schlüssel in die Schale neben der Haustür und checkte das Handy. Noch keine Kontaktdaten von Amanda. Hoffentlich bekam Sophia die Freigabe für die Weitergabe. Auf dem Garderobensims stand die Fünfhundert-Gramm-Nussmischung, die Juli am Morgen eigentlich hatte mitnehmen wollen, sie riss den Deckel ab, stopfte eine Handvoll in den Mund. Rucksack und Jacke landeten auf dem Boden, die Turnschuhe kickte sie von den Füßen.

In der Küche fiel sie wie tot auf das alte Kanapee und schloss die Augen. Zu wenig Schlaf, totales Gefühlschaos, Angst vor der nächsten Dummheit. Vielleicht mischten sich deshalb seit dem Morgen Lilas Tagebucheinträge mit Erinnerungen an eine Zeit, in der Juli im Alter ihrer Tochter gewesen war – an die schlimmste Zeit ihres Lebens.

Fuck.

Alles verschwamm, alles kam durcheinander. Juli spürte Lilas Angst, ihre Verzweiflung, wollte nichts davon hören und durchlebte sie dennoch wieder und wieder. Ihr Körper wummerte vor Erschöpfung. Sie brauchte Ruhe. Abstand. Bevor sie Ömer Lilas Schlüssel brachte, musste sie wenigstens ein paar Minuten die Augen zumachen, sonst …

Sie schreien sich an. Ich verstehe nicht viel, aber doch genug. Die Küchentür knallt, Mama weint, die Treppe ist wie ein Trichter, der Geräusche nach oben spült.

»Ich bring dieses Stück Scheiße um!«

»Hanno, hör mir zu, ich –«

»Ich habe genug gehört. Wo ist sie? Ist sie bei ihm?«

»Aber nein, sie ist mit Amanda weggegangen.«

Obwohl es vollkommen irr ist, tippe ich jedes Wort mit, weil es mich davon abhält, mir die Nägel abzukauen, hinunterzulaufen, den Verstand zu verlieren, ihn anzubrüllen, was alles noch schlimmer machen würde – im Moment.

»Weiß Amanda etwa Bescheid?«

»Nein, Eva hat versprochen, niemandem etwas zu erzählen, bis entschieden ist, was –«

»Sicher?«

»Du kennst sie. Eva hält, was sie verspricht. Immer.«

Es ist wirklich so. Ich halte Versprechen, aber gerade kommen mir Zweifel, ob ich nicht besser …

»Gib mir seine Adresse!«

»Hanno, mein Lieber, lass es ein paar Tage sacken, es ist halb so schlimm, es lässt sich alles regeln. Hab ein bisschen Vertrauen.«

»Vertrauen? In was?«

»In deine Tochter.«

»Das hat sie gerade enttäuscht. Und zwar gewaltig.«

Paps Stimme ist jetzt viel leiser geworden, dafür tun seine Worte umso mehr weh.

»Sie liebt ihn.«

»Dann bringe ich ihn erst recht um. So einer kommt mir nicht ins Haus, verstanden?«

Papa bringt ständig Leute um, er droht bei jeder Gelegenheit damit. DEN BRING ICH UM! Aber Sam wird er nicht anrühren. Ich weiß es. Hunde, die bellen, beißen nicht.

»Na, dann sagst du besser Evgeni Bescheid, er soll sein Geschenk wieder abholen. Wir wollen es nicht mehr.«

Papa verstummt. Komisch. Und welches Geschenk? Habe ich da etwas verpasst?

»Weißt du, was ich mich all die Jahre frage?«

»Du wirst es mir gleich verraten, nicht wahr?«

»Ob das Geschenk nicht doch von dir kam.«

»Wovon redest du?«

»Das weißt du genau!«

Paps fängt zu lachen an. Laut. Entsetzlich laut und kalt. Dann schweigen sie sich an wie so oft in ihrer Ehe. Etwas Dunkles lag immer zwischen ihnen, und ich habe keinen Schimmer, worum es da geht. Genauso wenig wie bei dem Gespräch, das ich gerade mittippe. Jedenfalls nicht mehr um mich und mein Baby.

»So ein winzig kleines Etwas im Bauch deiner ach so heiß geliebten Tochter bringt dich so auf die Palme? Es macht dir solche –«

»Sei still! Sonst –«

»Vielleicht ist das der Preis, den wir zahlen müssen? Den du zahlen musst!« Jetzt ist es Mama, die lacht. »Du solltest dich freuen, mein lieber Gatte, denn es ist ein lächerlich geringer Preis, der jetzt fällig wird.«

»Halt dein Maul, sonst vergesse ich mich!«

Paps Worte klingen wie das tiefe Knurren eines Hundes, der im Begriff ist anzugreifen. Und da ist noch etwas anderes. Ein Geräusch, ein vertrautes Geräusch …

Juli schreckte hoch. Das Durchladen einer Waffe hallte in ihrem Kopf nach. Ein Audiotraum zur Abwechslung, kein Film, Fetzen aus Lilas Leben, nicht aus ihrem eigenen.

Oder?

Aber woher kamen die Schritte? Juli sah auf die Uhr, kurz nach Mittag, sie tastete nach Lilas Kuschelelefanten, der zu Boden gefallen war, stand auf, ging in den Flur. Die Tür zum hinteren Garten stand offen.

Komisch.

Am vergangenen Wochenende war sie zum letzten Mal draußen gewesen, hatte sich in der Hängematte die Frühlingssonne ins Gesicht scheinen lassen. Und na klar hatte sie abgesperrt! Juli ließ die Fenster im Schlafzimmer offen – tage- und wochenlang –, aber sie verriegelte die Türen, wenn sie das Haus verließ. Beide. Immer.

Schwere Beine trugen sie zurück in die Küche. Sie musste essen, Gewicht machen für morgen und dann Ömer den Schlüssel bringen. Spätestens um drei. Darauf hatte er via WhatsApp bestanden.

Sie nahm das Butterschmalz vom Regal und schmierte eine große Portion davon in die Pfanne. Beim Boxen war mit Gewichtmachen nur selten Zunehmen gemeint. Eher schon quälte man sich, der besseren Erfolgschancen wegen, in eine niedrigere Klasse, aber das hatte bei Juli nie funktioniert.

Sie wählte die Nummer der Hochschule. »Schönen guten Tag, mein Name ist Corinna Abel von der Flüchtlingshilfe München, ich bräuchte für die Abrechnung die Daten eines Studenten, der in unserer Einrichtung den Praxisteil seines dualen Studiums absolviert.«

»Name?«

Juli räusperte sich, zog der Zwiebel, die sie aus dem Kühlschrank holte, die Haut ab und begann zu schneiden. »Tja, das ist das Problem. Es gab ein kleines Feuer im Büro, Akten wurden vernichtet und ausgerechnet seine Unterlagen –«

»Sie kennen den Namen nicht?«

»Bei uns spricht man sich mit Vornamen an, und die Kollegin, die ihn betreut, ist gerade in Urlaub, deshalb …«

»Und wie lautet der Vorname?«

»Samuel.«

»Welches Studienfach?«

»Soziale Arbeit.«

»Seit wann ist er bei Ihnen beschäftigt?«

»Seit zwei Jahren.« Ein Schuss ins Blaue. Juli hatte keine Ahnung, in welchem Semester Sam gewesen war, als Lila ihn kennenlernte.

»Und Sie sagen, er arbeitet aktuell bei Ihnen?«

»Jap.«

»Das ist komisch. Die einzige Person, die passen könnte, wird im System als exmatrikuliert geführt, was mich gerade etwas stutzig macht. Wie sagten Sie, war Ihr Name?«

»Er *hat* bei uns gearbeitet«, korrigierte Juli, »tut mir leid, wenn ich mich da missverständlich ausgedrückt habe.«

»Trotzdem. Personenbezogene Daten von Studenten darf ich nicht an Dritte weitergeben.«

»Aber –«

»Ihre Kollegin soll vorbeikommen, wenn Sie aus dem Urlaub zurück ist, dann werde ich sehen, was ich tun kann. Und sie täte gut daran, ihren Personalausweis mitzubringen. Sagen Sie ihr das, ja?«

Die Dame hatte den Braten gerochen. Mist. Juli tippte die Nummer der Flüchtlingshilfe ein und wurde auch dort in weniger als einer Minute nach Vorbringen ihres Anliegens zwar freundlich, aber doch bestimmt auf die die Hände bindenden Regelungen des Datenschutzes hingewiesen.

Hurra!

Wenigstens meldete das Handy eine Nachricht. Von Sophia? Nein. Nick. Damn! Der Coach wollte wissen, wie die Vorbereitung auf den Kampf lief. *Beschissen, um ehrlich zu sein*, klopften Julis Daumen zurück. *Kaum geschlafen, Gewicht auch noch nicht erreicht, aber ein Kilo, das kann ich zur Not kurz vor dem Wiegen reinlaufen lassen.*

Und sonst?, drängte Nick weiter. Natürlich meinte er das Blech, das sie geraucht hatte, und Juli verschickte zur Beruhigung ein Thumbs-up-Emoji. *Alles unter Kontrolle.* Tatsächlich hatte sie heute weit weniger daran gedacht als gestern.

Gut so.

Sie holte die gekochten Kartoffeln aus dem Kühlschrank, schnitt sie in Scheiben und warf sie in die Pfanne. Eine Stelle in Lilas Tagebuch, die sie gestern Nacht nicht richtig verstanden oder besser gesagt überlesen hatte, kam ihr dabei in den Sinn.

Jetzt, nach Nicks WhatsApp, schlichen die Worte zurück in ihren Kopf. Konnte das sein? Schnell holte sie die PDF-Datei des Tagebuches auf das Display und suchte nach der entsprechenden Seite.

Heute hat mich Sam in den Club mitgenommen. Zu einem Integrationsprojekt für Flüchtlinge, das die Leute dort auf die Beine gestellt haben. Er ist ganz begeistert davon, und auch mir gefällt die Philosophie, die dahintersteckt: Ich habe nie gegen jemanden gekämpft, sondern immer für etwas. *Ein besseres Leben nämlich, und dafür lohnt es sich zu kämpfen, meint Sam.*

Juli kannte das Zitat, es stammte von Muhammad Ali und hatte lange Zeit die Startseite der Boxwerk-Homepage geziert. Das Wort *Club* aber hatte ihr Gehirn beim ersten Lesen in der Nacht sofort durch *Disco* ersetzt und vermutlich deshalb das Ali-Zitat als deplatziert eingestuft und keine weiteren Verbindungen hergestellt. Was, wenn Sam mit Lila bei Nick im Boxwerk gewesen war, weil ein paar Jungs aus dem Flüchtlingsheim beim Refugee Project mitmachten? Weil Sport nämlich super als Integrationstool funktionierte und Nick sie deshalb »im Club« umsonst trainieren ließ?

Gott!

Wenn das stimmte, dann kannte Nick Lilas Freund möglicherweise und hatte vielleicht seine Telefonnummer, sollte Sam als Betreuer Ansprechpartner gewesen sein.

Kenbst du San von der Flpchtlingshilfe? Et müsstr über das Refuhee Project im Boxwerk …

Wegen der zwiebelnassen Augen und der Aufregung verfehlten Julis Daumen die Buchstaben. Sie korrigierte, kratzte zwischendurch die Kartoffeln vom Boden der Pfanne, schlug vier Eier auf, drehte die Herdplatte aus und setzte sich an den Tisch, um runterzukommen.

Kennst du Sam von der Flüchtlingshilfe? Er müsste über das

Refugee Project im Boxwerk gewesen sein. Vor ein bis zwei Jahren.

Gerade als Juli den Daumen auf den Senden-Pfeil legte, stellten ihre Augen das braune DIN-A5-Kuvert auf ihrem Küchentisch scharf.

***

Die Sache ging Ömer nicht mehr aus dem Kopf. Wusste Juli es wirklich nicht, oder wollte sie es ihm nicht sagen? Schämte sie sich, weil wechselnde Partner in Frage kamen? Mit fünfzehn! Oder hatten die Drogen den tatsächlichen Akt einfach ausradiert? Vielleicht nicht die Drogen, sondern doch ein Trauma?

Und schon spazierte der Onkel mit seinem angenehmen Händedruck durch Ömers Gedanken. Ihm wurde schlecht. Konnte er Juli freiheraus nach ihrem Verhältnis zu Bert fragen? Durfte er das? Oder stürzte sie die direkte Konfrontation mit dem vermeintlich traumatischen Erlebnis in noch größeres Chaos? Hätte er an der Beamtenfachhochschule im Fach Psychologie besser aufgepasst, wüsste er die Antwort vielleicht.

Oder versteifte sie sich am Ende deshalb so sehr darauf, dass Eva Hallbach vom Vater missbraucht und schwanger geworden war, weil sie Ömer damit durch die Blume sagen wollte, dass ihr eigener Onkel sie …?

Das Telefon klingelte.

Na endlich! Ömer lehnte sich in seinem Bürostuhl zurück und hob ab. Welche Ausrede würde sie diesmal ausspucken?

»Hallbach am Apparat, guten Tag, Herr …«

Verdammt! Sie war es nicht.

»Hallo, hören Sie mich, Herr …?«

Tok! Drei Buchstaben, götünü eşek siksin!

Von Anfang an hatte Ömer Ressentiments gespürt, und wäre es nicht gerade um den tragischen Tod der Tochter gegangen, hätte Hallbach vermutlich ungeniert nach einem Beamten ohne Migrationshintergrund verlangt. Dabei hatte er selbst einen. Das waren die Schlimmsten. Und auch Hilde, die Ömers kindliche Erinnerungen so kitschig nett gemalt hatten, war – wie er seit gestern wusste – keine Freundin von aufstrebenden Gastarbeiterkindern, die sich außerhalb der für sie vorgesehenen Branchen etablierten.

Manchmal hatte Ömer das alles so satt.

»Wie kann ich helfen?«

»Sie sind vermutlich nicht unmittelbar zuständig, da aber diese Vorkommnisse ziemlich sicher mit dem Tod meiner Tochter zu tun haben …«

»Vorkommnisse?«

»Bei uns wurde eingebrochen. Am Mittwoch.«

Keine zwei Tage nach Eva Hallbachs Tod? Ömer notierte das Datum auf seiner Schreibtischunterlage.

»Meine Frau hat es erst heute bemerkt. Evas Laptop ist verschwunden.«

»Was macht Sie so sicher, dass er bereits seit Mittwoch fehlt, wenn Sie den Diebstahl erst heute entdeckt haben?« Ömer holte die Akte aus dem Stapel und suchte in der Beschreibung des Ablebensortes nach der entsprechenden Stelle. *Laptop im Nachtkästchen.* Zum Todeszeitpunkt war er also definitiv vor Ort gewesen.

»Meine Frau wollte Evas Dateien durchsehen, um …«

… nach Gründen für den fatalen Entschluss der Tochter zu suchen. Absolut nachvollziehbar.

»Tagebücher und ein Schmusetier fehlen ebenfalls.«

Das war in der Tat komisch und hielt Ömer davon ab, Hallbach sofort an das Fachdezernat 5 in der Winzererstraße zu verweisen.

»Einbruchspuren?«

»Keine. Nur eine kaputte Lampe auf dem Nachttisch und ein abgebrochener Schneefänger.«

»Also übers Dach. Waren Fenster offen? Türen?«

»Die Frau hatte einen Schlüssel.«

Frau! Schlüssel! Ömer spürte sein Herz in die Hose rutschen.

»Woher wissen Sie …?«

»Wir haben uns die Aufzeichnungen der Überwachungskamera angesehen. Ich kenne die Frau auf dem Video.«

»Sie kennen sie?« Wie unter Zwang kritzelte Ömer *JULI!?* neben das vorhin notierte Datum auf die Unterlage.

»Kennen ist übertrieben. Sie stand zweimal vor meiner Haustür und hat Fragen gestellt. Einmal am Tag nach Evas Selbst… und das zweite Mal nur wenige Stunden vor dem Einbruch.«

»Haben Sie eine Ahnung, um wen es sich bei der Person handeln könnte?« Ömer kaute auf den Nägeln.

»Erst dachte ich an Presse, aber …«, Hallbach schluckte hörbar, »… der Schlüssel, Evas Kuscheltier und die Tagebücher?«

»Eine Freundin also?«

»Das glauben wir nicht. Eva hat ab und an Bemerkungen fallen lassen, dass sie jemand belästigen würde. Stalking nennt man das wohl heutzutage. Wir dachten, sie übertreibt.«

Ömer wurde heiß. Hatte Juli etwa bereits vor Eva Hallbachs Tod Kontakt zur vermeintlichen Tochter aufgenommen?

»Immerhin sind wir recht vermögend und … Eva, sie war ein besonderes Mädchen. Mit den roten Haaren, mit der milchweißen Haut. Vielleicht jemand, der sich zu unserem Kind hingezogen fühlte.« Er lachte schmerzvoll. »Zu sehr. Natürlich würde man eher an einen Mann denken, aber …«

Wenn Hallbach wüsste, wie nah er damit der Wahrheit kam.

»Das erklärt freilich nicht, woher die Frau den Schlüssel hatte, aber Eva wurde vor einigen Wochen eine Handtasche gestohlen, möglicherweise …«

Diesmal lag er weit daneben, aber Ömer hatte nicht vor, ihn hier und jetzt über seinen Irrtum aufzuklären. Er wollte erst mit Juli reden. Vielleicht zog er die falschen Schlüsse. Hoffentlich. »Fehlt außer dem Laptop, dem Stofftier und den Tagebüchern sonst etwas?«

»Nein, nur … eine leere Paulanerdose stand auf dem Sideboard in Evas Zimmer und eine komische kleine, mit Folie umwickelte Kugel lag daneben. Außerdem, na ja …«

Das Knacken einer Dose donnerte Ömer durchs Hirn. »Ja?«

»Alles war mit einer feinen Schicht überzogen. Wie Mehl oder Puderzucker.«

Himmel! »Drogen?«

»Ich kenne mich nicht sonderlich gut damit aus, aber das war auch mein Gedanke.«

»Konsumierte Ihre Tochter Drogen?« Selbstverständlich hatte Ömer die Frage längst gestellt – schon am Montag.

»Aber nein! Das sagte ich doch bereits.«

»Vielleicht sind Sie nun anderer Meinung?«

»Unsere Tochter rauchte nicht einmal. Sie war sehr gesundheitsbewusst.«

Trotzdem. Die meisten Eltern hatten keine Ahnung, wenn ihre Kinder Drogen nahmen, aber in Eva Hallbachs Fall würde die toxikologische Untersuchung das früher oder später ans Licht bringen. »Und Sie sind absolut sicher, dass nicht Ihre Frau … in ihrer Trauer?« Es gab genug Menschen, die den Schmerz um den Verlust eines geliebten Menschen mit Alkohol oder anderen Mitteln betäubten.

»Das kam mir tatsächlich auch in den Sinn. Emmi geht es nicht gut, aber … das Video aus der Überwachungskamera. Es war definitiv jemand im Haus.«

»Na gut. Ich schicke Ihnen die Kollegen vorbei.«

✳✳✳

Nein. Nein. Nein.

No way!

Juli hatte keinen Stoff besorgt. Heute nicht. Und gestern auch nicht. Daran gedacht? Oh ja! Die Möglichkeiten im Kopf durchgespielt? Definitiv. Aber geholt hatte sie nichts, und den Rest der Plombe vom Dachboden hatte sie bei Ruben im Café Kosmos gelassen, und es war nur eine gewesen – nicht drei.

Hundertprozentig.

Oder?

Ihr Daumen bohrte sich in den Klingelknopf, drückte viel zu

lange. Das Herz raste, Schweiß kroch über ihre Haut. Sie war geradelt wie eine Irre, aber nicht einmal die Anstrengung half, das Gedankenkarussell unter Kontrolle zu bringen. Die Panik steigerte sich unkontrollierbar wie die Menge an Plastikteilchen im Meer.

Fuck!

Die offene Hintertür, die Schritte, sie waren nicht bloß fiktives Beiwerk ihres Audiotraumes gewesen. Jemand war in ihr Haus eingedrungen. Am helllichten Tag! Und hatte Heroin auf den Tisch gelegt.

Wieso?

Die Gegensprechanlage knisterte. »Ja bitte?«

»Senninger, Abteilung Sektion, Rechtsmedizin. Kommissar Tok erwartet mich.«

Die Tür sprang auf, Juli stolperte in den Warteraum des Kriminalfachdezernates 1, wo in München die Kommissariate 11 bis 16 untergebracht waren. Mordkommission, Todesermittlung, Brand, Vermissungen, Unbekannte Tote, Sexualdelikte und Operative Fallanalysen Bayern.

Der Pförtner griff zum Telefon, wedelte in Richtung Sitzecke. »Sie werden abgeholt.«

Aber Juli hatte nicht den Nerv, sich zu setzen, sie tingelte auf und ab wie ein Löwe im Käfig, dachte an den komischen Typen, der heute früh an der Isar an ihr vorbeigelaufen war und den sie vorhin glaubte, im Radfahrerpulk wiedererkannt zu haben. Vielleicht hatte er das Heroin …?

Ihr Handy brummte.

eigentlich wollte ich amanda erst fragen, ob es okay ist, dass ich ihre nummer weitergebe, aber wtf … ich weiß, dass ich das richtige tue. bb, sophia.

0177/5982073

btw, kann sein, dass sie nicht an ihr handy kann, digital detox nennen ihre eltern das, wenn die wegfahren. Rolling-eyes-Emoji!

Juli schloss die Augen. Durch Worte und Erinnerungen ihrer besten Freundin Amanda würde sie Lila am Ende doch näher kennenlernen und vielleicht mehr über Sam erfahren oder was in und nach Nizza passiert war.

Wenigstens das.

✳✳✳

Ömer beobachtete vom Lift aus, wie Juli Finger durch Haare zerrte, sich am Hals kratzte, flüsterte, Fäuste ballte. Ihm wurde eiskalt. War das wirklich *seine* Juli von früher? Er erkannte sie kaum wieder. Gerade riss sie ihr Mobiltelefon aus der Hosentasche, aktivierte es hektisch, las, warf den Kopf in den Nacken und lachte schrill.

Sie machte ihm Angst. Wirklich. Etwas stimmte mit dem Mädchen nicht. Frau! Sie war erwachsen. Und wie! Trotzdem sah er in ihr manchmal noch die kecke Göre, die sie einmal gewesen war, und es brachte ihn schier um den Verstand, zu wissen, dass ein tragischer Zufall das geändert hatte, dass ein willkürliches Ereignis die Tür geöffnet hatte für all den Scheiß, der Juli danach passiert war.

»Na endlich!«

Der schroffe Tonfall kostete Mühe. Als sie ihm allerdings – ohne sich umzudrehen – den Zeigefinger eine Handbreit vor die Nase hielt, verpuffte sein Mitgefühl.

»Eine Sekunde.«

Er wartete. Geduldig. Wie immer. Obwohl es – nach allem, was er eben am Telefon erfahren hatte – klüger wäre, die Kollegen vom K 53 herzubestellen, anstatt Juli anzuhören. Und er wunderte sich, denn gerade hatte sie noch hypernervös, ja richtig aufgekratzt gewirkt, und jetzt strahlte sie, als könnte sie die ganze Welt umarmen. Freute sie sich, ihn zu sehen? Doch das leichte Kribbeln in seinem Bauch wurde sogleich zermalmt von einem Gedanken, der wie das überdimensionale Banner einer Propellermaschine am Himmel durch seinen Kopf flatterte: Gespaltene Persönlichkeit?

»Wollen wir?« Er hielt ihr die Tür auf, ließ ihr den Vortritt zum Aufzug. »Erster Stock.«

»Ähm, könnten wir die Treppe nehmen?«

Gehörte Juli der Jeder-Schritt-zählt-Jüngerschaft an? Ömer hasste so was.

Und schon lief sie ihm davon, peilte den hinteren Bereich des Gebäudes an, wo man über zwei Flure zum Treppenhaus gelangte. Anscheinend kannte sich das Fräulein Präparatorin aus. Es war genau wie früher, immerzu musste sie bestimmen, das letzte Wort haben, nervtötend rechthaberisch sein. Ömer ärgerte sich, dackelte dennoch hinterher – auch wie früher –, bis ihm einfiel, dass sie hier drin ohne ihn nicht weiterkam. Ab da ließ er sich Zeit, checkte sein Handy, genoss es, wie sie vor der verschlossenen Zugangstür zu den Büros im ersten Stock zappelte. Der Transponder lag längst in seiner Hand, trotzdem durchsuchte er umständlich jede Tasche an Hemd und Hose, warf ihr dabei ein fieses Lächeln zu und bekam die Wahrheit prompt zurückgeschleudert. Na klar! Juli fürchtete sich vor engen Räumen, vor dem Eingesperrtsein. Das würde jeder, der wie sie … Deshalb die Treppe. Hitze schoss seinen Hals hoch, hektisch hielt er den Transponder ans Schloss und lotste Juli beschämt in sein Büro. Er war ein solcher Idiot.

»Ganz schön klein, Herr *Haupt*kommissar.«

Sie machte sich lustig, überspielte damit ihre eigene Schwäche. Würde er vermutlich auch tun. Betreten zog Ömer einen Stuhl für sie vor seinen Schreibtisch und ließ sich in seinen eigenen fallen.

»Also. Hast du ihn dabei?« Mit geschlossenen Augen richtete er sich auf eine neuerliche Lüge ein.

Klack.

Der Schlüssel landete tatsächlich neben der Tastatur. Ömer hob die Brauen. »Danke.«

Den ganzen Tag über hatte er auf die Uhr gesehen, war bei jedem Klingeln zusammengezuckt wie jemand, der etwas ausgefressen hatte, weil er immerfort überlegte, ob er die Sache auf sich beruhen lassen konnte, sollte Juli wirklich nicht auftauchen, denn da glaubte er noch, dass sie – mit der fixen Idee von der verloren Tochter im Kopf – den Schlüssel als eine Art Andenken behalten wollte. Inzwischen ahnte er, wofür sie ihn benutzt hatte.

Und den Pulli trug sie auch wieder, obwohl sie ihn gestern Abend unbedingt vor ihm hatte verbergen wollen. Erst nach der dritten Tasse Kaffee heute Morgen und einem Blick in Eva Hallbachs Akte war der Groschen gefallen, und ihm war endlich wieder eingefallen, wieso ihm die Worte in Julis Küche so seltsam bekannt vorgekommen waren.

You know my name. Not my story.

»Hast du das mit dem Schlüssel selbst verbockt oder einer von deinen Jungs?«

Er verdrehte die Augen, sparte sich eine Antwort. Juli hatte ihn gestern angelogen, als sie behauptet hatte, der Schlüssel wäre in der Rechtsmedizin, da war er absolut sicher, aber er hatte – das musste er zugeben – nur wenige Minuten vorher selbst das Lügenspiel eröffnet, weil er vermeiden wollte, dass Juli weiter einen Film drehte und sich alles Mögliche zusammenreimte. Der DNA-Vergleich mit dem Containerbaby war nämlich längst nicht durch. Das konnte noch ein Weilchen dauern. Hätte sie als Mitarbeiterin der Rechtsmedizin eigentlich wissen müssen.

»Schöner Pulli.«

»Findest du?«

»Seit wann hast du ihn?«

»Schon eine Ewigkeit.«

Die Lügen gingen ihr leicht von den Lippen. Er rang sich ein Lächeln ab. Womöglich hatte sie sich auch den ganzen anderen Scheiß ausgedacht. Phantasiebegabt war Juli immer gewesen, genau wie Tante Hilde gesagt hatte.

»Eva Hallbach trug denselben Pulli, als sie sich aufge–«

»Den gleichen vielleicht, nicht denselben. Das ist ein Unterschied.«

»Es ist derselbe.«

Fast gelangweilt zuckte sie mit den Schultern, obwohl er sie allein dafür sofort einliefern sollte.

Mann. Mann. Mann.

Aber es gab dringlichere Probleme als einen entwendeten Pulli aus einem Bergesack. Gerade holte sie ein Kuvert aus dem Rucksack und warf es auf seinen Schreibtisch.

»Was ist das?«

»Hat mir heute Mittag jemand auf meinem Küchentisch hinterlassen.«

Ömer verschränkte die Arme vor der Brust, spürte drohendes Unheil. Er musste die Kollegen vom Einbruch anrufen! Jetzt. Sofort. Bevor es zu spät war. Ehe er die Kontrolle verlor und ihm das Wasser bis zum Hals stand.

»Nachdem dieser jemand in mein Haus eingedrungen ist!«

War sie deshalb vorhin so aufgelöst gewesen? Normalerweise konnte Ömer Menschen gut lesen, aber bei ihr versagten seine Kräfte. Er hatte keine Ahnung, was in ihr vorging, trotzdem wollte er nicht gleich mit der Tür ins Haus fallen, was Hallbachs Anruf anging. Vielleicht war sie hier, um das Richtige zu tun.

»Ein Einbruch?«

»Exakt.«

»Aber Einbrecher hinterlassen normalerweise nichts, sie nehmen Dinge mit.« Kam jetzt die nächste wahnwitzige Geschichte?

Sie schnippte das Kuvert mit dem Zeigefinger an. Es landete in Ömers Schoß, und da lag es nun wie eine richterliche Vorladung, die man zwar liebend gern ignorieren würde, aber kaum konnte.

»Hast du die Polizei gerufen?«

»Nein.«

»Wieso nicht?«

»Du bist die Polizei. Ich bin hier.«

»Wir bearbeiten hier Ablebensfälle, keine *Hinterlassenschaften.*«

»Weiß ich, aber alles hängt mit Lilas Suizid zusammen. Siehst du das denn nicht?«

Lilas Suizid? Über Ömers Rücken kroch eine Gänsehaut, er kam hoch und drehte Juli den Rücken zu.

LILA! Echt jetzt?

»Ich habe in der Küche nur kurz die Augen zugemacht, und

als ich aufwachte, hörte ich Schritte, stand die Tür zum Garten offen. Außerdem verfolgt mich jemand. Mindestens seit gestern.«

Er drückte auf seine Augenlider. Litt sie wirklich an Verfolgungswahn, wie es nach dem Tod der Eltern in der Nachbarschaft die Runde gemacht hatte? Inszenierte sie diesen Scheiß selbst? Um sich interessant zu machen?

»Was steckt in dem Kuvert?«

»Heroin. Drei Plomben.«

»Manyak mısın amına koyayım?« Er donnerte die Faust gegen den Blechschrank hinter seinem Schreibtisch. »Bist du bescheuert? Du kannst doch keine Drogen hier anschleppen! Das ist strafbar, und«, er lachte, »ganz nebenbei kostet mich das den Job.« Den Kollegen Wissen vorzuenthalten, erst recht.

»Aber –«

»Halt den Mund, okay, ich muss einen Moment nachdenken.« Ein Moment würde niemals reichen, die Heerscharen von Horror- und Alternativszenarien zu bändigen, die in seinem Kopf durcheinanderschlingerten wie Autos auf Glatteis. Er zog Gummihandschuhe über, öffnete das DIN-A5-Polsterkuvert und ließ die Plomben auf seine Hand rollen. »Wer legt dir Heroin auf den Küchentisch? Ein Dealer?«

Juli lachte auf, kratzte Schorf von ihrem Hals. »Ich nehme nichts mehr. Schon seit einer Ewigkeit.« Etwas Blut tropfte auf ihr Schlüsselbein.

Ömer zupfte ein Papiertaschentuch aus der obersten Schreibtischschublade. War sie entzügig? Log sie ihn schon wieder an? Aber wieso hätte Juli das Zeug dann hier abliefern sollen, anstatt zu konsumieren? Was beabsichtigte sie damit?

»Es lag wirklich auf meinem Küchentisch! Ich schwöre es. Und ich weiß nicht, wer es dort hingelegt hat! Aber es muss damit zusammenhängen, dass Eva Hallbach …«

Ömer ließ das Heroin zurück in das Kuvert rollen, ehe noch einer seiner Kollegen hereinplatzte. Erst jetzt fiel ihm die Adresse auf. »Eine Packstation?« Es gab genug Dealer, die über Darknet und Packstationen Geschäfte abwickelten. »Julian Senning?« Er zog die Brauen hoch.

»Wovon redest du?« Juli riss Ömer die Versandtasche aus der Hand. »Das … also … Ich habe mir das nicht schicken lassen, wenn du –«

Julian Senning! Er konnte es nicht fassen. »Packstation 167 in München.« *Kafayi mi yedin?* War sie völlig durchgeknallt? »Gib mir dein Handy.«

»Wieso?«

»Gib es mir einfach!«

Sie ließ sich Zeit, schleuderte es dann auf den Tisch.

»PIN!«

»140298.«

Aman Allahim! Olamaz! Hatte er das richtig gehört? Das konnte doch nicht sein! Jedes Mal, wenn sie die PIN eingab, dieses Datum? Der Tag, der alles verändert hatte! Bestrafte sie sich damit?

Seine Hände zitterten, als er den Home-Button drückte. Bei allem Verständnis, bei allem Mitgefühl, Juli konnte weder in fremde Häuser eindringen noch dort Eigentum entwenden oder mit Drogen in sein Büro spazieren.

Hoppla.

»Du hast gar keine PIN.« Er sah auf.

»Richtig.«

»Aber …?« Wieso inszenierte sie so ein Drama? Die Realität war grausam genug. Er öffnete ihr Mailprogramm, scrollte, fand. »Da!« Er hielt ihr das Display unter die Nase.

»Was?«

»Die Transaktionsnummer.«

»Und?«

»Wird ein Paket an eine Packstation geliefert, bekommt der Empfänger eine Nachricht und eine Nummer, denn nur damit kommt er an sein Paket.«

»Davon weiß ich nichts, und außerdem … die Nachricht ist ungeöffnet.«

Das änderte Ömer, er las Juli den Inhalt der Mail vor, wischte einige Male auf und ab, wählte *als ungelesen markieren* und präsentierte das Ergebnis. »Oh Wunder! Jetzt ist sie wieder unberührt.« Den Sarkasmus konnte er sich nicht verkneifen. Hielt sie ihn für dumm?

»Ich war das nicht.«

»Julian Senning? Ist dir nichts Originelleres eingefallen?«

Sie verschränkte die Arme vor der Brust. »Das Zeug lag auf meinem Tisch. Ich war bei keiner Packstation, wie du anscheinend annimmst, und ich habe mich erst recht nicht unter dem Namen *Julian Senning* irgendwo registriert.«

Ömer hackte die Packstation-Nummer in die Tastatur und drehte den Bildschirm, damit Juli es mit eigenen Augen sehen konnte. »Biedersteiner Straße. Wie weit ist das von dir entfernt? Einen Kilometer? Zwei?«

»Wenn ich dir doch sage, dass ich …« Ihre Finger flogen an den Hals zurück, kratzten stärker.

»Wer sollte sich die Mühe machen, es so aussehen zu lassen, als hättest du per Darknet Drogen bestellt?« Er fischte ein weiteres Papiertaschentuch aus der Schublade und warf es Juli über den Tisch. »Und vor allem, warum?«

»Hallbach lügt. Bestimmt steckt er dahinter.«

Am liebsten wäre Ömer aus dem Fenster gesprungen. Er wollte ihr so gern helfen, aber … was sie erzählte, machte überhaupt keinen Sinn.

»Eva Hallbach war schwanger.«

»Wer sagt das?«

»Eine Schulfreundin.«

»Du stellst Nachforschungen an?«

»Irgendjemand muss es ja tun, und ich bin immerhin ihre …« Wenigstens sprach sie es nicht aus. Ömer wandte sich ab, das Gekratze machte ihn wahnsinnig. Dringlicher noch als die Kollegen vom Einbruch sollte er den Psychiatrischen Krisendienst verständigen. Juli drehte durch.

»Der Vater des Kindes heißt Samuel. Den Nachnamen kenne

ich nicht, aber er war Student und hat seinen Praxisteil bei der Flüchtlingshilfe München absolviert.«

Oha! Jetzt glaubte sie also nicht mehr an die Hanno-Hallbach-schwängert-die-eigene-Tochter-Variante? »Woher hast du den Namen?«

»Ist doch egal. Frag einfach nach. Mir wollte niemand Auskunft geben.«

Ein Hoch auf den Datenschutz, am liebsten hätte Ömer applaudiert. Er atmete ein paarmal tief durch und nahm dann den Zettel, den sie ihm hartnäckig entgegenstreckte. Wenn er das hier richtig machen wollte, fing er am besten damit an, sie dahin gehend zu belehren, dass sie sich bezüglich des angeblichen Heroinfundes in ihrer Küche nicht selbst belasten musste, und vernahm sie anschließend als Zeugin. Dafür mussten sie sich allerdings beide erst einmal beruhigen. Er schraubte den Verschluss der Wasserflasche ab, füllte ein Glas und reichte es Juli.

»Trink einen Schluck.«

»Hörst du mir überhaupt zu?«

»Trink! Das wird dir guttun.«

Das traurige Lächeln auf ihren Lippen, als sie das Glas aus seinen Händen nahm, traf Ömer mitten ins Herz. Zwei Wimpernschläge später schüttete sie ihm das Wasser mitten ins Gesicht und ging.

Erst sehr viel später holte Ömer einen Spurensicherungsbeutel aus dem Schrank und schubste mit seinem Bleistift das leere Glas hinein, das umgekippt auf seinem Schreibtisch lag.

hat ja gar kein Kindchen mehr

Bewegt es sich? Atmet es?

Sie presst ihren Rücken gegen die Tür, die Klinke durchbohrt ihre Haut, schrammt Knochen. Der Schmerz tut gut, lenkt ab. Kurz. Dann kommt der Wahnsinn zurück.

Ein Baby.

Es kann nicht real sein! Nur ein Scheiß-Horrortrip. Das passiert.

Klobige Stiefel stupsen eine winzige Faust an. Sie öffnet sich. Essstäbchendicke Finger fahren auseinander, als wollten sie Angst einjagen, Böses abwehren, doch dann suchen sie Halt, fordern Wärme, wissen, dass sie Hilfe brauchen und …

… greifen ins Leere.

Wo bleibt das Wesen, das empfängt und liebt? Dessen Geruch, dessen Stimme, dessen Wärme vertraut und zugleich Versprechen ist für eine Zukunft?

Das winzige Kinn ruckt auf und ab und hin und her, Lippen schnappen ins Nichts. Wieder und wieder …

… und geben auf.

Die neue Welt ist kalt und hart. Das Mädchen mag sie nicht. Sein Mund zittert, der ganze kleine Körper mit. Das schwache Wimmern steigt wie Dampf aus einem Topf, fließt in Julis Ohren und von dort durch Mark und Bein. Dabei ist es nur ein zartes Flehen, ein schüchternes »Wo bist du?«, ein banges »Mama?«. Mehr nicht.

Dann ist es still.

Der Stiefel kickt stärker, die Finger fahren auseinander, schon weniger hoffnungsvoll als zuvor, der rosige Mund bebt, Lippen öffnen sich, aber es springt kein Ton mehr an die Kälte der Wände und wieder zurück.

Ein Rücken versperrt die Sicht. Eine Hand greift die Beinchen wie in Hähnchenfabriken die Fänger nach Schenkeln, heben an, routiniert, fassen nach. Die Haut ist glitschig von Blut und

*Schleim. Atem stockt, fürchtet Entgleiten, Fallen, Brechen, Tod,
doch das Kind landet sicher in der anderen Hand, passt mit Leich-
tigkeit hinein. Verschwindet.*

Geborgen. Versorgt. Gewärmt. Geliebt?

*Die Anspannung fällt ab. Juli atmet, schließt die Augen, dreht
die Zeit zurück, macht ungeschehen, und doch sieht sie, wie das
winzige Wesen durch das Rohr hinabgleitet in die Kanalisation
der Stadt, als wäre ihm dieser Weg vorbestimmt.*

Keine große Sache.

Nie passiert.

*Hände wischen sich an Hosenbeinen ab, sind zufrieden mit
der getanen Arbeit, und die derben Stiefel tragen dumpfe Gleichgültigkeit und ein Gesicht auf Juli zu.*

Sie kennt beide.

»Du musst in die ›Telefonzelle‹ rein!« Nick klatschte Juli auf
Oberschenkel und Arme, zog den Bund ihrer Boxhose – und
damit die Trennlinie zwischen Hoch- und Tiefschlägen – ein
winziges Stück höher. »Versuch, dich an der langen Führhand
ranzuschieben. Du weißt, wie es geht!«

Ja, Juli wusste, wie es ging, nur hing der elende Traum hartnäckig in ihrem Kopf fest.

Hinabgleiten.

In die Kanalisation.

Tja, immerhin das Losglück war ihr am Morgen hold gewesen,
nachdem sie das Wiegen hauchdünn überstanden hatte. Sie boxte
gern größere Gegnerinnen.

»Sie wird versuchen, dich auf Distanz zu halten, dich technisch
auszuboxen, also denk an deine Stärken.«

Juli schloss die Augen. Nick wollte, dass sie von Anfang an
Druck machte, sofort mit der Brechstange ranging, damit die
technisch starke Gegnerin keinen Platz hinter sich hatte, sich
nicht nach Belieben wegdrehen und den Vorteil ihrer langen
Arme nutzen konnte.

Niederschläge gab es beim Frauenboxen kaum. Entscheidend

war die Anzahl der Punkte. Verlor man die erste Runde, wurde es schon echt hart, weil ein Kampf im Amateurbereich eben nur über drei Runden ging. Drei mal drei Minuten vollste Konzentration, versuchen, sofort in den Tunnel reinzukommen, den Flow zu finden, da die Psyche beim Boxen eine immens wichtige Rolle spielte.

Technik zählte weniger zu Julis Stärken, schon eher ihre überragende Physis, doch wenn sie in den Ring stieg, hörte man in der gegnerischen Ecke das immer gleiche Raunen:

Pass auf, die Senninger kommt übers Herz!

Doch da lagen sie falsch. Als Juli direkt nach dem Entzug mit Boxen angefangen hatte, war ihre heutige Stärke noch ihre größte Schwäche gewesen. Damals suchte Juli den Schmerz. Sie wollte einstecken. Konnte einstecken. Endlos. Es war, als trüge sie sich selbst zur Schlachtbank, wenn sie in den Ring stieg. Sie ging in die Knie und stand auf. Ging in die Knie und stand auf. Wieder und wieder. Und verlor. Erst Nick hatte ihr beigebracht, dass sie Treffer nicht nehmen, sondern meiden musste, dass sie sie meiden durfte.

»Bleib beweglich.«

Klar. Pendeln und wegtauchen. Pendeln und wegtauchen. Juli fürchtete den körperlichen Schmerz heute noch genauso wenig wie damals, aber sie brauchte ihn nicht mehr, hieß ihn nicht mehr willkommen. Jetzt ging es ihr um Kontrolle. Sie wollte die Fäden in der Hand halten und gewinnen. Um jeden Preis. Um ein bisschen von der Stärke mit in den Alltag zu nehmen. Ein Hinüberretten in ihr beschissenes, unbedeutendes Leben.

Der Kommentator hob das Mikro an seinen Mund und stellte den Ringrichter vor. Nick checkte ein letztes Mal Julis Handschuhe. »You got to fight a boxer«, mahnte er, obwohl Juli ihr Mantra in- und auswendig kannte.

And you got to box a fighter. Juli hatte den Part der Fighterin. Immer.

»Wir rufen in die rote Ecke, vom TSV 1860 München, Ivana Tratnik.«

Applaus erklang, Musik setzte ein. Ivana fädelte ihren langen Körper durch die Seile, machte in der Mitte des Ringbodens ein bisschen Tamtam für Zuschauer und Fans.

»Sie tritt an gegen, in der blauen Ecke, Juli Senninger vom Boxwerk München.«

Verneigen, Tänzeln, Show fürs Publikum hatte Juli nicht im Repertoire. Sie blieb, nachdem sie durch die Seile war, direkt in ihrer Ecke stehen und wartete, dass Nick ihr den Mundschutz zwischen die Zähne schob. Mit den dicken Boxhandschuhen zerrte sie am Kopfschutz, versuchte eine Haarsträhne zu lockern, die wegen der straff an den Kopf geflochtenen Zöpfe ziepte.

Nick machte der Fummelei sofort ein Ende, packte ihre Unterarme und drückte Julis Fäuste fest an seine Brust. »Konzentrier dich!«

Lange vor dem Weckerläuten war Juli am Morgen aufgestanden, hatte Nudeln gekocht, Bananen und Nusskuchen in Tupperdosen geschichtet, Flaschen abgefüllt und so getan, als hätte es den Traum nie gegeben. Sie hatte Schweiß und Angst von ihrer Haut geschrubbt und die Enge des Abflussrohres trotzdem beinahe körperlich spüren können.

»Es ist Zeit.« Nick ließ Juli los, schubste sie in Richtung Mitte, wo der Ringrichter und die Tratnik bereits warteten. Die obligatorische Regelkunde perlte über ihre Haut und die Glätte des Polyestersatins ihrer Boxhose wie Wasser über gut gefettetes Gefieder. Zu hart drosch ihre Faust als Versprechen auf einen fairen Kampf gegen die der Gegnerin, auch wenn das eigentlich nicht mehr erlaubt war.

»Ring frei, Runde eins.«

Die Glocke ertönte, Juli nahm die Arme hoch, stürmte los, landete sofort zwei, drei Körpertreffer und zwang Ivana an die Seile, bis ihr Klammern vom Ringrichter unterbrochen wurde.

Erst in Nicks Volvo, auf dem Weg nach Straubing zur Box-Arena, hatte es Juli geschafft, dem Abflussrohr zu entkommen, den Gestank loszuwerden und den beschissenen Alptraum abzuschütteln. Übergangslos füllte allerdings der Besuch bei Ömer im

K 12 die frei gewordenen Areale. Es schmerzte, dass er ihr nicht glauben wollte, andererseits konnte sie ihn auch verstehen. Die Geschichte klang absolut irrwitzig. Wer sollte ihr Heroin auf den Küchentisch legen und sich dazu noch die Mühe machen, es so aussehen zu lassen, als hätte Juli das Zeug über eine Packstation selbst bestellt? Hallbach? Eigentlich kam nur er in Frage. Aber warum?

Ihre Beine bewegten sich wie von selbst. Ein einstudierter Tanz, eine Art Ballett. Dazu Jab, Jab, Seitwärtshaken mit der Führhand. Jab, Jab, Aufwärtshaken mit der Schlaghand. Nur diesmal hielt die Tratnik mit einigen harten Punches auf Julis Deckung dagegen.

»Bleib locker! Denk an deine Beine. Die Hüfte.«

Wie immer drangen Nicks Anweisungen trotz des Stimmengewirrs in der Halle problemlos zu ihr durch, und sie wusste natürlich, was er meinte. Im Nahkampf musste man möglichst unverkrampft bleiben, nur so erreichte man die höchste Schlagkraft und konnte außerdem am besten reagieren.

Tratniks Faust streifte Julis Helm. Einen Moment konnte sie nicht richtig sehen, rückte ihren Kopfschutz an der hochgezogenen Schulter zurecht.

»Lass sie nicht aus den Augen.«

Bei den Männern war die Kopfschutzpflicht im Amateurboxen 2013 abgeschafft worden. 2017 sollten die Frauen gleichziehen, es kam aber nicht dazu, was Juli immer noch ärgerte. Zwar müsste sie ohne Helm ihre Risikobereitschaft um einiges runterregeln, vermehrt auf Deckung achten und lernen, auch leichtere Treffer zu vermeiden – was in der Gesamtabrechnung garantiert die gesündere Variante für sie wäre –, aber vor allem wäre das leidige Verrutschen des Helmes passé und die Sicht im peripheren Blickfeld deutlich besser. Dass mit der Abschaffung aber vor allem die Attraktivität des Sports erhöht werden sollte, hatte einen faden Beigeschmack.

Jab, Jab, Schlaghandhaken.

Ömers dumm-skeptischer Gesichtsausdruck, als sie das Heroin auf seinen Schreibtisch gelegt hatte, waberte kurz durch Julis Sichtfeld. Kurz vor Ankunft in der Box-Arena hatte sie ihm quasi kommentarlos die Tagebuchdateien geschickt. Um ihm die Augen zu öffnen. Jab, Jab, Aufwärtshaken zur Herzspitze und gleich noch ein Seitwärtshaken mit der Führhand hinterher. Der hatte gesessen, die Tratnik krümmte sich, hing in den Seilen …

… und wurde von der Glocke gerettet. Juli brach ab, ärgerte sich. Die Boxerin von 1860 taumelte in ihre Ecke.

»Das schaut gut aus!« Nick nahm Juli den Mundschutz raus, spülte ihn, fächelte ihr mit dem Handtuch Luft zu, spritzte seiner Boxerin Wasser in Nacken und Mund. »Super Arbeit. Genau so! Schieb dich weiter mit der Führhand ran. Eins, eins, zwei. Jab, Jab, Seitwärtshaken.« Seine Fäuste flogen wie angesagt durch die Luft und die sechzig Sekunden mit ihnen.

»Ring frei, Runde zwei.«

Die Tür zur »Telefonzelle« stand nach ein bisschen Vorbereitung erneut sperrangelweit offen. Juli nutzte ihre Vorteile in der Halb- und Nahdistanz und konnte mit einigen Schlagserien und -kombinationen punkten. Jab. Jab. Cross. Jab. Jab. Aufwärtshaken. Bäm. Bäm. Bäm. Voll von unten auf die Kinnspitze. Sie sah Ömer vor sich, dann Hallbach, Juli holte aus …

»Stopp!« Der Ringrichter sprang dazwischen, hob Ivanas Mundschutz auf, reichte ihn an einen Betreuer der Sechziger weiter. Der wusch ihn ab, ließ sich Zeit, schob ihn zurück zwischen die Zähne seines Schützlings. Taktisches Mittel. Juli hasste so was.

»Box!«

Voll drauf. Bäm. Bäm. Bäm. Wieder ein Körpertreffer, danach erneut ein Aufwärtshaken, der den Kopf der Gegnerin um Millimeter verfehlte. Weil der Schlag aber ins Leere ging, brauchte Juli eine Sekunde, um ihren Körper auszubalancieren, sah dabei die Fäuste der Tratnik wie Daunenfedern nach unten sinken und absolute Gleichgültigkeit ihre Augen überschwemmen – genau wie bei der Frau in Julis Traum.

»Nimm die Deckung hoch!«, schrie der Trainer aus der roten

Ecke. »Jetzt, dranbleiben!«, schrie Nick aus der blauen, doch Juli rutschte unaufhaltsam zurück in das Abflussrohr. Über ihre Haut legte sich ein eiskalter Film, blockierte jede Bewegung, ließ sie genauso erstarren wie Ivana.

Was, wenn es kein beschissener Alptraum war? Was, wenn Julis Unterbewusstsein schlussendlich die unerträgliche Wahrheit ausgespuckt hatte?

Hände wischten sich an Hosenbeinen ab, waren zufrieden mit der getanen Arbeit, und die derben Stiefel trugen das bekannte Gesicht mit den leeren Augen unbarmherzig auf sie zu.

Es war ihr eigenes.

»Aufhööören!« Das Mädchen erschrickt vor der eisigen Kälte
im Nacken, schnappt nach Luft, reißt den Kopf von einer Seite
zur anderen, lacht, kichert, schreit zwischendurch um Hilfe, ist
glücklich.

Das Leben kann so schön sein.

»Du bringst sie ja um.« Mama stürzt sich auf Papa, landet
neben der Tochter im Schnee. Sie wälzen sich durcheinander,
breiten Arme und Beine aus, malen Engel. Die Fackeln tanzen
mit ihnen, werfen ihr glänzendes Licht über sie wie Fischer ihre
Netze ins Meer, fangen den Moment ein und verzaubern den
Augenblick in eine wertvolle Erinnerung. Irgendwo klingen
Glocken, ansonsten ist es still. Wie in Watte gepackt.

»Juli? Juli! Komm schon!«

Die Stimme ist weit, weit weg. Das Mädchen will für immer
im Schnee liegen bleiben. Nie mehr aufstehen. Nie mehr weitergehen, denn sie weiß, was kommt.

»… vier, fünf …«

Sie blinzelte, um sie herum war alles noch weißer geworden.
Schneite es? Zwischen den Flocken kippten schwarze Dreiecke
auf und ab wie galoppierende Pferde, aber ihre Pupillen waren
zu langsam, konnten nicht folgen. Stattdessen tauchte aus dem
Nichts ein japanischer Koi auf, schwamm direkt auf sie zu. Ein
Drache auch. Mannwerdung. Symbol der Stärke. Herrscher der
Lüfte.

»… sechs, sieben …«

Juli entdeckte die drei Anker, griff an ihren Hals. Sie hatte jetzt
auch etwas, das für ihr Kind stand, aber die Kette war nicht da.
Schmuck beim Boxen? Nicht erlaubt.

Boxen?

Auf einmal wusste sie, wo sie war, sah die schwarzen Fliegen der Punktrichter am Kragen ihrer weißen Hemden und machte Nicks Tattoos an den Unterarmen knapp über dem Ringboden aus. Kois. Drachen. Drei Anker. Für jeden seiner Jungs einen. Sie gaben ihm Halt. *Er weiß, was wichtig ist.*

»Komm schon! Steh auf!«, feuerten die Zuschauer sie an.

Und Juli stand auf, fühlte ein Pochen über dem linken Auge, ein Blitzen im Kopf.

»… neun, zehn.« Der Ringrichter schickte die Kontrahentinnen vorerst in die neutralen Ecken, fuhr mit dem Daumen über Julis golfballgroße Schwellung an der Braue, sah ihr in die Augen. Kein Cut. Noch nicht. Es konnte weitergehen.

»Box. Stopp!«

Juli befreite sich zum zweiten Mal an diesem Tag aus ihrem Traum, riss die Fäuste hoch. Ihre Beine fühlten sich bleischwer an, aber das kannte sie. Sie musste sich kurz sammeln, nur ein paar Sekunden ausruhen, ausweichen, klammern …

Stopp?

Ivana schlug ihren Handschuh überglücklich gegen den ihren, ging zu Nick in die Ecke, klatschte ab. Erst jetzt sah Juli das weiße Handtuch in seiner Hand.

Aufgabe?

Tat Nick ihr das wirklich an? In der Ecke spuckte sie ihren Mundschutz am Coach vorbei in den Eimer, ließ kaum zu, dass er die Boxhandschuhe abzog.

»Was soll das? Ich bin okay.«

Der Ringrichter sammelte bereits die Punktezettel ein, der Kommentator kündigte die Siegerehrung an.

»Du bist überhaupt nicht da.« Nick tupfte mit dem Handtuch über ihr Gesicht, sparte die Schwellung aus. »Und das hier platzt beim nächsten Lufthauch auf.«

Der Ringrichter rief die Boxerinnen zu sich in die Mitte, packte beide am Handgelenk, gab dem Kommentator Raum, das Urteil zu verkünden, obwohl jeder in der Halle wusste, welche Hand er hochreißen würde. Juli spürte durch die Einweghandschuhe die schweißige Hitze seiner Haut, gestattete sich für den Augenblick, beides zu hassen. Nicht weil sie verloren hatte, nein, sondern weil dieser Kampf die Generalprobe hätte sein sollen für das, was sie tun musste.

Kill the body and the head will fall.

Wie sonst sollte sie einen großen Gegner wie Hallbach in die Knie zwingen?

✳✳✳

Die Buchstaben verschwammen vor Ömers Augen, das Klopfen und die aufgebrachten Stimmen rauschten durch seine Ohren. Sein Blick verfing sich im Gebetsteppich, der an der Wand hing.

Amanda endlich alles erzählen
Papa zur Rede stellen
Mama fragen, bis sie die Wahrheit sagt
in Nizza anrufen

»Du benimmst dich wie ein Arschloch!« Ömers Schwester Aysenur stürmte herein, trat gegen das metallene Bettgestell, holte ihren Bruder aus Evas Tagebuch zurück ins Hier und Jetzt. »Sie weint, sie hat fürchterliches Heimweh, und du versteckst dich in deinem Zimmer? Tust so, als wäre sie Luft!«

Seher drängte ihre Tochter beiseite, packte das kratzige Kinn ihres Sohnes, hob es an. »Melek ist hier, weil wir sie eingeladen haben. Sie ist ein liebes Mädchen und hat deine Missachtung nicht verdient.«

»Seid ihr völlig verrückt geworden?« Wie die Rächer der Geächteten standen sie vor ihm: Anne, Baba, Aysenur und Ilknur. Sogar Mesut Özil, der lebensgroß an Ömers Zimmertür hing, blickte anklagend über ihre Schultern. »Es wäre wirklich besser gewesen, vorher mit mir darüber zu sprechen, anstatt mich vor vollendete Tatsachen zu stellen. Der Zeitpunkt könnte schlechter kaum sein.« Er schüttelte die Hand der Mutter ab und legte sein

Handy mit dem Display nach unten neben sich auf die Matratze. »Ich habe erst vor ein paar Wochen in ein anderes Kommissariat gewechselt, ich ersticke in Arbeit.«

»Das sieht aber nicht nach Arbeit aus«, knurrte Selahattin aus zweiter Reihe und nickte in Richtung Mobiltelefon.

Sogar Baba ließ sich also hinreißen? Ömer verdrehte die Augen. »Jemand hat mir ein wichtiges Dokument geschickt, ich muss es lesen und darauf reagieren. Das kann nicht bis Montag warten.«

Als Ömer gestern Abend nach Julis denkwürdigem Auftritt in seinem Büro nach Hause gekommen war, erwartete ihn die versammelte Familie bereits im Wohnzimmer. Und der Mittelpunkt der Aufregung: Melek! Eine Cousine zweiten Grades des Mannes seiner älteren Schwester Aysenur – eine neue Heiratskandidatin.

»Heute ist ihr erster Tag.« Ilknur schüttelte den Kopf. »Wenigstens ein bisschen Zeit könntest du für sie erübrigen. Zeig ihr die Gegend. Geh mit ihr spazieren. Mehr erwartet ohnehin niemand.«

Offiziell war Melek hier, um besser Deutsch sprechen zu lernen und um im Laden zu helfen. Niemand hatte die Worte *potenzielle Ehefrau* in den Mund genommen, aber Ömer war kein Idiot. Er kannte die Blicke, er bemerkte wohl, wie man ihn taxierte, sobald er die junge Frau nur ansah. »Wie lange, sagtet ihr, wird sie hierbleiben?«

»Ein halbes Jahr«, antwortete Aysenur schneidend.

Ömer wälzte sich aus dem Bett und breitete die Arme aus. »Zeit genug also, mich um sie zu kümmern und sie kennenzulernen. Und jetzt raus hier, ich muss arbeiten.« Wie Hühner scheuchte er seine Leute hinaus und schloss die Tür. Nur Mesut durfte bleiben.

Bleischwer fiel er zurück auf sein Bett und nahm das Handy. Bislang hatte er Eva Hallbachs digitales Tagebuch nur überflogen, an einigen Stellen hineingelesen und dennoch: Der gute Hanno hatte einen Haufen Mist erzählt, um die Schwangerschaft seiner

Tochter geheim zu halten – sogar nach deren Suizid. Durfte er das? Rechtlich ja. Aber moralisch?

Obwohl Ömer durchaus vermutet hatte, dass Juli hinter dem Einbruch in der Villa steckte, traf ihn fast der Schlag, als er realisierte, was sie ihm da heute Vormittag per Mail zugesandt hatte. Damit belastete sie sich selbst und ließ ihm kaum mehr eine Chance, sich dumm zu stellen – jedenfalls nicht mehr lange, sonst machte er sich der Strafvereitelung im Amt schuldig.

Auf seine Nachfrage, aus welchem Hut Juli das Tagebuch denn so plötzlich gezaubert hatte, kam nichts zurück, aber er wusste es auch so. Die Tagebuchdatei musste auf dem Laptop gewesen sein.

Er schob das Kissen zurück in seinen Nacken. Natürlich war die Geschichte tragisch, sowieso hirnrissig kleinkariert, was die verstockten Eltern anging, aber eben auch menschlich. Sicher war Eva nicht die einzige Minderjährige auf dieser Welt, die Ärger am Hals hatte, weil sie ungewollt schwanger geworden war. Solche Malheure belasteten die stabilsten Familienbande. Die Augen öffnete es Ömer trotzdem nicht, wie Juli ihm in der knappen Info, die der Datei anhing, in Aussicht gestellt hatte, denn auch zum Verbleib des Neugeborenen ließen Evas Zeilen keine Fragen offen. Alles klang absolut plausibel – bis auf die letzten Einträge. Was hoffte Eva, von ihren Eltern zu erfahren? Wieso Nizza? Und hatte sie Amanda mehr erzählt, als ihr Tagebuch vermuten ließ? Und dennoch, nichts davon stellte den Suizid in Frage – im Gegenteil.

Juli sah das offensichtlich anders, Ömer musste mit ihr reden, ihre Gedanken in die richtigen Bahnen lenken, ihr Hilfe besorgen. Aus irgendeinem bescheuerten Grund fühlte er sich immer noch – oder besser gesagt wieder – für sie verantwortlich. Auch daran hatte sich nichts geändert; sie ritt sich selbst und ihn in die Scheiße, und er musste es glattbügeln.

Seine Finger tippten eine Nachricht an sie.

Tatsächlich wünschte Ömer, Evas Handy wäre ausgelesen worden. Gerade bei jungen Leuten konnte das sehr aufschlussreich sein. Um einen richterlichen Beschluss zum Auslesen von Geräten zu bekommen, musste allerdings eine Straftat vorliegen. Suizid allein reichte nicht.

Er wechselte vom Bett in den abgewetzten Samtsessel, holte seine Wasserpfeife vom Sideboard und zündete ein paar Brocken Kohle an. Es konnte nicht schaden nach Julis Besuch gestern und den Offenbarungen des Tagebuches heute, erst mal das Hirn freizupusten, aber die Kohle brauchte noch ein Weilchen. Ömer sah auf die Uhr. Zeit für das Ikindi, das dritte Gebet des Tages. Vielleicht half es ihm, Klarheit zu gewinnen. Wann immer er Zeit hatte, betete er, aber fünfmal am Tag, so wie es der Koran vorschrieb, schaffte er selten.

Mit geübtem Griff nahm er den Teppich von der Wand und legte ihn gen Mekka aus. Seine Kleidung war sauber, bedeckte die Haut vom Knie bis über die Brustwarzen, geduscht hatte er vor gut einer Stunde, war in der Zwischenzeit weder auf der Toilette gewesen, noch hatte er geschlafen. Auf das Sauberkeitsritual konnte er also reinen Gewissens verzichten, und ausreichend angezogen war er auch.

Als Ömer sich vor den Teppich stellte, nahm er die Schultern zurück, achtete darauf, dass seine Füße parallel standen, erst dann hob er die Daumen an die Ohren und rief: »Allahu akbar!«

Allahu akbar. Draußen auf der Straße konnten diese Worte heutzutage eine Panik auslösen, dabei riefen Massen von Muslimen mehrmals am Tag auf diese Weise ihren Gott an und sprengten sich dabei nicht jedes Mal in die Luft, aber es gab einfach zu viele fanatische Idioten auf dieser Welt.

Ömer legte die Handflächen auf Gürtelhöhe aneinander. »Subhanake. Bismillahirrahmanirrahim.« Im Namen Allahs, des Allerbarmers, des Barmherzigen. Die Gebete in der fremden Sprache lernten türkische Muslime als Kinder auswendig. Das meiste verstand Ömer nach wie vor, aber die Lücken wurden mit den Jahren größer.

»Alhamdulillahirabbilalamin.«

Noch konnte er so tun, als hätte er überhaupt keine Ahnung,

um wen es sich bei der mysteriösen Frau auf Hallbachs Über-
wachungsvideos handelte, doch das würde sich bald ändern. Und
bis dahin brauchte er einen Plan.

Allahu akbar!

***

Juli verfehlte das Ziel. Ihr linkes Auge schmerzte, das Blut im
Gewebe sackte unaufhaltsam ab, dreidimensionales Sehen wurde
unmöglich.

Mit Nicks Auto war sie direkt nach dem Kampf zurück nach
München gefahren, obwohl das Boxwerk-Team sonst bis zum
letzten Punch beisammenblieb, sich gegenseitig anfeuerte. Aber
Juli hatte andere Pläne.

Kill the body and the head will fall.

Wie sonst sollte sie Hallbach die Wahrheit entlocken? Sie
musste doch wissen, was Lila so aus der Fassung gebracht hatte,
dass sie keinen anderen Ausweg sah, als sich umzubringen. Juli
hatte nämlich etwas entdeckt. In ihrer eigenen Erinnerung. Und
im Tagebuch. Zwischen den Zeilen.

Zweifel.

Was, wenn es stimmte? Die Sache mit Lila und ihrem Baby.
Oder wenn der Traum die abscheuliche Realität wiedergab?
Wenn Juli ihr Kind wirklich die Toilette …

Dadong. Dadong. Dadong.

Wie Fußtritte kickte ihr Herzschlag gegen die Rippen, Schwä
che kroch zurück in Julis Beine. Sie war sich so sicher gewesen,
hatte ein wirklich starkes Band gespürt. Am Sektionstisch. Im
Kühlzellenraum. Auch danach. Aber dazwischen hatte sie gezweifelt – wie schon ihr ganzes beschissenes Leben lang. Immer
wieder.

Gezweifelt.

Wie ihre Tochter.

Aus gutem Grund? Wenn Eva tatsächlich Eva war, wenn nur
Julis Nächte Lila träumten, bislang nicht aber den Widerschein

der Wirklichkeit abgespult hatten, wieso sollte sie dann zu Hallbach gehen, um die Wahrheit aus ihm herauszuholen?

Habe ich mein Kind durchs Klo gespült?

Juli kippte gegen die kalte Mauer, spürte die Unsicherheit wie die rechte Gerade der Tratnik. Aus dem Nichts. Ohne Deckung. Mitten in die abscheulichen Bilder hinein, die sich immer stärker mit jenen vermischten, die Lilas Worte in Julis Kopf malten.

Oder hatte Juli ihr Kind an den Typen am Hauptbahnhof verkauft? Für zehn Mark.

Wäre das erträglicher?

Im Auto hätte sie beinahe den Verstand verloren. Sie wusste nicht mehr, was sie denken sollte, was sie glauben konnte. Dass sie trotz aller Verwirrung hier war, hing wie an einem seidenen Faden an Hallbachs überzogen aggressiver Reaktion, als sie vor der Villa Emmis Namen gerufen hatte, an seiner Hand auf ihrem Mund und einem Halbsatz in Lilas Tagebuch: *Vielleicht hat Papa dafür gesorgt, dass Sam verschwindet.* Nicht zu vergessen die Drogen auf dem Küchentisch, die Mühe mit der Packstation.

Mit kalten Fingern tastete sie über die Schwellung am Auge, umfasste das Amulett an ihrem Hals. Fast hätte Juli Lilas Kette in der Umkleide auf einer winzigen Ablage vor irgendeinem Spiegel vergessen.

Verloren.

Schon wieder.

Juli atmete tief durch und sah sich um. Obwohl die Kundschaft vorne im Geschäft auch an einem Samstag bis abends um acht bedient wurde, sah es im Hinterhof der Metzgerei absolut ruhig aus. Weit und breit keine Menschenseele, die sich über die unangebrachte Anwesenheit der einstigen Juniorchefin echauffieren könnte.

Juli tastete nach dem Zettel mit der Ziffernkombination, den sie vorhin zusammen mit dem Strick zu Hause in den Rucksack gestopft hatte. Ob der Tresor überhaupt noch da war? Im alten Arbeitszimmer ihres Vater. Wenn nicht, musste sie sich etwas anderes überlegen.

Dummerweise stand keins der unteren Fenster offen, nur der schwere Deckel der Holzschütte lehnte an der Hausmauer. Jemand hatte ihn hochgeklappt. Juli spähte hinunter. Einige alte Eimer lagen da, dreckige Wannen auch. Plastiksäcke. Schnell fiel sie in die Hocke und ließ sich auf dem Hintern in den Keller rutschen.

Es dauerte einen Moment, ehe sich ihre Augen an die Dunkelheit gewöhnten und sie ihr einstiges Zuhause wiedererkannte. Die Kanten im Holz. Von den Blechschüsseln. Von den Scheiten. Ihr Herz schrie.

Vor Sehnsucht.

Dann lief sie die Treppe hoch, horchte. Weder Schritte noch Stimmen, also weiter.

Papas ehemaliges Büro war winzig gewesen. Eher eine Besenkammer – die es neuerdings offensichtlich wirklich war – mit reingequetschtem Kanapee und Schreibtisch. Juli hasste die Schrubber, Kanister, Bodenpoliermaschine, Wischlappen und -eimer auf Anhieb, denn als kleines Mädchen hatte sie hier stundenlang auf Papas Knien gesessen und mit ihren Schleich-Tieren gespielt, während er die Bücher führte, und fast immer kam auch die Mama trotz der vielen Arbeit für ein Viertelstündchen dazu und brachte auf einem kleinen Tablett einen Kaba für Juli und Kaffee für die Eltern.

Zwei Fingerschnipper gegen Glas killten die schöne Erinnerung.

Hektisch zerrte Juli ihr Handy aus der Jackentasche, switchte auf lautlos um, ehe sie ihre Nachrichten checkte.

Bitte, bitte, lass es Amanda sein!

Juli hatte Lilas bester Freundin unzählige Male auf den Anrufbeantworter gesprochen und noch viel öfter geschrieben. Vielleicht antwortete sie endlich. Doch die WhatsApp kam von Ömer. *Melde dich bitte, muss dich dringend sprechen!*, schrieb er. Juli verzog den Mund. Am Inhalt der Tagebuchdateien kaute der Herr Kommissar vermutlich ein Weilchen. Sollte er ruhig. Sie würde ihn morgen oder am Montag anrufen, sobald sie mehr wusste.

Das Handy wanderte zurück in die Hosentasche. Juli betete, dass niemand den Nachrichtenton gehört hatte, und schob dann den Blechschrank zur Seite, der vor der Wand mit dem – zumindest früher – dort eingemauerten Tresor stand. Das Scheppern war laut, Juli hörte nicht, wie jemand die Tür aufmachte, bis die Klinke in ihren Rücken knallte.

»Das Dapperl kann nicht aufpassen, und ich darf die Sauerei aufwischen. Immer das Gleiche.«

Hilde!

Die Tante packte einen von den Kanistern, kippte hellblaue Flüssigkeit in einen Eimer, warf einen Putzlumpen hinterher, drehte sich um, wollte einen Schrubber aus Julis Ecke greifen und schrie:»Hilfe!«

Juli schlug die Tür zu, verstellte der Tante den Weg nach draußen.

»Hilfe! Einbrecher!«

»Sei still! Ich bin es, Tante Hilde.«

Auf das *Tante* hatte Hilde zu jeder Zeit mit Penetranz bestanden. Vor dem Tod der Eltern und erst recht direkt danach. Juli kam sich vor wie das fein gedrillte Kind, das Hilde immer aus ihr hatte machen wollen.

»Juli?«

Sie antwortete nicht, rückte stattdessen den Schrank noch ein Stück von der Wand weg und holte den Zettel aus ihrer Hosentasche. »Ich nehme nur, was mir gehört, und dann verschwinde ich. Tu einfach, als –«

Hilde verdaute den Schreck schnell. »Ich wusste es! Ich wusste immer, dass du die Kombination kennst. Du verlogenes Stück.«

»Tja, wenigstens eine Sache, die du nicht an dich reißen konntest.«

»An mich reißen? Pah! Wir haben dich durchgefüttert, unser Leben für dich aufgegeben, uns um dich gekümmert. Und das ist der Dank?«

»Durchgefüttert?« Ein kaltes Lachen kam aus Julis Mund.

»Kaum dass Mama und Papa begraben waren, hast du dich wie ein Heuschreckenschwarm auf alles gestürzt.«

»Das ist eine bodenlose Frechheit, ich … wir …«

»Halt einfach das Maul, sonst …« Julis Unterarm drückte Hilde wie von selbst gegen die Wand. Nicht nur, dass die Geldgier der Tante die Metzgerei in den Ruin getrieben hatte, nein, sie erzählte auch noch überall herum, dass Schwager und Schwägerin die absolut hirnrissigen Filialöffnungen in der ganzen Stadt noch vor ihrem Tod auf den Weg gebracht hätten, obwohl das eine verdammte Lüge war. Die lange angestaute Wut ließ Finger sich zu Fäusten ballen, Juli holte aus, wollte zuschlagen, aber ein jäher Schmerz in der Schulter hielt sie davon ab. Auch Hände, die nach ihren Ellbogen griffen und sie bäuchlings auf das kleine Kanapee schleuderten. Einen Wimpernschlag später roch sie das Saure, schmeckte den Kissenbezug und hörte das Stöhnen. Sie fühlte, wie ihr Rock hochrutschte, wie Finger an ihrer Unterhose zerrten. Sie drehte den Kopf und sah …

… Onkel Bert.

Im Kopf dreht sich alles, in den Ohren hallt die viel zu laute
Musik nach.

Tanzen.

Juli tanzt die Nächte durch. Säuft. Kifft. Feiert. Schmeißt Pillen ein, bis ihr Körper taub ist, bis sie nicht mehr weiß, was sie
verloren hat.

Tanzen. Tanzen. Taaaaaaanzen.

Eigentlich ist es Rennen. Ein Davonrennen. Vor dem, was
passiert ist. Bis zur völligen Erschöpfung rennt sie. Manchmal
glaubt Juli, dass sie jeden Moment aufwachen wird, dass gleich
ein neuer Tag beginnt und ihre schöne heile Welt noch existiert.
Dass sie noch lebt. Doch spätestens wenn sie die Augen aufschlägt, holt sie der immer gleiche Alptraum ein.

Endlosschleife.

Kein Weg führt hinaus. Deshalb tötet Juli. Jedes Lachen, jedes gute Gefühl, jede Freundlichkeit, jede Art von Glück, bis es
wieder Nacht wird und sie Alk und Dope und Pillen gestattet,
ihr ein bisschen Zukunft auszumalen.

Reset.

Schön wär's.

Sie öffnet die Tür, schleicht hinein. Im Morgengrauen. Wie fast
immer nach den durchtanzten Nächten. Wenn ihre Blutbahnen
noch voll genug sind mit berauschenden Substanzen, kommt sie
für ein kleines Weilchen her, rollt sich auf dem winzigen Kanapee
zusammen wie im Mutterleib und beglotzt den Schreibtisch, an
dem ihr Papa immer gesessen hat. Auf dem noch das Bild steht.

Vater. Mutter. Kind.

Die Lider sind schwer, fallen zu, das monotone »Bumbum«
der Techno-Musik vibriert in den Knochen fort, lullt den einsamen erschöpften Teenager ein. Juli schließt die Augen, ist wieder

das kleine rotzfreche Mädchen, sieht das Lachen in den warmen Augen der Mutter und merkt nicht, dass die Tür aufgeht. Dass jemand hereinkommt, kehrtmacht, an nackten Beinen hängen bleibt. Sie anstarrt. Busen. Hintern. Die unschuldige Haut, von der zu viel unter den aufreizenden Klamotten der Fünfzehnjährigen hervorlugt.

Wie eine Nutte.

Das sagt die Tante.

Bei jeder Gelegenheit.

Du kommst daher wie eine Nutte!

Juli schläft ein, spürt nicht, wie die rauen Hände an ihren Schenkeln nach oben gleiten, wie gierige Finger Top und BH zur Seite zerren und über die unberührte weiche Haut streichen. Wie eine feuchte Zungenspitze um ihre Nippel kreist.

Immer schneller.

Es kitzelt, sie blinzelt. Wie schon hundertmal in ihrem Leben streckt sie im Halbschlaf die Arme aus, legt sie um Papas Hals. »Bringst du mich ins Bett? Ich bin so müde.« Aber Papa ist nicht da. Ein anderer greift nach ihr, schmiert klebrige Worte an die weiche Haut unter ihr Ohrläppchen – »Das arme Kätzchen will gestreichelt werden, nicht wahr?« – und zieht die Arme aus seinem Nacken, dreht das Kätzchen um und öffnet seine Hose.

Erst das Stechen zwischen den Beinen weckt sie. Die derben Stöße. Der Stoff des alten Bezuges steckt in ihrem Mund, eine Hand umschließt ihren Kiefer, sie bekommt kaum Luft.

Schreit.

Lautlos.

Vergeblich versucht sie, die Beine anzuziehen, sich wegzudrehen, doch die Hände sind stark wie Schraubstöcke. Zwingen. Halten. Positionieren. Für den nächsten Stoß.

Juli zerfällt, gibt auf, will zurück in die Dunkelheit, in die Arme ihres Papas. Ihr Blick streift sein Gesicht im Bilderrahmen und das der Mutter, ehe sie die Augen schließt.

Vater. Mutter. Kind.

»Hörst du mich?«

Überall Hände. Auf ihrem Bauch, am Rücken, an und zwischen den Beinen. Unter ihren Brüsten. Im Gesicht.

Juli hielt ganz still.

»Hallo! Was ist mit dir?«

Jemand rüttelte an ihren Schultern, kniff in die Wangen.

»Keine Angst, ich bin's. Bert. Dein Onkel.«

Nun schlug Juli doch um sich, rappelte sich hoch, stieß sich den Ellbogen an der offenen Tür des Blechschrankes, wollte weg. Weg. Weg.

»Fass mich nicht an!«

»Aber, Kindchen, ich wollte doch nur …« Bert trat einen Schritt zurück, musterte seine Nichte von oben bis unten. »Was machst du überhaupt hier?«

»Sie will den Tresor ausräumen.« Hilde drängelte sich neben ihren Mann. »Ich wusste immer, dass sie die Kombination kennt. Ich wusste es!«

Juli blinzelte, versuchte Erinnerung und Wirklichkeit zu trennen, wankte zur Tür. Raus. Einfach weg. Davonlaufen. Jeden Moment kam die Kotze hoch. Doch dann sprang ihr Hallbach ins Hirn wie ein Schachtelteufel, beschwor die Wut herauf.

»Wo ist der Zettel?«, stieß sie rau hervor.

»Welcher Zettel?« Bert sah seine Nichte an wie einen Geist, streckte die Hand nach ihr aus.

Juli schlug sie weg, brachte so viel Abstand wie möglich zwischen sich und den Bruder ihres Papas. Sie konnte sich kaum auf den Beinen halten.

»Gib ihn mir!«

Bert drehte sich zu seiner Frau um, die dicht hinter ihm stand. »Welchen Zettel meint sie?«

Anstelle einer Antwort zog Hilde ein Mobilteil aus der Schürzentasche. »Ich rufe jetzt die Polizei.«

Bert sah Juli an, hob die Brauen, wollte etwas sagen. Schwieg. Wieder mal.

Juli schmeckte Blut auf der Zunge.

»Du hättest doch nur ein Wort sagen müssen.« Er knetete die Hände vor dem Bauch. »Wir hätten uns gefreut, wenn du kommst, aber ich verstehe natürlich … Nach allem, was passiert ist. Es tut mir so leid. Wenn ich könnte, würde ich die Zeit zurückdrehen, es besser machen. Schon wegen Selma und Toni.«

Das Rauschen in Julis Ohren schwoll an, sie wollte nichts davon hören. »Den Zettel!«, verlangte sie und streckte die Hand aus. Sie hätte die Ziffernfolge auswendig lernen sollen. Oder abfotografieren. Ins Handy tippen. »Bitte.«

Hildes Finger hackten auf die Tasten des Telefons ein. »Eine Diebin ist sie! Wahrscheinlich braucht sie wieder Geld für ihre Drogen. Genau wie früher. Nichts hat sich geän–«

Bert riss der Gattin das Telefon aus der Hand, drückte die Stopptaste. »Halt dein Maul, zefix!«

»Aber …«

»Noch ein Wort und …« Er holte aus, bremste sich gerade rechtzeitig, schnippte mit den Fingern. »Gib her, und zwar dalli!«

»Aber sie … Du willst diesem Flittchen allen Ernstes …?«

»Gib mir sofort den Zettel, sonst …!«

Hilde entglitten die Gesichtszüge, doch die Überraschung ob der Widerworte ihres Mannes wandelte sich schnell in bittere Geringschätzung. Sie warf ihm das Stück Papier vor die Füße. »Das wirst du bereuen!«

Der Onkel bückte sich, reichte Juli das Zettelchen. »Es tut mir schrecklich leid. Alles.« Und dann schob er sein keifendes Weib aus dem ehemaligen Arbeitszimmer und schloss die Tür hinter sich.

Julis Hände zitterten, als sie das Rädchen drehte. Sie rührte die Dokumentenmappe nicht an, griff stattdessen nach dem abgewetzten Lederholster, das an der Rückwand lehnte.

Hoffentlich brauchst du sie nie, hatte der Papa seiner Tochter gesagt, als er ihr zeigte, wie man die alte Walther lud, entsicherte und schoss.

Hoffentlich brauchst du sie nie.

tag 6

nicht besinnt sich das kind

Juli zog den Schlitten zurück und legte den Finger auf den Abzug.
Wie bei einer Digitalkamera, so hatte ihr der Papa das erklärt.
Kurzer Vorweg bis zum Druckpunkt, dann spricht sie schnell
an. Scharf stellen, schießen.

Wie Fotografieren. Ganz einfach.

»Warum hat sich Eva umgebracht? Was ist passiert?«

Die Antwort blieb erwartungsgemäß aus, eine heiße Welle Wut
spülte durch Julis Bauch, sie konzentrierte sich, zielte, wollte endlich Wahrheiten hören, überwand den Widerstand und staunte
über den Rückstoß.

Sie war damals schon fasziniert davon gewesen, welche Kraft
von der doch recht handlichen Pistole ausging, und Hallbach
wusste spätestens jetzt, was so ein Ding anrichten konnte. Er
starrte auf das Einschussloch in der Küchenwand, pisste sich
vor Angst in die Hosen.

»Wo ist Sam?«

Wieder keine Antwort. Juli nahm die Linke zu Hilfe, stützte
damit die Schusshand, fiel zurück auf das winzige Kanapee im
Arbeitszimmer der Metzgerei, hörte das Stöhnen, schmeckte den
Kissenbezug, versuchte das Flattern ihres Atems zu beruhigen,
visierte durch Kimme und Korn die Stelle zwischen Hallbachs
Augenbrauen, zielte auf den Schritt des anderen ... und drückte
ab.

Einmal.

Zweimal. Dreimal.

Viermal.

Die Schüsse knallten wie Peitschen, wie penetrant lautes
Klatschen ... und verloren sich im Morgenhimmel. Schnell. Zu
schnell? Als wäre nichts geschehen? Juli drückte erneut ab.

Klack.

Das Magazin war leer.

Überall Blut. So ähnlich würde es vonstattengehen. Sie ließ die Waffe sinken. In der Schachtel, die sie mit der alten Wehrmachtspistole aus dem Tresor geholt hatte, waren höchstens noch zehn Schuss Munition. Sie musste haushalten. Für den Ernstfall. Routiniert schob sie den Schnapper am Boden des Pistolenschaftes nach hinten und ließ das Magazin auf ihre Hand gleiten.

Es war leicht, sich vorzustellen, einen Menschen zu töten. In Gedanken hatten viele schon gemordet, doch könnte Juli wirklich feuern? Oder die Sache mit dem Strick durchziehen? Hallbach wollte sie nur Angst machen, damit er endlich die Wahrheit sagte. Aber ihren Vergewaltiger? Würde sie ihn erschießen?

Eigentlich hatte Juli geplant, nach dem Zwischenstopp in der Metzgerei direkt zur Villa zu fahren, um endlich mehr über Lilas Tod herauszufinden, doch dann …

… Körpererinnerungen!

Als Bert Juli gepackt und auf die Couch gedrückt hatte, hatte ihr Körper die Szenerie wiedererkannt und die tief im Innern begrabene Wahrheit schlussendlich ans Licht gezerrt, eine Art Erinnerungsblitz entfesselt. Einen Flashback. Wie in einer Diashow glitten die Bilder an ihr vorüber und lösten das Rätsel der unbefleckten Empfängnis.

Juli hatte ohnehin nie angenommen, die Toilettengeburt könnte das Grand Final eines schönen Erlebnisses gewesen sein. Warum sonst sollte sich ihr Unterbewusstsein die Mühe mit dem Verschleiern des Aktes und letztlich auch mit dem Verdrängen der Schwangerschaft machen? Doch bislang hatte sie geglaubt, dass der gelegentliche schnelle Sex auf versifften Toiletten oder das gleichgültige Vögeln in den überbelegten Pensionen wohl schon vor der Geburt ihres Kindes und den harten Drogen begonnen haben musste und sie sich nur nicht mehr daran erinnerte.

Patrone um Patrone drückte sie ins Magazin, schob es zurück in die Waffe und legte sie auf den runden Steintisch mit der Landkarte. Nach dem Intermezzo in der Metzgerei war sie kopflos in Nicks Volvo gestiegen, hatte Saint-Jeannet ins Navi eingegeben und war losgefahren. Sie musste weg. Von allem. Doch nicht einmal neun Stunden Fahrt reichten aus, um wenigstens etwas Ordnung in das Chaos in ihrem Kopf und ihrer Brust zu bringen.

Auf dem Parkplatz am Ortseingang hatte sie den Wagen abgestellt, zu schlafen versucht und sich vor dem Morgengrauen aufgemacht, um an derselben Stelle zu stehen wie ihre Tochter. Auf dem Baou de Saint-Jeannet, dem spektakulären Kalkfelsen über den Dächern von Nizza. Hier hatte Lila das Selfie gemacht, das sie ins Tagebuch eingefügt hatte. Der Babybauch zeichnete sich unter dem T-Shirt ab, ihre Finger spreizten sich behütend über die Wölbung. Darunter stand: *Beweisfoto*.

Wünschte Juli sich auch ein solches Foto? Vor weniger als vierundzwanzig Stunden hätte sie die Frage eindeutig mit Ja beantwortet. Und nun? Änderte die greifbar gewordene Erinnerung an Lilas Zeugung alles? Hätte Juli ihr Kind je lieben können? Konnte sie es jetzt? Oder hatte sie es vielleicht genau deshalb durch die Toilette gespült?

Juli lehnte ihr Handy an die Walther P38, aktivierte den Selbstauslöser, presste beide Hände gegen ihren Bauch und wurde sich im selben Moment über eine Sache klar: Sie wollte wissen, wieso Lila sich umgebracht hatte. Ganz egal, ob sie nun ihre Tochter war oder nicht. Es gab kein Zurück. Nicht mehr.

Laut Tagebuch hatte Lila die Zeit bis zur Geburt direkt am Fuße der atemberaubend steilen Felswand im Ort Saint-Jeannet verbracht. Den Nachnamen der Gastfamilie erwähnte sie nie, schrieb von Driss, erzählte von Jamila, von Omar, von Nadia, Inès und dem Hund Rouky.

In Saint-Jeannet lebten viertausend Menschen, Juli brauchte entweder Glück oder Ausdauer, vielleicht beides, um Driss und Jamila mit ihren drei Kindern aufzuspüren. Doch vorher wollte sie die Krankenhäuser abklappern. Wieso? Weil sie ein Türchen in Lilas Leben aufstoßen musste. Weil sie mehr wissen wollte, als Hallbach der Polizei erzählte, weil Lilas Zweifel hier ihren Ursprung hatten, und weil Juli über den Umweg Entbindungsstation vielleicht ohne Klinkenputzen an die Adresse der Familie kam. Lila selbst konnte schließlich am allerwenigsten dafür und trug doch vielleicht das dunkle Erbe eines ihr unbekannten Vaters in sich.

Ein unschuldiges Kind.

Wenn sie wirklich Julis Tochter war.

Das enge Abflussrohr drohte Juli erneut zu verschlucken. Sie straffte die Schultern, sah sich um. Vor dem Meer tanzten die Lichter der Küstenorte wie Glühwürmchen. Lila hatte Saint-Jeannet anfangs immer nur als Scheiß-Kaff bezeichnet, vom Heimweh nach München und ihrer Sehnsucht nach Sam geschrieben. Sie konnte sich einfach nicht erklären, wieso er sie im Stich gelassen hatte.

Erst war er natürlich geschockt, aber dann ... Dieses Lächeln werde ich nie vergessen. Das pure Glück, und er machte sofort Pläne, wollte möglichst bald Verantwortung für sein Kind übernehmen, überlegte sogar, das Studium abzubrechen, um zu arbeiten. Aber HALLO, meine Familie ist stinkreich, eine der reichsten in München. Das muss er nicht, habe ich ihm gesagt. Vielleicht hat ihn das vertrieben. Vielleicht habe ich seinen Stolz verletzt?

Erst mit der Zeit lernte Lila die Gegend lieben. Die Ruhe. Die Landschaft. Die Gelassenheit. Das Fehlen von Hektik. Natürlich dachte sie weiterhin an Sam, erwähnte ihn in jedem ihrer Einträge, aber das Leben ging weiter. Ihre Gastfamilie war nett, Lila half im Haushalt, passte auf die Kinder auf, besuchte die Schule, lernte die Sprache. *Ich bin längst nicht mehr das verwöhnte Gör von früher*, notierte sie im November. *Ich werde bereit sein, wenn das Baby kommt. Jamila ist eine gute Mutter, sie hat mir alles beigebracht, und Inès ist das perfekte Übungsobjekt.*

Im Dezember erwähnte Lila ein Fotoalbum, das sie für ihr Baby anlegen wollte. *Irgendwann werde ich meiner Tochter die Wahrheit sagen. Sie soll sehen, wie sehr ich mich auf sie gefreut habe.*

Das Handy vibrierte.

Nick!

Juli hatte nicht gefragt, ob sie das Auto leihen durfte, sondern einfach die Schlüssel aus seiner Sporttasche stibitzt. Wieso musste er auch das weiße Handtuch hissen?

Wo bist du?

In Frankreich, wollte Juli antworten, doch im Eingabefeld stand schon etwas: *Kennst du Sam von der Flüchtlingshilfe? Er müsste …* Wie es aussah, hatte Juli die Nachricht nie abgeschickt. Sie löschte den Text, fügte stattdessen einen Ausschnitt des Fotos ein, das Sam und Lila zeigte. *Kennst du den Typen?*

wtf! Was soll das? Wo bist du?

In Frankreich. Sry wegen Auto. Du bekommst es spätestens Montag zurück, und ich bezahl auch eine Leihgebühr, aber bitte sag mir, kennst du den Typen auf dem Foto?

Mach dir wegen der Karre keinen Kopf, aber bau bloß keinen Scheiß, okay!

Keine Sorge. Kennst du ihn? Refugee Project?

Nie gesehen. Wer soll das sein?

Mist. Wieder eine Sackgasse. Egal.

Was machst du in FR?

Weiß nicht genau. Erzähl ich dir alles am MO.

Ok. Pass auf dich auf.

Im Osten ging inzwischen die Sonne auf. Juli setzte sich an die Felskante, bestaunte das Spektakel und den Abgrund. Hatte jemand die Schüsse gehört?

Egal.

Mit dem Schmuseelefanten vor Mund und Nase blinzelte sie in die aufgehende Sonne. *Wenn wenigstens Mama bei mir wäre*, hatte Lila in ihr Tagebuch geschrieben, als sie hier oben stand.

Wenigstens Mama.

✳✳✳

Kalt und schweißig. Die Haut eines Waschlappens, die Visitenkarte eines Angsthasen. Am liebsten hätte Ömer seine Hand abgehackt, stattdessen glitschte sie in Hallbachs festen Händedruck, und der Herr Hauptkommissar trottete seinem Gastgeber hinterher wie ein gut dressiertes Hausschwein. Das hatte sich Ömer anders vorgestellt.

Vollkommen anders.

Besser wäre er erst gar nicht hergekommen. Nicht so früh am Morgen. Nicht an einem Sonntag. Niemals.

»Nehmen Sie Platz.«

Ömer hievte seinen Hintern auf den angewiesenen Barhocker an der Küchentheke.

»Wollen Sie einen Kaffee? Cappuccino? Latte?«

»Cappuccino, bitte.«

»Sehr gern.«

Ömer beobachtete genau, wie Hallbach an der Maschine hantierte, Milch aufschäumte, schwieg. Kein Lächeln hellte seine Miene auf. Verständlich. Vor wenigen Tagen hatte seine Tochter Lila Suizid be–

Ernsthaft? Er nannte die Tote jetzt insgeheim auch schon Lila? Wie Juli? Verdammt! Ömer musste sich zusammenreißen. Der Schlüssel steckte in der Tasche seiner Jeans, deshalb war er hergekommen. Redete er sich zumindest ein, denn eine Schwangerschaft der Toten änderte ziemlich sicher rein gar nichts am Ermittlungsergebnis.

»Wie geht es Ihnen?«

»Wie soll es uns gehen?«

Der Cappuccino landete griffbereit auf der Bar.

»Es ist entsetzlich still im Haus.«

Löffel, Zucker, rühren. Wie anfangen? Der Vater machte – genau wie in den Tagen zuvor – einen sehr gefassten Eindruck.

Zu gefasst?

»Die Kollegen vom Einbruch tun ihr Möglichstes, aber bis alles ausgewertet ist, wird es noch eine Weile dauern.«

Hallbach winkte ab. »Die Spurensicherung hat schwer geschuftet, und heute ist immerhin Sonntag. Für meine Frau ist die Situation natürlich trotzdem unerträglich. Erst bringt sich unsere … Tochter um, und dann dringt auch noch jemand ins

Haus ein, stiehlt private Dinge, hinterlässt Drogen, wir … wir machen eine schwere Zeit durch. Vor allem meine Frau.«

»Ist sie da?«

»Ja.«

»Ich würde gerne mit ihr sprechen.«

»Wieso?«

Ömer hatte keine Ahnung. Nur eines Gefühls und einer alten Freundin wegen, die dabei war, durchzudrehen? »Meist hilft es den Angehörigen, zu reden.«

Hallbachs Blick verfinsterte sich. »Sind Sie auch noch Psychologe? Machen Sie in Ihrer Freizeit Hinterbliebenenbesuche?«

Oha! Der Ton wurde rauer. »Natürlich nicht, nur, direkt nach dem Suizid war kein ausführliches Gespräch mit der Mutter möglich, deshalb würde ich das sehr gerne nachholen – der Vollständigkeit halber.« Außerdem gab es da in der Akte die Erwähnung einer kleinen Platzwunde an der linken Schläfe der Frau, vom Gatten zwar plausibel erklärt, aber trotzdem.

»Sie schläft. Unser Hausarzt hat ihr ein starkes Hypnotikum verschrieben, und ich werde einen Teufel tun und sie jetzt wecken, nachdem sie tagelang kein Auge zugemacht hat. Außerdem dachte ich, es wäre alles geklärt.«

»So ist es auch.« Ömer zückte eine Visitenkarte und schob sie über die Bar. »Wären Sie so freundlich, ihr auszurichten, dass sie mich anrufen soll?«

»Selbstverständlich.« Der Herr des Hauses stand auf und stellte seine leere Tasse in die Spüle. »Wenn das alles war?« Sein Arm schwenkte zur Tür.

»Nicht ganz.« Ömer nahm die Schultern zurück und richtete sich auf. »Sie haben am Telefon erwähnt, dass die Frau in den Sequenzen der Überwachungskamera möglicherweise Ihre Tochter schon vor deren Tod belästigt hat?«

»Eva sprach nicht explizit von einer Frau. Sie erwähnte lediglich, dass es jemanden gebe, der ein paarmal zu oft ihre Nähe suchte. Ich ging automatisch davon aus, es handle sich um einen Mann, aber nach dem Einbruch … Es könnte durchaus sein, dass es dieselbe Frau ist, die manchmal auf den Bänken an der Straße saß.«

Ömer schloss die Augen. Wenn das stimmte, hatte Juli ihn angelogen. Mindestens zum zweiten Mal. »Aber sicher sind Sie nicht.«

Hallbach hob die Schultern. »Einen Eid würde ich nicht schwören, wenn Sie das meinen, aber ich kann Ihnen die Aufzeichnung zeigen, bestimmt lässt sich ein passables Bild herauskopieren, mit dem man herumfragen könnte. Ob die Frau unser Haus ausgekundschaftet hat zum Beispiel.«

Nein, danke! Auf keinen Fall wollte Ömer die Videos sehen, dann müsste er zugeben, dass er die Frau kannte. »Das wird nicht nötig sein, die Kollegen kümmern sich bestens darum. Haben Sie ihnen gegenüber erwähnt, dass die Einbrecherin eventuell schon öfter in Ihrem privaten Umfeld gesichtet wurde?«

Hallbach fasste sich an die Stirn. »Ich weiß es nicht mehr, um ehrlich zu sein.«

»Dann gebe ich das sicherheitshalber noch mal ans K 53 weiter.« Ömer atmete tief durch. Siktir et. Scheiß drauf! Jetzt oder nie. »Eine kleine Sache noch.«

»Ja?« Evas Vater ging zurück zum Küchenblock, holte ein Glas aus dem Oberschrank und öffnete den Hahn.

Ömer ließ ihn nicht aus den Augen, wollte kein Zucken, kein Zögern übersehen. »Wieso haben Sie uns eigentlich nicht erzählt, dass Eva schwanger war?«

☽☽☽

Julis Schulfranzösisch war eingerostet. In einer kleinen Pâtisserie in Nizza zeigte sie auf die Croissants in der Auslage, sagte: »Café au lait et eau, s'il vous plaît«, und setzte sich an einen leeren Tisch.

Nizza! Juli kannte die Hafenstadt an der Côte d'Azur hauptsächlich aus den Berichten über den Anschlag auf der Promenade des Anglais, war zuvor weder hier noch in Frankreich gewesen. Sie wünschte, sie könnte die Schönheit der Stadt und des Landes genießen, das besondere Flair einatmen, doch sie fühlte sich ausgelaugt. Der katastrophale Boxkampf, der Flashback, die lange Autofahrt, die Nacht auf der Rückbank des Volvos, dann der anstrengende Aufstieg zum Baou de Saint-Jeannet, die Schießübungen, das Hinunterrennen, das Durchtelefonieren und Abklappern der Krankenhäuser.

Juli stellte immer die gleiche Frage. Ob Eva Hallbach im Januar auf den Geburtsstationen, den hiesigen Maternités, entbunden hatte. Oft bekam sie keine Auskunft, hörte viele *Je suis désolé*, aber manchmal konsultierten die Damen oder Herren am Telefon auch ihre Computer, meist wenn Juli in Tränen ausbrach und *Je suis sa maman* und *Je ne la trouve pas* in den Hörer schluchzte. Eine Mutter, die ihre Tochter verloren hatte und wiederfinden wollte, rührte die Herzen – oder machte skeptisch.

Das Croissant schmeckte himmlisch. Juli schloss die Augen, versuchte die Enttäuschung mit dem luftigen Gebäck hinunterzuschlucken. Keines der Krankenhäuser in und um Saint-Jeannet und Nizza führte eine Eva Hallbach im System – zumindest jene nicht, die Auskunft gegeben hatten.

Juli holte ihr iPhone aus dem Rucksack und aktivierte Dateien. Sie brauchte unbedingt den Namen des Krankenhauses, in dem Lila ihr Kind geboren hatte, denn inzwischen war sie felsenfest davon überzeugt, dass nur Fakten Hallbach unter Druck setzen konnten, nicht Vermutungen, und vielleicht ließ sich dann klären, ob Lilas Zweifel an Sams Verschwinden begründet oder eingebildet gewesen waren.

Hatte Juli etwas übersehen? Gab es im Tagebuch Hinweise darauf, wo Lila ihr Kind zur Welt gebracht hatte? Soweit sie sich erinnerte, machte sie nirgends konkrete Angaben, schrieb stattdessen von Einsamkeit, Angst, Ohnmacht und Dunkelheit. Schon beim ersten Lesen hatte sich Juli in Lilas Worten wiedererkannt.

Das Selfie auf dem Baou de Saint-Jeannet und der Eintrag dazu datierten vom 23. November, danach schrieb Lila erst wieder in München in ihr Tagebuch.

Ich muss es aufschreiben. Inzwischen kann ich mich kaum noch erinnern, jeden Tag vergesse ich ein weiteres kleines Detail, und irgendwann wird es so sein, als wäre es niemals geschehen.

Aber es ist passiert. Am 6. Januar geht es los. Die Fruchtblase platzt. Ich rufe Jamila. Wie immer sitzt die Kleinste auf ihrem Arm. Sie weint, weil sie die Panik in meinem Inneren spürt. Nur Jamila ist vollkommen gelassen und lächelt wissend.

Drei Wochen zu früh, aber wir haben natürlich über alles gesprochen. Wenn die Wehen kommen, fährt mich Driss ins Krankenhaus, sobald die Abstände kürzer werden. Doch darauf können wir nun nicht mehr warten.

Wenn nur Mama da gewesen ...

Juli schloss die Augen, nippte am Cappuccino und atmete durch.

... In meinem Chambre privilège und auf dem dazugehörigen Balkon vertreibe ich mir die Zeit mit sinnlosen Handyspielen, mit Fernsehen, mit Lesen, mit Schlafen, mit Gedanken an Sam. An Mama. An Papa. An Amanda. Auf dem CTG ist weit und breit keine Wehe zu sehen. Ich lerne Schwestern und Hebammen der Früh-, Spät- und Nachtschicht kennen. Jamila kommt kurz vorbei, redet mir gut zu. Ich glaube, sie hat ein schlechtes Gewissen, als sie mich wieder verlässt, aber Driss ist mit den Kleinen oft überfordert, deshalb ... Und sie ist ja nicht meine Mutter. Irgendwann bekomme ich Antibiotika, wegen der Infektionsgefahr, wenig später spüre ich ein regelmäßiges leichtes Ziehen im Rücken. Es geht endlich los.

Doch am nächsten Morgen ist es verschwunden, keine Wehe. Nichts. Es muss eingeleitet werden. Nach dem Frühstück holen sie mich in den Kreißsaal. CTG. Alles okay. Mein Mädchen quietschvergnügt. Ich unterschreibe Papiere, ein Arzt schiebt etwas in mich hinein. Eine Tablette oder so was. Richtig verstanden habe ich weder den Papierkram noch die Medikation.

Ab Mittag spüre ich wieder das Ziehen im Rücken und in den Beinen. Wie bei der Periode, alle fünfzehn Minuten ungefähr, alles noch erträglich.

Am frühen Nachmittag wieder Kreißsaal, Wehen am CTG sichtbar, ich bekomme trotzdem erneut die Tablette. Irgendwie habe ich den Eindruck, der Ärztin kann es nicht schnell genug gehen. Sie ist blutjung, noch nervöser als ich, und sie weicht meinen Blicken aus.

Diesmal bleibe ich im Kreißsaal. Er ist riesig und sehr schön. Hat jemand für mich das XXL-Komfortpaket gebucht? Nur das Beste für Papas Mädchen? Doch alles, was ich will, ist Mama. Und Sam. Oder wenigstens Amanda. Ich vermisse sie mehr denn je, und ich habe immer noch keine Ahnung, warum sie aufgehört hat, mir zu schreiben, zu antworten. Sie ignoriert mich. Weil sie ahnt, was los ist? Weil ich ihr nicht vertraut habe?

Als es draußen dämmert, werden die Wehen brutal. Eine nach der anderen rollt auf mich zu. Ich gehe, liege, hocke, stöhne. Dazwischen sind kaum Pausen. Eine junge Frau kommt herein, stellt sich als weitere Sage-femme vor. Die Hebamme. Ihr Name ist Evá.

Evá!

Sie sieht aus wie ein Engel. Evá hilft Eva, *lache ich,* c'est un bon signe. *Das muss doch ein gutes Zeichen sein. Die Einsamkeit der letzten Stunden verfliegt.*

Evá verspricht, bei mir zu bleiben, bis mein Baby da ist. Sie ist nur für mich da, was so bestimmt nicht üblich ist. Aber ich bin sehr jung, außerdem allein, und es kann gut sein, dass Papa das aus der Ferne – auch wenn er noch böse auf mich ist – arrangiert hat.

Eigentlich vermisse ich ihn am meisten.

Evá massiert meinen Rücken, zeigt mir, wie ich die Wehenstürme an einem Band, das von der Decke hängt, besser

*überstehe. Ich will raus, brauche frische Luft, aber sie lassen
mich nicht.*

*Dann kommt die Ärztin zurück, kontrolliert das CTG. Eine
Schwester hängt mir eine Infusion an, warum genau, weiß
ich nicht. Der Muttermund ist erst zwei Zentimeter geöffnet. Noch acht! Irgendwo habe ich gelesen, jeder Zentimeter
dauert eine Stunde. Mir wird schlecht, ich will, dass es vorbei
ist. Evá beruhigt mich.* Tu en es capable! *Du schaffst das!,
macht sie mir Mut und schlägt ein Bad vor.*

*Ich bin am Ende meiner Kräfte, aber im Wasser ist es schön
warm, und ich kann mich tatsächlich ein bisschen entspannen.*

*Dann kommt die Ärztin mit einem Mann im Schlepptau
zurück. Vielleicht der Chefarzt? Jedenfalls hat er das Sagen, spricht schnell und gibt Anweisungen. Ich verstehe
nur wenig, sie flüstern, Hektik bricht aus. Das alles macht
mir Angst.*

*Ich frage Evá, was los ist, sie versucht mich zu beruhigen,
doch mein kleines Mädchen will in die Welt hinaus, deshalb wickle ich mich in das große Handtuch, das Evá mir
reicht, und während die Ärzteschaft noch diskutiert, hänge
ich mich an das Band und gehe in die Hocke. Ich presse, es
fühlt sich richtig an, doch die Ärztin und der Mann diri-
gieren mich zum Kreißbett, wollen, dass ich mich auf den
Rücken lege, stecken Finger in mich, schieben Evá weg,
reißen das wasserdichte Pflaster von meinem Handrücken
und hängen mir erneut eine Infusion an. Die ganze Zeit
flüstern sie, reden zu schnell …*

*… et troubles du rythme cardiaque … mal … césarienne …
Dann nimmt der Mann meine Hand, tätschelt sie und
spricht auf einmal gebrochenes Deutsch.*

Herztöne schlecht.

Keine Zeit.

Notkaiserschnitt.

Ich sehe noch, wie seine Lippen sich bewegen, mehr sagen,

doch dann zieht ein dichter schwarzer Nebel auf und hüllt mich ein.

✳✳✳

Hallbach kippte das Leitungswasser in seinen Mund und wischte mit dem Handrücken über das Gesicht.

»Woher wissen Sie es?«

»Das tut nichts zur Sache, beantworten Sie einfach meine Frage.«

Sehr langsam stellte er das Glas ab. »Sie war sechzehn. Viel zu jung, um Mutter zu sein.«

»Trotzdem hätten Sie die Polizei nicht anlügen dürfen, immerhin haben wir explizit nach einer Schwangerschaft gefragt.«

Hallbach hob die Schultern. »Und? Was hätte es geändert? Hätte mir das mein Mädchen zurückgebracht?«

»Nein, natürlich nicht, aber … Sie haben der Polizei gegenüber die Unwahrheit gesagt, insofern frage ich mich –«

»Ich wurde nicht als Zeuge befragt, also …«

… durfte er das. Nemo tenetur se ipsum accusare. Niemand war verpflichtet, sich selbst anzuklagen. Ein wichtiger Grundsatz im Strafrecht, allerdings war Hallbach weder angeklagt noch beschuldigt gewesen, seine Tochter hatte sich aufgehängt, und da würde man doch erwarten, dass ihm daran lag, die Polizei umfassend zu informieren und jedes Detail weiterzugeben.

»Ich wollte sie schützen.« Evas Vater kam zurück an die Theke. »Sie wissen nicht, wie das ist. Wenn man Geld hat. Viel Geld.« Er seufzte tief. »Die Leute missgönnen einem den Erfolg, reden schlecht, neiden den Wohlstand. Und wenn dann so etwas passiert, kriechen sie aus ihren Löchern und laben sich am Leid des anderen. Haben Sie die Presseberichte gesehen?«

Ömer nickte. Die seriösen Zeitungen hatten die Fakten auf den Tisch gelegt, die Boulevardpresse jedoch den Suizid von *Münchens reichster Tochter* ungeniert ausgeschlachtet und keine Spekulation ausgelassen. Absolut geschmacklos.

»Nicht auszudenken, wenn diese Aasgeier von der Schwangerschaft erfahren hätten. Ich wollte Evas Ansehen, ihren Ruf, ihr Andenken bewahren. Deshalb habe ich nichts gesagt.«

»Ihr Geheimnis wäre bei der Polizei sicher gewesen, wir geben solche Informationen nicht an die Presse.«

Hallbach lachte. »Es sickert immer etwas durch, glauben Sie mir.«

»Wie kam es überhaupt dazu?«

»Wie bitte?« Hallbach richtete sich auf. »Muss ich jetzt ein Aufklärungsgespräch führen?«

»Sie wissen, was ich meine.« Ömer verdrehte die Augen. »Wo ist der Vater des Kindes? Wieso die Geheimniskrämerei? Und dieser Auslandsaufenthalt? Wäre es für Eva und alle Beteiligten nicht einfacher gewesen, offen mit der Schwangerschaft umzugehen?«

»Das frage ich mich jeden verdammten Tag, glauben Sie mir. Ich würde vieles anders machen, wenn ich könnte, aber als ich kurz vor den Sommerferien von der Sache erfuhr und dieser Mistkerl Eva ein paar Tage später einfach abserviert hat, wusste ich es nicht besser. Eva war mein Baby, mein Augenstern, natürlich bin ich völlig ausgerastet. Welcher Vater würde nicht ausflippen, wenn seine sechzehnjährige Tochter schwanger ist?«

»Haben Sie Eva bedroht?«

»Um Gottes willen, nein!«

»Und ihren Freund?«

Hallbach zögerte. »Ich wünschte, ich hätte Gelegenheit dazu gehabt.«

»Haben Sie Sam kennengelernt?« Davon stand nichts im Tagebuch.

»Hat Ihnen Amanda all das erzählt?«

Ömer biss sich auf die Unterlippe. Er durfte die digitalen Tagebücher auf keinen Fall erwähnen.

»Ich hätte mir denken können, dass Eva sich wenigstens der besten Freundin anvertraut, obwohl wir vereinbart hatten, niemanden einzuweihen.« Hallbach lachte bitter, fürchtete wohl immer noch den Skandal.

»Beantworten Sie bitte trotzdem meine Frage: Kennen Sie den Vater des Kindes?«

»Nein. Ehe es dazu kam, hat er den Schw…«, Hallbach bremste sich mühsam, »hat er sich aus dem Staub gemacht.«

»Haben Sie eine Adresse? Eine Telefonnummer. Wenigstens den Nachnamen? Ich würde gerne mit dem jungen Mann reden.«

»Tut mir leid, damit kann ich nicht dienen.«

»Ist Evas Handy inzwischen aufgetaucht?«

»Nein.«

»Aber es muss doch irgendwo sein.«

Hallbach zuckte lahm mit den Schultern.

Das war wirklich sehr komisch. Ömer machte eine Notiz in sein kleines Heft. »Hat Ihre Frau Samuels Adresse oder Telefonnummer?«

»Möglich.« Hallbach begann seine Kiefergelenke zu massieren. »Ich werde sie fragen, sobald sie aufwacht.«

»Kannte sie ihn?«

»Er war ein paarmal hier, glaube ich.« Hallbach fuhr sich über die Stirn. »Wir haben Eva nicht zu der Nizza-Auszeit gezwungen, das sollten Sie wissen. Zugegeben, viel lieber hätten meine Frau und ich die Sache mit einer Abtreibung aus der Welt geschafft, aber dafür war es zu spät, also mussten wir uns mit den Gegebenheiten arrangieren. Es hätte einige Zeit lang Gerede gegeben, aber irgendwann …«

… wuchs Gras über jede Sache. Ömer zupfte an den Ärmeln seines Pullovers, wartete.

»Doch wie gesagt, auf einmal wollte der Mistkerl nichts mehr von Eva wissen, hat sich einfach aus der Verantwortung gestohlen. Unsere Kleine war am Boden zerstört, hat tagelang nur geweint, nichts mehr gegessen und vor sich hin gestarrt. Tja, und da ich ein durch und durch pragmatischer Mensch bin, habe ich die Sache in die Hand genommen.«

»Der Auslandsaufenthalt in Nizza?«

»Exakt. Wir haben Bekannte dort, und ich dachte, ein Tapetenwechsel könnte helfen. Eva wollte nach dem Abitur sowieso ins Ausland, also wieso nicht gleich? Es verschaffte uns Zeit. Wir konnten in Ruhe überlegen, was werden sollte, wie wir alles regeln wollten.«

»Und?«

»Eva hoffte lange Zeit, dieser Waschlappen würde zu ihr zurückkommen, sie wollte mit ihm eine kleine Familie gründen, dabei hat dieser dreckige Hurensohn seine Handynummer gewechselt und ist in eine andere Stadt gezogen!« Hallbach beugte sich vor, wollte, dass Ömer verstand. »So jemanden will man nicht in der Familie! Früher oder später käme das böse Erwachen. Dann lieber gleich.«

Eva hatte das anders empfunden. Ihre Tagebucheinträge hatten Ömers Herz berührt und Sam in einem gänzlich anderen Licht gezeichnet, als es Hallbach gerade tat. Aber Liebe machte bekanntlich blind.

»Ich reiße die Dinge manchmal an mich, das gebe ich gerne zu, gerade wenn es um meine Tochter geht, aber wir haben sie nicht bedrängt. Eva wollte das Kind einerseits behalten, fühlte sich andererseits aber zu jung, um alleine klarzukommen, fürchtete tatsächlich auch das Gerede.« Hallbach zog die Brauen hoch. »Sie stand nicht gerne im Mittelpunkt, hasste die Öffentlichkeit unseres Lebens und hat deshalb sehr ernsthaft über Adoption nachgedacht. Also habe ich ihr eine Idee unterbreitet.«

»Die da wäre?« Ömer kannte die haarsträubende Geschichte inzwischen aus dem Tagebuch, aber das konnte er erstens nicht hinausposaunen und zweitens schien es ihm angebracht, Hallbachs Version der Geschehnisse mit Evas abzugleichen – zur Sicherheit.

»Eva sollte ihr Baby Anfang des Jahres in Nizza zur Welt bringen, und Emmi und ich hätten zeitgleich das Neugeborene einer Nichte meiner Schwester aus Bulgarien aufgenommen. Sie wohnte bereits seit Mitte November bei uns.«

»Und hat eine Schwangerschaft vorgetäuscht?«

»Richtig.«

Ömer schnalzte mit der Zunge. Ganz schön raffiniert.

Hallbach legte beide Hände ans Steißbein und drückte den Rücken durch. »Bekannten, Verwandten und sogar Geschäftspartnern haben wir erzählt, die junge Frau hätte sich in Schwierigkeiten gebracht, wäre viel zu jung, hätte keine Perspektive, deshalb würden wir das Kind aufnehmen und großziehen. Es gab trotzdem Gerede, das Kind wäre von mir.« Er lachte steif. »Aber das nahmen Emmi und ich gerne in Kauf, solange niemand die wahren Hintergründe erriet, und da das Baby direkt nach der Geburt zu uns kommen sollte und Eva erst mit einigen Wochen Verzögerung, um wieder in Form zu kommen, war die Gefahr noch geringer, dass jemand die Sache durchschaute.«

»Und wie sollte der rechtliche Rahmen dafür aussehen?« Darüber hatte Eva kein Wort im Tagebuch verloren.

»Eine Pflegschaft.«

»Unter Vorspiegelung falscher Tatsachen.«

»Korrekt.«

»Und die Nichte Ihrer Schwester hat bei allem mitgespielt.«

»Ja.« Hallbach zog seine Finger durch die Haare. »Da, wo ich herkomme, helfen wir einander, und außerdem zahle ich ihre Studiengebühren.«

»Aber –«

»Bevor Sie urteilen, sollten Sie wissen, dass mir vollkommen klar ist, dass wir uns abseits der moralischen und rechtlichen Grenzen bewegt haben, aber Sie hätten Evas Gesicht sehen sollen, als sie von meinem Vorschlag hörte. Ihr Baby wäre als kleine Schwester in unserem Haus aufgewachsen, Eva hätte nichts verpasst – bis auf die wenigen ersten Wochen – und hätte selbst wieder der unbeschwerte Teenager sein können, der sie immer war. Die beste Lösung für uns alle und wem hätte es geschadet?«

»Doch dazu kam es nicht?«

»Nein.«

»Wo ist das Kind?«

✳ ✳ ✳

Das Nächste, woran ich mich erinnern kann, ist das Gesicht meiner Mutter.

Juli nahm ein Prospekt des Krankenhauses vom Ständer, blätterte und sah doch nur die Verzweiflung, mit der Lilas Worte die Hochglanzseiten übermalten.

Auf einmal sitzt Mama an meinem Bett, hält meine Hand. Das düstere Spiegeln ihrer Pupillen spricht Bände.
Eva? Eva! Gott sei Dank, du bist wach, *sagt sie und streicht über meine Hand, in der noch immer eine Infusionsnadel steckt.*
Was ist passiert?
Oh, Liebling, es ist furchtbar, ich bin so froh, dass es dir besser geht.
Wo ist sie?
Mama bringt kein Wort heraus. Ich sehe Tränen auf ihren Wangen, verstehe aber erst, als der erste Tropfen fällt.
WO IST MEIN BABY?
Ich schreie, versuche mich aufzusetzen, doch ich habe keine Kraft. Es fühlt sich an, als flösse alles aus mir heraus: Blut, Knochen, Fleisch, Leben, Liebe, Hoffnung.
Mein Bauch ist leer.
Leer.
Leer.
Leer.
Wo ist mein Kind?

»Geht es Ihnen gut?«
Juli fuhr herum, das Prospekt segelte zu Boden. »Klar. Alles bestens.« Sie bückte sich.
»Kann ich etwas für Sie tun?«
Juli blickte in ein freundlich lächelndes Gesicht. Schwarze Augen, schwarzes Haar, olivfarbene Haut, fast akzentfreies Deutsch. Ein Schild am Revers wies die junge Schönheit als Mitarbeiterin

der Clinique Saint George aus, und sie machte sich eindeutig Sorgen.

»Brauchen Sie einen Arzt?«

»Aber nein!« Juli warf den Kopf zurück, tastete über ihr blaues Auge, fuhr mit den Fingern durch ihre Haare, spürte, dass eine Wäsche dringend nötig war. Sie musste furchtbar aussehen. »Ich möchte mit Evá sprechen. Sie hat mich bei der Geburt meiner Tochter begleitet, und ich wollte Danke sagen. Ohne sie hätte ich es nicht geschafft.«

»Ah, Sie sind die Frau, die angerufen hat?«

»Genau.« Erst in der kleinen Pâtisserie, als Juli in Lilas Tagebuch noch einmal die Stelle über die Stunden bis zur Geburt gelesen hatte, war ihr klar geworden, wie sie das Krankenhaus finden konnte, in dem Lila ihr Kind entbunden hatte. »Wie ich schon sagte, den Nachnamen kenne ich leider nicht, und ich glaube, er kam auch nie zur Sprache.«

»Wer fragt zwischen den Wehen schon nach einem Nachnamen?« Sie lächelte, nahm Juli mit zum Empfangsschalter und griff nach dem Telefon. »Hoffen wir, dass sie nicht gerade mitten in der Austreibungsphase einer Geburt steckt.«

Doch das tat sie. Juli musste im Besucherbereich Platz nehmen. Um sich zu beschäftigen, überflog sie Zeitschriften und Prospekte und blieb bei einer hausinternen Broschüre für werdende Eltern hängen. Vierzehn Gynäkologen, neunzehn Hebammen, neueste Geräte. Dazu Spots an den Decken, indirektes, gedämpftes Licht, die meisten Wände mit flächendeckenden Fototapeten dekoriert: Meerblick, Lavendel- und Mohnfelder, Blütenmeere. Im Überwachungsraum nach Kaiserschnitten konnten die Frauen durch eine Glasdecke in den Himmel schauen! Überall Pastelltöne, Behaglichkeit in den Kreißsälen, ins Farbkonzept passende Pezzibälle, Bänder, die von den Decken baumelten wie Nabelschnüre.

La salle nature.

Geburt im Natursaal!

Keine Toilette am Hauptbahnhof.

Juli kramte den Schmuseelefanten aus dem Rucksack, drückte ihre Nase hinein, atmete tief und schloss die Augen.

Ihr Telefon klingelte.

»Hast du sie gekannt?«

»Wen?«

»Eva Hallbach.«

»Nein.«

»Du warst vor ihrem Suizid nie bei der Hallbach-Villa?«

»Ich laufe öfter da entlang, aber nicht oben an der Straße, sondern unten, direkt am Wasser.«

»Dann hast du nicht den Kontakt gesucht, schon bevor sie sich umgebracht hat?«

Juli legte den Elefanten in ihren Schoß. Sie hatte auf einen Anruf von Amanda gehofft, sonst wäre sie erst gar nicht rangegangen.

»Unterdrückst du deine Nummer?«

»Du hast mein Läuten ein paarmal zu oft ignoriert.«

»Weil du mir sowieso nicht glaubst.«

»Vielleicht war es kein Zufall, dass ausgerechnet du bei Eva Hallbachs Sektion eingeteilt warst?«

Drehte er durch? Juli stand auf, hoffte, dass die Hebamme auftauchen würde und sie einen Grund hatte, das Gespräch zu beenden. »Hast du das Tagebuch gelesen?«

»Natürlich.«

»Und?«

»War die Datei auf dem Laptop?«

»Laptop?«

»Du weißt genau, wovon ich spreche. Du warst in Eva Hallbachs Zimmer. Einbruch, Juli! Hast du sie noch alle?«

»Ich hatte einen Schlüssel für die Haustür.«

»Der nicht dir gehört.«

»Sie hat ihn mir gegeben.« Juli lächelte über das entsetzte Schnauben aus dem Lautsprecher. Aber es stimmte. Irgendwie hatten Lila, das Universum, ihretwegen auch das Schicksal dafür gesorgt, dass sie den Schlüssel bekam.

»Wir haben ihn also nicht in der Kleidung der Toten übersehen?«

»Oh doch, das habt ihr. Tut mir leid. Die Schlamperei geht auf deine Kappe.«

✻✻✻

Ömer ließ sich auf die Stufen vor Julis Haus fallen.

Sie hat ihn mir gegeben?

Was zum Teufel meinte Juli damit?

Und der Hund lag auch wieder auf seinem Platz unter dem Vordach der Garage.

»Wo bist du?«

»Unterwegs.«

»Wann kommst du zurück?«

»Spät.«

»Wir müssen reden.«

»Worüber?«

»Du musst dich stellen.« Er konnte die Kollegen vom Einbruch nicht länger hinhalten.

»Willst du mich verhaften?«

»Nein. Ich möchte, dass du das Richtige tust.«

»Aber Hallbach hat gelogen. Außerdem hat er die Drogen in mein Haus gebracht. Oder bringen lassen. Da bin ich mir hundertprozentig sicher.«

»Wie kommst du nur auf diese Schnapsidee?«

»Weil niemand sonst in Frage kommt! Weil er mich vor der Villa bedroht hat. Weil er genau weiß, dass ich Evas Mutter bin und Lila nur auf dubiose Weise in seine Familie gekommen sein kann. Deshalb.«

Ömer stöhnte. Vermutlich stammte das Heroin von Julis Küchentisch aus derselben Charge wie das aus Eva Hallbachs Zimmer, und womöglich waren auf beiden Einheiten die gleichen Fingerabdrücke wie auf dem Glas, aus dem Juli zwar nie getrunken, aber aus dem sie Wasser in Ömers Gesicht gekippt hatte.

»Bist du noch dran?«

Am Montag, spätestens am Dienstag bekam er die Ergebnisse, das hatten die Kollegen versprochen, und nie zuvor in seinem Leben hatte er sich sehnlicher gewünscht, dass er sich irrte.

»War's das? Dann lege ich jetzt auf.«

»Hast du ihr Handy?«

»Spinnst du!«

»Immerhin hast du auch den Laptop.« Er schnaufte durch. »Lüg mich bitte nicht an.«

»Ich schwöre.«

»Mach nicht noch mehr Dummheiten, okay?«

»Hmmh.«

»Und vor allem: Halt dich von Hallbach fern.« Ömer überlegte. »Ich war im Übrigen bei ihm.«

»Wie rechtfertigt er seine Lügen?«

»Er wollte Eva schützen. Vor dem Gerede. Vor dem Pranger.«

»Pranger?« Juli lachte lauthals. »Wir leben nicht im Mittelalter. Das hast du ihm doch nicht etwa abgenommen?«

»Wieso sollte er mich anlügen?«

»Weil er es schon einmal getan hat!«

»Er wusste nicht, dass ich das Tagebuch gelesen habe, ziemlich sicher weiß er nicht einmal, dass ein solches existiert, insofern … Und er hat die Monate bis zum Suizid genauso geschildert, wie es darin geschrieben steht. Eva hat mitgespielt. Sie hätte ihr Leben weiterleben können wie bisher und doch kaum etwas von der Kindheit ihrer Tochter verpasst. Es war eine gute Lösung. Für alle.«

»Wie bitte?«

Ömer keilte sein Handy zwischen Ohr und Schulter ein, brach ein Stück von seinem Köfte ab, das er am Morgen eingepackt hatte, und warf es dem Hund zu.

»Hallbach hat Eva manipuliert. Sie wäre von allein nie auf diese wahnwitzige Idee gekommen.«

Der Hund stand auf, wollte mehr Hackfleischbällchen, hielt aber Abstand. »Eltern manipulieren ihre Kinder. Ausnahmslos.

Man nennt es Erziehung, eine feste Hand? Begleitung? Prägung? Whatever.«

»Das ist doch Quatsch! Die minderjährige Tochter wird Mutter. Davon geht die Welt nicht unter, das muss man heutzutage nicht mehr geheim halten.«

Doch in Lilas Fall war die Welt untergegangen. Ömer warf dem Hund die andere Köftehälfte hin. »Du darfst nicht vergessen, dass Evas Familie – zumindest mütterlicherseits – eventuell noch in alten Konventionen feststeckt. Bei uns Türken ist es ja ähnlich. Da gelten andere gesellschaftliche Regeln und Verhaltensnormen. Wäre meine Schwester mit sechzehn schwanger geworden, hätten meine Eltern einen Riesenaufstand gemacht und sie nie mehr allein aus dem Haus gelassen.«

»Eva war keine Türkin, verdammt!«, schrie Juli durchs Telefon.

»Aber sie war jung. Sehr jung. Ihre Großeltern väterlicherseits stammen aus Bulgarien, keine Ahnung, wie offen die Leute da sind.«

»Bulgarien gehört zur EU!«

»Das heißt noch lange nichts.«

»Und wenn Hallbach doch der Vater des Kindes ist? Nur das würde in meinen Augen diese ganze beschissene Geheimniskrämerei rechtfertigen.«

»So steht es aber nicht im Tagebuch.«

»Und wenn es gefälscht ist?«

»Du meinst …?« Er lachte angestrengt. »Das wäre der pure Wahnsinn!«

»Die eigene Tochter – leiblich oder nicht – zu schwängern, erst recht.«

»Das glaube ich einfach nicht. Es gibt keine Hinweise darauf.«

»Missbrauch wäre auf jeden Fall ein stärkeres Motiv für so ein Vertuschungsszenario als allein die Schwangerschaft der minderjährigen Tochter. Wie wäre es mit Exhumierung des Neugeborenen?«

Ömer erschrak. Meinte sie das ernst? Immerhin arbeitete sie in der Rechtsmedizin. Er streckte dem Hund seine Hand entgegen.

»Oder Eva hat sich ihr Leben schöngeschrieben. Damit sie weiterleben konnte?«

War es bei Juli so gewesen? Nach dem Tod der Eltern? Als ihr Onkel sie …? Schöngeraucht und schöngesoffen hatte sie sich die Zeit danach auf jeden Fall.

»Der Deal mit der Bulgarin. Ist das nicht strafbar?«

Ihr krasser Themenwechsel brachte Ömer ins Stocken. »Ähm … natürlich … Rechtlich ist das nicht einwandfrei, aber es ist … na ja … nie so weit gekommen. Nichts davon wurde in die Tat umgesetzt, und er hat mir sogar ihre Nummer gegeben.«

»Von der Nichte der Schwester?«

»Ja, die Verständigung war schwierig, aber sie hat alles bestätigt.«

»Okay …«

»Und mit der Familie in Nizza habe ich ebenfalls telefoniert.«

»Wer war dran?«

»Driss Jettou.«

✳✳✳

Als Juli das Krankenhaus verließ, wiederholte sie den Namen wie ein Mantra.

Jettou. Jettou. Jettou.

Endlich kannte sie den Namen.

»'allo!«

Überrascht blieb sie stehen. Die Sonne spiegelte sich in der Glasfassade des Krankenhauses Saint George. Sie legte eine Hand über die Augen.

»'allo! Attendez!« Eine junge Frau lief auf sie zu. »Vous vouliez me voir, madame?«

Das musste die Hebamme sein. Wollte Juli noch mit ihr sprechen? Gerade eben hatte sie Ömer im Gegenzug für seinen Einsatz geschworen, keine Alleingänge mehr zu unternehmen.

»Sabine?«

Sabine? Juli drehte sich einmal um die eigene Achse. »Meinen Sie mich? Vous vous adressez à moi?«

»Sabine, mon Dieu!« Eine Hand flog zum Mund, verbarg das Luftschnappen, zu helle Augen taxierten ihr Gegenüber unter einem Wust krauser Locken heraus, tasteten wie Hände über Gesicht und Körper.

Juli spürte ihre Knie weich werden, verstand augenblicklich, warum Lila in ihr Tagebuch *Sie sieht aus wie ein Engel!* geschrieben hatte. Alles an der Hebamme zeugte von afrikanischen Vorfahren, aber Haut und Haare waren hell, fast weiß. War sie am Ende eine weitere Besenkammertochter von Boris Becker?

»Mon Dieu! Cette similitude!« Wenn überhaupt möglich, wich dem Engel gerade das letzte bisschen Farbe aus dem Gesicht. »Es tut misch so leid!«

In Julis Kopf drehte sich alles. Die Frau erkannte die Ähnlichkeit mit Lila? Nannte sie Sabine? Schien völlig aufgelöst? »Ich bin ihre Mutter. La mère. La mère biologique!« Wie konnte Juli nur immer wieder daran zweifeln, dass Lila ihr Kind war, wenn wildfremde Menschen doch auf Anhieb die Ähnlichkeit erkannten?

Aber wieso »Sabine«?

Die Frau kam noch einen Schritt näher, als traute sie ihren Augen nicht. »Sie sind so … jung.«

»Das liegt wohl in der Familie.«

»Comment?«

Das Grübeln über die Bedeutung der fremden Worte ließ sie erst recht wie ein überirdisches Wesen aussehen.

C'est un bon signe?

Nein. Evá hatte Eva kein Glück gebracht. »Sie waren dabei, als meine Tochter ihr Kind bekommen hat?«

»Oui.« Helle Brauen wanderten nach oben, der Blick huschte in alle Richtungen davon. »Wie kann isch 'elfen?«

Wunderte sich die Hebamme über die Läsion in Julis Gesicht? Schätzte sie instinktiv das Gewaltpotenzial ihres Gegenübers ab? Auf jeden Fall veränderte sich Atemzug um Atemzug der Ausdruck im Gesicht der Frau. Die Überraschung ob der Ähnlichkeit wandelte sich in …

»Une tragédie.«

… Anteilnahme?

»Es tut mich sehr leid.«

… Mitleid?

»Isch konnte nischts tun.«

… Schuld?

»Es ist so schrecklisch. Alles!«

Oder war es Entsetzen? Entsetzen worüber? Dass Juli hier auftauchte? Dass sie Fragen stellte?

»Mes condoléances.«

»Merci.« Wusste der Engel, dass Lila sich umgebracht hatte, oder sprach sie von Lilas Kind? »Was genau ist passiert?«

»Sie wissen nischt?«

»Ich möchte es gerne von Ihnen hören.« Juli zog die Hebamme in den Schatten eines Baumes.

»Décollement prématuré du placenta.« Sie legte eine Hand auf ihre Brust, ballte sie zur Faust. »Wenn Kind kommt tot, ist immer schrecklisch.«

Wie recht sie hatte! Lila konnte, sie wollte nicht glauben, was Emmi Hallbach ihr beizubringen versuchte, als sie viele Stunden nach der Geburt auf der Intensivstation erwachte. Ihre Plazenta hatte sich vorzeitig gelöst, es blieb keine Zeit für einen Notkaiserschnitt, die versammelte Ärzteschaft entschied, das kleine Mädchen mit der Zange zu holen. Und trotzdem war es zu spät. Warum? Das konnte niemand mit Sicherheit sagen. Weder war die Nabelschnur zu kurz noch die Plazenta verkalkt. Lila hatte im Vorfeld keine Blutungen gehabt, sogar das CTG war bis zum Schluss in Ordnung gewesen. Kein Sturz, keine Drogen, kein Bluthochdruck und auch keine Schwangerschaftsvergiftung. Und doch führte ein massiver Sauerstoffmangel beim Kind zum Tod und ein kritischer Blutverlust bei der jungen Mutter zurück ins Leben – vorerst.

So stand es im Tagebuch, und so gab es die Hebamme in einer sicherlich ungewollt unpassend charmanten Mischung aus Deutsch und Französisch wieder, als plauderte sie über banale Dinge des Lebens.

War der Tod banal?

Manchmal schon. Juli atmete tief durch. Was hatte sie erwartet? Dass plötzlich alles anders war, nur weil Lila Wochen nach der Niederkunft aufgeschrieben hatte, dass sie die warme, weiche Haut ihres Babys gespürt hatte? Weil Evá, der Engel, das neugeborene Mädchen – obwohl die Ärzteschaft vehement protestierte – an die Wange seiner Mutter gedrückt hatte? Ein gestohlener Moment, kaum der Rede wert und doch so unfassbar groß, wie die brachiale Welle der Liebe, die Lila im Hinübergleiten in den Dämmerschlaf völlig unvorbereitet traf?

Eine Liebe, die stärker ist als alles andere? Etwas, das ich nie vergessen werde?

So ihre Worte.

»War das Baby bereits tot, als es geboren wurde, oder –«

»Oui. Tot!«

Wieso die hastige Antwort? Dabei war Lila absolut sicher gewesen, dass sich das kleine Wesen bewegt hatte, dass es lebte, obwohl im Krankenhausbericht das Gegenteil stand. Aber wie sicher konnte man sein, wenn man innerlich verblutete und im Begriff war, das Bewusstsein zu verlieren?

»Oder starb es …«, Juli fiel das Wort nicht ein, »… postérieur?«

»Non. Tot. Wie 'eißt auf Deutsch?« Evá legte eine Hand auf den Bauch. »Ventre?«

Juli seufzte. Alles stimmte mit den Tagebuchaufzeichnungen überein, und natürlich sind die Muskeln schlaff, wenn ein Kind still geboren wird. Die Haut ist glitschig, Arme und Beinchen baumeln in den Händen der Hebamme.

… greift wie in Hähnchenfabriken die Fänger nach Schenkeln, heben an, fassen nach. Die Haut ist glitschig. Atem stockt, das winzige Wesen gleitet durch das Rohr hinab, als wäre ihm der Weg vorbestimmt …

Schweiß legte sich auf Julis Stirn, alles begann sich zu drehen. War ihr Kind auch tot gewesen? Hatte sie es selbst im Klo entsorgt? Aber die Ähnlichkeit mit Lila? Oder war der Traum am Ende nicht ihr eigener, sondern der ihrer Tochter?

»Wie geht Sabine?«

Juli fuhr mit beiden Händen über ihr Gesicht, strich ihre Haare nach hinten, sammelte sich. »Ihr Name war nicht Sabine. Sie hieß Eva.«

»Eva? Das kann nicht sein.«

»Doch. Eva Hallbach.«

»Comme moi? Wie isch?«

»Oui.«

»Ah! Je vois. Evá 'ilft Eva. Isch 'abe nischt verstanden damals.«

»Sie ist tot.«

Der Engel japste nach Luft. »Ô mon Dieu!«

»Sie hat sich umgebracht. Suicide.«

Evá brach in die Knie. »Ah, quel malheur!«

Ein schreckliches Unglück, wohl wahr. »Was haben Sie zu ihr gesagt?«

In schierer Verzweiflung sah die Hebamme zu Juli auf. »Was meinen Sie? Isch 'abe viele Dinge ge–«

»Als Sie das Baby an Evas Wange drückten?«

»Pardon? Isch nicht verst–«

»Alors, qu'as-tu dit? Los, sag schon! Was hast du gesagt?«

»Rien du tout.«

Nichts.

✳✳✳

Eine helle Glocke und das schrille Kläffen eines Hundes ertönten, als Juli mehrfach an der Stange neben der Tür zog. Das Haus der Jettous lag keinen Kilometer vom Parkplatz entfernt, auf dem sie die Nacht im Auto verbracht hatte. Ein Steinhaus mit Pool und Terrasse, dem die einfache Bauweise im steilen Gelände mit der mächtigen Silhouette des Baou de Saint-Jeannet im Hintergrund sowie dem steten Wechsel von naturbelassenem Fels und Grün Seele einhauchte. Juli hätte sich sofort daheim gefühlt, wenn nicht …

Je ne peux pas. C'est un péché.
Ich kann das nicht. Das ist Sünde.

So stand es im Tagebuch. Diese Worte gaben wieder, was Evá, der Engel, gesagt hatte, als sie das Neugeborene an die Wange seiner Mutter drückte, bevor die Ärztin es ihr wegnahm und Lila vollends im Nebel versank.

Im OP-Bericht, den Lila später übersetzt und in die Datei eingefügt hatte, hieß es allerdings, dass kurz vor der endgültigen Entbindung die Patientin bereits bewusstlos und das Kind tot gewesen sei. Dahinter, unterstrichen und kursiv, nur ein Wort: *Lügen!*

Die ganze Fahrt von München nach Nizza hatte Juli es im Kopf durchgespielt. Es war möglich, dass Lila – obwohl die Ärzte annahmen, sie sei bewusstlos – noch Dinge wahrgenommen hatte. Konnte sich die Hebamme schlicht nicht erinnern? Verschwieg sie etwas? Oder hatte Lilas Trauer um ihr tot geborenes Kind die stockend gesprochenen Worte einer Hebamme einfach dazuerfunden? Falsch verstanden?

An Julis Ohr drangen Stimmen, Kinderlachen, das Poltern von Schritten auf einer Treppe, der Hund kratzte an der Tür, sie schwang auf.

»Bonjour?«

Vor Juli stand eine Frau. Dunkle Haut, krauses schwarzes Haar, wunderschönes Gesicht. Sie hielt ein Kind auf dem Arm.

»Jamila?«

»Oui.«

Juli vergaß die zurechtgelegten Worte, wurde stattdessen vom Kindchenschema um den Finger gewickelt, das – nach langen Jahren – urplötzlich wieder zu funktionieren schien.

»Na, du?«, sagte sie und griff nach der kleinen Faust, die sich ihr entgegenstreckte. »Du musst Inès sein.« Erst da bemerkte Juli, dass Jamila vor Schreck eine Hand vor den Mund geschlagen hatte.

Wegen des lädierten Auges oder der Ähnlichkeit? »Ich komme wegen Eva. La mère biologique«, erklärte sie lieber gleich und tätschelte Rouky den Kopf, der ihre Hosenbeine beschnüffelte.

»Ah! Oui.« Jamila wandte sich um. »Driss! Viens, s'il te plaît!«

Juli wollte wenigstens ein paar letzte Fragen stellen, ehe sie zurück nach München fuhr – um sicher zu sein. »Est-ce que je peux vous poser quelques questions?«

»Je ne parle pas allemand.«

War ihr Französisch so schlecht? »Est-ce que je peux vous poser quelques questions?«, wiederholte sie deshalb deutlich langsamer.

»Driss! Allez viens!« Jamila drückte ihr Kind an sich, zuckte mit den Schultern und verschwand über die Treppe. Rouky sprang schwanzwedelnd hinterher.

Von oben plätscherte gedämpftes Flüstern über die Stufen abwärts – und Weinen. Eine halbe Minute später erschien Driss. Seine strahlend weißen Zähne blitzten, als er Juli entgegenlächelte.

»Entschuldigung. Meine Frau hat sich sehr erschrocken. Es ist eine Tragödie, und …«, er schüttelte den Kopf, als könnte er es selbst kaum glauben, »… ich muss sagen, Sie sehen Eva wirklich unglaublich ähnlich.«

Er sprach Deutsch, Juli war erleichtert, und sie wunderte sich, dass Hallbach seine schwangere Tochter ausgerechnet in die Obhut von Menschen mit afrikanischen Wurzeln gegeben hatte. Jetzt verstand sie auch, warum Lila in ihr Tagebuch *Ich bin überrascht, dass Papa mich ausgerechnet hier unterbringt* notiert hatte.

»Wir haben es erst vor wenigen Stunden erfahren. Ein Polizist hat angerufen und Fragen gestellt. Wir können es noch gar nicht glauben. Ich habe versucht, Hanno und Emmi zu erreichen, um ihnen mein Beileid auszusprechen, aber es hat niemand abgenommen.«

Bat er sie nicht ins Haus? Juli wollte alles über Lilas Zeit hier in Frankreich erfahren. Sie kratzte über den frischen Schorf. »Kann ich einen Moment hereinkommen?«

Driss verzog das Gesicht, sah auf die Uhr und zeigte nach oben, wo sich zwei etwas größere Kinder auf den Stufen niederließen und um ein Matchbox-Auto stritten. »Sie hätten anrufen sollen, mamie et papi erwarten ihre Enkel. Wir sind sowieso schon spät dran.«

Julis Augen kletterten die Treppe hoch. Das mussten dann wohl Omar und Nadia sein. Lila hatte die drei Jettou-Sprösslinge abgöttisch geliebt und einige ihrer Streiche im Tagebuch festgehalten. »Nur eine Frage: Wussten Sie, dass Hanno und Emmi nicht Evas leibliche Eltern waren?«

Driss runzelte die Stirn. »Das ist mir neu, aber jetzt, wo ich Sie sehe –«

»Wieso haben Sie Eva im Krankenhaus als *Sabine* eingecheckt?«

»Ah, oui.« Er stutzte nur kurz. »Hanno und Emmi wollten es so, und Eva war einverstanden.«

»Wieso?«

»Diskretion? Immerhin, sie war sehr jung.«

»Wie viel hat Hallbach Ihnen bezahlt?«

Das Lächeln verschwand, Driss verschränkte die Arme vor der Brust. »Auch wenn Sie Eva wirklich sehr ähnlich sehen, sollte ich mich vielleicht besser bei Hanno rückversichern, inwieweit ich Ihnen Auskunft geben darf. Die Hallbachs haben uns gegenüber nie Adoption oder eine leibliche Mutter erwähnt.«

»Wo ist Sam?«

»Sam? Wer soll das sein?«

Aus dem Tagebuch wusste Juli, dass Lila zumindest Jamila vom Vater ihres Kindes erzählt hatte.

Driss trat einen Schritt vor, machte Anstalten, eine Hand auf Julis Unterarm zu legen, überlegte es sich im letzten Moment jedoch anders. »Wissen Sie, Eva war überhaupt keine Last für uns, im Gegenteil, die Kinder haben sie geliebt. Hanno hat zwar darauf bestanden, einen großzügigen Unkostenbeitrag zu überweisen, aber das wäre nicht nötig gewesen, weil Eva uns in allem sehr unterstützt hat. Mit den Kindern. Beim Kochen. Im Haushalt. Das Mädchen war ein Schatz, vielleicht hilft Ihnen das, falls Sie wirklich ihre Mutter sind.«

Helfen? Wobei? Sich abzufinden? Den Mund zu halten? »Eva hat sich umgebracht, weil sie nicht glauben konnte, dass ihr Kind tot war.« So präzise hatte Juli das bislang nie ausgedrückt, und erst jetzt fiel ihr der Widerspruch darin auf. Lila hätte sich niemals umgebracht, wenn auch nur die geringste Chance bestanden hätte, dass ihr Kind lebte. Wenn sie wirklich daran geglaubt hätte.

»Ein Kind zu verlieren ist das Schlimmste auf der Welt.« Der Treppenstreit des Jettou-Nachwuchses eskalierte, Fäuste boxten durch die Luft, doch Driss verzog keine Miene. »Wollen Sie morgen wiederkommen und über alles sprechen? Dann habe ich vermutlich mit Hanno und Emmi telefoniert und –«

»Das wird nicht nötig sein.« Juli hatte sich die entscheidende Frage gerade selbst beantwortet. Lila wäre nicht tot, wenn sie wirklich geglaubt hätte, dass ihr Kind lebte. »Liegt ihr Baby in Saint-Jeannet begraben?«

»Ja.«

»Wie finde ich das Grab?«

»Mittig Meerseite. Sie können es gar nicht verfehlen.«

Als Juli über die meist hellen Grabsteine und die hügelige Landschaft hinweg aufs ferne Meer hinausblickte, überfiel sie eine seltsame Ruhe.

Der obere Teil des Friedhofs war klein, höchstens ein paar dutzend Grabstellen, völlig anders als der Münchner Nordfriedhof: Steinplatten statt Erde, keine Bepflanzung, keine Bäume, kein Grün, kaum Blumensträußchen oder -töpfe und doch … *Dem Himmel so nah!*, es war, als hätten die aufragenden Kreuze eine direkte Verbindung ins Jenseits.

Julis Schritte knirschten im Schotter der schmalen Wege, die Augen tasteten über die Plaques funéraires, die Gedenktafeln auf den Steinplatten. Dummerweise hatte sie es versäumt, nach dem Namen des Kindes oder wenigstens der Grabstätte zu fragen. Zwar standen im Tagebuch ganze Listen von Mädchennamen, doch entschieden hatte sich Lila nie, bis zuletzt wollte sie Sam die Wahl überlassen.

Mittig Meerseite. Sie können es gar nicht verfehlen.

Tatsächlich ragte in diesem Bereich ein Grab besonders hoch auf, der helle Stein schimmerte in der Mittagssonne, blendete Juli. *Familles Jettou – Ratouin*, entzifferte sie unter dem Kruzifix, das auf die Schultern von Männern und Frauen gesetzt worden war, als würden es diese tragen. Die herrschaftliche Grabplatte umrahmten sieben Pfeiler, die an den Längsseiten je eine schwere Kette verband.

Juli blieb stehen, fand an der Stirnseite des kniehohen Monuments neben den männlichen Namen Jean-Pierre und Didier auch Dominique und Elodie, doch keine der eingemeißelten Jahreszahlen passte. In einer mächtigen Vase, die wie ein Horn aus der Grabplatte ragte, steckten Blumen. Juli beugte sich weit nach vorn, versuchte sie mit den Fingerspitzen zu erreichen, wollte wissen, ob sie wirklich aus Porzellan waren, wie sie einmal irgendwo gelesen hatte, und entdeckte … den Engel. Als sie die Inschrift im Sockel entzifferte, geriet ihr Herz ins Stocken.

Mon Poussin

Mein Küken. So hatte Lila ihr Baby im Tagebuch genannt. *Mon Poussin.* Juli rutschte mit einem Knie über den Marmor, streckte sich noch etwas mehr und griff nach der Statuette. Sie war schwer und sah neu aus, nicht vom Wetter gezeichnet wie die meisten anderen Erinnerungsstücke auf den Gräbern.

Mon Poussin

Es stimmte also. Dies war der letzte Beweis. Das Grab existierte. Juli dachte an das Huschen in Driss Jettous Augen, als sie sich von ihm verabschiedet hatte. Das gleiche Huschen, das Evá zu verstecken versuchte, als sie steif und fest behauptete, dass sie kein Sterbenswörtchen gesagt hatte, während sie das Neugeborene an die Wange seiner Mutter presste – ein erstes und ein letztes Mal. Und Juli dachte auch an die Schaufel, die sie in dem kleinen Laden gekauft hatte, ehe sie hergekommen war. Für die sehr private und noch heimlichere Exhumierung.

Doch es gab nichts zu schaufeln, nicht einmal, wenn sich die massive Grabplatte vor ihren Augen in lockere schwarze Erde aufgelöst hätte, denn die Spekulationen über Hallbachs Vaterschaft entsprangen Julis krankem Geist, sonst nichts, und Lilas Baby war tot.

Tot.

Sonst hätte sich Lila niemals aufgehängt.

Hatte die Hebamme zu lange gezögert? War es ihre Schuld? Bestimmt hatte sie Juli deshalb nicht in die Augen sehen können. Aber Driss? Was verbarg er? Spätestens seit heute musste ihm klar sein, dass Emmi nicht Lilas leibliche Mutter war. Fühlte er sich deswegen hintergangen? Ausgenutzt?

Juli zog die Schaufel aus dem Rucksack und lehnte sie an die Friedhofsmauer, der Strick verhedderte sich und fiel auf den Schotter. Alle Menschen aus Lilas direktem Umfeld reagierten auf Juli mit Argwohn, Zurückhaltung, vielleicht sogar Entsetzen. Wegen der Ähnlichkeit? Die Hebamme wollte nicht einmal den Zettel mit der Telefonnummer nehmen. Juli musste ihn ihr in die Hand drücken. So lange, bis sich die Finger darum schlossen.

Auf der Unterseite des Engels gab es eine Münchner Herstellergravur. Mit einem Datum, das haargenau passte. Hatte Lila den Engel nach ihrer Rückkehr selbst in Auftrag gegeben? Ihn nach Nizza geschickt? Ans Grab ihres Kindes? Ihn selbst hergebracht?

Von den wenigen Einträgen, die Lila ab Januar in ihr Tagebuch geschrieben hatte, wusste Juli, dass sie zutiefst bereute, nicht der Beerdigung ihrer Tochter beigewohnt zu haben. Hallbach ließ Eva direkt nach der Geburt mit einem Privatjet heimholen, weil er den Ärzten in Frankreich nicht länger vertraute, nachdem diese sein Enkelkind und beinahe auch seine Tochter hatten sterben lassen.

Wenigstens ein Mal hätte ich Mon Poussin *im Arm halten müssen. Ein einziges Mal. Aber ehe ich Zeit hatte, einen klaren Gedanken zu fassen, schob mich ein Ärzteteam ins*

Flugzeug wie Bäcker Brot in den Backofen. Bestimmt haben sie mir starke Beruhigungsmittel gegeben, sonst hätte ich das niemals zugelassen.

Juli setzte sich auf die Marmorplatte, fummelte ihr Handy aus der Jackentasche, um sich die Einzelheiten noch einmal durchzulesen.

Vielleicht ist es besser so? Jetzt kannst du das Leben unbeschwert genießen und später – zur rechten Zeit – eine Familie gründen. *Meint Mama das ernst? Wie kann sie so etwas sagen? Sie ist doch selbst Mutter! Und Amanda? Ich habe sie angerufen, wollte endlich mit ihr über alles reden, doch sie wimmelt mich ab, sagt, sie hätte keine Zeit, ignoriert meine Verzweiflung. Sie gibt es natürlich nicht zu, aber sie ist sauer auf mich. Weil ich fortgegangen bin, ohne Erklärung, ohne ein wahrhaftiges Wort. Ich habe ihr nicht vertraut, und dafür bezahle ich jetzt.*
Es ist nur fair.
Dass Amanda und Timo ein Paar sind, stört mich nicht, er ist ein Idiot, aber wenn sie nur mit ihm zusammen ist, um mich zu verletzen, dann tun sie mir beide leid.
Übrigens habe ich nun Gewissheit. Sams Nummer wurde neu vergeben. Nach all den Nachrichten, die ich ihm in den letzten Monaten geschickt habe, wurden die Häkchen beim letzten Mal endlich blau.
Dein Kind ist tot. Wo bist du, Sam? Sie braucht einen Namen! 10.34 ✓✓
Doch der aufkeimende Funken Hoffnung erlosch sogleich, als ein Wer schreibt da? *zurückkam.*
Ich muss mich wohl damit abfinden, dass nicht nur mein Baby tot ist, sondern auch die Liebe meines Lebens und meine beste Freundin nichts mehr von mir wissen wollen. Bin ich es nicht wert, geliebt zu werden?

Ein einziges Mal erwähnte Lila laut Tagebuch ihre Zweifel am Tod des Babys gegenüber ihrer Mutter. *Manchmal überlagert ein inniger Wunsch die Wirklichkeit*, hatte deren Antwort gelautet, und vielleicht hatte sie recht.

Juli zog den Schmuseelefanten aus dem Rucksack, legte sich bäuchlings auf das Grab, umklammerte den Marmorblock mit den Armen und schloss die Augen. Sie wollte ihrer Enkeltochter wenigstens ein Mal nahe sein. Ein einziges Mal.

Ma petite-fille.

Wenn sie es denn war.

Wieso nur spielte der Tod in Julis Leben eine derart prominente Rolle? Erst starben ihre Eltern, die Tochter fand sie auf dem Sektionstisch wieder und ihr Enkelkind auf einem Friedhof in einem kleinen idyllischen Ort in Frankreich. Und sollte der DNA-Test ergeben, dass Lila trotz der frappierenden Ähnlichkeit nicht Julis verloren gegangenes Kind war, so verband sie am Ende zumindest der Verlust innig geliebter Menschen.

War das ein Trost? Dass andere genauso verletzt wurden, sie ebenso litten? Wohl kaum. Juli setzte sich auf, hob den Schmuseelefanten in ihren Schoß und strich ihm mit beiden Daumen über das Gesicht – wieder und wieder.

Wünschte sie sich, dass Lila die erwachsene Version des glitschigen kleinen Wesens aus der Bahnhofstoilette war? Oder wollte sie lieber weiter hoffen, dass ihr Baby irgendwo auf der Welt ein glückliches Leben führte?

Der Marmor vibrierte.

Eine Nachricht von Amanda. Endlich!

Wir fahren heute spätabends zurück nach München. Morgen muss ich in die Schule und am Nachmittag direkt zu einem Termin, aber ich könnte gegen Abend bei Ihnen vorbeikommen, die Adresse haben Sie mir ja geschickt. Passt das?

Passt perfekt. Danke.

Wenn nicht die beste Freundin Licht ins Dunkel bringen konnte, wer dann?

Behutsam schob Juli ihre Beine über die Marmorplatte, wollte auf keinen Fall mit irgendeiner Niete oder einem Reißverschluss der Jeans Kratzer hinterlassen, stemmte sich hoch und legte zum Abschied die Hand auf den Stein. Sie musste zurück nach München. Sich stellen. Hoffentlich ihr belangloses Leben weiterleben. Wieder zur Arbeit gehen. Warten, bis der DNA-Test Gewissheit brachte.

Das Kuschelmonster lag verloren auf dem Schotterweg, blickte mit seinen großen dunklen Augen unschuldig und anklagend zugleich. Juli hob es auf, wollte es zusammen mit dem Seil zurück in den Rucksack stopfen, doch da wusste sie plötzlich, was sie die ganze Zeit daran gestört hatte. Das Schmusetuch war neu, nicht abgegriffen! Es hatte nie Lila selbst gehört. Sie hatte es für ihr Baby gekauft. Es gehörte hierher. Auf den Friedhof von Saint-Jeannet.

✳✳✳

»Mit allem, aber nur ein bisschen scharf.« Juli musterte den jungen Mann, der zu den letzten Resten Fleisch vom Grill Gemüse, Soße und Gewürz klatschte. »Bist du Fatih?«

»Nein, Eyüp. Drei fünfzig, bitte.«

»Ich nehme noch eine Cola dazu.«

»Mit oder ohne?«

Koffein oder Zucker? Egal. »Normal.«

»Das macht dann fünf fünfzig.«

Juli klemmte die hingeknallte Getränkedose unter ihren Arm, zählte das Geld auf den Tresen und peilte ihren einstigen Lieblingstisch an.

»Ich mache sauber, dann schließen wir. Fünf Minuten. Okay, Lady?«

Lady? Immerhin sagte er nicht *Alter*, aber an einer Unterhaltung war er offensichtlich nicht interessiert, sonst hätte er mal nachgefragt, woher sie Fatih kannte. Es war elf Uhr durch, der jüngste Tok-Spross hatte selbstredend keine Lust, sich für die finale Kundin des Tages die Beine in den Bauch zu stehen und womöglich auch noch ihre neugierigen Fragen zu beantworten. Juli verstand das zwar, ließ sich aber trotzdem auf einen der alten Stühle direkt am Fenster fallen. Ihr lief das Wasser im Mund zusammen, sie freute sich wie ein kleines Kind auf den ersten Tok-Döner seit Anbeginn des neuen Jahrtausends, und draußen war es kalt.

»Ist noch etwas übrig?«

Ömer!

Schnell schlug Juli die Kapuze ihrer Jacke hoch und drehte der Verkaufstheke den Rücken zu.

Eyüp riss sich die Schürze vom Leib. »Dafür übernimmst du das Saubermachen, Alter!«

Juli rutschte noch ein bisschen tiefer unter den Tisch und biss in ihren Döner. Wieso war er noch wach? Ömer war nie ein Nachtmensch gewe–

»Juli?«

Na klar!

Sie bemühte sich, eine ordentliche Portion Überraschung in die Stimme zu legen. »Hey, so munter? Ich dachte, um diese Zeit schläfst du längst, sonst hätte ich …«

»Konnte nicht einschlafen.« Er schüttelte ganz viel Schärfe auf seinen Döner. »Du warst das also?«

Juli stutzte. Ömer wusste doch inzwischen, dass sie bei Hallbach …?

Er hob ihr die leere Fleischwanne entgegen.

Ah, das meinte er.

»Tja, Pech gehabt.«

»Boxen macht hungrig, was?«

»Yep.« So ungefähr wenigstens.

»Und Tok-Döner machen nicht nur satt, sondern auch glücklich.« Er kam an Julis Tisch, lächelte vorsichtig. »Erinnerst du dich?«

Ein zu groß geratener Bissen hinderte Juli daran zu antworten.

»Wird unser neuer Slogan.« Er malte den Schriftzug mit der freien Hand an die große Glasfront zur Straße hin. »Du kannst dir also überlegen, wie viel Geld du für dein geistiges Eigentum abkassieren willst.«

»Zehn Prozent vom Gewinn?« Sie schlug ein weiteres Mal ihre Zähne ins Fleisch.

Er lachte. »Darf ich mich zu dir setzen?«

»Tu dir keinen Zwang an.« Sie schob anstandshalber die Kapuze aus dem Gesicht.

Er schnappte nach Luft, konnte das Entsetzen kein bisschen verbergen. »Vom Boxen?«

Nicken, schlucken, nachspülen. Themawechsel. »Eyüp ist groß geworden.«

»Und verdient in jeder Hinsicht den Titel *schwarzes Schaf der Familie*. Abitur geschmissen, jetzt will er Musiker werden.«

»Wenn dein kleiner Bruder nur annähernd so gut ist wie du damals, sollte niemand ihn aufhalten.« Sie lächelte, dachte an die wenigen gestohlenen Momente, da Ömer unbeobachtet vor sich hin gesungen hatte. Seine Stimme klang weich wie Samt, mit einem ganz eigenen Timbre, und auch er hatte heimlich von einer Karriere geträumt.

»Anne und Baba sind am Boden zerstört.«

»Genau deshalb hat ihnen der vorbildliche große Bruder diesen Kummer erspart und ist Kommissar geworden, nicht wahr?«

»Eyüp ist ein Träumer, wenigstens die Schule hätte er fertig machen müssen.«

»Es gibt Schlimmeres.«

»Sorry, ich wollte nicht –«

Juli winkte ab. »Schon gut. Wirklich. Das Leben geht weiter.« Für die anderen zumindest.

Sie schwiegen. Kauten. Wischten mit dünnen Einmalservietten über ihre Mundwinkel.

»Du hast versprochen, dich zu stellen. Morgen.«

»Ich hab's nicht vergessen.« Was das für ihr weiteres Leben und ihre Arbeit in der Rechtsmedizin bedeuten mochte, hatte Juli sich auf der langen Heimfahrt in allen Varianten ausgemalt.

»Am besten kommst du erst zu mir ins Büro, ich vernehme

dich wegen der Drogen auf deinem Küchentisch als Zeugin und protokolliere all deine Vermutungen dazu, und dann beichtest du spontan den Einbruch, der mit ein bisschen Glück als Hausfriedensbruch bewertet wird, wenn dir niemand eine Zueignungsabsicht unterstellt.«

»Klar.« Juli dachte an ihre Trophäensammlung, hundertpro kostete sie das den Job.

»Ich begleite dich natürlich zu den Kollegen vom K 53. Die werden dann mit dir die Beschuldigtenvernehmung machen.«

»Meinetwegen.« Es half ja nichts. Juli knüllte die Serviette zusammen. »Wieso wolltest du eigentlich wissen, ob ich Lila schon vor ihrem Tod gekannt habe?«

»Weil Hallbach das behauptet.«

»Wie kommt er denn darauf?«

»Du wurdest vor dem Haus gesichtet, und außerdem hat die Tochter den Eltern gegenüber etwas in Richtung Stalking erwähnt.«

»Nur stimmt es nicht.« Juli schnippte mit den Nägeln gegen die Aufreißlasche ihrer Coladose. »Weiß er, dass ich die Frau auf dem Überwachungsvideo bin?«

»Um Gottes willen, nein!«

»Oh doch!« Endlich ging Juli ein Licht auf. »Natürlich weiß er es, deshalb die Drogen auf meinem Küchentisch. Er will mich anschwärzen, weil ihm klar ist, dass ich Lilas Mutter bin. Einem Ex-Junkie, der rückfällig wird, glaubt niemand.«

Ömers Fantadose zischte, er trank, verschluckte sich, hustete.

Das erinnerte Juli an etwas. »Er hat mich vom Balkon aus nämlich gesehen. Es war zwar schon dämmrig, aber mit der Haus- und Straßenbeleuchtung … Er hat mir mit der Bierdose zugeprostet«, Juli tippte gegen das Aluminium zwischen Ömers Fingern, »die ich dämlicherweise in Evas Zimmer vergessen hatte, aber wenn ich jetzt so darüber nachdenke … Wann, sagtest du, hat er den Einbruch gemeldet?«

»Freitagnachmittag.«

»Mit zwei Tagen Verspätung!« Juli schlug auf den Tisch. »Und das, obwohl bereits am Freitag in aller Herrgottsfrüh das Schloss ausgetauscht war? Ich wollte nämlich den Laptop und die handgeschriebenen Tagebücher zurücklegen und nach Evas Handy suchen, wegen Sams Kontaktdaten, und außerdem sehen, ob es Fotoalben gibt.«

Ömer schüttete Limonade in seinen Mund. Zu viel. »Wenn das Schloss ausgewechselt war, wie bist du dann reingekommen?«

»Bin ich nicht!« Hörte er nicht zu? »Verstehst du jetzt, wieso Hallbach erst am Freitag bei dir angerufen hat?«

»Nein.«

»Er brauchte Zeit. Um das Heroin zu besorgen, es auf meinem Küchentisch zu deponieren und die Packstation-Sache zu faken!«

»Hast du außer der Bierdose sonst etwas in Eva Hallbachs Zimmer vergessen? Drogen vielleicht?«

Worauf wollte er hinaus?

»Hast du Heroin geraucht? In der Nähe des Sideboards?«

Juli spürte alles Blut in den Kopf schwappen.

»In Evas Zimmer wurde eine offene Plombe Heroin gefunden. Nach dem Einbruch – nicht nach dem Suizid.«

Ihr Mund trocknete aus. Hatte sie etwa doch neuen Stoff besorgt?

Ömer fasste über den Tisch, packte ihr Handgelenk. »Du musst mir die Wahrheit sagen. Es ist wichtig. Bitte.«

»Aber ich bin weg von dem Zeug. Schon lange.« Sie war das Heroin losgeworden. Bei Ruben. Am Tag, *nachdem* sie in Evas Zimmer war. Oder?

Ömer lockerte den Griff und strich flüchtig über ihre Hand. »Ist ein ganz schöner Scherbenhaufen, den du da hinter dir herziehst.«

Juli lachte traurig. »Alle sind tot. Meine Eltern. Meine Tochter und ihr kleines Baby, aber erst seit ich Lila auf meinem Tisch liegen hatte, fühle ich mich um mein Leben betrogen. Ist das nicht komisch? Mit ihr hätte ich es schaffen können.«

»Was?«

»Ein normales Leben zu führen.«

»Aber das hast du, verglichen mit dem Chaos, in dem du direkt nach dem Tod deiner Eltern versunken bist.«

»Wirklich schlimm wurde es erst nach der Geburt des Babys. Irgend so ein Typ hat mir eine Plombe in die Hand gedrückt. Am Hauptbahnhof. Ich war noch total neben der Spur, wollte zurück, um mein kleines Mädchen zu holen.«

Ein Blick in Ömers Augen verriet Juli, was er dachte: *Dealer verschenken keine Ware. Und Babys verschwinden nicht einfach spurlos.*

»Ich habe bis dahin nie harte Drogen genommen, aber als ich das Baby nicht mehr finden konnte, habe ich mich tagelang zugedröhnt. Irgendwann ging das Gras aus, Geld hatte ich auch keines mehr, also …« Sie legte den Kopf in den Nacken, spürte den Suchtdruck. »Es fühlte sich so gut an! Wie Geborgenheit, Wärme, Zusammenhalt, Familie. Genau das, was zu Hause gefehlt hat.« *Und immer noch fehlt!* »Hätte ich mein kleines Mädchen nicht auf dem Klo zurückgelassen, vielleicht wäre dann alles gut geworden, obwohl …« Juli dachte an die Couch im Büro der Metzgerei. Hätte sie Lila überhaupt lieben können?

»Hat Bert dich …?«

»Unterstützt?« Juli lächelte bitter. »Besser als Hilde jedenfalls. Er hat es wenigstens versucht. Manchmal.«

»Er ist nicht …?«

»Was?«

»… der Vater deines Kindes?«

Juli sprang auf, der Stuhl kippte um. »Spinnst du?«

»Die verdrängte Schwangerschaft, die traumatische Geburt. Ich dachte –«

»Dass Onkel Bert mich verge–« Juli brachte es nicht über die Lippen, ihre Stimme zitterte. »Er war doch der einzige Mensch, der nach dem Tod meiner Eltern manchmal zu mir durchdringen konnte … außer dir.« Juli bückte sich, hob den Stuhl auf, umklammerte die Lehne. »Ich konnte mich bis gestern überhaupt nicht erinnern, wie ich schwanger geworden bin, erst als ich die Pistole aus dem alten Büro in der Metzgerei geholt habe, und er … Er muss zufällig reingekommen sein, und ich lag da auf dem kleinen Kanapee, völlig zugedröhnt.«

»Wer kam rein?«

»Irgend so eine Hilfskraft. Hilde hat den Mann eingestellt, glaube ich. Er hat mich …« Sie schloss die Augen, kämpfte gegen das Würgen. »Obwohl! Wahrscheinlich würde das vor Gericht als einvernehmlich gelten, denn ich war zu dicht, um mich zu wehren, und NEIN gesagt habe ich auch nicht.« Sie spürte die rauen Hände auf ihrer Haut.

»Hast du dich jemandem anvertraut?«

»Hilde vielleicht? Die mir sowieso unablässig vorgeworfen hat, wie ein Flittchen durch die Gegend zu rennen? Außerdem –«

»Wieso bist du nicht zu mir gekommen?«

»Womit denn? Es war doch wie ausgelöscht!« Juli setzte sich zurück auf ihren Stuhl, fürchtete, ihre Knie könnten nachgeben. »Ich konnte mich überhaupt nicht daran erinnern, und der Kerl hat noch in derselben Nacht seine Sachen gepackt.«

Zumindest war sie auf der Fahrt nach Nizza zu diesem Schluss gekommen, denn obwohl ihr Unterbewusstsein die Vergewaltigung all die Jahre tief in ihrem Innern weggesperrt hatte, konnte sie sich im Detail daran erinnern, was für ein Chaos das spurlose Verschwinden des neuen Metzgergehilfen ausgelöst hatte. Hilde hatte sogar die Polizei verständigt, weil dreihundert Mark aus der Kasse fehlten.

»Kennst du seinen Namen?«

Sie schüttelte den Kopf.

»Wenn er offiziell eingestellt war, müsste irgendwo in den Unterlagen –«

»Lass es gut sein.«

»Aber …« Ömer brach ab und ließ Juli die schmutzige Serviette erst auseinanderstreifen und dann in tausend Stücke reißen. »Es tut mir leid, dass ich nicht für dich da war.«

»Du hast es versucht, das weiß ich.« Sie boxte ihn lahm in die Seite. »Nach der *Stinkender-Türke*-Sache hätte jeder das Weite gesucht.«

»Quatsch, ich –«

»In der Entzugsklinik und später in der Therapie habe ich mir oft gewünscht, dass du kommst.«

»Ich wollte dich besuchen. Immer. Aber Hilde sagte, das wäre nicht erlaubt.«

Julis Blick schwenkte schräg über die Straße in Richtung Metzgerei, wo Hilde und Bert nach wie vor den ersten Stock bewohnten. »Anfangs galt Kontaktverbot, das stimmt schon, aber gerade jemand wie du, der rein gar nichts mit meinem Drogenumfeld zu tun hatte, wäre später ein gern gesehener Gast gewesen.«

»Meinen Brief hast du dann wohl auch nicht bekommen?«

»Welchen Brief?«

»Hilde sollte ihn dir bringen.«

»Nie angekommen.«

Wie sehr sie auf ein Zeichen von ihm gehofft hatte.

»Nicht mal meine Grüße hat sie dir bestellt?«

»Nein.«

»Und ich dachte, sie wäre eine nette –«

»Was stand denn in dem Brief?«

»Na, dass ich immer für dich da sein würde, dass du bei uns wohnen könntest, falls …«

Lief er rot an? »Bei euch wohnen? Wirklich?« Nach dem Tod von Julis Eltern war die Dönerbude der Toks so etwas wie einem Zuhause am nächsten gekommen. Hätte sie das davor retten können, in ihrer Einsamkeit zu ertrinken?

Vielleicht.

Julis Augen huschten durch das tiefe Grübchen an Ömers Kinn, über karamellfarbene Haut und dicke Adern bis zur Narbe an seinem Daumen. »Darum habe ich dich immer beneidet.«

Ömer sah sie an. »Echt jetzt?«

Juli streckte ihm ihren eigenen Daumen entgegen. »Bei mir war schon nach wenigen Wochen nichts mehr zu sehen.«

»Du spinnst!«

»Das hast du früher oft zu mir gesagt.«

Sie lachten beide.

»Übrigens weiß ich, wem der Hund gehört.«

»Welcher Hund?«

»Na, der vor deiner Haustür.«

»Der große graue?«

»Exakt. Sein Herrchen ist vor ein paar Wochen gestorben, wurde auf dem Nordfriedhof beigesetzt. Muss ganz in der Nähe vom Grab deiner Eltern sein.«

»Direkt gegenüber, wenn du's genau wissen willst.« Juli sah ihn auf der frisch aufgehäuften Erde vor sich liegen.

»Die Tochter des Verstorbenen wohnt mit Mann und Kindern im Süden von München und hat den armen Kerl zwar adoptiert, aber er büxt immer wieder aus.« Ömer holte sein Handy aus der Hosentasche. »Wie es aussieht, um sein Herrchen zu suchen oder ihm nahe zu sein.«

Über den Tod hinaus. Diese Treue rührte Juli, Tränen stiegen ihr in die Augen. Eigentlich war sie keine Heulsuse, nie gewesen, doch seit dem Wiedersehen am Sektionstisch …

»Geht seit gut drei Wochen so. Das Friedhofspersonal weiß Bescheid und ruft die Familie an, sobald der Hund auftaucht, dann kommt jemand und holt ihn ab, aber zuletzt blieb er nicht immer am Grab liegen, sondern verschwand mit unbekanntem Ziel. Die Tochter fuhr letzte Woche dreimal umsonst zum Nordfriedhof.«

»Woher weißt du das alles?«

»Ich habe sie angerufen.«

»Und die Nummer?«

»Stand auf der Marke am Halsband.«

»Ah.« Juli fuhr mit dem Unterarm über den Tisch. »Und wieso sperren die vom Friedhof ihn nicht ein, wenn er auftaucht?«

»Weil er niemanden an sich ranlässt.«

»Aber dich?« Juli zog die Brauen hoch.

Und Ömer lehnte sich gönnerhaft zurück. »Mein Köfte war zu verführerisch.«

»Dein Köfte. Tatsächlich?« Dabei konnte Juli sich lebhaft daran erinnern, wie sehr sich der Türkenjunge aus ihrer Straße als Kind vor Hunden gefürchtet hatte.

»Als wir heute telefoniert haben, lag er vor deinem Haus. Ich wollte ja eigentlich persönlich mit dir reden, aber …«

Juli setzte sich auf.

»Jedenfalls habe ich bei dieser Gelegenheit die Telefonnummer am Halsband des Hundes entdeckt und so die Umstände erfahren. Leider konnte die Tochter nicht sofort kommen, um ihn abzuholen, und ich musste auch los, und jetzt hat sie mir vor zwei Stunden getextet, dass der Köter nicht mehr da war, als sie ihn einsammeln wollte.«

»Du hast ihr meine Adresse gegeben?«

»Was hätte ich bitte sonst tun sollen?« Ömer hob die Schultern. »Anscheinend gefällt es ihm bei dir.«

»Er muss mir nachgelaufen sein.« Juli überlegte einen Moment. »Vom Friedhof.« Immerhin kam sie fast täglich dort vorbei, und womöglich spürte der Graue, dass sie denselben Schmerz empfand wie er?

Wie unerträglich sentimental!

»Sollte der Hund erneut vor deiner Tür auftauchen, dann nimm ihn bitte mit rein, wenn das geht, und ruf an, sonst landet er noch im Tierheim.« Er holte sein Handy aus der Hosentasche. »Ich schicke dir gleich mal die Nummer.«

Julis Mobiltelefon vibrierte prompt, sie stand auf, zeigte auf die Uhr an der Wand. »Ich geh dann mal lieber nach Hause.« Immerhin musste sie Nicks Volvo auch noch in der Schwindstraße abstellen.

Ömer kam ebenfalls hoch. »Wir sehen uns morgen früh?«

»Klar doch.«

»Willst du dein Geschenk haben?«

»Welches Geschenk?«

Er kratzte verlegen durch seine Bartstoppeln. »Na, dein Weihnachtsgeschenk. Du hast es immer noch nicht aufgemacht.«

Juli brauchte ein paar Atemzüge. »Du meinst …?«

»Ja oder nein?«

»Du hast es die ganze Zeit aufgehoben?«

»Bin nicht so der Wegwerftyp.« Er lächelte. »Und für meine

vielen weiblichen Verehrerinnen, die nach dir kamen, war es irgendwie nicht passend.«

Verehrerinnen? Nicht passend? Das machte sogar Juli neugierig.

Drei Minuten später drückte ihr Ömer das runde Ding in die Hände, das sie ihm an diesem Heiligen Abend vor so vielen Jahren vor die Füße geschleudert hatte. »Was ist drin?«

»Mach es auf. Wird ohnehin Zeit.« Das Grübchen bohrte sich umso tiefer in sein Kinn, je breiter sein Grinsen wurde. »Inzwischen bin ich mir tausendprozentig sicher, dass es das perfekte Geschenk für dich gewesen wäre.«

War nicht einfach, etwas Passendes zu finden.

Juli erinnerte sich genau an Ömers Worte und die eisige Stille, die darauf folgte. Sie zupfte am Tesafilm und sah die …

»Boxhandschuhe?«

»Ich dachte damals, du könntest damit deine –«

»Wow!«

»… deine Wut besser –«

»… in den Griff bekommen?«

Er steckte die Fäuste in die Hosentaschen. Hilflos wie der Teenager, der damals mit ansehen musste, wie die beste Freundin den Boden unter den Füßen verlor.

»Die müssen ein Vermögen gekostet haben.« Juli schlüpfte hinein. »Sie passen perfekt.« Nur das Leder war mit den Jahren etwas steif geworden, genau wie die Umarmung, mit der sie sich bei ihrem einst besten Freund bedankte.

Die Zeiger der Uhr sprangen auf die Zwölf. Mitternacht. Ömer begleitete Juli zur Tür. »Er heißt übrigens August.«

»Wer?«

»Na, der Hund, du Dummerchen.«

»Im Ernst?«

»Im Ernst.«

Juli. August.

tag 7

läuft nicht weg geschwind

Juli warf eine Münze in den Schlitz des Grablichterautomaten,
dachte an die Boxhandschuhe, lächelte. Sie fühlte sich gut. Aus-
geschlafen. Wie befreit.

Keine versifften Toiletten.

Keine engen Abflussrohre.

Kein Eva klein hing allein.

Kein Ersticken.

Nach der ersten traumlosen Nacht seit dem Wiedersehen am
Sektionstisch hatte sie sich wegen dringender privater Angelegenheiten noch mal einen halben Tag freigenommen, brachte
Zeugenbefragung, Beschuldigtenvernehmung sowie erkennungs-
dienstliche Behandlung hinter sich und wurde mit der Aussicht
auf Aufklärung und ein faires Verfahren, aber unter der Bedin-
gung, sich jederzeit zur Verfügung zu halten, in die Freiheit entlassen. Ohne Ömers Fürsprache hätte bestimmt niemand Julis
haarsträubende Geschichte geglaubt, aber so – weil selbstredend
weder Verdunkelungs- noch Fluchtgefahr bestand – verbrachte
sie den Nachmittag im Sektionssaal, assistierte bei vier Leichenöffnungen und konzentrierte sich einzig und allein auf die nötigen Handgriffe. Kein Abgleiten. Keine hirnrissigen Spontan-
aktionen. Stattdessen Klarheit und Struktur. Das Leben konnte
wie gewohnt weitergehen – zumindest vorerst.

So jedenfalls hatte Juli sich ihr Erscheinen vor der Polizei
ausgemalt. Nur leider verließ sie der Mut. Keine zwanzig Meter
vom Kriminalfachdezernat 1 entfernt, direkt unter Ömers Nase.
Hätte er zufällig am Fenster gestanden, hätte er sie davonlaufen
sehen.

Juli seufzte. Na ja, dann eben morgen oder übermorgen. Lange
konnte es ohnehin nicht mehr dauern, bis das Ergebnis des Mut-
terschaftstests durch den Briefschlitz flatterte, und sogar Ömer

musste einleuchten, dass es weitaus klüger war, das Vorhaben, sich der Polizei zu stellen, entsprechend nach hinten zu verschieben, um den ermittelnden Beamten sogleich den Beweis liefern zu können, dass Eva Hallbach keineswegs das leibliche Kind von Emmi und Hanno war, so wie es auf allen offiziellen Dokumenten geschrieben stand.

Sie kramte eine weitere Münze aus ihrer Hosentasche, zog ausnahmsweise ein zweites Grablicht aus dem Automaten – für eine junge Frau, die keinen anderen Ausweg gefunden hatte, als sich das Leben zu nehmen.

Vorsichtig steckte Juli die Kerzen übereinander in den Getränkehalter ihres Mountainbikes und schwang sich in den Sattel. Radfahren war auf dem Nordfriedhof nicht erlaubt, aber die Tore schlossen bald und sie wollte unbedingt noch …

August?

Keine zehn Meter entfernt hob der große Graue das Bein, sah sich kurz um und trottete weiter. Weder gestern Abend noch heute Morgen hatte er sich in der Osterwaldstraße blicken lassen. Juli fuhr ihm hinterher und war nicht überrascht, als er sich wenig später auf der frischen Erde über seinem toten Herrchen zusammenrollte.

Sie legte ihr Rad ins Gras, tauschte die alte Kerze am Grab ihrer Eltern aus, zündete sie an und wählte die Nummer, die Ömer gestern an sie weitergeleitet hatte.

Anrufbeantworter.

»Mist!« Sie schaute sich um, weit und breit kein Friedhofspersonal zu sehen. »Und jetzt?« Der Graue schielte in ihre Richtung. »Kommst du mit?«

Bislang hatte Juli Lilas Grab nicht besucht, nur von Weitem das Blumenmeer beäugt und die Verzweiflung darin gesehen, aber die Routinen im Sektionssaal hatten ihr Kraft gegeben und außerdem wurde es Zeit.

»Wir müssen uns beeilen.«

Augusts Rute schnalzte auf die schwarze Erde. Nur einmal. Wie aus Versehen. Juli ging vor ihm in die Hocke, streckte die

Hand aus. Konnte sie ihn am Halsband fassen und mitnehmen? Im Schuppen einsperren, bis sein neues Frauchen ihn holen kam? Langsam bewegte sie die Finger. Der Hund hob den Kopf, schnupperte, rutschte trotzdem Millimeter um Millimeter nach hinten.

»Wie du willst.«

Sie schwang sich aufs Rad, es blieben ihr fünf Minuten, um endlich ein Licht an Lilas Grab anzuzünden. Juli mochte Lichterglanz und Lila auch – zumindest ließen die unzähligen Kerzenstumpen in ihrem Zimmer das vermuten.

Erst spät bemerkte sie die Frau, die zwischen Kränzen und Schalen welke Blätter zupfte, Bänder arrangierte, Widmungen las. Das konnte doch nur –

»Eva?«

Juli stürzte fast, spürte, wie die Zacken der Pedale Löcher in die Hose rissen und die noch frischen Krusten an den Schienbeinen abschabten.

Emmi taumelte ebenfalls, fiel gegen den Grabstein, der wie ein kleiner Bruder des Triumphbogens in Paris daherkam, nur dass anstelle eines Tores zwei Bronzefiguren von dem Bogen überspannt wurden.

»Eva, mein Kind.«

Juli stand wie vom Donner gerührt, ihre Entschlossenheit schwand, all die Fragen, die sie doch so dringend stellen wollte, lösten sich in Luft auf. Emmi stolperte über Kränze und Schalen auf sie zu, ihre Augen glitten über den Schriftzug des Pullis, fanden das Amulett.

»Du bist es wirklich, aber das kann nicht …«

Ehe Juli zurückweichen konnte, fiel Emmi ihr um den Hals.

»Wir hätten das nicht tun dürfen. Es war ein Fehler.«

Juli spürte Tränen an ihrem Hals, am liebsten wäre sie davongelaufen.

»Aber wir konnten doch nicht ahnen, dass du dir die Sache derart zu Herzen …«

Es stimmte also?

Hände strichen über Julis Rücken. »Wir haben die Sache falsch eingeschätzt, wir hätten nie … ich hätte niemals …« Sie schluchzte auf.

Als sich Juli mühsam aus Emmis Armen wand, veränderte sich deren Gesichtsausdruck von einer Sekunde zur anderen. Sie warf den Kopf in den Nacken, brachte ihren perfekten Pagenschnitt in Ordnung und fasste schließlich in einer blitzschnellen Bewegung in Julis Haare, um eine Strähne zwischen den Fingern zu reiben, wie um zu prüfen, ob sie einer Fälschung aufsaß.

»Mein Gott, du bist so jung. Wie alt warst du damals?« Ein angewiderter Zug legte sich um ihren Mund. »Hat dich der alte Bock verführt? Mit seinem Geld?«

Verführt?

Juli wich zurück.

»Oder war es umgekehrt?« Emmi lachte schrill. »Na ja, das wäre keine große Kunst, mein Gatte fickt alles, was nicht bei drei auf den Bäumen ist.«

Julis Kehle wurde eng.

»Du bist also das Flittchen, mit dem er sich erfolgreich gepaart hat?«

Flittchen?

»Er ist ein Schwein. Immer gewesen. Nur leider habe ich es zu spät bemerkt. Als wir uns kennenlernten, war er aufregend wild, das genaue Gegenteil von dem, was meine Eltern in Sachen Schwiegersohn von mir erwarteten. Ich wollte aufbegehren, ausbrechen, aber ich habe ihn anfangs wirklich geliebt! Es hätte funktionieren können, wenn er mich nicht gleich zu Beginn unserer Ehe betrogen hätte, und es ging ja immer weiter.« Sie lachte hysterisch. »Allerdings wusste ich bis heute nicht, dass Hans auf Kinder steht.«

Hans?

»Mir sein Balg als das seines Bruders unterzujubeln war die Krönung seiner Dreistigkeit. Dachte er wirklich, ich würde diese Schmierenkomödie nicht durchschauen?«

Balg seines Bruders?

Juli verstand kein Wort.

»Vielleicht wäre der gute Hans sogar damit durchgekommen, wenn sein Bruderherz wenigstens etwas Interesse an *seinem* Kind geheuchelt hätte, aber er ließ sich kaum jemals blicken, und falls doch, beachtete er sie kein bisschen. Wie hätte ich das übersehen können?« Emmi warf den Kopf in den Nacken. »Erst als sie älter wurde, hat er andauernd ihre Nähe gesucht und …«

Ihre Nähe gesucht?

»Ich wusste immer, was Eva war: eine schamlose Lüge. Und trotzdem war ich an manchen Tagen wie besessen davon, den schlechten Charakter meines Schwagers in Hans' kleinem Engel zu entdecken. Weil ich partout nicht wollte, dass es wahr ist.«

Mama sieht mich von der Seite an, als wäre ich nicht die Tochter, die sie sich gewünscht hat.

So ähnlich hatte es Lila im Tagebuch ausgedrückt.

»Hat er dir Geld gegeben?«

»Geld? Nein.«

»Hat er sich das Alleinverfügungsrecht für seine Tochter erkauft? Hast du dein Kind verkauft?«

Mein Kind verkauft?

»Nein! Ich –«

»Hoffentlich zu einem fairen Preis, obwohl ich bezweifle, dass dich Geld darüber hinwegtrösten kann, dass Eva wahrscheinlich noch leben würde, hättest du sie nicht … verscherbelt.«

Wie eine scharfe Klinge schnitten Emmis Worte in Julis Fleisch. Sie bekam keine Luft mehr. Stimmte es? War das die unerträgliche Wahrheit, vor der sie ihr Leben lang davongelaufen war?

Und sie tat es wieder. Lief davon. Ließ Emmi einfach stehen, trat wie eine Irre in die Pedale, streifte Passanten, hätte um ein Haar einen kleinen Jungen angefahren.

Stimmte es?

Hatte sie ihr Kind verkauft? An Hallbach? Oder den Typen vom Bahnhof? Für eine Plombe Heroin? Geld? Aber sie war nie Hallbachs Flittchen gewesen. Und der Flashback? War doch alles anders? Bonzen wie Hanno kamen schon mal zu den Drogensüchtigen der Stadt und zahlten für eine schnelle Nummer. Gerade die ganz jungen, noch frischen Mädchen fanden immer Kundschaft, aber Juli hatte nie … und schon gar nicht vor der Toilettengeburt.

Oder?

Sie bremste, würgte, übergab sich, fuhr weiter, die Kette krachte.

Mein Kind verkauft.

Es durfte nicht wahr sein. Sie musste nachdenken. Falsche Bilder von echten unterscheiden. Manchmal war das so schwer.

Auf den Stufen vor dem Haus saß jemand.

Amanda!

Fuck.

Daran hatte Juli überhaupt nicht mehr gedacht. Sie warf ihr Rad an den Zaun, sortierte die zerzausten Haare, dachte an Emmis perfekten Bob, ließ es bleiben. Die Gedanken in ihrem Kopf drehten Kreise. Konnte sie Evas beste Freundin wegschicken? Nachdem sie ihr gefühlt eine Million Nachrichten hinterlassen hatte, sich bitte, bitte mit ihr zu treffen?

»Hi.« Der schlaksige Teenager sprang auf. Die blonden, langen Haare flatterten. »Das Tor stand offen, ich hoffe, es ist okay, dass ich einfach –«

»Klar.« Juli stopfte die Fäuste in die Jeanstaschen, bemerkte die Löcher an den Hosenbeinen. »Kleiner Sturz«, erklärte sie.

Doch Amanda hatte nichts übrig für blutende Schienbeine, staunte stattdessen über die Ähnlichkeit. »Sie sehen wirklich aus wie sie.« Die Tränen und das zittrige Wegbrechen der Stimme verwandelten die junge Frau zurück in das verletzliche kleine Kind, das sie längst nicht mehr war. »Sie wusste … nicht, dass Sie ihre Mutter sind … oder?«

»Nein.«

»Dann wurde Eva adoptiert?«

Nein, gekauft. Ich habe sie verkauft!

Juli war kurz davor, die Beherrschung zu verlieren. Konnte Amanda die hässliche Wahrheit vertragen?

In deren Rechten steckte ein riesenhafter Coffee-to-go-Becher, nur der Deckel verhinderte, dass nicht alles überschwappte, so sehr zitterten ihre Hände. Sie streckte den Zeigefinger aus, zielte auf Julis Hals. »Ist das nicht …?«

Lilas Amulett. Julis Linke umklammerte den Anhänger. »Ihre Kette. Ja.«

»Woher haben Sie die, wenn Sie Eva noch nie begegnet sind, wie Sie be—«

»Ich war in ihrem Zimmer.«

»Wann?«

»Letzte Woche.«

»Nachdem sie sich …?«

Juli nickte.

»Hanno hat Sie reingelassen?«

»Nein.«

»Emmi?«

»Auch nicht.«

In Amandas Mundwinkel zuckte ein verzweifeltes Lächeln. »Dann sind Sie wohl eingestiegen.«

»So ungefähr.«

»Sie hat es von ihm.«

»Sam?«

»Ja.« Amanda sah zu Juli hoch. »Wer hat Ihnen von Sam erzählt? Außer mir waren nur wenige Leute eingeweiht.«

Eingeweiht? Nach dem ersten gemeinsamen Foto inmitten der Klassenkameraden und Sams Arm um Lilas Schultern zu urteilen, war diese Liebe doch eine öffentliche gewesen. Juli ließ sich neben Amanda auf den Stufen nieder, wunderte sich. »Aus Tagebüchern.«

»Ah, ich verstehe.«

»Weißt du, warum Eva dieses Auslandsjahr eingelegt hat, obwohl es zeitlich überhaupt nicht passte?«

Amanda antwortete nicht sofort, zupfte stattdessen Spliss aus den Haarspitzen. »Bulimie? Drogen? Sprachaufenthalt?«

»Das glauben die Leute in der Schule. Und du?«

Sie schloss die Augen. Dunkle Wolken zogen über ihr Gesicht. »Eva hat mir nicht vertraut. Ihrer besten Freundin.«

Juli schob die Finger zwischen ihre Knie, zwang sich abzuwarten, um nicht die Wahrheit zu verscheuchen.

»Sie war schwanger, stimmt's?«

»Ja.« Juli holte das Selfie vom Baou de Saint-Jeannet aufs Display.

Amanda schlug die Hand vor den Mund. »Ich war so sauer auf sie, weil sie mir nicht die Wahrheit gesagt hat.« Sie holte tief Luft. »Eva liebte Sam wie verrückt. Er tat ihr richtig gut, entriss sie endlich mal den Fängen ihres unverbesserlichen Vaters und ihrer hartherzigen, versnobten Mutter. Er hat ihr die Augen geöffnet. Nur seinetwegen hat sie nicht länger diese dummen ausländerfeindlichen Parolen nachgeträllert. Das hing mir seit jeher zum Hals raus, und es hat unsere Freundschaft schwer belastet, das können Sie mir glauben, aber ich habe zu ihr gehalten. Immer. Habe sie sogar verteidigt, weil mir klar war, dass sie es einfach nicht besser wusste. Ich«, Amandas flache Hand klatschte gegen ihre Stirn, »hätte alles für sie getan, und sie hat mich einfach abgehakt.«

Abgehakt? »Weißt du, wo Sam steckt?«

Amanda klemmte eine Strähne zwischen Nasensteg und Oberlippe, neue Tränen quollen ihr in die Augen. »Nein. Ich wollte ihn anrufen, mit ihm reden, aber nachdem Eva ihr Versteck in Frankreich bezogen hatte, war auch er wie vom Erdboden verschluckt. Ich dachte, dass er bei ihr wäre. Dass sie zusammen abgehauen sind. Gegen den Willen der Eltern. Und die Hallbachs nur irgendeine hirnrissige Version für die Öffentlichkeit parat hielten, mit der sie auch mich abspeisen wollten. Um das Ansehen der Familie zu wahren.«

Sam? In Saint-Jeannet?

»Erst nach Evas …«, Amandas Stimme kippte, »habe ich über Umwege erfahren, dass sie die ganze Zeit nach ihm gesucht hat.«

Das erklärte immerhin, warum Amanda nach Lilas Abreise den Kontakt abgebrochen hatte, obwohl Skype, FaceTime und

Co. durchaus geeignete Mittel waren, solche örtlichen Trennungen auf Zeit zu überbrücken.

»Mir war sofort klar, dass nur Hallbach dahinterstecken konnte, denn Sam hätte Eva nie im Stich gelassen. Niemals! Also fuhr ich zu diesem Rassistenschwein, wollte wissen, ob ihm klar ist, dass sich seine Tochter seinetwegen aufgehängt hat. Weil er die große Liebe ihres Lebens vertrieben und sie gedrängt hat, das gemeinsame Kind wegzugeben.«

Kein Wunder, dass Amandas Eltern die Tochter nach dem Freitod der besten Freundin aus München fortgeschafft hatten.

»Inzwischen weiß ich, dass es genauso meine Schuld ist.«

»Hat Eva sich dir anvertraut, als sie aus Frankreich zurückkam?«

Amanda presste das Gesicht in die Armbeuge, brachte kaum mehr ein verständliches Wort heraus. »Sie … sie wollte mich treffen. Hat dauernd angerufen und um Verzeihung gebeten, aber ich war so verletzt, so wütend, vor allem weil ich ja zu diesem Zeitpunkt immer noch glaubte, Sam wäre mit ihr in Frankreich gewesen … Ich … ich konnte einfach nicht über meinen Schatten springen, und ich wollte keine von den Ausreden hören, warum sie ihr Kind weggegeben hat. Das war in meinen Augen absolut unverzeihlich, auch wenn ihr Vater wahrscheinlich Druck …«

Kind. Weg. Gegeben.

»Also wimmelte ich sie ab, hatte nie Zeit. Wegen Timo! Der schon immer seinen Crush auf Eva pflegte. Nur deshalb war ich überhaupt mit ihm zusammen – und er mit mir. Um ihr eins auszuwischen. Ich war so blind. Wäre ich für sie da gewesen, hätte ich ihr zugehört, dann …«

»Eva hat das Baby nicht weggegeben. Es ist tot.«

»Oh mein Gott!« Riesenhafte Augen starrten Juli an. »Hat etwa Hanno …?«

Das traute sie ihm zu?

»Er konnte es nicht ertragen, dass ausgerechnet seine Tochter mit einem Flüchtling … Und dann auch noch ein farbiges Enkelkind! Was glauben Sie, warum alles so still und heimlich ablaufen musste, obwohl eine Mutterschaft mit siebzehn zwar immer noch ein gesellschaftlicher Makel, aber längst keine Katastrophe mehr ist?«

Farbig? Flüchtling?

Juli holte ihr Handy aus der Tasche, suchte nach dem Foto der unisono schlagenden Herzen und hielt es Amanda unter die Nase. »Ich verstehe nicht ganz. Er sieht nicht aus wie ein Flüchtling, eher wie ein perfekter Vertreter der arischen Rasse. Das müsste Hallbachs Geschmack doch getroffen haben?«

Amanda wandte den Kopf. »Sie denken, das ist Samuel?«

»So stand es im Tagebuch.« Juli tippte auf das Display, machte die Bildunterschrift lesbar.

»Das ist nicht Sam, das ist Timo. Er hing ständig an Eva dran, wollte sie unbedingt erobern.« Amanda übernahm Julis iPhone, zoomte in das Bild hinein. »Das hier ist Sam.«

Obwohl in der hinteren Reihe und halb verdeckt, erkannte Juli den jungen Kerl mit dem strahlenden Lächeln aus Lilas Zeichenmappe wieder, und nur Bruchteile von Sekunden später sprangen ihr Nick und sein Refugee Project ins Hirn.

✳✳✳

Melek fror. Ömer bremste, warf ihr seine Jacke zu und wurde dafür mit einem kecken Blick aus den riesenhaften schwarzen Augen belohnt. Die Neue war wirklich süß, ein echter Sonnenschein, immer ein Lächeln im Gesicht, immer gut gelaunt, außerdem extrem fleißig. Seine Anne Seher überschlug sich schier in Lobpreisungen, und sogar er musste zugeben, dass er Melek mehr als passabel fand. Nicht nur weil sie eine Schönheit und entwaffnend unkompliziert war, nein, sie hatte auch – und das war der eigentliche Jackpot – Humor.

»Da lange?«

Er nickte. Das anfängliche Heimweh hatte Melek augenscheinlich überwunden, sie sprach recht gut Deutsch, lernte schnell und trat – obwohl sie fast zehn Jahre jünger war – extrem selbstbewusst auf. Gestern, als sie zum ersten Mal für ein paar Minuten wirklich allein waren, nutzte sie sofort die Gelegenheit, um die Fronten zu klären. *Nicht dass du denken, ich in echt dich heirate. Hepsi delirmiş! Ich Abitur und dann studiere. Anladınmı!*

Klar. Kapiert. Kam Ömer entgegen. Keine Erwartungen, kein Druck, aber vielleicht Freundschaft, denn sie waren definitiv auf einer Wellenlänge. Melek und Ömer. Hätte ihm vielleicht sogar gefallen. Er grinste.

»Was hast du eigentlich zu Hause erzählt?«

»Dass ich Ärztin werden.«

»Deine Eltern wissen Bescheid und unterstützen dich?«

»Tabii!«

Na, so natürlich nun auch wieder nicht. Ömer zog die Brauen hoch. »Und warum das Theater?«

Melek bemühte ein Paar bestens einstudierte Big-eyes. »Deutsch lerne, heirate. Immer besser Argument. Böse?«

Ömer lachte. »Überhaupt nicht.« Im Gegenteil, er fing an, sie so richtig ins Herz zu schließen.

Insofern hatte es ihm nichts ausgemacht, dass Baba auf die zweisame abendliche Radtour durch den Englischen Garten bestanden hatte, nur musste er unbedingt bei Juli vorbeischauen. Was dachte die sich eigentlich? Hoch und heilig hatte sie es ihm versprochen! Stattdessen diese WhatsApp-Nachricht heute Morgen. *Ist bestimmt klüger, auf das Ergebnis des DNA-Tests zu warten, dann wird mein* Abstecher *in die Villa gleich viel plausibler …* Bla, bla, bla und soundso. Dabei hatte Ömer gestern Abend im Laden wirklich geglaubt, Juli sei endlich zur Vernunft gekommen.

Tja. Falsch gedacht. Das Eis unter seinen Füßen wurde allmählich dünn.

Sein Handy klingelte.

***

»Stellen Sie ihn auf, schieben Sie ihn zurück an die Wand, und dann steigen Sie auf den Stuhl und hängen den Strick ein.«

Julis Herz pumpte hart. Tausend Bilder zuckten durch ihren Kopf, blockierten jeden klaren Gedanken. Ihre Linke wanderte hoch zum Hals, umfasste das Amulett, das – wie sie von Amanda erfahren hatte – ein eritreisch-orthodoxes Kreuz war und einst Sams Mutter gehört hatte, die ihren Jüngsten fortgeschickt hatte, nachdem zwei ältere Brüder ohne Anklage und ohne Aussicht auf ein Gerichtsverfahren verhaftet worden waren, weil sie sich dem Zwangsmilitärdienst widersetzen wollten. Mutter und Vater wurden wenig später ebenfalls vom Regime verschluckt, und soviel Amanda wusste, verließ kaum jemand die Gefängnisse in Eritrea lebend. Entweder verhungerte man, starb an Krankheit oder wurde zu Tode gefoltert.

Amanda hatte auch erzählt, dass Sam versucht hatte, durch das Engagement in der Flüchtlingshilfe und sein Studium etwas zurückzugeben. Und Hallbach hatte ihn verjagt. Weil ihm seine Hautfarbe nicht gefiel. Und die seines Enkelkindes.

Oder noch schlimmer.

Wie hatte Amanda es ausgedrückt? *Verstehen Sie mich nicht falsch. Evas Eltern waren immer nett zu mir, und trotzdem hat man ein ungutes Gefühl, als würden sie über Leichen gehen.*

Über Leichen.

Juli erinnerte sich an Hallbachs Finger auf ihrem Mund, an die Atemnot, an die Panik, musste die Linke zu Hilfe nehmen, um das Zittern der Rechten zu unterdrücken, und schwenkte die Mündung der Walther zum umgekippten Schreibtisch.

»Na los, stellen Sie ihn endlich auf, verdammt!«

Hanno Hallbach wich alle Farbe aus dem Gesicht. »Sie sind ja vollkommen übergeschnappt.«

War sie das? Übergeschnappt? Juli reckte das Kinn hoch. Dass Hallbach ihr die Tür geöffnet und sie ihm sofort die Waffe ins Gesicht gehalten hatte, fühlte sich bereits jetzt surreal an, aber sie traute ihm inzwischen alles zu, und er sollte wenigstens eine Ahnung davon bekommen, wie alleingelassen sich seine Tochter gefühlt haben musste, ehe sie …

Eva klein hing allein.

Entschlossen wischte Juli die Tränen fort. »Mach schon!«

Er stellte tatsächlich den Schreibtisch auf, bestieg unerträglich langsam den Stuhl und fing an, das Seil am Deckenhaken zu befestigen. Dann fielen seine Arme herab, baumelten kraftlos neben den Beinen. Wie Fremdkörper.

»Ich habe das nicht gewollt.«

Er gab es zu? Obwohl sie bislang weder das geheime Tagebuch noch ihren Abstecher nach Nizza erwähnt hatte? Hallbachs Stimme klang wie immer, souverän, abgeklärt, doch in seinen Augenwinkeln glitzerten Tränen. Es machte Juli nur noch wütender.

»Sie werden sterben, genau wie Lila, weil Sie an allem schuld sind.«

»Lila?« Mühsam hob er einen Arm, zog am Strick, prüfte die Festigkeit. »Der Name passt zu ihr, und Sie haben recht. Es ist alles meine Schuld.«

»Was haben Sie mit Sam gemacht?«

»Ich wusste sofort, dass Sie Ärger machen würden. Viele Kinder sehen ihren Eltern kein bisschen ähnlich, aber Eva … Ausgerechnet sie musste –«

»Wo ist Samuel Tadasse?«

»Tadasse? So heißt er?« Hallbach verzog keine Miene, legte sich ohne weitere Aufforderung die Schlinge um den Hals. »Nur zu. Ich habe den Tod verdient.«

Er meinte es offenbar ernster als sie. Der Knoten am Deckenhaken sah bombenfest aus, und die Schlinge hatte Juli selbst geknüpft. Wenn Hallbach jetzt vom Stuhl trat, dann …

»Ich habe nur das Beste für Eva gewollt, das müssen Sie mir glauben. Ihr ganzes Leben wäre doch verpfuscht ge…« Er brach ab, merkte selbst, wie absurd seine Worte klangen, jetzt, da es kein Leben mehr gab. »Diese Ähnlichkeit ist wie ein schlechter Witz. Mir war sofort klar, wer Sie sind. Aber wieso tauchen Sie ausgerechnet jetzt auf? Nach so langer Zeit?«

Hallbachs offensichtliches Sich-Fügen verunsicherte Juli. Sie wollte, dass er Angst hatte, dass er in Panik geriet. »Eva hat Tagebuch geführt. Über ihre Zeit in Frankreich. Und danach. Ich war dort. Im Krankenhaus. Bei den Jettous. Auch auf dem Friedhof. Ich habe mit Amanda gesprochen und mit Ihrer Frau.«

Hallbach hob den Blick. »Wollen Sie Geld?«

Geld?

»Würde eine halbe Million reichen?«

»Ich will kein Scheiß-Geld!«

»Zwei Millionen?«

Wollte er doch seine Haut retten?

Hallbach schob drei Finger zwischen Schlinge und Hals. »Vielleicht hätte ich mich sogar daran gewöhnen können, einen Neger als Schwiegersohn zu haben.«

Am liebsten hätte Juli sofort abgedrückt, den Stuhl weggekickt, ganz egal.

»Doch dann sind wir ihn losgeworden. Einfach so. Dachte ich jedenfalls.« Hallbach verdrehte die Augen. »Ich dämlicher Trottel.«

Hieß loswerden, dass …?

»Lebt er?«

Hallbach schnalzte mit der Zunge. »Sie sind so verdammt jung. Wie alt waren Sie …?«

Fand er das lustig? Er stand auf einem Stuhl! Mit einer Schlinge um den Hals, einer geladenen und entsicherten Waffe gegenüber. Was musste Juli noch tun, um ihm endlich die Wahrheit zu entlocken?

»Ihre Frau glaubt, dass Sie Evas leiblicher Vater sind.«

Diese Info schien Hallbach erst recht zu amüsieren. »Meine kluge, kleine, ewig misstrauische Emmi. Sie fühlt sich mir in allen Belangen überlegen, dabei weiß sie gar nichts, oder können Sie sich erinnern, dass wir …«, er ließ seinen Zeigefinger zwischen sich und Juli hin- und herspringen, »dass wir irgendwann intim waren?«

»Und was ist mit der Metzgerei Senninger? Dem Done-Metzger in Schwabing? Waren Sie dort? Als Hilfskraft? Ende 1999?« Juli musste nachhaken, obwohl es natürlich vollkommen abwegig war. Der Mann hatte Geld wie Heu, und außerdem hätte sie ihn doch wohl erkannt, wenn er …?

Ihr Handgelenk vibrierte. Juli sah auf ihre Apple Watch.

Evá? Evá!

Die Hebamme!

Aufgeregt wischte sie mit dem kleinen Finger über das Display, hielt mit dem Rest der Hand die Waffe fest umschlossen. *Kind nicht tot. Mir hat gesagt, Sabine vergewaltigt. Besser für alle, wenn Kind weg. Aber ich gespürt, Sabine liebt trotzdem. Wo Kind ist, was passiert? Ich weiß nicht. Aber nicht tot bei Geburt.*

Schweiß kroch über Schläfen, Gedanken sprangen zurück nach Saint-Jeannet, zu dem süßen kleinen Mädchen, das Jamila auf dem Arm trug, als sie die Tür öffnete, hetzten weiter zum Friedhof, zu *Mon Poussin* und von dort in den Altkleidercontainer, in dem vor gut einer Woche die Babyleiche gefunden worden war.

Auf dem Weg ins Bad werden meine Leggins nass. Ich rufe Jamila. Sie kommt sofort. Wie immer sitzt die Kleinste auf ihrem Arm.

So ungefähr beschrieb Lila den Moment, als ihr die Fruchtblase platzte. Dieses Bild hatte sich in Julis Hirn eingebrannt. Doch seitdem waren – sie rechnete nach – über drei Monate vergangen. Inès, die jüngste Tochter der Jettous, musste inzwischen fast ein Jahr alt sein. Sahen einjährige Mädchen aus wie die Kleine in Frankreich? Juli hatte nicht viel Erfahrung mit Kindern, aber klein war sie auf jeden Fall gewesen.

Zu klein?

Nein.

Mon Poussin.

Es kann nicht sein.

Juli ließ die Arme sinken, die Walther rutschte ihr aus der Hand, krachte zu Boden.

»Lilas Kind hat … gelebt. Es kam nicht tot zur Welt. Was haben Sie getan!« Der letzte Rest Mitgefühl für den Mann am

Strick löste sich in Luft auf. »So ist es doch! Ihr Enkelkind lebt? Hier steht es. Schwarz auf weiß!«

Hallbach starrte an Juli vorbei ins Leere, Tränen traten in seine Augen.

»Lila hätte sich nicht umgebracht, wenn sie das gewusst hätte. Niemals!«, schrie Juli. Und dann trat sie gegen den Stuhl.

✳✳✳

»Danke noch mal für die schnelle Bearbeitung.« Ömer legte auf und schielte in Meleks Richtung, die ihr Rad gerade an den Rahmen des Allianz-Protestbanners lehnte.

Das Heroin aus dem Kuvert in Julis Küche stammte laut den Kollegen vom Landeskriminalamt definitiv aus derselben Charge wie das auf dem Sideboard in Eva Hallbachs Zimmer. Außerdem stimmten Julis Fingerabdrücke vom Glas aus seinem Büro natürlich mit denen auf dem Kuvert in ihrer Küche, aber außerdem mit denen auf der Bierdose sowie anderen Gegenständen in Eva Hallbachs Zimmer überein. Auf den Folien, in die das Heroin gewickelt war, hatten die Kollegen vom Erkennungsdienst hingegen keine verwertbaren Spuren sicherstellen können – nicht auf der von der Hallbach-Villa und auch nicht auf denen aus dem Kuvert aus der Senninger-Küche. All das bewies weder Julis Variante von den untergeschobenen Drogen noch Hallbachs Version vom zurückgelassenen Heroin der Einbrecherin. Nur die toxikologische Untersuchung besagte eindeutig, dass die Tote in letzter Zeit kein Heroin oder andere marktübliche Drogen konsumiert hatte.

Folglich war Ömer genauso schlau wie vorher. Er steckte sein Handy zurück in die Hosentasche. Melek überquerte die Straße und tingelte am Zaun entlang auf ihn zu.

»Du läuten bald diese, diese … çılgın … diese Verruckte oder dich nicht traue?«

✳✳✳

Hinsehen war unmöglich. Juli schloss die Augen, presste bald auch die Hände auf ihre Ohren. Wollte nichts hören. Vom Todeskampf. Vom Sich-Wehren. Vom verzweifelten Ringen um ein bisschen Halt auf dem umgekippten Stuhl. Immerzu sprang Lilas Gesicht in ihren Kopf, überlagerte Hallbachs, machte alles tausendfach schlimmer.

Genau vor einer Woche hatte sie …

Ein Lufthauch traf ihren Nacken, sprengte die Bilder, kroch weiter in die Nase und von dort ins Gehirn, das sofort die dazugehörige Erinnerung hochspülte.

Er. Ist. Es.

»Wen haben wir denn da?« Die Worte streiften Julis Ohr, ein drahtiger Körper presste sich hart von hinten gegen ihren, Finger stießen zwischen ihre Beine. Erst dann wurde der Stuhl aufgehoben, zurechtgerückt. Füße fanden Halt, eine Schlinge wurde gelockert, und ein altbekannter Geruch verstopfte ihre Lungen, sie schmeckte seine Haut und fiel in der Zeit zurück auf die alte Couch im Büro ihrer Eltern.

Zerfiel.

In Stücke.

Sie verwandelt sich in das einsame fünfzehnjährige Mädchen, ihre Knie geben nach, er hebt sie endgültig in seine Arme, schmiert neue alte Worte, süß wie Lilien, an die zarte Haut unterhalb ihres Ohrläppchens: Das arme Kätzchen will gestreichelt werden. Nicht wahr?

»Evgeni, hast du dir …«, Hallbach rang nach Luft, »absichtlich Zeit … gelassen, Bruderherz?«

Bruder? Er war …?

Wie Eiswasser schoss Juli die Erkenntnis ins Hirn, sprengte sie heraus aus ihrer Ohnmacht. Sie blinzelte, sah schemenhaft, wie Hallbach die Schlinge abstreifte, vom Stuhl stieg, an seinen Hals fasste, sich auf den Knien aufstützte, keuchte, atmete und dann die Walther aufhob, die Juli aus der Hand gefallen war.

»Du Schwein!«

Erst jetzt spürte Juli sein Gewicht, Hallbachs Bruder hockte auf ihr, drückte ihre Hände in die Matratze, auf die er sie gestoßen hatte, öffnete den Mund und wandte den Kopf.

»Redest du mit mir? Deinem Retter in der Not?«

Hallbach räusperte sich mehrmals, riss die Waffe hoch, zielte. »Runter von ihr! Sofort.«

Ätzend langsam gehorchte der jüngere Bruder.

»Senninger! Der Name kam mir die ganze Zeit bekannt vor, aber erst vorhin, als sie die Metzgerei erwähnt hat, fiel es mir wie Schuppen von den –«

»успокой се най-сетне!«

»Ich soll mich beruhigen?« Hallbach betastete mit der freien Hand seinen Hals.

»Es ist alles geregelt, keine Sorge, Wanko.«

»Nenn mich gefälligst nicht so!«

»Okay, okay, Hanno.«

»Du hast versprochen, sie in Ruhe zu lassen.«

Evgeni zuckte mit den Schultern, tastete nach seinem Handy und tippte wenig später in aller Seelenruhe eine Nachricht. »Es ging nicht.«

»Sie muss ein halbes Kind gewesen sein.« Hanno wandte sich angewidert ab, ließ die Waffe sinken. »Was ist passiert? Ich will es wissen. Alles!«

»Aber das ist doch nicht mehr wichtig. Wir sollten keine Zeit verlieren, vielleicht hat sie ihrem Bullenfreund Bescheid gegeben und er ist auf dem Weg –«

»Hätte ich geahnt, was du mir ins Haus schleppst, niemals –«

»Du hast sie geliebt wie ein eigenes Kind. Wo ist das Problem?«

Hallbach fuhr herum und drosch dem Bruder die Walther in den Magen. »Wo das Problem ist? Das fragst du noch?«

✳✳✳

»Haydi! Du machen jetzt!«

Ömer wünschte, er hätte gegenüber Melek nie gesagt, dass er

nur schnell bei einer alten Freundin läuten wolle, weil die einen Knall habe und ihr das mal jemand sagen müsse. Sie interpretierte da anscheinend zu viel hinein. Klar, Dampf abzulassen hätte ihm auf jeden Fall gutgetan, wäre pure Darmkrebsprophylaxe gewesen, nachdem Juli ihn heute Morgen versetzt hatte, aber darum ging es nun nicht mehr. Er musste mit ihr reden. Am besten gleich. Er konnte sich kein weiteres Mal darauf verlassen, dass sie morgen, übermorgen oder irgendwann doch noch zu ihm ins K 12 kam, um das Richtige zu tun, immerhin schleppte sie diese alte Pistole mit sich herum und hatte zuletzt ein paar irrationale Entscheidungen zu viel getroffen.

Meleks kleine Hand schoss an Ömer vorbei und drückte den Klingelknopf.

»Was soll das?«

Und gleich noch mal.

Ihre schwarzen Augen funkelten übermütig, seine hingegen wollten töten. Was sollte er sagen? Melek machte es sich leicht, sie verschwand in Richtung Spielplatz, und da er vor ihr nicht wie ein Vollheinz dastehen wollte, presste er diesmal selbst den Daumen auf den Drücker.

✳✳✳

Juli rollte zur Seite, schob die Beine aus Lilas Bett. Das Würgen steckte immer noch tief in ihrem Hals fest, machte das Atmen schwer, lähmte sie.

Er war hier.

Jemand läutete, Hallbach streckte seinem Bruder die Hand entgegen, half ihm hoch, beide waren einen Moment abgelenkt. Juli nutzte die Gelegenheit, schrie, aber nur ein kläglich heiserer Ton tropfte von ihren Lippen, verpuffte ungehört, und als die große Hand ihr ein weiteres Mal den Mund verschloss, kamen Dunkelheit und Angst zurück wie ein gut eingespieltes Paar.

»Erwartest du Besuch?«

Hallbach schüttelte den Kopf.

»Emmi vielleicht?«

»Die ist unterwegs.«

»Hast du nicht diese App, mit der man sehen kann, wer draußen ist?«

Hallbach zog das Telefon hervor, fluchte und hielt dem jüngeren Bruder das Display unter die Nase.

»Verdammt! Hat sie ihm also tatsächlich den Einbruch gebeichtet? Dass sie mit dem Kuvert zu ihm rennt, darauf hatte ich gehofft, nur –«

»Welches Kuvert?«

»Unwichtig, aber dieser Kommissar und das Mädchen kennen sich von früher, sofern ich das richtig interpretiert habe.«

Hallbach setzte sich auf den Bettrand. »Er ahnt, dass etwas nicht stimmt, sonst würde er nicht ständig hier aufkreuzen, aber bislang hatte ich nicht den Eindruck, als wüsste er, wer hinter dem Einbruch steckt, insofern …«

»Vielleicht deckt er sie?«

»Kann ich mir nicht vorstellen, der gehört eher zur überkorrekten Sorte.« Langsam hob Hallbach den Blick. »Woher weißt du überhaupt, dass sie im Haus war?«

Das neuerliche Schrillen der Türglocke ersparte Evgeni eine Antwort. Er drückte Juli noch fester an sich. »Am besten, du erschießt sie gleich hier und jetzt. Notwehr. Immerhin wollte sie dich hängen.«

»Du bist ja völlig irre!« Hallbach lachte auf. »Wie stellst du dir das vor?«

Evgeni zerrte Juli in Richtung Treppenhaus. »Zack und bumm eben! Wie sonst? Hast du mich zum Reden herbestellt, oder bringen wir das hier zu Ende?«

»Ob du es glaubst oder nicht, ich wollte tatsächlich reden, wollte endlich die Wahrheit über Evas Mutter hören. Ich konnte nicht wissen, dass sie derart drastisch vorgehen würde, sonst hätte ich ihr doch niemals geöff–«

Die Glocke schrillte schon wieder.

Hallbach stand auf, trat vor seinen Bruder. Sein Atem traf Julis

Gesicht. »Wenn es so ist, wie ich inzwischen annehmen muss, ändert das alles.«

Der Bruder wollte widersprechen, besann sich jedoch eines Besseren.

»Und ich war mir tatsächlich nicht sicher, ob die Plombe nicht schon direkt nach dem Einbruch da war.«

»Ich wollte, dass –«

»Was?« Hallbachs Ton wurde schärfer.

»Liegt das nicht auf der Hand?« Evgeni lächelte selbstgefällig. »Sie ist ein Ex-Junkie, war auf Entzug und kurze Zeit sogar in der Psychiatrie. Das ist lange her, aber dank der Stolperfallen, die ich gestellt habe … Kein Mensch hätte ihre Geschichte geglaubt.«

»Aber sie ist wahr und allein die Ähnlichkeit –«

»Na und? Das könnte genauso Zufall sein! Die Rothaarigen sehen doch alle gleich aus, und immerhin hast du Adoptions-papiere im Tresor liegen.«

»Die keiner genaueren Prüfung standhalten würden, wie du sehr wohl weißt, und ein DNA-Test hätte auf jeden Fall bewiesen, dass –«

»Dazu wäre es doch niemals gekommen! Dein Wort gegen das einer rückfälligen Ex-Drogenabhängigen? Ich bitte dich.«

»Verstehst du denn nicht?«

»Ehrlich gesagt nein.«

»Bis vor wenigen Tagen dachte ich, mein einziges Vergehen bestünde darin, das Kind meines Bruders als mein eigenes aus-gegeben zu haben, mit dem Einverständnis der Mutter wohl-gemerkt, dabei –«

»Würde sie nicht ausgerechnet in der Rechtsmedizin arbeiten und wäre nicht bei der Obduktion –«

Die Hand des Älteren schnitt durch die Luft, verbot jedes weitere Wort, Hallbach senkte die Stimme. »Außerdem die Sache mit Sam. Wenn die Öffentlichkeit je Wind davon bekommt …«

»Keine Sau fragt nach einem verschwundenen Flüchtling außer der Schlampe hier, also tu es, jetzt gleich. Oder soll ich?«

»Wie dumm bist du überhaupt! Glaubst du ernsthaft, dass

der öffentliche Aufschrei dann ausbleibt? Dass die Pressegeier nicht zu kreisen anfangen? Dass niemand nachfragt? Außerdem steht ein Kriminalbeamter vor der Haustür, schon vergessen?« Hallbach checkte sein Handy, sah überrascht auf. »Er geht. Er geht weg. Endlich.«

»Also?«

»Also was?«

Evgeni zeigte auf die Waffe.

Für einen kurzen Moment legte Hallbach den Kopf in den Nacken. »Und Emmi?«

»Was soll mit Emmi sein?«

»Erst hängt sich unsere Tochter auf, und dann erschieße ich – im selben Zimmer – eine Frau, die Eva zum Verwechseln ähnlich sieht? Das würde ihr endgültig den Rest geben.«

»Da täuschst du dich.«

»Wie bitte?«

»Emmi ist tough, sie weiß, was getan werden muss.«

✳✳✳

»Wollten Sie zu uns?«

Zwischen den akkuraten Kanten eines Bobs blickte Ömer in ein Paar rot geäderte Augen und auf einen kaum mehr sichtbaren bläulichen Schatten an der Schläfe.

»Wieso klingeln Sie an unserer Haustür?«

»Sind Sie ... ähm, Emmi Hallbach?«

»Wer will das wissen?«

Montagabend. Weit nach Dienstschluss. Natürlich hatte er keinen Ausweis dabei, und sie waren einander bislang nicht begegnet. »Ähm. Kommissar Tok, ich hätte da noch einige Fragen bezüglich –«

»Ist die Einbrecherin gefasst?«

»Nein. Es geht um –«

»Rückt die Polizei neuerdings mit dem ganzen Clan an?« Demonstrativ wandte Emmi sich nach Melek um.

Ömer sparte sich eine Antwort auf die offensichtlich rhetorische Frage.

»Tok? Was für ein Landsmann sind Sie? Arabischstämmiger Türke?«

Langsam stieg Wut in Ömer hoch. Nachdem er Juli nicht zu Hause angetroffen hatte und daraufhin einem Instinkt folgend mit Melek zur Poschingerstraße geradelt war, wollte er Emmi Hallbach eigentlich erst mal sein herzliches Beileid aussprechen, denn dazu hatte er bislang keine Gelegenheit gehabt, und sie dann wegen der Verletzung am Auge befragen, doch wenn sie ihm so kam …

»Wieso hat Ihr Mann den Einbruch eigentlich erst mit zwei Tagen Verzögerung angezeigt?«

Das für den Bruchteil einer Sekunde sichtbar gewordene Entsetzen in Emmi Hallbachs Augen war Balsam für Ömers Seele.

»Ähm … Uns ist nicht sofort aufgefallen, dass etwas fehlt.«

»Sind Sie sicher?«

»Sehr sicher, ja. Worauf wollen Sie hinaus?«

»Ihr Mann stand also nicht am Mittwochabend mit einer Bierdose in der Hand auf dem oberen Balkon und hat zugesehen, wie sich die Einbrecherin über den Zaun davonmachte?«

»Es war bereits dunkel und …«

Es war dunkel? Ernsthaft? Hatte sich Madam gerade verplappert? Am liebsten hätte Ömer die Arme hochgerissen. Juli sagte die Wahrheit – wenigstens in diesem Punkt.

Und Emmi Hallbach hüstelte. »Na ja, die Frau hat laut Überwachungsvideo ungefähr um neun unser Grundstück verlassen. Da war es bereits dunkel. Es wäre aus der Entfernung unmöglich gewesen, jemanden zu sehen, auch wenn ich oder mein Mann zufällig auf dem Balkon gestanden hätten. Und überhaupt«, sie steckte die Rechte unter die Knopfleiste ihres Blazers, »wer behauptet so etwas, wenn Sie die Einbrecherin, wie Sie eingangs erwähnten, noch nicht gefasst haben?«

Sie fing sich schnell, Respekt, und natürlich klang ihre Ausflucht absolut plausibel, wären da nicht das so prompt ausgewechselte Schloss, das Juli erwähnt hatte, und das kurze Erschrecken vorhin gewesen.

»Wie geht es Ihrem Auge?«

Sie schob einige Strähnen in die Stirn. »Gut.«

»Ihr Mann sagte, Sie hätten sich in der allgemeinen Panik nach dem Auffinden der Tochter gestoßen. Ich wollte nur wissen, ob das stimmt.«

Als ob ein Vorhang fiel, so verschloss sich Emmi Hallbachs Gesicht. »Wenn das alles war?« Sie nickte in Richtung Spielplatz. »Genießen Sie den Feierabend mit der niedlichen jungen Dame. Ich glaube, sie wird langsam ungeduldig.«

✳✳✳

»Wie lange bist du eigentlich schon Emmis Lakai?«

Evgeni wich alle Farbe aus dem Gesicht.

»Vögelst du sie etwa?«

»Natürlich nicht.«

»Stimmt, du magst es lieber jung.« Hallbach drehte Julis Kopf und zwang sie, ihm in die Augen zu sehen. Die Ähnlichkeit wurde von Minute zu Minute unerträglicher.

»Hätte mich das Miststück nicht vor zwei Tagen in aller Herrgottsfrühe vor dem Boxclub abgehängt, hätten wir uns das Theater hier ersparen können.«

Theater? Boxclub?

»Überdosis Heroin. So war der Plan. Bei einer solchen Vita geradezu perfekt. Vertrau mir. Nur leider ist sie in ein Auto gestiegen, ehe ich sie mir schnappen konnte.«

Hallbach ließ Julis Kinn los, spürte Übelkeit aus dem Magen hochsteigen und musste an das Zitat von Winston Churchill denken, das er sich in jungen Jahren zu eigen gemacht hatte.

Wenn du durch die Hölle gehst, dann geh weiter.

Hier und jetzt die Segel zu streichen war nicht seine Art. Der Schaden war angerichtet, nichts davon ließ sich rückgängig machen, nun hieß es ihn beseitigen. Irgendwie. Nur traute er es dem Bruder schlicht nicht zu, fehlerfrei zu arbeiten. Entweder übersah er das Offensichtliche, plante nicht akribisch genug, verkannte die Möglichkeiten der Polizei oder – und das war das Schlimmste – überschätzte seine Fähigkeiten.

Vertrauen?

Auch damit tat er sich schwer. Das Bild vom prügelnden Vater und einer Mutter, die sich lieber mit der Flasche und anderen Männern vergnügte, als ihren Kindern beizustehen, kroch ihm unter die Haut. Den jüngeren Bruder hatte die strenge Hand des Vaters kaputtgemacht, er war direkt unter der Oberfläche immer das verängstigte Kind geblieben, obwohl er nach außen den harten Kerl mimte. Wanko nicht. Wanko war stark gewesen, bis Eva sich –

»Du musst mir nur helfen, sie von hier fortzuschaffen, danach bist du raus aus der Sache, als wäre nichts passiert.«

Nichts passiert? Meinte er das ernst?

Hallbach warf den Kopf in den Nacken, bereute, lachte trotzdem und folgte dem Bruder, der Juli die Treppe hinunterschubste, wie das Lamm, das zur Schlachtbank geführt wurde.

Klar, Evgeni wollte seine Haut retten. Er ganz besonders, und als der schmierige Drogendealer, der er – im Gegensatz zum großen Bruder – immer geblieben war, verfügte er über die Mittel und vermutlich das nötige Wissen. Aber dachte er auch an Spuren, die er zwangsläufig an Juli Senningers Körper hinterlassen würde und schon hinterlassen hatte? Blaue Flecken? Fesselmarken? Einstichstellen? Toxikologische Untersuchungen?

Hallbach selbst hatte nie vorgehabt, wegen des Einbruchs Anzeige zu erstatten – immerhin war diese Frau wirklich Evas Mutter. Erst auf Drängen des Bruders hauchte er Kommissar Tok wie vorgeschlagen nicht nur die Sache mit dem Einbruch, sondern auch das Stalking-Märchen ein. Damit hätten sie Juli Senninger vielleicht wirklich als Spinnerin abstempeln und fernhalten können, aber jetzt?

Er schloss die Augen. Es klang verlockend. Sehr sogar. Und wäre Evas leibliche Mutter Evgeni vor zwei Tagen nicht ent-

wischt, hätte sie ihn vor ungefähr einer halben Stunde nicht beinahe hängen können, und ihm wären die wahren Hintergründe
von Evas Herkunft nie klar geworden.

Wanko Nikolov wünschte, es wäre dabei geblieben.

***

Juli konnte nicht atmen, Evgenis Geruch verschloss ihre Lungen,
ihre Poren. Alles.

Überdosis.

Mein Gott!

»Dein Auto steht in der Garage?«

»Ja.«

Der Jüngere drückte dem großen Bruder die Waffe in die
Hand. »Es dauert nicht lange, ich muss nur ein paar Leute an-
rufen.« Wie zufällig streiften seine Lippen Julis Ohr. »Pass in der
Zwischenzeit gut auf mein Kätzchen auf.«

Als er sie freigab, stolperte Juli rückwärts, holte Luft und
öffnete den Mund.

Schrei! Schrei! Tot machen sie dich sowieso!

Ob Ömer sie überhaupt hören könnte? Zwar stand sie inzwischen im Eingangsbereich der Hallbach-Villa, nahe der Haustür,
aber die dicken Mauern, der Vorplatz, die Umzäunung? Außerdem war er bestimmt längst auf dem Heimweg, das letzte Läuten
eine kleine Ewigkeit her.

Konnte sie weglaufen, jetzt, da der jüngere Bruder hinter der
Tür zur Garage verschwunden war? Hallbach jedenfalls machte
keine Anstalten –

»Hiergeblieben!«

Die Mündung der Walther schwenkte langsam in ihre Richtung.

»Eva war mir das Liebste auf der Welt, ich wollte nie, dass ihr
etwas geschieht.«

Ein Daumen näherte sich Julis blauem Auge.

»War er das?«

Sie schüttelte den Kopf. »Wo ist Sam?«

Hallbach lachte, gleichzeitig glitzerten Tränen in seinen Augen. »Das hat mich Eva auch gefragt. Wieder und wieder und wieder.« Sein Blick streifte die Armbanduhr, er heulte auf, sackte an der Wand abwärts in die Knie, die Walther krachte zwischen seinen Beinen zu Boden. »Wir dachten, Eva wäre rausgegangen, um sich endlich mal wieder mit einer Freundin zu treffen, aber der Wind frischte auf, sie wollte wohl ein Tuch holen, irgendwas, jedenfalls kam sie zurück ins Haus und hat alles mit angehört.«

Juli schob sich auf Zehenspitzen Millimeter um Millimeter in Richtung Haustür.

»Dabei hatte ich nicht den Hauch einer Ahnung, bis Evgeni sich verplappert hat.«

Lautlos legte sie die Hand auf die Türklinke.

»An jenem Abend stellte ich Emmi deshalb zur Rede. Erst stritt sie es ab, bezichtigte mich der Lüge, drohte sogar, mir alles zu nehmen, wenn ich auch nur ein Wort von diesem Unsinn, wie sie es nannte, gegenüber Eva oder sonst irgendjemandem verlauten ließe. Sie lachte mich aus, wie schon tausendmal in den vergangenen Jahren, fing an mich zu verhöhnen, aber diesmal habe ich ihr das Maul gestopft.«

Ein Lufthauch drang herein, als Juli die Tür öffnete. Hallbach sah überrascht auf, griff nach der Waffe und stemmte sich hoch. »Willst du den Rest nicht hören?« Er nahm ihr die Klinke aus der Hand. »Du bist ihre Mutter, du solltest wissen, warum sie sich umgebracht hat.«

Ihre Mutter.

»Emmi verließ fluchtartig das Haus, und dann stand auf einmal Eva vor mir. Ihr Blick wird mich ein Leben lang verfolgen. Die Angst darin. Das Entsetzen. Auch Enttäuschung. Ich hatte gerade ihre Mama geschlagen, sie hatte außerdem Dinge gehört, die nie für ihre Ohren bestimmt waren. Doch dann umarmte sie mich und strich über meine Wange. *Paps, beruhige dich, du musst mir jetzt die Wahrheit sagen. Was ist mit Sam?* Es lag so viel Hoffnung in ihren Worten.« Hallbach sah Juli in die Augen.

»Aber sie hoffte vergebens, denn Emmi hatte diesem Sam wohl ein kleines Vermögen angeboten, damit er auf Nimmerwiedersehen verschwand, aber er lachte sie aus, sagte, er würde Eva nie im Stich lassen. Deshalb heuerte meine liebe Gattin meinen Bruder an, um Sam begreiflich zu machen, dass er unbedingt und alternativlos aus Deutschland verschwinden müsse.« Hallbach fuhr sich mit einer Hand über das Gesicht. »Das richtige Maß zu finden war für Evgeni seit jeher schwierig, er hat es übertrieben, es war keine Absicht.«

War Sam tot? Wollte er das sagen?

»Ich wusste nicht, wie viel Eva tatsächlich gehört hatte, versicherte ihr nur immerfort, dass ich nichts von der Sache gewusst habe, dass Emmi Evgeni dazu angestiftet habe, Sam ein bisschen Angst einzujagen, nicht ich. Aber sie glaubte mir nicht. Wie auch? Evgeni ist mein Bruder. Er und Emmi haben einander nie gemocht, ich wusste nicht einmal, dass sie seine Handynummer hat.« Hallbach fasste an seinen Hals, als wäre der Strick immer noch da. »Und dann fragte sie nach dem Kind. Ob ich das auch habe umbringen lassen. Weil es die falsche Hautfarbe hatte – so wie Sam.«

»Und? Haben Sie?«

Er schloss die Augen. »Nein. Aber als Emmi anrief und mir sagte, das Kind – unser Enkelkind – sei bei der Geburt gestorben, dankte ich Gott, fand, es wäre für alle am besten so. Dabei hätte Eva sich niemals umgebracht, hätte ihr Baby gelebt. Das weiß ich jetzt.«

Zum selben Schluss war Juli in Nizza gekommen. »Wieso behauptet die Hebamme dann etwas anderes?«

Hallbach hob die Schultern. »Emmi und ich waren mit Eva am Grab des Kindes. Ungefähr zwei Wochen nach der Geburt, weil Eva keine Ruhe gab. Es besteht nicht der geringste Zweifel.«

Dennoch wollte Lila es nicht wahrhaben.

»Und dann schloss sie sich in ihrem Zimmer ein. Über eine halbe Stunde stand ich vor ihrer Tür, flehte sie an, mich reinzulassen, wir könnten doch über alles reden. Die Zeit heilt alle Wunden, bla, bla, bla. Ich dachte wirklich, sie beruhigt sich wieder.«

Hallbach ließ Juli nicht aus den Augen.

»Ich nahm Evas Handy, das noch auf dem Sideboard lag, und rief Emmi damit an, weil sie meine Nummer ständig wegdrückte, sagte ihr, dass Eva alles gehört habe, dass sie vielleicht Dummheiten machen, die Polizei verständigen würde, und natürlich kam Emmi, obwohl ich sie geschlagen hatte. Sofort. Doch egal, ob sie flehte oder schrie, weinte oder wütend gegen die Tür hämmerte, unsere kleine Prinzessin machte nicht auf.«

Denn das konnte sie nicht mehr.

Juli stand stocksteif da. Der grausam verquere Kinderreim sprang ihr ins Hirn.

Hänschen klein hing allein.

Lila hatte geglaubt, ihr Vater Hans trage die Schuld. Schon auf dem Weg hierher hatten sich die meisten Puzzleteile in Julis Kopf zusammengesetzt. Hanno war eine Abkürzung für Johann, Emmi hatte ihren Mann auf dem Friedhof aber Hans genannt, tat dies vermutlich immer, obwohl er in der Öffentlichkeit nicht als solcher bekannt war, und womöglich hatte Lila den Galgen erst gemalt, nachdem sie sich in ihrem Zimmer eingeschlossen hatte, weil sie annahm, ihr geliebter Paps habe Evgeni dazu angestiftet, Sam umzubringen – und ihr Kind. Deshalb die eher männlichen Konturen. Weil Hans den Tod verdient hatte und seine Tochter Eva mit ihrem eigenen an ihm die schlimmste Rache nahm, die möglich war.

War es so?

Hallbach ließ die Waffe sinken und stieß das schwere Eingangsportal der Villa einen Spaltbreit auf. »Verschwinde, bevor ich es mir anders überlege. Na los.«

Erleichtert zwängte Juli sich ins Freie und rannte los.

»Nicht so schnell, meine Liebe!«

Der Schreck über das Wiedersehen mit Lilas »Mutter« ließ Juli straucheln. Sie fiel auf die Knie.

»Will sie Geld? Sollst du dich von mir scheiden lassen? Erpresst das Flittchen dich?« Angewidert sah Emmi auf das Ebenbild ihrer Tochter herab, dann zu ihrem Mann. »Und wo ist Evgeni?«

Wie auf Kommando rollte das Garagentor auf, und der Motor einer mattbraunen Limousine begann zu surren.

»Wenigstens einer, der nicht die Nerven verliert.« Emmi packte Juli an den Haaren und riss sie hoch. »Wolltest du sie etwa laufen lassen? Nach allem, was sie getan hat? Wenn Evgeni mir keine Nachricht geschickt hätte –«

Mit einer Drehung machte Juli sich frei, duckte sich weg, ignorierte den Schmerz, kam bis zum Tor. Verschlossen. Eine Sekunde später war Evgeni bei ihr, presste seine Hand auf ihren Mund, ließ keinen ihrer Schreie nach draußen.

Keinen einzigen.

»Ins Auto mit ihr, schnell.«

Hallbach wollte dazwischengehen, stockte, brauchte noch einen weiteren Atemzug. »Die Idee mit der Überdosis, sie stammt von dir?«

Seine Frau wandte sich zu ihm um und lachte abfällig. »Glaubst du etwa, ich habe all die Jahre ertragen, wie du deine Unfruchtbarkeit in den Betten so vieler Frauen wettmachen musstest und mir zur Krönung das Balg deines Bruders«, ihre Finger malten Gänsefüßchen in die Luft, »das es wegen deiner miserablen Spermienqualität gar nicht hätte geben dürfen, unterschiebst, um von deinem Flittchen schlussendlich doch noch den Ruf und das Ansehen meiner Familie beschmutzen zu lassen?«

»Aber … ich bin nicht Evas Vater. Nicht der biologische jedenfalls. Wie kommst du bloß darauf?«

»Du dementierst? Sogar jetzt noch?« Emmi öffnete für Evgeni und Juli die hintere Wagentür. »Nicht einmal für die Wahrheit bist du Manns genug? Und jetzt steig gefälligst ein und fahr los!«

∗∗∗

»Worauf wir warte?«

Ömer wandte den Kopf. Melek hangelte sich wie ein Äffchen durch die Kletterspinne des Spielplatzes, er selbst stand auf dem Schotterweg gegenüber und dachte über das seltsame Gespräch mit Emmi Hallbach nach. Passte der Begriff *seltsam* überhaupt, oder war es vielmehr einfach die gängige Masche reicher Leute mit Einfluss, die anderen von vorneherein den Wind aus den Segeln nahmen, indem sie besonders arrogant, ja geradezu anmaßend auftraten? Ließ er sich davon einschüchtern? Ein bisschen schon, wenn er ehrlich war.

Zwar hatte sich auch Evas Vater angesichts der tragischen Umstände die ganze Zeit über auffallend abgeklärt verhalten, aber dass die Mutter ebenso kühl und emotionslos auftrat, wunderte Ömer doch sehr – Schutzmechanismen hin oder her.

Normalerweise zermarterten Eltern sich das Hirn mit den üblichen unausweichlichen Fragen. Trugen sie die Schuld? Hätten sie es verhindern können? Hatten sie Warnzeichen übersehen? Immerhin rangierte Suizid nach Unfalltod auf Platz zwei der häufigsten Todesursachen bei den unter Zwanzigjährigen, und wenn nicht gerade eine psychische Erkrankung vorlag, erhöhten vor allem akute Belastungssituationen innerhalb der Familie, in der Schule, im Freundeskreis oder soziale Isolation das Risiko. In Deutschland starb jeden zweiten Tag ein Jugendlicher durch die eigene Hand. Als Todesermittler kannte Ömer die Zahlen nur zu gut, hatte viel zu oft mit Hinterbliebenen zu tun. Vielleicht kam ihm das Verhalten der Eltern gerade deshalb komisch vor, fast so, als … als wäre der Tod der Tochter gerade ihr kleinstes Problem. Konnte das sein?

Ein spitzer Ellbogen holte Ömer ins Hier und Jetzt zurück, er fasste sich an die Rippen.

Melek drückte ihm den Helm an den Bauch. »Komm, heim will, Serie schauen.«

Ömer sah auf die Uhr. »Nur noch –«

Weiter kam er nicht. Aus der Zufahrt zur Hallbach-Villa kam eine mattbronzene Limousine und fuhr in Richtung Friedensengel davon.

***

Als Hallbach Gas gab, knallte Julis Kopf gegen die Stütze der Rückbank.

Verdammte Scheiße!

Und jetzt? Niemand würde sie hinter den tiefschwarz getönten Scheiben sehen, das voll aufgedrehte High-End-Surround-Soundsystem verschluckte jeden Laut. Sie musste aufstehen, ihre Kraft wiederfinden und … kämpfen. Wie im Ring.

Doch ihre Chancen standen schlecht. Die alte Walther lag zwischen Evgenis Beinen im Fußraum, unter einem Stiefelabsatz eingeklemmt, eine andere Pistole steckte in seiner mächtigen Faust, die Mündung fest an Julis Hals gepresst. Trotzdem musste sie die eine Frage stellen, bevor der Kampf begann, bevor sie dafür sorgte, dass niemand die Spuren an ihrem Körper übersehen würde.

»Wo kam Eva her? Wer hat sie mir weggenommen? Sie aus der Toilette geholt? Und was ist danach passiert?«

Der Wagen schlingerte, Hallbach wandte sich um. »Toilette? Weggenommen?«

Der kleine Bruder zuckte lahm mit den Schultern, schien nicht recht zu verstehen, was man von ihm wollte. »Du weißt, wie es war.«

»Nicht genau«, sagte Hallbach.

»Sie wollte ihr Kind nicht. Nahm lieber die Drogen und das Geld und hat sich aus dem Staub gemacht.«

Verkauft?

»Nein, ich habe kein Geld genommen, und außerdem kam ich zurück, wollte sie holen, sie bei mir haben, aber sie war nicht mehr da.«

»Wann?« Hallbach bremste. Seine Frau musste sich am Armaturenbrett abstützen.

»Nicht viel später, vielleicht einige –«

Evgenis Hand flog auf Julis Mund, ehe sie weitersprechen konnte, er drückte ihren Kopf gegen die Scheibe. »Was soll das Gequatsche? Gib Gas, Bruder, wir sollten uns beeilen. Vielleicht kommt der Bulle doch zurück. Sag es ihm, Emmi.«

»Ja, Hans, fahr endlich.«

Doch Hallbach ließ den Wagen weiter in Schrittgeschwindigkeit an Passanten und Radfahrern vorbeirollen. »Du hast mir gesagt, das Kind wäre von einer Freundin, die es loswerden wollte.«

»Aber das stimmt. Sie hat sich einen Dreck geschert. Wenn ich nicht gewesen wäre, dann …«

… wäre mein Kind schon kurz nach der Geburt gestorben?

War das die unerträgliche Wahrheit?

Wäre das besser gewesen?

Juli holte Luft, ballte die Faust und rammte sie Evgeni ins Gesicht. Wie Sprühregen färbte sein Blut den hellen Lederbezug der Fahrerkopfstütze, aber nur eine Sekunde lang erlaubte Juli sich, den Anblick zu genießen, denn sie wusste, was unweigerlich folgen würde. Ja, sie hoffte darauf, denn dann würden Evgeni, Hallbach und Emmi genauso bezahlen wie sie selbst.

Zwei Wimpernschläge später bohrte sich der Pistolengriff in Julis Schläfe, schob eine schwarze Wand in ihre Augen und einen stechenden Schmerz durch Hinterkopf und Rückgrat.

Sie lächelte.

Evgeni war genauso dumm, wie sein Bruder gesagt hatte. Er hinterließ Spuren, und als Juli das Bewusstsein verlor, spürte sie deutlich die Kälte des Edelstahltisches in ihrem Rücken und blickte vom Sektionstisch aus hoch in Professor Kammerlochers kluge graue Augen, die natürlich erkennen würden, was sie vor sich hatten.

neinglaubmiresistwieichsage

lügmichnichtan!

aberwankobruderdasspieltdochalleskeinerollemehr

sagmirverdammtnochmalsofortwasesmitdertoiletteaufsichhat!

Juli blinzelte. Durch ihre Augen schoss der Schmerz. *Fuck!*

meinversprechenichkonnteesnichthaltenichwolltebeiihrsein

Ätzend langsam verschmolzen Farben und Umrisse zu Bildern, verschwammen erneut, verblassten wieder. Juli sah Grün, Braun, Grau, dazwischen gar nichts mehr, meinte eine Straße zu erkennen.

Bin ich tot?

ichmusstesiewiedersehenesgingnichtanders

Juli fasste an ihren Kopf, er fühlte sich an, als hätte ihn jemand mit heißem Asphalt ausgegossen, keine Sekunde später wurde sie nach links geschleudert, prallte gegen Evgeni und landete schließlich in der Lücke zwischen Fahrer- und Beifahrersitz. Der Motor schmierte ab, und mit ihm verstummte endlich das Summen in ihren Ohren.

Mühsam versuchte sie hochzukommen, spürte Blut an den Fingern, befühlte die Wunde. Kein Rechtsmediziner würde das übersehen.

No way!

Sie lehnte sich zurück, blickte durchs Seitenfenster. Die Gegend draußen kam ihr durch den unwirklichen grauen Schleier der Scheibentönung vage bekannt vor, ein Hund bellte.

Ist das etwa …?

Blut tropfte von ihrer Kinnspitze. Juli wunderte sich. Das mussten die Leute doch sehen. Ein Mann mit Kopfhörern stand keine zwei Meter entfernt und machte Fotos.

Ihre Finger krochen hoch zur Türverriegelung, zerrten am Griff, bewegten rein gar nichts, also schlug sie mit Kopf und Händen gegen die Scheibe. Einmal. Zweimal …

»Ich habe sie nicht angerührt, ich schwöre, ich wollte nur in ihrer Nähe sein.«

In ihrer Nähe sein?

An die Zeit nach dem Tod der Eltern hatte Juli kaum Erinnerungen. Ihr Leben endete mit ihnen, und doch existierte sie damals wie unter einer Glasglocke fort, phantasierte, tobte, versuchte die Zeit zurückzudrehen. Betäubte den Schmerz mit sinnloser Sauferei, mit Drogen, mit Wut, und trotzdem sah sie sich ständig auf der Straße um, spürte Blicke im Rücken, glaubte, verrückt zu werden.

»Und dann brachte sie ein Kind zur Welt, ich war zufällig da, bin ihr nachgeschlichen. Sie ließ es einfach auf dem Klo liegen. Wie krank ist das bitte?« Evgeni kaute auf seinem Daumennagel. »Ich musste es mitnehmen. Was hätte ich sonst tun sollen? Immerhin bestand die Möglichkeit, dass es mein Kind war.«

Sein Kind.

Jeden verdammten Tag hatte Juli seither das lila angelaufene Gesicht eines Neugeborenen gesehen, jede Nacht die warme Haut an den Fingern gespürt und nie gewusst, ob das alles wirklich passiert war oder sie den Verstand verlor.

»Sie hat es einfach liegen lassen!«, brüllte Evgeni, packte Juli an den Haaren und knallte ihre Stirn gegen die Fensterscheibe. Radfahrer, Hunde, Spaziergänger, Jogger, Ärger, Beschimpfungen, Kopfschütteln flackerten vor ihren Augen auf wie Idyllen aus jenen altmodischen Klickapparaten, in die man nur hineinsehen musste und in einer anderen Welt landete. Burgen, Schlösser, Berge. Klick. Klick. Klick. Juli wünschte sich in weit entfernte Kitschwelten. Sie wollte heim.

Zu Mama. Und Papa.

»Willst du sie umbringen? So wie Sam?« Hallbach griff durch die Vordersitze hindurch nach Evgeni, verfehlte sein Ziel, packte stattdessen seine Frau am Handgelenk. »Du hast meinen Bruder zum Mörder gemacht, hättest du ihn nicht darauf angesetzt, diesen Dreckskerl einzuschüchtern, dann –«

Doch Emmi lachte ihren Mann aus, entwand sich seinem Griff. »Du bist so naiv, Schätzchen, ich könnte dir alles erzählen, aber halbe Sachen waren noch nie mein Ding, das müsstest du eigentlich wissen. Von ein bisschen Einschüchtern war nie die Rede. Außerdem, wenn ich das hier richtig verstanden habe, hat dein geliebter Bruder eine Fünfzehnjährige vergewaltigt und uns die faule Frucht ins Haus geschleppt. Was macht es da noch, dass er diesen Schmarotzer beseitigt hat?«

Emmis Worte bohrten sich wie Messer in Julis Hirn.

»In unserer Familie tun wir, was getan werden muss, und deshalb habe ich, nachdem die Sache mit Sam erledigt war, dafür gesorgt, dass sich die Geschichte nicht wiederholt und Eva uns ihre Schande nicht ins Haus schleppt.«

∗

Ömer starrte der Limousine nach, obwohl sie längst nicht mehr zu sehen war, sein Mittelfinger fuhr über die Narbe an seinem Daumen. Etwas stimmte nicht. Wie in diesen Suchbildern, mit denen er sich als Kind die Zeit vertrieben hatte. Man weiß, dass ein letzter Fehler da sein muss, und sieht ihn dennoch nicht.

Ein Wagen. Im ersten Dämmerlicht. Mit dramatisch dunkel aufziehenden Wolken am Himmel. Was noch?

»Ömer?« Melek schwang das Bein über den Sattel, sie wollte endlich heimfahren.

Wolken. Himmel. Dämmerung. War Hallbach betrunken? Deshalb die Schlangenlinien? Das Ruckeln. Das Zögerliche. Hatte er aus diesem Grund vorhin nicht aufgemacht? Oder fuhr Emmi? Immerhin hatten beide einiges durchgemacht.

»Ne odlu?«

Was los war? Gar nichts. Oder vielleicht doch?

»İmdad! Alın bu köpeği başımdan!«

Konnte das Mädel nicht einmal die Klappe halten? Genervt drehte Ömer sich zu ihr um, sah, wie sie gegen ein kaum Maßkrug hohes herzallerliebstes Schoßhündchen kämpfte, das ihr anscheinend ans Bein pinkeln wollte.

»Pis köpek!«

Dreckiger Hund?

Hund?

Hund! Natürlich! Das hatte nicht ins Bild gepasst. Ein Hund war Hallbachs Limousine nachgelaufen.

Ein großer, vielleicht grauer Hund.

Juli musste mit im Wagen gesessen haben, warum sonst sollte August einem fremden Fahrzeug hinterherlaufen?

Ömer knallte den Fahrradhelm auf seinen Kopf, klickte den Kinnriemen ein und sprang aufs Rad. Kaum einen Kilometer weiter sah er das Gran Coupé wie zwischen den Bäumen eingeklemmt quer auf dem Laufweg stehen. Menschen stiegen von ihren Rädern, unterbrachen Laufrunden, stoppten Fitnessuhren, rotteten sich zusammen, schimpften. Es wurde gefilmt und fotografiert, und mitten unter ihnen bellte tatsächlich August – Ömer hatte sich nicht getäuscht. Der Graue sprang unablässig gegen die hintere verdunkelte Scheibe.

Wenn er nur seinen Ausweis oder wenigstens die Marke dabeihätte! Auch seine HK P7 lag natürlich vorschriftsmäßig verwahrt im Büro – er hatte schließlich Feierabend –, und ohnehin setzte er im Job eher auf verbale Deeskalation als auf Einschüchterung per Schusswaffe.

Energischer, als er sich fühlte, schob er sich durch die Menschentraube, umrundete den Wagen. Hallbachs Kopf und Hände lagen auf dem Lenkrad.

Herzinfarkt? Schwächeanfall?

Die Fahrertür ließ sich nicht öffnen. »Amına koyayım!« Holte niemand Hilfe?

»Geht es Ihnen gut?« Mit dem Finger tippte er gegen die Scheibe, wies auf die Knöpfe an der Türverkleidung, wollte, dass Emmi sich herüberbeugte und aufmachte, und bemerkte im Rückraum des Wagens eine Bewegung. Er schirmte die Augen gegen das Licht der Straßenbeleuchtung ab und …

… wurde von dem Knall eines Schusses vollkommen überrascht. Adrenalin schoss in seine Adern, er ließ sich fallen, das Leben um ihn herum erstarrte für Sekundenbruchteile zu Eis, erst dann brach Panik los. Jetzt rannten sie, die Gaffer, die Storyteller, die Arschlöcher.

Vorsichtig spähte Ömer nach oben. Kein Loch in der Scheibe, keine Dellen in der Karosserie. War Juli getroffen? Lebte sie? Hatte Hallbach die Kugel abbekommen?

Es brauchte drei Anläufe, bis er sein Handy aus der Jackentasche bekam, zwei weitere, bis sich der Fingerabdrucksensor endlich zufriedengab, doch noch bevor er die 110 wählen konnte, heulte der Vierhundertfünfzig-PS-Motor über ihm auf, und das

Coupé machte einen Satz nach vorn, überrollte um ein Haar seine Beine, dann ein Mountainbike, touchierte den nächsten Baum, eine Parkbank und schoss schließlich auf dem Schotterweg in Richtung Max-Joseph-Brücke davon.

Ömer sprintete hinterher, zwanzig, dreißig, vierzig Meter, verstand zu spät, dass es sinnlos war, er musste zurück zum Rad … Vielleicht konnte er … im Stadtverkehr? Nein! Zuerst die Kollegen. Verstärkung anfordern! Das Handy rutschte ihm aus der Hand, er bückte sich und sah …

Heilige Scheiße!

Hallbach riss das Steuer herum, der Motor heulte auf, die Reifen quietschten, und nach kurzem Schlingern durchbrach das Coupé die Böschung, beschleunigte noch einmal, um schließlich auf dem höchsten Punkt des kleinen Uferdamms wie über den Kicker einer Schanze in die Isar zu fliegen.

Erst nach drei, vier Atemzügen ungläubigen Starrens setzte die nächste Dosis Adrenalin Ömers Muskeln in Gang. Er packte einen Jogger am Kragen, brüllte:

KRANKENWAGEN!

RUFEN!

POLIZEI!

VERSTÄNDIGEN!

FEUERWEHR!

SOFORT!

Und obwohl alles so schnell ging, sah er, wie die Speicheltropfen aus seinem Mund das Gesicht seines Gegenübers benetzten, als stünde er unbeteiligt daneben. Dann sprang er die Böschung hinunter, auf allen vieren den kleinen Damm hoch, jaulte vor Entsetzen, denn obwohl das Wasser am Ufer seicht war, reichten die Flugweite und der Auftrieb nach dem ersten Eintauchen aus, um den BMW einige Meter auf der Strömung schwimmen zu lassen wie ein führerloses Boot, ehe er über Bug zu sinken begann.

tag 0

stille

Das kalte Wasser und die Atemnot spülen sie zurück an den Nullpunkt ihrer Existenz.

Kälte.

Und.

Stille.

Sie kennt beide. Viel zu gut. Sie lassen sich nicht aufhalten, finden jedes Loch und jede Ritze, kriechen in Mund, Nase, Ohren. Erstarren. Zu Kristallen. Zu Schnee. Fordern Raum.

Mama? Papa!

Arme und Beine zittern, als die Sinne zurückkehren. Sie kribbeln. Wie damals. Ist es die Angst? Oder sind es die Vorboten des Todes?

Sie streckt die Hände aus.

Darf sie endlich bei ihnen sein?

Ein Hauch Wärme stiehlt sich naseweis in die ewige Kälte, bringt feuchte Haut an ihre Finger. Das schwarze Weiß des Schnees zerfließt darauf in ein lilafarbenes Meer ...

Sie erschrickt, reißt die Augen auf. Das Grün brennt unter den Lidern, vermischt sich mit Dunkelheit. Mit Nacht. Mit Eingesperrtsein.

Ist das die Strafe? Für ihr dummdreistes Wünschen und Sehnen? Obwohl ihr Leben doch perfekt gewesen ist, bevor ...

Natürlich haben die Eltern nachgegeben! Als ihr einziges Kind, ihr Augenstern nicht aufhörte zu bitten, zu betteln, zu flehen, zu schmollen, zu toben. Um ihr den sehnlichsten Wunsch zu erfüllen. Zum vierzehnten Geburtstag. Wenigstens ein Mal gemeinsam übers Wochenende in die Berge fahren. Auf eine Skihütte. Obwohl sich die Arbeit daheim in der Metzgerei nicht von allein tat.

Juli ließ die letzte Luft aus ihrem Mund entweichen. Fruchtwasser? Fühlte es sich so an? Nur wärmer? Geborgener? Genauso schwebend? Genauso beengt?

Ganz automatisch hob sie das Kinn, spürte Wasser über Stirn und Wangen laufen und atmete.

Genau wie damals.

Dabei hätte sie sterben sollen. Unter der Lawine. Mit den Eltern. Aber die Vorsehung, das Schicksal, Gott, ihretwegen auch der Teufel, sie alle liebten kleine Spielchen, brachen ihr zwar beide Beine, zementierten auch den restlichen Köper grässlich verrenkt unter den Schneemassen fest, wärmten sie jedoch mit den toten Leibern von Mutter und Vater und zwangen ihr einen Hohlraum vor Mund und Nase auf, der sie zweiundvierzig Stunden bis zu ihrer Bergung überleben ließ.

Das Wunder von Kitzbühel.

Tote Eltern retten Tochter das Leben.

So titelten die Zeitungen.

Kind tötet Mama und Papa, lautete Julis Schlagzeile. Die Headline ihres Lebens DANACH.

Das Wasser stieg schnell. Sie holte Luft, tauchte ab. Eiseskälte schwappte über ihr zusammen, die roten Haare lösten sich endgültig aus dem Gummi, gerieten vors Gesicht. Trotzdem sah sie, wie sich Hallbach samt Airbag vor dem Bauch am Lenkrad festhielt, wie er still dasaß und verharrte, wie er keineswegs versuchte, sich zu retten.

War Emmi bewusstlos? Tot? Ihr Haar jedenfalls wogte wie Seetang, und Evgeni rammte in grotesker Langsamkeit den Ellbogen gegen die Scheibe, stemmte sich gegen die Tür, riss an Hebeln, drückte Knöpfe, tastete im Fußraum nach … nach der Waffe? Hangelte sich dann zwischen den Vordersitzen hindurch, packte den Bruder, streckte sich nach Fensterhebern und Innenraumverriegelung und wurde zurückgedrängt, festgehalten. Ein Kampf entbrannte.

Im Widerstand des Wassers.

In Kälte und Stille.

Wie in Zeitlupe.

Vollkommen surreal.

Zwei-, dreimal schob Juli Mund und Nase zurück in den schwindenden Hohlraum hinter sich in der Hutablage. Atmete. Staunte erneut. Über die eigene anmaßende Ruhe und Evgenis irren Kampf ums Leben. Doch dann – als hätte er endlich begriffen – machte er kehrt, zerrte an Stoff, Haaren, Haut, schob Juli beiseite, drückte sie nach unten, sah die letzte Luftblase durch die Dichtung der Heckscheibe blubbern und ... wurde panisch.

Juli aber schwebte auf die geliebten Eltern zu. Und auf die rothaarige junge Frau mit der blassen Haut und den Sommersprossen in den Augen, die ein kleines Kind wiegte.

Sie waren wie Milch und Kakao.

Juli streckte die Hand aus und ...

✳✳✳

Die Kälte brachte Ömer schier um. Er war auf dem sandigen Uferweg neben Hallbachs sinkendem BMW hergelaufen, hatte gehofft, die Türen würden aufgehen oder wenigstens die Fenster herunterfahren, solange es noch ging, doch nichts dergleichen geschah. Niemand befreite sich aus eigener Kraft. Das Coupé sank tiefer und tiefer in die grüne Isar, schrammte ab und an über Grund, wogte weiter, bis nur noch die Heckklappe aus dem Wasser ragte.

Sonst nichts mehr.

Und dann blieb der Wagen doch hängen. Auf einer Kiesbank. Wurde wenig später sogar etwas hochgespült. Ömer riss sich Jacke und Schuhe vom Leib, sprang, betete, der BMW möge wenigstens so lange stillhalten, bis er ...

»Juli! JUUUUUULIIIIIII!«

Am flachen Heckspoiler versuchte er sich festzuhalten, rutschte ab, hörte dumpfes Donnern, gedämpfte Schreie, wurde um ein Haar von der Strömung mitgerissen, fand den Türgriff, klammerte sich daran fest, zog gleichzeitig, zerrte verzweifelt, stemmte sich dagegen. Mit aller Kraft. Und bewegte rein gar nichts.

Verriegelt!

Heilige Scheiße!

Was sollte er tun? Bestimmt hätte er die Tür öffnen können, jetzt, da der Innenraum vollgelaufen war, da es keine Druckdifferenz mehr gab ... aber verriegelt? War das Absicht?

Wegen der getönten Scheiben konnte er kaum etwas erkennen. Oder doch? Eine Hand? Von innen gegen das Glas gepresst?

Julis Hand?

In schierer Verzweiflung holte er aus, drosch den Ellbogen gegen die Heckscheibe, ließ sich kein zweites Mal hinreißen, holte Luft, tauchte, tastete nach einem Stein, einer Eisenstange ... einem Federkörner! In seinem Auto lag einer. Genau für solche Zwecke.

Peng! Zack.

So einfach. Aber ohne ein Werkzeug hatte er – erst recht bei einer derart hochpreisigen Limousine – keine Chance. Seine kleine Freundin aus Kindertagen würde hinter getönten Scheiben verrecken. Zwischen Ledersitzen und Edelholzarmaturen. Und am Ufer standen die Leute und gafften.

Die scharfe Kante eines Steines zerschnitt Ömer die Haut an den Fingern, er hievte den Brocken hoch, suchte mit Fußsohlen und Zehen Halt auf den Reifen, holte Schwung. Der Kofferraum ragte nach wie vor ein Stück aus dem Wasser, das die Heckscheibe höchstens eine Handbreit überspülte, und trotzdem hatte er keine Chance. Nicht die geringste. Qualitätsarbeit. Sicherheitsgeprüft. Dick und robust. Das Glas gab nicht nach. Bekam nicht einmal einen Kratzer. Ömer wechselte zur Seitenscheibe, sah Emmi regungslos im Gurt hängen, schlug zu. Durch mehr Wasser. Mehr Widerstand. Gegen Windmühlen anrennen. Vergebene Liebesmüh. Er wusste es längst, dennoch versuchte er es wieder. Und wieder. Und wieder. Verlor Kraft und Hoffnung. Aus den dunklen Wolken am Horizont kippte ein letzter Sonnenstrahl wie Theaterlicht durch die Baumlücken des gegenüberliegenden Ufers.

Oh mein Gott!

Da war sie! Driftete in Richtung Frontscheibe. Bewusstlos? Tot? Nur dank der Wolkenlücke konnte Ömer unter Wasser überhaupt ein paar Umrisse erkennen, er musste sich konzentrieren, nachdenken, die Panik in Schach halten. Auf einmal fiel aus dem Fond ein Männerarm über die Kopfstütze nach vorne und streifte Julis Rücken. Ein Bein folgte, schubste an, ganz sacht, ließ Julis Stirn hauchzart gegen das Glas puffen.

Blonk.

Eine Sekunde später öffnete sie die Augen. Ömer hyperventilierte fast, hämmerte gegen die Scheibe, wollte, dass sie die Tür entriegelte, vielleicht funktionierte die Elektrik noch. Es musste doch möglich sein, sie da rauszubekommen!

Bitte. Bismillah!

Ihm wurde schwarz vor Augen, er musste an die Oberfläche, seine Füße strampelten.

Atmen.

Atmen!

Über Wasser durchschnitt das Kreischen der Martinshörner die Abendstille, Blaulicht erhellte den Himmel. Rettung nahte. Endlich. Sicher hatten die Feuerwehrmänner geeignetes Werkzeug dabei.

Alles wird gut!

Ömer wandte den Kopf, sah den treuen August am seichten Ufer auf und ab springen. Wie viele Minuten brauchte es, bis …?

Es dauerte zu lange.

Die Zeit würde nicht reichen.

Niemals.

Er tauchte ein weiteres Mal ab, wollte wenigstens bei ihr sein, wenn …

Und auf einmal war die Rettung zum Greifen nah. Die alte Wehrmachtspistole, von der ihm Juli erzählt hatte, sank vom Rückraum des BMW durch das Grün der Isar, streifte Julis Ohr und blieb auf dem Bordmonitor liegen.

Nimm sie! Schieß! Schieß durch die Scheibe!

Ömer wedelte mit den Armen, machte es vor, entsicherte. Gott, hoffentlich war das Ding geladen!

Juli musste die Mündung nur nah genug ans Fenster bringen, am besten aufsetzen, damit die höhere Dichte des Wassers das Projektil nicht bremsen konnte.

Komm schon! Tu es!

Er gestikulierte, klopfte, schrie, drehte durch. Er hasste Pantomimespiele, drückte sich davor, wann immer möglich, und hatte entsprechend wenig Übung, doch jedes Kind hätte verstanden, was er sagen wollte.

Jedes Kind!

Juli nicht. Sie wollte nicht verstehen. Sie hatte sich entschieden. Er konnte nichts tun.

Hilflos legte er beide Hände an die Scheibe, drückte Nase und Stirn gegen das Glas und zwang sich ein Lächeln ab. Früher hatten sie es im Schwimmbad beim Liederraten unter Wasser genauso gemacht. Sich an den Händen gehalten, sich angesehen. Ömer öffnete den Mund.

Hello, it's me
I was wondering if after all these years you'd like to meet
To go over everything
They say that time's supposed to heal ya
But I ain't done much healing

Als er den Song zum ersten Mal im Radio gehört hatte, war ihm, als hätte Adele den Text allein für ihn geschrieben. Für ihn und Juli.

Hello, can you hear me?
I'm in California dreaming about who we used to be
When we were younger and free
I've forgotten how it felt before the world fell at our feet

Er spürte eine solche Sehnsucht. Nach der Freiheit und Unbeschwertheit ihrer gemeinsam verbrachten Kindheit. Weinte darüber, was sie verloren hatten. Wie hart ihnen die Welt auf die Füße gefallen war.

Hello from the other side

I must've called a thousand times
To tell you I'm sorry
For everything that I've done

Adeles Worte hatten ihm damals die Augen geöffnet. Endlich wusste er, was er tun musste. Was er längst hätte tun müssen! Juli sagen, wie leid es ihm tat, dass er sie im Stich gelassen hatte, als sie ihn am dringendsten brauchte.

Hello, it's me!

Doch zwei Liedzeilen hielten ihn am Ende immer davon ab, es wirklich zu tun. Weil er ein Feigling war.

But it don't matter
It clearly doesn't tear you apart anymore

Was, wenn sie längst vergessen hatte? Wenn er ihr egal war? Wenn sie dieses besondere Band nie gespürt hatte?

Hello from the outside!

Ömer drosch mit beiden Händen gegen die Scheibe.

At least I can say that I've tried

Nein. Er konnte nicht sagen, dass er es wenigstens versucht hatte, und jetzt war es zu spät.

Mit den Füßen stieß er sich von der Kiesbank ab und tauchte auf.

Acht Wochen später

Sie kochte Ömers Lieblingsgericht. Börek! Der knusprige Yuf-kateig mit einer Füllung aus Schafskäse, Fleisch, Spinat und Eiern streichelte seine Seele wie nichts sonst. Sowieso hätte er ohne Melek die letzten Wochen nicht überstanden. Das Mädchen war ein absoluter Schatz.

Er griff sich ein alkoholfreies Weißbier von der Spüle und fischte den Flaschenöffner aus der Schublade.

Zisch. Ah!

Abkühlung. Genau das brauchte er jetzt. Dreißig Grad im Schatten und nur ein laues Lüftchen verhießen einen schweiß-treibenden Nachmittag.

»Ist Çay fertig? Hast du Sucuk und Sosis schon rausgetragt? Hummus? Haben alle trinken? Tisch kannst du auch decken, Essen gleich fertig, und – Allah aşkına! – nimm gefälligst Hund mit raus, der kommt dauernd unter den Füßen.«

Wann immer Melek Gelegenheit dazu bekam, kommandierte sie Ömer herum. Aber das störte ihn kein bisschen, daran war er von klein auf gewöhnt, und ihr ulkiges Deutsch fand er irgendwie sogar sexy.

Er zählte Messer und Gabeln ab, schnalzte mit der Zunge – »Komm, August! Raus aus der Küche!« – und balancierte den gewaltigen Tellerturm durch die erst letzte Woche eingebaute Terrassentür in den Garten hinaus. Die anderen Umbauarbeiten mussten warten, Münchens Handwerker waren viel beschäftigte Leute. August störte das von allen am wenigsten, er hatte sich im neuen Zuhause längst eingelebt.

Draußen stiegen Ömer sofort Tränen in die Augen, obwohl ihm der Anblick das Herz wärmte. Seit Juli in der Isar … seitdem hatte sich viel verändert. Jetzt wusste er, was wirklich wichtig war im Leben, würde nie mehr zögern, wollte nie mehr ein Feigling sein.

Er schluckte, lächelte den Kummer weg. Seine ganze Familie – die alte wie die neue – saß an der improvisierten Tafel versammelt, der Laden blieb das ganze Wochenende über geschlossen. Der Anlass war aber auch ein sehr besonderer. Meleks gesamte Familie war aus der Türkei angereist. Alle plapperten durcheinander, beschnupperten sich, lernten einander kennen. Als Ömer das Besteck verteilte, sprangen seine und Meleks Schwestern auf, schlüpften an ihm vorbei in Richtung Küche, um der künftigen Braut unter die Arme zu greifen, wie sie es versprochen hatten.

Die Hochzeit war für nächstes Jahr geplant, die Zeit also knapp bemessen, aber immerhin hatten sie gestern bereits die Kiz isteme hinter sich gebracht. Ömers Baba Selahattin hatte, wie es die Tradition verlangte, im Namen Allahs und des Propheten Mohammed um Meleks Hand angehalten. Und natürlich verzog der Bräutigam keine Miene, als ihm seine Zukünftige den versalzenen türkischen Mokka servierte.

Das eigentliche Hochzeitsversprechen – das Söz kesme – würde schon morgen stattfinden, dann wurden auch die Ringe getauscht. Ein Termin für die Verlobungsfeier stand noch nicht fest. Dafür würde Ömers gesamte Familie irgendwann im Herbst in die Türkei reisen.

Etwas bang sah er hinüber zum anderen Ende des Gartens. Hoffentlich ging das gut!

Hallbachs Anruf direkt nach dem Aufstehen hatte Ömer völlig kalt erwischt, sonst hätte er ihn, angesichts des unvermeidlichen Trubels am heutigen Tag, garantiert abgewimmelt. Auf der Decke unter dem Apfelbaum betatschte Hallbach gerade ziemlich unbeholfen die kleinen Zehen seines Enkelkindes – oder wie immer man ihr Verhältnis bezeichnen wollte.

Anne Seher nahm Ömer das letzte Messer ab und drückte seine Hand. Die vergangenen Wochen waren schwer für ihn gewesen. Fast jede Nacht hatte er Julis Gesicht im Wasser und die

Entschlossenheit in ihren Augen gesehen. Dieser Anblick würde ihn ein Leben lang verfolgen.

Hello from the outside!

Ein Klaps der Mutter beförderte ihn in Richtung Decke. Eigentlich hatte er sich vorgenommen, das Kennenlernen und Beschnuppern nicht zu stören, aber die puttengleichen Ärmchen streckten sich nach ihm aus, Fäustchen schlossen und öffneten sich, er konnte unmöglich widerstehen. Evas Tochter war das entzückendste kleine Wesen, das er kannte. Die karamellfarbene Haut, die schwarzen Locken, dazu die Flecken in den fast wie Jade schimmernden Augen. Er verstand bis heute nicht, wie Juli das hatte übersehen können, als sie bei den Jettous vor der Haustür stand.

Es sind ihre Augen.

Vorsichtig hob er die kleine Lila von der Decke hoch und wirbelte sie durch die Luft. Über den Namen hatten sie nicht lange nachdenken müssen. Sogar Jamila fand ihn überaus passend, als man ihr die Hintergründe erklärte, und nach fast vier Wochen, die sie gemeinsam verbracht hatten, um dem kleinen Mädchen das Eingewöhnen zu erleichtern, war sie gestern mit ihren drei Kindern wieder abgereist.

Ömer empfand tiefe Zuneigung für die Französin, die Evas Baby wie ein eigenes Kind geliebt hatte. Offiziell war Klein-Lila allerdings nach wie vor der jüngste Spross der Jettous. Die französischen Behörden versuchten gerade, die durchaus knifflige Sachlage zu erfassen. Ganze Berge von Papier mussten übersetzt und abgearbeitet werden, und ein DNA-Vergleich stand ebenfalls noch aus, obwohl ein solcher in Deutschland längst Evas Mutterschaft bestätigt hatte – genau wie Julis, genau wie Evgenis Vaterschaft.

Ömer war ziemlich sicher, dass Jamila und Driss rechtlich belangt wurden, aber wenigstens für Jamila hoffte er, dass die Sache gut ausging, denn es war wohl eine alte Schuld gegenüber Emmi gewesen, die Driss und Jamila gezwungen hatte, mitzuspielen.

Trotzdem war Eva jetzt tot.

Weil Emmi nicht nur den Freund mit der falschen Hautfarbe aus dem Weg schaffen ließ, sondern auch dafür sorgte, dass Eva glaubte, ihr Baby sei bei der Geburt gestorben, und sich deshalb das Leben nahm. Kein Wunder, dass Hallbach sämtliche Sicherungen durchbrannten, als sich ihm im Auto das ganze Ausmaß von Emmis Verrat erschloss.

»Evgeni hat Eva einfach vor unserer Tür abgestellt.«

Wollte Hallbach endlich die Geschichte loswerden, auf die Ömer schon so lange wartete? Neugierig wandte er sich zu ihm um.

»In einer Sporttasche. Und da lag sie. Direkt unter dem Reißverschluss. *Ein Geschenk für dich und Emmi*, stand auf einem Zettel. Mehr nicht.«

»Sie hätten die Polizei rufen müssen.«

»Er ist mein Bruder. Ich konnte nicht. Außerdem band er mir ein paar Tage später die Mär von der schnellen Affäre und einer viel zu jungen Mutter auf, die ihr Kind loswerden wollte.«

»Und Ihre Frau?«

Hallbach zuckte mit den Schultern, blinzelte gegen die Nässe in seinen Augen an. »Wir haben uns immer ein Kind gewünscht. Eva kam wie ein Engel in unser Haus geflattert, und zumindest die ersten Jahre war Emmi genauso vernarrt in sie wie ich. Mein abartiger kleiner Bruder hat mir das Geschenk meines Lebens gemacht.«

Ömer ging in die Hocke, setzte Lila auf einem Knie ab, legte Hallbach die Hand auf die Schulter und nickte in Richtung Schaukel. »Sie wird etwas Zeit brauchen, das verstehen Sie sicher. Immerhin …«

… war er nicht nur am Tod von Frau und Bruder schuld, sondern hätte auch Juli um ein Haar getötet.

❖❖❖

Wieso verdammt noch mal konnte Ömer nie Nein sagen? Dieser Besuch war die reinste Zumutung. Gerade weil Hallbach es allein ihr zu verdanken hatte, dass er bis zur Verhandlung nicht in Untersuchungshaft saß.

Misstrauisch äugte Juli in Richtung Decke.

Lila hat ihren Paps geliebt.

So stand es im Tagebuch, und vielleicht bezahlte Hallbach genug, da seine Prinzessin in der Annahme, er habe ihr all das angetan, in den Tod gegangen war.

Trotzdem.

An manchen Tagen bereute Juli, dass sie bei der Befragung zum Hergang der Isarfahrt spontan angegeben hatte, dass Hallbach den BMW nicht absichtlich in die Isar gelenkt habe, sondern der Schuss und die darauffolgenden Handgreiflichkeiten im Auto schuld am »Unfall« gewesen seien.

Wieso die Lüge?

Ganz einfach. Auch Hallbach hatte gegenüber der Polizei Julis Namen in Zusammenhang mit seinem Todeskampf am Strick mit keiner Silbe erwähnt, sondern die Strangmarken mit dem Versuch, sich wie die Tochter das Leben zu nehmen, erklärt. Sonst säßen sie heute beide in Untersuchungshaft. Nicht hier im Garten in der Osterwaldstraße.

Juli stieß sich mit den Füßen ab, schaukelte hoch und beobachtete, wie Ömer Klein-Lila in Hallbachs Schoß absetzte. Ihr Freund aus Kindertagen wusste von alldem rein gar nichts, dabei hatte sie ihm so viel zu verdanken. Er hatte die nötigen Papiere besorgt und war mit ihr nach Frankreich gefahren, um die Kleine heimzuholen. Sogar an das Schmusetuch auf dem Friedhof in Saint-Jeannet hatte er gedacht. Und tatsächlich war es noch da gewesen, eingeklemmt unter *Mon Poussin*, schon ein bisschen von der Sonne ausgebleicht, aber bereit, als hätte es darauf gewartet, endlich abgeholt zu werden.

Das erste Geschenk einer Mutter an ihr Kind.

Und das letzte.

Juli drückte den Elefanten in ihr Gesicht und sog den Duft ein. Von der ersten Sekunde an hatte Juli die Tochter ihres bei der Geburt verloren gegangenen Kindes geliebt. Ja, sie konnte sich inzwischen eine Welt ohne das kleine Speckding nicht mehr vorstellen. Auch nicht ohne August, der wie Klein-Lila in der Osterwaldstraße eingezogen war.

Manchmal stresste Juli das ungewohnt Lebendige, die Betriebsamkeit, aber meistens fühlte es sich gut an. Leben, nicht überleben, das war von nun an wieder ihre Geschichte.

Ömer kam auf Juli zu, seine Lippen formten stumme Worte. *Gib ihm eine Chance. Alles wird gut. Keine Angst.* Wollte er das sagen? Unter Wasser hatten sich seine Lippen pausenlos bewegt. *Gott!* Juli wusste bis heute nicht, was er da von sich gegeben hatte, aber wären er und August nicht gewesen, wäre sie jetzt tot. Fast zu spät hatte sie die Waffe gepackt und geschossen, denn erst als er aufgab, auftauchte und nicht wieder zurückkam, schlug das Bild von dem zu kleinen Mädchen auf Jamilas Arm wie ein Blitz in Julis Kopf ein, und sie verstand, dass sie längst nicht alles verloren hatte.

Lilas Kind nicht.

Und Ömer auch nicht.

Es gab ein Leben DANACH. Es lohnte sich weiterzumachen. Nur hinterließ das Projektil der Walther erst mal lediglich ein schockierend kleines Loch in der Scheibe, und Juli verlor Sekunden später das Bewusstsein. Aber der Knall und die aufsteigenden Bläschen retteten ihr Leben. Ömer kehrte um, zerrte erst Hallbach aus dem Auto und dann sie. Für Evgeni und Emmi war jede Hilfe zu spät gekommen.

»Buyrun yemeğe!« Melek wedelte mit den Topflappen. »Esse fertig.«

»Wer heiratet eigentlich?«, hörte Juli Hallbach fragen.

»Mein kleiner Bruder Fatih«, lachte Ömer und schwang sich auf die Schaukel neben Juli.

»Er hat mir die Braut gestohlen.«

Anmerkungen und Dank

Für die gute Juli gibt es im echten Leben eine Vorlage. Nicht was ihre Sommersprossen, das rote Haar und die bleiche Haut angeht, auch nicht dafür, was sie durchmachen muss, aber für den Part, den sie an Seziertischen oder in Mazerationsräumen übernimmt.

Laura Rössel, Teamleiterin der Abteilung Sektion am Rechtsmedizinischen Institut in München, hat mich – mit freundlicher Genehmigung ihres Chefs Prof. Dr. med. Matthias Graw – in allen Fragen rund ums Leichenöffnen beraten, mir bei der Obduktion im Hörsaal einen Platz in der ersten Reihe reserviert, führte mich anschließend durch das Souterrain, erklärte mir Belegungsroutinen von Kühlzellen und nahm mich mit in die Teeküche, um mir Sektionsberichte und Abläufe näherzubringen. Dass ihr Freund, Erster Hauptkommissar Dietrich Bichler – wie Ömer Tok im Buch –, tatsächlich auch beim K 12 als Todesermittler arbeitete, war ein fast schon epochaler Zufall, für den ich wirklich dankbar bin. Dementsprechend stand mir nicht nur eine Expertin für rechtsmedizinische Fragen zur Seite, sondern ebenfalls der Fachmann für alle Belange der Polizeiarbeit in München. Vielen herzlichen Dank für so unsagbar wertvolle Antworten auf meine vielen Fragen.

Ein allenfalls rudimentäres Wissen über Drogen im Allgemeinen und speziell die Drogenszene München konnte ich bei einem Gespräch mit den Leuten vom Drogennotdienst L43 in der Landwehrstraße erweitern. Dort erfuhr ich einige grundlegende Dinge zum Thema und bekam eine Anleitung in die Hand gedrückt, wie und warum man Heroin besser auf Folie raucht. Im Netz führten mich meine Recherchen unter anderem auf die Seiten von Glumm. Wie Juli hat er die harten Drogen hinter sich gelassen, jetzt schreibt er Heroinpoesie, erzählt, wie's war, wie es sich anfühlte. Er hat's drauf, die Dinge zu benennen, wie sie sind.

Womit wir schon beim Thema Suchtverlagerung sind. Dass längst nicht alle Drogenabhängigen ihr Leben in den Griff bekommen, ist selbstredend unbestritten, aber in Julis Fall sollte der Sport, speziell das Boxen, ihr helfen, zurück in die Spur zu finden. Auf der Suche nach dem passenden Club blieb ich bei Nick Trachte im Boxwerk in der Schwindstraße hängen. Nach ein paar Mails empfing er mich in seiner Kanzel und drückte mir den Jutebeutel mit dem so markanten Spruch *Tired of being fat and ugly? Just be ugly!* in die Hand. Absolut einzigartig, seine Aufkleber, Flyer und Gimmicks, aber noch mehr Nick Trachte selbst. Zwar summt er nicht wie Crash-Test-Dummies-Sänger Brad Roberts, aber er engagiert sich tatsächlich für Randgruppen und Flüchtlinge. Das Refugee Project is real and alive, und das Kapitel im Boxwerk ist mit Abstand mein liebstes. Wer also ein bisschen tiefer in die Szene schnuppern und eine Ahnung davon bekommen will, welcher Spirit im Boxwerk herrscht und wie Nick tickt, muss unbedingt den kurzen Dokumentarfilm über ihn und seinen Club gucken; ich habe geheult, als ich ihn zum ersten Mal schaute. Nick, du bist der Beste!

https://youtu.be/W_-k4Vuyo-4

Dafür, dass auch abseits von Drogenhotspots und Boxwerk alles rund um die schöne Stadt München seine Richtigkeit hat, sorgten meine Münchner Cousine Silke Dold und ihr Mann Thomas. Vielen Dank euch beiden!

Sehr herzlich bedanken möchte ich mich auch bei Ömer Tas, der mir für das Buch nicht nur seinen und die Vornamen sämtlicher Familienmitglieder geborgt, sondern mir auch etwas türkische Kultur beigebracht und gefühlt tausend Fragen zum täglichen Leben beantwortet hat. Teşekkür ederim, Ömer, Seher, Selahattin, Fatih, Eyüp, Aysenur und Ilknur. Siz harikasınız!

Tja, und die resolute Ada könnte im Kühlzellenraum auch nicht drauflosberlinern, wenn es Barbara Zink nicht gäbe, die mir entsprechende Textstellen übersetzt hat. Das Internet kann halt nicht alles. Dit war echt dufte, Barbara!

Für Julis Trip nach Nizza war ebenfalls etwas Hilfe nötig. Katha Prinz, Nizza-Kennerin, und Stephane Grateau, ein Freund aus Erasmus-Studienprogramm-Zeiten, halfen mit Begriffen rund um den Ort, französische Krankenhäuser und Beerdigungen. Gilles Chartier hingegen kontrollierte alle Passagen in französischer Sprache. Merci, mes amis.

Besonderer Dank gebührt den Leuten vom Emons Verlag, insbesondere Dr. Christel Steinmetz und Stefanie Rahnfeld, die etwas in meiner Geschichte gesehen haben, und Lektorin Dr. Marion Heister, die routiniert jede Schwäche im Plot aufdeckte und den vielen Worten den letzten Schliff verlieh. Besten Dank auch an Nina Schäfer, die das wunderbare Cover gestaltet hat, aus dem mir Lila direkt in die Seele blickt.

Last, but not least danke ich meiner Familie. Meinen Eltern, meinen Schwestern Lisa und Christiane, die meine Manuskripte immer zuerst in die Hand bekommen, besonders meinem Mann Georg, der größter Kritiker und wichtigster Unterstützer zugleich ist, meiner Tochter Sofia, die erstmals als Testleserin fungierte, und meinen zwei Jungs Levin und Jonah, die das Roman-Genre erst noch für sich entdecken müssen.